NINA ROWAN
Ein Traum von Verlangen

Über dieses Buch:
Lady Talia Hall hegt schon lange tiefe Gefühle für James Forester, den sie seit ihrer Kindheit kennt. Doch der scheint in ihr nur die kleine Schwester seines besten Freundes zu sehen. Bevor James wieder einmal zu einer abenteuerlichen Reise in ferne Länder aufbricht, nimmt Talia all ihren Mut zusammen und gesteht ihm ihre Liebe. Es kommt zu einem leidenschaftlichen Kuss zwischen ihnen – aber James weist Talias Avancen trotzdem zurück. Tief verletzt stürzt sich die junge Frau in ihre wohltätige Arbeit zugunsten jugendlicher Straftäter, entschlossen, James ein für alle Mal aus ihrem Herzen zu verbannen. Als dieser nach einem Jahr nach London zurückkehrt, ist Talia alles andere als begeistert. Denn James heftet sich an ihre Fersen, da er befürchtet, Talia könnte durch ihr soziales Engagement in Gefahr geraten. Schnell wird klar, dass es beiden unmöglich ist, sich länger nur als Freunde zu begegnen. Zu groß ist die Anziehungskraft, die sie verspüren – und zu leugnen versuchen. Um die Kluft zwischen ihnen zu schließen, muss sich James endlich den dunklen Erinnerungen seiner Vergangenheit stellen. Aber kann er auch Talias Vertrauen wiedergewinnen und ihr gebrochenes Herz heilen?

Über die Autorin:
Nina Rowan wurde in Kalifornien geboren. Sie studierte Kunstgeschichte an der McGill University in Montreal. Nina lebt mit ihrem Mann und zwei Kindern in Wisconsin. Weitere Informationen unter: www.ninarowan.com

Die Romane von Nina Rowan bei LYX:

1. Das Rätsel der Liebe
2. Der Klang der Leidenschaft
3. Ein Traum von Verlangen

NINA ROWAN

Ein Traum von Verlangen

Roman

Ins Deutsche übertragen von
Katrin Harlaß

LYX
EGMONT

Die Originalausgabe erschien 2014 unter dem Titel
A Dream of Desire bei Forever, an Imprint of
Grand Central Publishing, New York.

Deutschsprachige Erstausgabe Mai 2016 bei LYX
verlegt durch EGMONT Verlagsgesellschaften mbH,
Gertrudenstraße 30–36, 50667 Köln

Dieses Werk wurde vermittelt durch die Literarische Agentur
Thomas Schlück GmbH, 30827 Garbsen

1. Auflage
Redaktion: Susanne Kregeloh
Covergestaltung: © Guter Punkt, München | www.guter-punkt.de
Covermotiv: © Guter Punkt unter Verwendung
von Motiven von istock und thinkstock
Satz: Greiner & Reichel, Köln
Printed in Germany (670421)
ISBN 978-3-8025-9891-3

www.egmont-lyx.de

MIX
Papier
FSC FSC® C083411

Für meine Familie –
früher, jetzt und immer

1

Mai 1854

Er reiste ab. Schon wieder.

Lady Talia Hall sah von ihrem Schlafzimmerfenster aus, wie James Forester, Baron Castleford, den Garten von Floreston Manor durchquerte. Das Sonnenlicht ließ sein dunkelbraunes Haar schimmern. Mit langen, leichten Schritten ging er zwischen Glockenblumen und Narzissen entlang und wirkte im Schein der Nachmittagssonne, als gehöre er ganz und gar hierher.

Bei seinem Anblick keimte in Talia eine leise Hoffnung auf. Sie hatte erst vor Kurzem erfahren, dass James in diesem Sommer nach Australien reisen würde. Obwohl es sie schmerzte, gestattete sie einem tief verwurzelten, kostbaren Traum, an die Oberfläche zu kommen. Wenn James dann wieder nach London zurückkehrte – *falls* er zurückkehrte –, würde er das mit einem Lächeln tun, das seine Augen zum Leuchten brachte, und er würde übersprudeln von Geschichten über sturmgepeitschte Meere, gefährliche Krokodile, bedrohliche Fluten und einsame, von Myriaden von Moskitos bewachte Dschungelpfade entlang morastiger Flussufer.

Und vielleicht würde er sie bei seiner Rückkehr anschauen und endlich die Frau in ihr sehen, zu der sie herangewachsen war. Ein großes, mächtiges Gefühl der Liebe würde sein Herz erfassen und ihn vor Staunen erbeben lassen. In diesem wundervollen Augenblick würde er sich gestatten, dem Verlangen nachzugeben, das er seit so vielen Jahren unterdrückte. Er würde sie in die Arme schließen und sie leidenschaftlich und stürmisch küssen …

Oder auch nicht.

James stieg die Stufen zur Terrasse hoch und verschwand im Haus.

Mit ziemlicher Sicherheit würde er das nicht tun.

Talia seufzte, als ihr Tagtraum zerplatzte wie immer, und presste eine Hand auf ihr wehes Herz. Wenn James in sechs Monaten nach London zurückkehrte … oder vielleicht in einem Jahr … oder, was Gott verhüten mochte, erst in zwei Jahren … würde er Talia wie immer mit brüderlicher Zuneigung umarmen, sich nach ihrer Gesundheit erkundigen, ihren Freunden und ihrer wohltätigen Arbeit, und dann würde er sich auf einen Ball oder eine Dinnerparty begeben und die zahlreichen Anwesenden mit seinen fesselnden Abenteuergeschichten bezaubern, vor allem die Damen.

Einige Wochen oder Monate lang würde er ab und an ein Teil von Talias Leben sein, kommen und gehen, wie es ihm beliebte, und nichts ahnen von ihrer beständigen Liebe zu ihm. Und dann würde er erneut fortgehen, es sei denn, Talia brachte den Mut auf, das Schicksal herauszufordern und die Dinge in eine andere Richtung zu lenken.

Es sei denn, sie brachte den Mut auf. Seit dem Weggang ihrer Mutter vor drei Jahren und der Scheidung ihrer Eltern hatte Talia darum gekämpft, ihren Platz in der Welt zu finden. Ihre vier älteren Brüder lebten inzwischen ihr eigenes Leben, während Talia bei ihrem Vater geblieben war und versuchte, dem hinter jeder Ecke lauernden Klatsch keine Nahrung zu geben.

Der einzige Mensch, vor dem sie sich nicht verstecken wollte, war James. So lange Talia sich erinnern konnte, war er für sie da gewesen, ein verlässlicher Freund seit Kindertagen. Und er gehörte zu den wenigen Menschen, die sich während des Skandals nicht von der Familie Hall abgewandt hatten. Jetzt, da sich die Lage ein wenig beruhigt hatte, brachten ihr Vater und Alexander, Talias ältester Bruder, ein ums andere Mal das Thema Heirat zur Sprache. Immerhin war sie schon vierundzwanzig.

Wenn sie vor James' Abreise nichts unternahm, würde Alexander, stur wie ein Ochse, seine Pläne für sie in die Tat umzusetzen versuchen, war er doch überzeugt, Lord Fulton sei eine ausgezeichnete Partie für sie. Und sollte es ihm gelingen, ihren Vater auf seine Seite zu ziehen, dann wäre James in der Tat für alle Zeiten außer Reichweite.

Ihr Magen zog sich nervös zusammen. Sie drehte sich um und betrachtete sich im Spiegel. Ihr Kleid fiel elegant über diverse Lagen von Unterröcken und betonte ihre schmale Taille. Das satte Grün der Chinaseide harmonierte mit der Farbe ihrer Augen und bildete einen schönen Kontrast zu ihrem braunen Haar und der hellen Haut.

Das Oberteil ließ die Schultern frei und enthüllte ungewohnt viel nackte Haut. Talia hatte schon immer eher unauffällige Abendkleider bevorzugt, doch nachdem die skandalöse Affäre ihrer Mutter auch zu Gerüchten um ihre eigene Tugendhaftigkeit geführt hatte, achtete sie ganz besonders darauf, keinen Anstoß zu erregen.

Sie legte einen Seidenschal um die Schultern, um die Rundung ihres Busens zu verbergen, die dank des tiefen, herzförmigen Ausschnitts deutlich zur Geltung kam. Dann holte sie tief Luft und nickte ihrem Spiegelbild entschlossen zu.

Zwar hatte sie sich, seit sie von James' bevorstehender Abreise erfahren hatte, wieder und wieder gefragt, ob es wirklich klug sei, einen derart kühnen Vorstoß zu wagen, doch es war längst überfällig, dass er sie endlich als begehrenswerte Frau wahrnahm, statt in ihr immer nur die kleine Schwester der Hall-Brüder zu sehen.

Talia schaute zur Uhr. Sie und ihr Vater, zwei ihrer Brüder und James waren für ein paar Tage nach Floreston Manor gekommen, und dies war das erste Mal, dass alle außer Haus waren. Alle außer Talia und James. Sie musste es tun, bevor ihr Vater und Sebastian von ihrem Angelausflug zurückkamen und Alexander mit seiner geliebten Lydia von einem Besuch im Dorf.

Bei dem Gedanken an Alexander, ihren strengen ältesten Bruder, dessen Herz ganz offensichtlich von Lydia erobert worden war, ohne dass er es bisher bemerkt zu haben schien, musste Talia lächeln.

Sie war fest entschlossen, bei James Forester dieselbe Wirkung zu erzielen, obgleich dieser mit ziemlicher Sicherheit *wissen* würde, dass sie ihn erobert hatte. Es war das Einzige, was ihn möglicherweise davon überzeugen konnte, nicht wieder wegzufahren.

Angetrieben von dem Gedanken, dass dies ihre letzte Chance war, mit ihm allein zu sein, da sie morgen alle wieder nach London zurückkehren würden, eilte sie die Treppe hinunter. Die Haushälterin, die eben aus dem Salon kam, lächelte Talia freundlich zu.

»Lord Castleford hat den Tee verpasst, Mylady. Ich habe eine frische Kanne und etwas Gebäck hingestellt.«

»Danke, Mrs Danvers.«

Die ältere Frau nickte und rauschte schnaufend Richtung Küche ab. Talia betrat den Salon. Ihr stockte der Atem.

James stand neben dem Kamin und blätterte durch einen Stapel Papiere. Die knisternden Flammen tauchten seine hochgewachsene, muskulöse Gestalt in ein brillantes Farbenspiel. Sein überlanges braunes Haar, dessen dunkle Strähnen im rötlich-goldenen Licht schimmerten, ringelte sich um Ohren und Kragen.

Schatten tanzten über die maskulinen Gesichtszüge, die scharf geschnittenen Wangenknochen, die energische Nase und die von dichten Wimpern umrahmten Augen, die Talia immer in ihren Träumen vor sich sah, bei Tag und bei Nacht.

»Hallo, Schätzchen.« James sah auf und lächelte. Die Wärme in seinem Blick milderte die harte Kinnlinie.

»Hallo, James.« Seinen Namen auszusprechen schmeckte wie eine köstliche Speise, und sein Blick reichte aus, um ihr Herz vor Freude hüpfen zu lassen.

Doch sein Kosename für sie, den Talia immer gemocht hatte, weil in ihm so ein zärtlicher Unterton mitschwang, erinnerte sie inzwischen nur allzu deutlich daran, dass James sie noch immer nicht als Frau betrachtete.

»Ich nehme an, du hattest einen schönen Nachmittag?«, fragte er.

Seine dunkle, volle Stimme flutete über sie hinweg wie Sonnenlicht. »Ja … ja, danke, James.«

Talia ging zum Sofa und setzte sich, nicht ohne sich zu vergewissern, dass der Schal ihr Dekolleté züchtig bedeckte. Sie goss Tee ein und folgte James mit Blicken, während dieser die Papiere auf einen Tisch legte.

Sie wurde niemals müde, ihn anzusehen. Jede einzelne seiner kleinen, unbewussten Gesten war ihr vertraut – die Art, wie er sich den Nacken rieb, wie er sich hinsetzte, wie er die Teetasse hielt oder die Hand um ein Glas Brandy schloss.

Er strahlte eine rastlose Energie aus, die keinen Raum für Müßiggang ließ. Wenn er sprach, ging er dabei hin und her, wenn er saß, trommelte er mit den Fingerspitzen auf die Knie. Er lächelte oft, lachte laut und gern und unterstrich seine Worte mit weit ausholenden Gesten, als könnten sie allein nicht alles ausdrücken, was er sagen wollte.

Niemand außer Talia kannte die subtilen Feinheiten in James Foresters Bewegungen und Verhalten. Dessen war sie sich sicher.

»Eine Liste der Expeditionsmitglieder und die Transportpläne«, erklärte er und deutete mit einem Kopfnicken auf die Papiere.

In Talia machte sich Unruhe breit. James setzte sich ihr gegenüber und musterte das Teetablett, auf dem sich eine Auswahl an Gebäck, Kuchen, Muffins und Törtchen türmte.

»Du reist also im Sommer ab?«, fragte Talia und reichte ihm eine Tasse Tee.

»Nächsten Monat, um genau zu sein.«

»N-Nächsten Monat? So bald?«

Er nahm sich ein Stück Pflaumenkuchen. »Ich dachte, es würde sich alles verzögern, weil uns noch ein Expeditionsarzt fehlte, doch nun haben wir einen gefunden und konnten eine Passage auf der *Ballarat* buchen. Wir legen Mitte Juni von Southampton ab.«

»Alexander sagte, du willst nach Neusüdwales.« Es hörte sich an, als wäre es das Ende der Welt.

»Ja. Die Royal Geographical Society hat eine Vermessung des gesamten Territoriums in Auftrag gegeben, einschließlich diverser Flüsse. Ich hatte den Plan für eine Erkundung bereits im November eingereicht und seither nichts mehr gehört. Doch jetzt hat der Gouverneur die Sache genehmigt. Daher mussten wir unsere Vorbereitungen in großer Eile treffen.«

»Hattest du nicht vor, im Herbst nach Asien zu fahren?«

»Dafür fehlen noch die finanziellen Mittel, also ziehen wir die Australien-Expedition vor. Mit ein bisschen Glück ist die Vermessung in ein paar Monaten beendet und ich kann von dort aus direkt auf die Malaiische Halbinsel reisen.«

Talia wurde das Herz schwer. Sie würde sich um ihn sorgen, während er unterwegs war. Jedes Mal, wenn er fern von England weilte, stiegen in ihr die finstersten Gedanken auf. Dass er in der Fremde sterben würde oder dass er nach Hause zurückkehrte und ihnen mitteilte, er habe eine schöne Prinzessin aus irgendeinem exotischen Land geheiratet.

Bisher – allen Heiligen sei Dank – war keiner dieser beklagenswerten Umstände eingetreten, doch das Glück, das sie bis jetzt davor bewahrt hatte, könnte sie verlassen, und die Zeit drängte, denn die Wahrscheinlichkeit, dass etwas in dieser Art passierte, wurde ständig größer. Selbst wenn James von dieser bevorstehenden Expedition heil zurückkehren sollte – Talia konnte nicht länger warten.

»Also.« Sie zwang sich zu einem Lächeln und nahm allen Mut zusammen. »Musst du dann nicht bald nach London zurück? Was ist mit deinem Anwesen?«

Er runzelte die Stirn. »Während meiner Abwesenheit kümmert sich mein Verwalter um alles.«

»Ja, aber er kann das doch nicht auf ewig machen, James. Sicher erwartet man von dir, dass du deinen Pflichten nachkommst. Und auch, dass … dass du bald heiratest.«

»Es gibt irgendwo einen entfernten Cousin. Ich bin sicher, er kann den Besitz übernehmen, wenn die Zeit gekommen ist.« James zuckte mit den Schultern und nahm sich ein Stück Sandkuchen. »Solange es einen Erben gibt, ist der Fortbestand der Familie gesichert, egal, was mit mir passiert.«

Talia wickelte ihren Schal um die Finger. Ihr missfiel diese gleichgültige Haltung gegenüber seiner Zukunft. Sie selbst hatte in den letzten Jahren über kaum etwas anderes nachgedacht und sich dabei an die Hoffnung geklammert, dass James' Zukunft unausweichlich mit ihrer eigenen verbunden sein würde. Dann hatte der Skandal um ihre Mutter Gerüchte um Talias Ruf ausgelöst. Es war ihr jedoch gelungen, all den entsetzlichen Spekulationen aus dem Weg zu gehen, indem sie im engen Kreis ihrer vertrautesten Freunde blieb, anstatt sich in der feinen Gesellschaft zu tummeln.

James gehörte zu den wenigen Menschen, die immer fest zu ihrer Familie gestanden hatten. Zu *ihr*.

Doch jetzt, so wusste Talia, konnte sie sich nicht länger verstecken. Nicht, wenn ihr ältester Bruder sich anschickte, ihr Leben zu regeln. Nicht, wenn James wieder auf Reisen ging. Sie fasste ihren Schal fester und holte tief Luft.

»Da wir gerade vom Heiraten sprechen«, sagte sie. »Hast du gewusst, dass Alexander, dieser große Spinner, doch tatsächlich Lord Fulton gegenüber Andeutungen gemacht hat, ich sei offen für einen Heiratsantrag?«

Sie hatte erwartet, dass James auf diese Eröffnung mit Entsetzen reagierte – Fulton war immerhin doppelt so alt wie sie und so rund wie ein Weinfass. Talia hatte ihrem Bruder unmissverständlich klargemacht, dass sie nie und nimmer Lady Fulton werden würde. Was sie dabei allerdings nicht erwähnt hatte, war die Tatsache, dass sie niemals *irgendjemanden* heiraten würde außer James Forester.

Sie wusste schon seit ihrer Kindheit, dass James eines Tages ihr Ehemann sein würde. Sie musste es ihm nur endlich sagen, da er offenbar zu begriffsstutzig war, von selbst auf diesen Gedanken zu kommen.

»Fulton, eh?« James runzelte die Stirn, und ein Schatten huschte über sein Gesicht. »Wie schade, dass North keine bessere Partie für dich ins Auge fasst.«

»Das spielt keine Rolle. Es ist ohnehin nicht seine Entscheidung.« Nervös setzte Talia ihre Tasse ab, stand auf und ging hinüber zum Kamin. Ihr Magen zog sich zu einem Knoten zusammen, als sie sich ängstlich zu James umwandte und ihm in die Augen sah. »Außerdem habe ich für mich etwas sehr viel Besseres ins Auge gefasst.«

»Hast du das, Schätzchen?«

»Ja.« Sie nestelte an ihrem Schal. »Und meine Entscheidung ist die Einzige, die zählt.«

»Das sehe ich auch so.« James langte wieder nach dem Teller mit dem Teegebäck.

Du liebe Güte. Wäre sie ein Törtchen, würde er auf die Knie fallen und ihr seine unsterbliche Liebe gestehen.

Talia sah zur Uhr. Jetzt. Sie musste es *jetzt* tun.

»James.«

»Hm?«

»Ich … ich muss dir ein Geständnis machen.« Sie zog den Schal ganz eng um ihren Hals. Die Hitze des Feuers erfüllte die Luft. Ein Schweißtropfen rann ihren Nacken hinunter.

»Ein Geständnis? Was für ein Geständnis?« James begutachtete eine Fruchtschnitte und entschied sich dann für einen Muffin.

»Du weißt eine ganze Menge über mich. Immerhin sind wir seit unserer Kindheit befreundet.« Talia wischte sich mit dem Handrücken über die Stirn. In ihrem Kopf konnte sie das Pochen ihres Herzens hören. »Aber da ist … es gibt da etwas, das du noch nicht über mich weißt. Etwas, das dir noch nicht aufgefallen ist.«

»Was könnte das denn sein, Schätzchen?« James biss herzhaft in den Muffin und sah sie an.

Jetzt.

Talia ließ den Schal los, so dass er hinter ihr zu Boden fiel. Die Wärme der Flammen traf auf ihre ohnehin schon gerötete Haut.

»Ich möchte dich heiraten.«

Der Muffin folgte dem Schal Richtung Boden. Einen schrecklichen Moment lang starrte James sie einfach nur an. Alles Blut wich aus Talias Kopf, während sie angespannt auf seine Reaktion wartete.

Und dann passierte es. Sein Blick huschte zum milchweißen Ansatz ihres Busens. Und verweilte.

»Ich konnte nicht zulassen, dass du ein weiteres Mal abfährst, ohne meine wahren … meine wahren Gefühle für dich zu kennen«, stammelte sie. »Ich liebe dich, James. Ich liebte dich schon, als ich noch ein Kind war, damals, als wir gemeinsam auf Bäume kletterten und Reifen rollen ließen und ausritten. Ich liebte dich schon, als du zur Universität gingst und jedes Mal, wenn du dich auf eine deiner Expeditionen begabst. Ich wartete auf deine Briefe, sehnte deine Rückkehr herbei, und … und als ich hörte, dass du wieder fort willst, wusste ich, dass ich dir die Wahrheit sagen musste. Du müsstest eigentlich schon längst eine Frau haben. Ich aber habe nie … niemals irgendjemand anderen heiraten wollen als dich. Weil ich dich liebe.«

Es gelang ihm, den Blick von ihrem Busen zu lösen und ihr in die Augen zu sehen. Doch in seinen spiegelte sich eher Erschrecken als Begehren.

Talia hielt sich mit einer Hand an der Kaminumrandung fest und versuchte, normal zu atmen. »Ich weiß, das kommt sehr plötzlich, ich weiß, dass du mich immer nur als Freundin betrachtet hast, aber ich –«

»Talia.«

Seine gepresste Stimme ließ die Angst wieder aufflammen. Sie packte den Kaminsims fester. Ein Strom von Worten staute sich in ihrer Kehle.

James stand auf und kam zu ihr. Einen Augenblick lang glaubte Talia, ihre lang gehegten Träume würden sich erfüllen, er würde sie in die Arme schließen, ihr seine Liebe gestehen und dann seine Lippen auf ihre pressen …

»Talia!«

Der Gestank verbrennender Seide stach genau in jener Sekunde in ihre Nase, als James sie an den Schultern packte und sie vom Kamin wegriss. Talia stolperte. Ihr Herz klopfte wie wild. James fluchte.

Entsetzt drehte sie sich um. Aus dem Kamin loderten Flammen und verzehrten ihren seidenen Schal, der mit seinen Fransen dem Feuer viel zu nahe gekommen war.

James schnappte sich eine Blumenvase vom Buffet, goss das Wasser mitsamt den Blumen auf den Schal und trat das Feuer mit den Füßen aus. Ein großer rußschwarzer Fleck verunzierte den Teppich. Von der verkohlten Seide des Schals stieg Rauch auf.

James hustete. Er griff sich eine zweite Vase und goss auch deren Inhalt aus. Dann klingelte er nach einem Diener.

»Mylord?« Hamilton öffnete die Tür. Als er den Rauchgeruch wahrnahm und den verbrannten Schal sah, schaute er Talia bestürzt an. »Mylady?«

James stellte sich vor Talia, um sie vor den Blicken des Dieners zu schützen, und deutete auf den nassen, rußgeschwärzten Haufen. »Hamilton, holen Sie Kemble und kümmern Sie sich bitte darum.«

»Sehr wohl, Mylord.«

Talia wurde feuerrot. War das peinlich! Sie wandte sich ab, als ein zweiter Diener in den Raum geeilt kam, obwohl James immer noch schützend vor ihr stand. Männerstimmen erfüllten den Raum, während die Bediensteten die Gefahr endgültig bannten und das Chaos beseitigten.

Dann ging die Tür mit einem Klicken wieder zu. Im Raum breitete sich eine Stille aus, die wie Donnerhall dröhnte. Talia schlug die Hände vors Gesicht und wünschte, sie könnte in einem Mauseloch verschwinden. Sie spürte, dass James hinter ihr stand, konnte sich aber nicht überwinden, sich umzudrehen und ihn anzusehen. Kälteschauer jagten über ihren Körper.

Ein wollener Mantel legte sich um ihre Schultern. Der Stoff roch wie James – nach dem Salz des Meeres und einem Hauch Exotik. Zimt und Nelken. Indischer Tee. Schwarzer Kaffee. Sie atmete den vertrauten Duft ein und ließ zu, dass er ihre Verzweiflung ein wenig linderte.

»Meine liebe Talia.«

Seine Stimme klang sanft – nicht mitleidig oder, was noch schlimmer gewesen wäre, amüsiert. Talia zwang sich, ruhig und tief zu atmen und drehte sich um. Er stand direkt hinter ihr, nahe genug, dass sie die goldenen Pünktchen in seiner Iris und den Anflug von Bartstoppeln auf seinen Wangen erkennen konnte.

»Es tut mir leid«, flüsterte sie. Ihre Kehle schmerzte.

»Es gibt nichts, wofür du dich entschuldigen müsstest.« Er legte eine Hand an ihre Wange. »Bitte, glaube mir, wenn ich dir sage, dass ich mich durch dein Bekenntnis zutiefst geehrt fühle.«

Talia blickte ihn unverwandt an. Fast hatte sie erwartet, er würde irgendeinen halbherzigen Unsinn stammeln und versuchen, sie irgendwie loszuwerden und die ganze leidige Angelegenheit vom Tisch zu wischen. Das tat er nicht. Und doch hatte sie das deutliche Gefühl, er hätte noch mehr zu sagen … und nichts davon würde dem ähneln, was sie so unendlich gern hören wollte.

Erneut packte sie die Angst. Ihr Herz raste.

Er war ihr so nahe, seine Hand lag so warm auf ihrer Wange. Sie starrte auf seinen Mund. Wie oft hatte sie sich gefragt, wie sich seine Lippen wohl auf ihren anfühlen mochten?

Bevor er weitersprechen konnte, trat Talia ganz dicht an ihn heran und presste ihre Lippen auf seine. James spannte sich vor Überraschung an. Er wollte zurückweichen, doch sie packte seine Hemdbrust und küsste ihn umso heftiger. Hitze durchströmte sie, als ihr bewusst wurde, dass sie einen jener Momente erlebte, von denen sie so oft und leidenschaftlich geträumt hatte.

James riss in einer heftigen Bewegung den Kopf zurück und holte scharf Luft. Talia, fest entschlossen, eine weitere Flucht zu verhindern, trat näher und presste ihre Brüste gegen seinen muskulösen Oberkörper. James erstarrte, dann packte er Talia an den Unterarmen. Sie umschlang seinen Nacken und zog ihn zu sich herunter, um ihre Lippen noch einmal fest auf seine zu drücken.

Er fasste härter zu. Seine Muskeln waren hart vor Anspannung. Als Talia wagte, ihre Lippen zu öffnen, war sie schockiert und erregt zugleich ob ihrer Kühnheit. Das Blut pulsierte heiß und schnell durch ihre Adern, während sie den warmen, süßen Geschmack seiner Lippen mit allen Sinnen genoss. Er ließ seine Hände auf ihre Taille gleiten, doch sein Körper blieb angespannt. Seine Finger gruben sich in ihr Korsett, als suche er dort die Kraft, sie von sich wegzustoßen.

Und dann ergab er sich plötzlich. Ein Stöhnen drang aus seiner Kehle, als er sich ihren Lippen öffnete und er ihren Kuss voller Verlangen erwiderte. Talia schloss die Augen und versank in diesem Kuss, genoss, wie es sich anfühlte, von seinen Armen gehalten zu werden, so eins zu sein mit James.

Süße, köstliche Erleichterung und eine tiefe Sehnsucht erfüllten ihr Herz. Sie löste die Hände von seinem Hemd und ließ die gespreizten Fingern über seine Brust wandern, stellte sich vor, wie sich seine glatte, nackte Haut anfühlen mochte. Sie bog sich zu ihm hin, ermutigt von seiner Kapitulation und der wachsenden Erregung, die sich zwischen ihnen ausbreitete …

James löste sich von ihr und wich einige Schritte zurück. Er atmete schwer, in seinen Augen spiegelten sich Schock und unerfüllte Leidenschaft.

Talia starrte ihn an. Ihr Herz hämmerte. Sie presste die Hand auf ihre geröteten Lippen, auf denen sie noch seinen Kuss spürte.

»Verfluchte Hölle, Talia.« James' Stimme klang rau, abgehackt. Er wandte sich ab und fuhr sich mit der Hand durchs Haar. »Das darf nicht sein. Das *wird nicht* sein.«

Irgendwie gelang es ihr zu sprechen. »Es ist *gewesen*, James.«

Er fuhr herum und sah sie zornig an. »Grundgütiger! Du bist Northwoods Schwester.«

Talia drückte den Rücken durch, hob das Kinn und suchte nach jenem beneidenswerten Stolz, den ihre Mutter immer verkörpert hatte, jener kühlen Erhabenheit, die sie selbst irgendwo tief in ihrem Inneren auch besaß.

»Ich bin weit mehr als Northwoods Schwester, James«, sagte sie und ließ ihre Stimme sachlich und beherrscht klingen. »Ich bin Lady Talia Hall. Ich bin die einzige Tochter des Earls of Rushton. Und selbst im Schatten des Skandals gibt es zahlreiche Adlige, die sich um meine Hand bemühen. Doch ich biete mich *dir* an, ohne jede Zurückhaltung. Ich will bei dir sein, James. Ich wollte nichts mehr als das seit – «

»Hör auf.« Der Befehl kam mit so großer Heftigkeit, dass nun auch Talia einen Schritt zurückwich. James fluchte noch einmal und presste die Hände auf die Augen. Dann wandte er sich ab und trat an eines der Fenster.

»Ich werde niemals heiraten, Talia. Weder dich noch eine andere«, sagte er gepresst und ballte die Hände zu Fäusten. »Selbst wenn ich den Wunsch *hätte* zu heiraten: Wie könnte ich einer Frau eine Ehe zumuten, in der ihr Mann Monate oder Jahre abwesend ist?«

»Du musst …« Talia versuchte, den Kloß in ihrer Kehle hinunterzuschlucken, der immer größer zu werden schien. Vor ihrem inneren Auge entrollte sich die Zukunft, öde und leer. »Du musst doch nicht so oft weg sein, James. Und eines Tages wirst du – «

»Werde ich was?« Er wandte sich um und fixierte sie. »Ich bin verantwortlich für das Anwesen, das schon, aber ich hatte niemals die Absicht, einen Erben zu zeugen. Weil ich nicht in England zu bleiben gedenke. Ich bin nicht für die Ehe bestimmt, Talia, egal, wie … wie verlockend das Angebot auch sein mag.«

Talias Herz krampfte sich schmerzvoll zusammen. »Willst du damit sagen, dass du niemals nach London zurückkommen wirst, um für immer zu bleiben?«

»Ich habe nicht die leiseste Absicht, das zu tun.« Sein Zorn schien etwas zu verrauchen, als er wieder zu ihr ging. Seine Stimme klang weich, als er sagte: »Talia, es gibt so vieles zu sehen in der Welt, so vieles zu entdecken. Ich möchte die Quelle des Nils finden. Ich möchte eines Tages nach Grönland reisen. Ich möchte das Innere von Australien kartografieren und eine Expedition nach China leiten, um geologische Proben zu nehmen. Es wird Jahre brauchen, alles zu tun, was ich möchte.«

»Und dann, wenn du endlich all deine Expeditionen gemacht hast, wirst du ein einsamer alter Mann sein, um den sich niemand kümmert und den niemand liebt«, schnappte Talia und schlug sofort erschrocken eine Hand vor den Mund. Schockiert von der Vehemenz ihrer Worte starrte sie James an, in stummer Entschuldigung.

Seine Lippen verzogen sich zu einem leichten Lächeln. Er streckte die Hand aus und strich ihr eine Haarlocke hinter das Ohr. Die leichte Berührung seiner Fingerspitzen sandte Schauer über ihren Körper.

»Und du«, sagte er, »wirst eine über alles geliebte Ehefrau und Mutter sein. Du wirst einen großen Kreis von Freunden haben, die dich über alle Maßen schätzen. Du wirst die Liebe deines Lebens heiraten.«

Du *bist die Liebe meines Lebens.*

Talias Herz fühlte sich an wie ein Stück Papier, das von einer eisernen Faust zusammengeknüllt wird. Nichts würde James in England halten. Nicht einmal sie.

»Talia, bitte.« James legte den Finger unter ihr Kinn und zwang sie, ihn anzusehen. Zorn auf sich selbst verdunkelte seine braunen Augen. »Bitte, mach mir nicht das Geschenk deiner Liebe. Ich würde schlecht damit umgehen. Hebe dein Herz für einen Mann auf, der es wirklich verdient.«

Talia presste die Zähne zusammen, um die aufsteigenden Tränen niederzukämpfen. Niemals zuvor hatte James in irgendeiner Weise angedeutet, dass er glaubte, einer Sache nicht wert zu sein, schon gar nicht der Liebe einer Frau. Ein Teil von ihr wollte ihm widersprechen, ihn zwingen zu verstehen, dass sie sich ihm nicht angeboten hätte, würde sie seinen Wert nicht kennen. Doch Talia besaß den Stolz ihrer Mutter – auch wenn er möglicherweise bis jetzt brachgelegen hatte. Wenn James ihr Herz nicht wollte, dann würde sie es eben zurücknehmen.

»Also gut.« Sie entzog sich seiner brennenden Berührung und ging zur Tür, sein Mantel hüllte sie noch immer warm und fest ein.

An der Tür hielt sie inne. James stand neben dem Büffet, mit hängenden Schultern, die Hände in den Hosentaschen. Das Haar fiel ihm unordentlich in die Stirn.

Ein ziehender Schmerz aus Sehnsucht und Liebe schoss durch Talia hindurch, doch sie stieß diese Gefühle zurück unter den Teppich aus Kälte, der sich bereits über ihre Seele zu legen begann.

»James, ich bitte dich nur um eines: Behandle das, was vorgefallen ist, vertraulich.«

»Eher würde ich sterben, Talia, als dir Peinlichkeit und Scham zu bereiten.« Er räusperte sich. »Niemand wird davon erfahren. Wenn … falls ich zurückkomme, dann machen wir einfach weiter wie zuvor.«

»Einverstanden.« Talia zog die Tür auf, und ihr Herz brach entzwei, als sie sich von ihm abwandte. »Dann viel Glück für deine Expedition, James. Ich hoffe, du findest, wonach du suchst.«

Denn ich werde es nie mehr finden.

Geblendet von Tränen, lief Talia hastig hinauf in ihr Zimmer.

2

Mai 1855
Ein Jahr später

Am Frühlingshimmel türmten sich dunkle Wolken, die Vorboten eines Sturms, aus denen die ersten Regentropfen auf die gepflasterten Straßen von Middlesex fielen. Ein entlaufener Gockel pickte in einer Lache im Rinnstein nach Futter. Ein Zeitungsverkäufer lief mit seinem Karren vorbei, und ein Milchmädchen hatte sich, die bunten Kannen zu ihren Füßen, in einem Hauseingang untergestellt. Die Türen zu den Läden des Gemüsehändlers, des Bäckers und des Barbiers standen offen, doch es waren nur wenige Leute unterwegs.

Talia saß in der Droschke, die sie am Bahnhof gemietet hatten. Ihr gegenüber hatte Mr Matthew Fletcher Platz genommen, seines Zeichens Lehrer und zugleich Mitglied der *Ragged School Union*, eines wohltätigen Vereins, der Schulen und Asyle für arme Kinder gegründet hatte. Neben ihm saß Miss Alice Colston, auf deren bleichem Gesicht ein besorgter Ausdruck lag. Doch weder die blaue Haube, die sie trug, noch das herrschende Zwielicht noch ihre offensichtliche Beklommenheit konnten verbergen, dass sie schön war wie ein Engel.

Alice blickte auf, und ihr Blick traf den von Talia. Talia, die die Gerichtspapiere fest in der Hand hielt, lächelte ihr aufmunternd zu, obwohl auch ihr Magen sich vor Aufregung zusammenkrampfte.

»Peter hat seine Strafe abgesessen«, sagte sie beruhigend.

»Und wir haben die schriftliche Anordnung für seine Freilassung«, fügte Mr Fletcher hinzu und nahm seinen Hut ab. Darunter kam braunes Haar zum Vorschein, das er aus der hohen Stirn gekämmt trug, was sein hageres Gesicht noch hagerer aussehen ließ. Seine Augen hinter den runden Brillengläsern blickten Talia ruhig an.

»Alles wird gut«, sagte er, doch sehr überzeugend klang es nicht.

Und auch Talia war sich nicht sicher.

Während die Droschke weiter durch die Straßen rollte, begann der Regen auf das Dach zu trommeln. Bald tauchte vor ihnen die düstere Gefängnismauer aus roten Ziegelsteinen auf, hinter der die spitzen Dächer der innenliegenden Gebäude aufragten. Am Eingang stand ein Gefangenenwagen, eiserne Gitter hielten jedes seiner Fenster umklammert wie rostige Kiefer.

Vor dem Tor hielt die Kutsche, und Mr Fletcher reichte dem Wachmann die Einlasspapiere. Nachdem dieser das Tor geöffnet hatte, fuhren sie bis vor den Eingang des Gefängnisses. Die hohen grünen Türflügel waren in einen steinernen Torbogen eingelassen, über dem die Inschrift prangte: *Besserungsanstalt Newhall*.

Sie stiegen aus und begaben sich in das Empfangsbüro, einen schmalen Raum mit Regalwänden, deren Fächer zum größten Teil leer waren, sowie einem Schrank voller Akten. Der Türwächter bedeutete ihnen, sich in das Besucherbuch einzutragen, bevor er die Tür öffnete, die auf den Innenhof führte. »Mr Lawford wird gleich bei Ihnen sein.«

Talia trat an ein schmutziges Fenster und spähte hinaus. Dort standen in Habachtstellung ein Dutzend Wärter, das von einem blonden Mann in der Uniform des Stellvertretenden Gefängnisdirektors inspiziert wurde. Jetzt ließ er die Wärter wegtreten, die im Gänsemarsch in das Hauptgebäude des Gefängnisses marschierten.

William Lawford, der Stellvertretende Gefängnisdirektor, begab sich in seinen am hinteren Ende des Gefängnishofes gelegenen Dienstraum und tauchte ein paar Minuten später in Begleitung eines mageren, groß gewachsenen Jungen von etwa sechzehn Jahren auf, der mit eingezogenen Schultern hinter ihm herschlich. Das schwarze Haar hing ihm in die Augen, und er trug ein graues Gefängnishemd zu Hosen, die ihm viel zu groß waren.

In Talia stiegen Schuldgefühle auf, als sie den Jungen sah. Sie trat vom Fenster zurück und widerstand dem Versuch, sich vorzustellen, was er während seiner Haft wohl alles hatte ertragen müssen. Dann öffnete sich die Tür, und Lawford und Peter Colston traten ein.

»Peter!« Alice schrie auf, als sie ihren Bruder erblickte, und eilte zu ihm, um ihn in die Arme zu schließen. Der Junge ergab sich geduldig der Umarmung, erwiderte sie jedoch nicht.

»Ich bin ja so froh, dich zu sehen, Peter«, stieß Alice atemlos hervor.

»Peter hat sich sehr auf den heutigen Tag gefreut«, sagte William Lawford, wobei er seine Finger hart in die Schulter des Jungen grub und Talia anlächelte. Er war ein gut aussehender Mann Mitte dreißig und schien sich sowohl seiner Stellung als auch seines guten Aussehens sehr bewusst zu sein. »Und wir ebenso«, fuhr er fort. »Es ist immer eine Freude zu sehen, wie einer unserer Jungs in den Schoß seiner Familie zurückkehrt.«

Alice strich Peter die Haare aus der Stirn. »Du siehst schrecklich dünn aus.«

»Peter war etwas störrisch, was das Essen betraf«, sagte Lawford und richtete sein Lächeln jetzt auf den Jungen. »Nicht wahr, Peter? Ich habe ihn von einem Arzt untersuchen lassen. Der meinte, es würde ihm an nichts fehlen. Also liegt es gewiss nicht an mangelnder Verpflegung.«

»Das will ich auch hoffen«, bemerkte Talia spitz.

Peter blinzelte. Seine Miene war immer noch ausdruckslos, und Talia fragte sich einen Augenblick, ob er sich überhaupt noch an sie erinnerte. Ihre Kehle wurde eng. Mit ziemlicher Sicherheit *wollte* er sich nicht an sie erinnern.

Lawfords Lächeln schien wie in Stein gemeißelt. »Ah, Lady Talia Hall. Welch überaus unerwartetes Vergnügen.«

»Miss Colston zu begleiten verschafft mir endlich die Gelegenheit, einmal einen Blick in das Innere Ihres Gefängnisses zu werfen«, meinte Talia. »Mein Antrag auf Besichtigung wurde letzte Woche zum dritten Mal abgelehnt.«

»Wie bedauerlich.« Lawford unterzeichnete ein Dokument und schob es Peter hin. »Hier unterschreiben, Peter. Smythe, nehmen Sie ihn mit. Er soll seine eigenen Sachen wieder anziehen.«

Peter beugte sich nach unten, um sein Zeichen auf das Dokument zu kritzeln, und folgte dann dem Türwärter in einen angrenzenden Raum. Auf Lawfords Anweisung hin setzte Alice ihren Namen ebenfalls unter das Schriftstück.

»Da Mr Fletcher und ich nun schon einmal hier sind«, sagte Talia zu Lawford, »könnten Sie vielleicht eine halbe Stunde erübrigen und einen kleinen Rundgang mit uns machen?«

»Ich würde mich sehr geehrt fühlen, wenn ich diese halbe Stunde erübrigen könnte«, gab Lawford aalglatt zurück. »Doch leider müssen wir hier einen strengen Zeitplan einhalten. Und da Ihr Antrag abgelehnt wurde … nun, es widerstrebt mir, meine Stellung zu gefährden, indem ich Ihnen Einlass gewähre.«

»Sie haben doch sicher den aktuellen Gefängnisbericht gelesen, Mr Lawford?« Talia hielt ihm die Dokumente hin, die sie mitgebracht hatte. »Darin werden zahlreiche Haftanstalten wegen unzulänglicher Bedingungen und Zwangsarbeit angeprangert. Eine Inspektion der Jugendgefängnisse ist erst für das kommende Jahr vorgesehen. Ich habe allerdings vor, im zuständigen Unterhaus-Ausschuss einen Antrag einzubringen, die Inspektion bereits in diesem Sommer durchzuführen, da die Ergebnisse einen starken Einfluss darauf haben werden, welche finanziellen Mittel wir bewilligt bekommen.«

Nach Talias Worten breitete sich eine unbehagliche Stille im Raum aus. Ihr Herz schlug schneller. Lawford nahm die Papiere nicht entgegen, sondern studierte stattdessen noch einmal Peters Akte, bevor er sie langsam zuklappte.

»Mylady, ich bewundere Ihren Einsatz für Kriminelle und bin sicher, dass diese ihn ebenso zu schätzen wissen. Doch gewiss gibt es für eine Dame Ihres Standes dringendere Angelegenheiten zu regeln? Warum würdigen Sie sich so weit herab, den wertlosesten Mitgliedern unserer Gesellschaft zu helfen?«

Talia presste die Zähne zusammen. Sie hasste dieses Wort. *Wertlos*. Vor nicht allzu langer Zeit noch, als die Gesellschaft sie verunglimpft hatte und sie um ihren Platz in der Welt hatte kämpfen müssen, hatte sie sich selber so gefühlt. Und erst vor Kurzem hatte sie herausgefunden, dass sie die Fähigkeit besaß, Menschen zu helfen, die in einer aussichtslosen Lage waren, dass sie imstande war, ihren eigenen *Wert* und den jener Menschen zu beweisen. Ganz gewiss würde sie weder Mr Lawford noch sonst jemandem gestatten, ihre Anstrengungen kleinzureden.

»Sie sind nicht wertlos, Mr Lawford«, erwiderte sie. »Es sind Jungen, die zu produktiven Mitgliedern der Gesellschaft werden könnten, wenn man ihnen eine anständige Bildung zukommen ließe oder ihnen die Möglichkeit gäbe, ein Handwerk zu erlernen.«

»Was ich bei Jungs wie Peter Colston versucht habe.« Lawford deutete eine Verbeugung in Alice' Richtung an. »Es tut mir leid, Miss Colston. Ich habe mich in der Tat bemüht, Ihrem Bruder zu helfen, doch er hat sich allen Anstrengungen meinerseits verweigert.«

»Welche Art von Hilfe haben Sie ihm denn angeboten?«, wollte Mr Fletcher wissen. »Hat Peter in Ihrer Obhut Lesen und Schreiben gelernt?«

Der Blick aus Lawfords klaren, blauen Augen flackerte nicht einen Moment. »Selbstverständlich hat der Junge täglich Lektionen religiöser Natur erhalten. Uns ist sehr wohl bewusst, dass es sich hier um verirrte Seelen handelt, deren moralischer Verfall nicht unumkehrbar ist. Außerdem glauben wir daran, dass man sie auf den richtigen Weg bringen muss, bevor man ihnen gestatten kann, ihren eigenen zu gehen.«

»Und schließt das für Sie auch Züchtigungen jener Art ein, wie sie aus Birmingham bekannt geworden sind?«, fragte Fletcher eisig.

Lawford lachte glucksend. »Ich fürchte, Sie ziehen Parallelen, wo keine sind, Mr Fletcher. Birmingham war ein Gefängnis für erwachsene Verbrecher. Newhall ist für Jungs wie Peter Colston gedacht, die … vergeben Sie mir, Miss Colston … ein gemeingefährliches Naturell besitzen.«

»Peter ist ein guter Junge, Mr Lawford«, sagte Alice und legte eine Hand an die Kehle. »Wir sind eine geachtete Familie.«

Lawford zog skeptisch eine Augenbraue hoch. »Ich weiß,

dass Sie und Ihr Vater das Beste versucht haben, Miss Colston. Und ich hoffe wirklich, dass Peter sein großes Glück erkennt und von seinem kriminellen Tun ablässt. Trotzdem muss ich Ihnen sagen, sein Ungehorsam unter meiner Obhut gibt nicht gerade zu der Hoffnung Anlass, dass er geläutert werden kann.«

»Mr Lawford, ich empfehle Ihnen mit Nachdruck, uns vor der Unterhaussitzung Zugang zu Ihrer Einrichtung zu gewähren«, sagte Talia. »Sollten Sie einer vorbildlich arbeitenden Institution vorstehen, wie Sie behaupten, warum gestatten Sie uns dann nicht, das Gefängnis zu besichtigen und mit den Insassen zu sprechen –«

»Ihr Antrag wurde abgelehnt, Mylady«, fiel Lawford ihr scharf ins Wort. »Ich habe keine weiterreichenden Befugnisse in dieser Angelegenheit.« Dann lenkte er seinen Blick auf Alice. »Miss Colston, bitte verzeihen Sie diese Unannehmlichkeiten an einem Tag, der doch für Sie und Ihre Familie ein Tag der Freude sein sollte.«

»Können wir mit Lieutenant Lawford sprechen, Sir?«, fragte Talia und stellte zufrieden fest, wie sich Lawfords Miene vor Widerwillen verzog.

»Mein Onkel ist erkrankt und hat sich nach London in ärztliche Behandlung begeben«, gab er betont höflich zurück. »Aufgrund seines … gebrechlichen Zustands hat er die Verantwortung über Newhall mir übertragen.«

Noch ein Grund, warum auf Newhall ein dunkler Verdacht lastete. Was George Lawfords Krankheit betraf, so kursierte das Gerücht, er sei dem Alkohol verfallen. Außerdem hatte er die Gefängnisschiffe beaufsichtigt, die Verurteilte nach Australien und in andere Kolonien brachten, war jedoch seines Amtes enthoben worden, als Inspektionen der Schiffe entsetzlichste Bedingungen und zahlreiche Todesfälle ans Licht gebracht hatten. Daraufhin war er im vergangenen Jahr auf den »Ruhestandsposten« in Newhall versetzt worden und führte seitdem die Aufsicht über die dort inhaftierten jugendlichen Delinquenten.

Kurz nach seiner Versetzung hatte er seinen Neffen William zu seinem Stellvertreter ernannt, angeblich als Gehilfen bei der Ausführung seiner Amtspflichten. Wie jedermann wusste, hatte William jedoch recht schnell den gesamten Gefängnisbetrieb an sich gerissen und fungierte inzwischen zwar nicht nach Titel und Gehalt, aber de facto als Direktor der Einrichtung, während er das Desinteresse seines Onkels an diesem Posten geschickt deckte.

»Ich glaube, mein Vater, der Earl of Rushton, ist mit Lieutenant Lawford bekannt«, sagte Talia und strich ihre Handschuhe glatt. »Er bekleidet seit über einem Jahr einen Posten im Innenministerium. Ich hege keinen Zweifel, dass er gewillt ist, mich nach seiner Rückkehr nach London in der Angelegenheit der Gefängnisberichte zu unterstützen.«

Eigentlich hegte sie keinen Zweifel, dass ihr Vater vor Zorn rasen würde, wenn er erfuhr, dass seine einzige Tochter Zugang zu Haftanstalten zu erlangen suchte und sich um jugendliche Straftäter kümmerte … doch das musste Mr Lawford ja nicht unbedingt wissen.

Lawford schüttelte den Kopf. »Nun, ich bin sicher, Ihr Vater wird entzückt sein, wenn er von Ihrem neuesten Vorhaben erfährt, Mylady.«

Seine Stimme troff vor Sarkasmus.

Bevor Talia antworten konnte, trat der Türwärter wieder ein, gefolgt von Peter. Dieser trug nun ein altes Hemd, Jackett und Hose und hielt den Blick gesenkt. Er verharrte auch so, als Alice zu ihm ging und leise mit ihm sprach.

Talia wandte sich zum Gehen und versuchte, ihre Enttäuschung zu verbergen. Auch wenn sie kaum damit gerechnet hatte, dass Mr Lawford ihr Zugang zu Newhall gewährte, hatte sie doch gehofft, eine Schwachstelle in seiner Deckung zu finden, die sie zu ihrem Vorteil nutzen konnte.

Sie warf einen Blick auf Alice und ließ ihn dann zu Lawford wandern, der hinter seinem Schreibtisch stand. Der Mann musterte Alice, in seinen Augen lag ein abwägender, abschätzender Ausdruck, als versuche er, ein Rätsel zu lösen.

Talia war alarmiert. Mit dieser Art von Blick war sie nur allzu gut vertraut, und er gefiel ihr nicht. Sie war nach der Affäre ihrer Mutter mit einem jüngeren Mann oft genug selbst solchen Blicken ausgesetzt gewesen. Auch knapp vier Jahre nach der Scheidung ihrer Eltern musste sie sich manchmal immer noch unerwünschter männlicher Aufmerksamkeit erwehren.

Sie trat zu Alice, nahm sie beim Arm und deutete Richtung Tür. Alice nickte und forderte Peter auf, ihnen zu folgen. Doch bevor der Junge reagieren konnte, packte Lawford ihn bei der Hand.

»Du bist nun wieder in Freiheit, Peter, und ich hoffe, ich sehe dich innerhalb dieser Mauern nie wieder«, sagte er. »Wenn du beständig nach dem Königreich Gottes und Seiner Gerechtigkeit strebst, dann wird es dir gut gehen. Verlass dich darauf. Und, Miss Colston …«

Er umrundete den Tisch und ergriff Alice' Hand. »Ich werde Ihnen und Ihrem Vater alsbald einen Besuch abstatten, um mich zu überzeugen, dass Peter sich gut in die Gesellschaft einfügt.«

»Danke, Sir.«

Mr Fletcher hielt die Tür auf. Alice und Peter verließen das Gebäude und gingen zu der wartenden Kutsche. Als Talia ihnen folgen wollte, schloss sich Lawfords Hand um ihren Arm. Obwohl sie wegen der Anwesenheit Mr Fletchers nicht beunruhigt zu sein brauchte, verstärkten sich ihre dunklen Vorahnungen.

»Ich empfehle Ihnen mit Nachdruck, meine Worte zu beherzigen«, murmelte Lawford. »Ich werde nicht zulassen, dass mein Antrag auf ein neues Gefängnis wegen Ihres lächerlichen Greinens nach Reformen und einer besseren Behandlung jugendlicher Straftäter abgelehnt wird. Und den Namen Ihres Vaters können Sie in die Waagschale werfen, so oft Sie wollen. Wir wissen beide, dass er Ihre abenteuerlichen Unternehmungen niemals unterstützen wird. Ich würde sogar vermuten, dass er weit eher geneigt sein würde, mir bei den *meinen* zu helfen.«

»Mylady.« Fletcher musterte Lawford mit zusammengekniffenen Augen.

»Kümmern Sie sich um Ihre Teepartys und Bälle, Lady Talia«, sagte Lawford noch, bevor er ihren Arm losließ. »Und halten Sie sich von meinem Gefängnis fern.«

»Guten Tag, Sir«, sagte Fletcher steif.

»In drei Tagen werde ich nach London reisen, um meinen Onkel zu besuchen und mich mit Lord Thurlow wegen meines Vorschlags zum Bau eines Gefängnisses in Shipton Fields zu besprechen«, sagte Lawford. »Vielleicht treffe ich Sie beide dort … na ja, natürlich nicht *Sie*, Mr Fletcher, aber auf jeden Fall Lady Talia. Ich habe bereits zahlreiche Einladungen.«

Talia fand den Gedanken, Mr Lawford während der Saison zu begegnen, zwar wenig reizvoll, trotzdem könnte es eine Möglichkeit sein, mehr Unterstützung für ihre Sache zu gewinnen. Als Gast auf einem eleganten Ball würde er sie zumindest nicht bedrohen, müsste er doch fürchten, dass jegliches Aufsehen alle Anstrengungen, seine gesellschaftliche Stellung zu verbessern, zunichtemachen könnten.

Ohne Lawford einen guten Tag zu wünschen, verließ Talia das Büro und stieg in die wartende Droschke. Sie nahm gegenüber von Peter und Alice Platz, während Mr Fletcher den Kutscher anwies, sie zurück in die Stadt zu fahren.

»Lasst uns Peter wohlbehalten nach Hause bringen«, sagte Talia. »Ich glaube, der nächste Zug geht um zwölf Uhr mittags, also haben wir noch genügend Zeit für einen kleinen Imbiss in der Stadt. Du bist doch sicher hungrig, Peter?«

Der Junge zuckte gleichgültig mit den Schultern. Talia und Alice tauschten einen Blick, und als sie die Verzweiflung in den Augen der jungen Frau sah, zog sich Talias Herz zusammen. Sie würden wohl niemals erfahren, was Peter hinter den dicken Mauern von Newhall hatte erdulden müssen.

Zwar ließ der Junge äußerlich keinerlei Anzeichen für eine schlechte Behandlung erkennen, doch von anderen, die dort ihre Strafe abgesessen hatten, wusste Talia mancherlei über die disziplinarischen Maßnahmen, die man in Newhall anwandte. Obgleich ihr der Gedanke an die Grausamkeiten zuwider war, die die Wärter an den Jungen verübten, hoffte sie doch, dass Peter eines Tages über seine Erfahrungen sprechen würde. Seine Aussage konnte entscheidend zum Erfolg der geplanten Reformen beitragen, und das war der einzige Weg, diesen Zuständen abzuhelfen.

»Dein Vater freut sich darauf, dass du nach Hause kommst, Peter«, sagte Mr Fletcher.

»Nee, tut er nich.« Peter starrte aus dem Fenster.

»Aber natürlich tut er das.« Alice tätschelte ihrem Bruder die Hand. Ihre Stimme klang fröhlich, doch ihre Augen waren dunkel vor Sorge. »Papa war sehr beschäftigt, darum konnte er heute nicht mitkommen. Aber wir haben anlässlich deiner Rückkehr ein besonderes Essen geplant. Gekochten Schinken, Gemüse und Steckrübenmus. Und Lady Talia hat als Dessert einen leckeren Aprikosenkuchen mitgebracht.«

Peters Reaktion nach zu urteilen, hätte sie genauso gut über die Anzeigenrubriken in der *Times* reden können. Talia versuchte, eine neuerliche Welle von Schuldbewusstsein zu unterdrücken, die in ihr aufstieg, während die Droschke sich dem Stadtzentrum näherte. Alice drückte Peters Hand.

Sie sehen sich ähnlich, dachte Talia, als sie die beiden betrachtete. Besonders die Augenpartie. Zwar hatte Alice blaue Augen und Peter braune, doch waren sie bei beiden mandelförmig und von dichten, dunklen Wimpern beschattet. Ansonsten waren die beiden Geschwister das genaue Gegenstück des jeweils anderen – Alice' wunderhübsches Gesicht mit dem blonden Haar bildete einen starken Kontrast zu Peters schwarzem Haar und dessen scharf geschnittenen Gesichtszügen.

Alice deutete aus dem Fenster und sagte etwas zu ihrem Bruder. Obwohl er immer noch nicht reagierte, erschien in seinen Augen ein schwaches, amüsiertes Glitzern.

Talia, der gar nicht aufgefallen war, dass sie die Luft angehalten hatte, atmete hörbar aus. Alice und Peter waren Geschwister. Ganz gleich, was Peter in Newhall oder vorher erduldet hatte, ganz gleich, was ihm nach neun Monaten Gefängnis bevorstand … zumindest würde er immer Alice haben.

Die roten Mauern des Gefängnisses verschwanden in der Ferne. Bedauern begann an Talia zu nagen, als sie an ihre eigenen Brüder dachte. Alle vier lebten weit entfernt von London ihr eigenes Leben. So sehr sie sie auch vermisste, hoffte sie doch, sie wären zu beschäftigt, um sich Sorgen um ihre kleine Schwester zu machen.

Zum ersten Mal in den vierundzwanzig Jahren ihres Lebens waren die Dinge genauso, wie sie sie wollte. Außerdem konnte sie ohne ihre Brüder, die ihr Vorhaben vereiteln würden, endlich versuchen, sich bei Peter Colston dafür zu revanchieren, dass er ihretwegen im Gefängnis gelandet war.

In Konstantinopel überzog das Licht der untergehenden Sonne die Kuppeln der Gebäude und die Spitzen der Minarette mit einem rotgoldenen Schimmer. Händler, Dienstmänner und verschleierte Frauen gingen an Läden vorbei, in denen sich einheimische Waren und Güter aus England türmten. Soldaten mit rotem Fez aus Filz patrouillierten in den Straßen oder saßen lässig in Straßencafés. An den Verkaufsständen gegenüber einer Moschee hingen farbenprächtige Teppiche, und die Luft war geschwängert von Rauchgeruch und dem Duft nach Gewürzen.

Ein Kellner kam an den Tisch, um James' Tasse mit frischem Kaffee aufzufüllen. Er war dickflüssig und stark, ein deutlicher Unterschied zu dem wässrigen Aufguss, den man in den Londoner Teehäusern servierte. Nachdem er noch einen Teller Süßigkeiten aus Reis und Honig auf den Tisch gestellt hatte, machte der Kellner eine kleine Verbeugung und verschwand.

»Ein Gefängnis.« Alexander Hall, Lord Northwood, blickte James von der anderen Seite des Tisches her finster an. »Was hat meine Schwester in einem Gefängnis verloren?«

Auch in James löste die Vorstellung, Talia könne sich auch nur in der Nähe eines solchen Ortes befunden haben – geschweige denn *darin* –, Beklemmung aus. Trotzdem versuchte er, seinen Ton höflich fragend zu halten.

»Woher weißt du, dass sie dort war?«

»Haverton begleitete Lieutenant Colonel Jebb bei einer Untersuchung«, erläuterte North. »Er sah, wie Talia Smithton verließ. Rushton würde ihr mit Sicherheit nicht erlauben, ein Gefängnis aufzusuchen, was bedeutet, dass er nichts davon gewusst haben kann.«

»Hast du mit ihm gesprochen?«

»Noch nicht. Er besucht uns in St. Petersburg, sobald er seine Geschäfte für das Innenministerium in Kiew erledigt hat. Er wird außer sich sein, wenn er erfährt, dass Talia in etwas so Unappetitliches verwickelt ist.«

»Du weißt doch gar nicht genau, ob es stimmt, North«, widersprach James, immer noch bemüht, einen pragmatischen Tonfall zu wahren. »Sie ist ein vernünftiges Mädchen und würde nie und nimmer sich selbst oder jemand anderen einem Risiko aussetzen.«

»Das habe ich auch immer geglaubt«, murmelte Northwood. »Und hätte ich auch nur den kleinsten Hinweis darauf gehabt, dass sie sich mit kriminellen Elementen einlässt, hätte ich ihrer Wohltätigkeitsarbeit schon längst einen Riegel vorgeschoben. Ich dachte, ihr Engagement bei den Armenschulen bestünde darin, Kindern aus ärmlichen Verhältnissen Zugang zu Bildung zu verschaffen, um Himmels willen.«

James spreizte die Finger und ballte sie dann zu Fäusten. Es war jetzt ein Jahr her, dass er London verlassen hatte, und er hatte auf seinen Reisen eine ganze Menge mit Strafgefangenen zu tun gehabt, an Bord von Schiffen oder auch in den Docks. Er wusste, wie sie tickten, diese rauen, gebrochenen Männer, die alle Hoffnung verloren hatten und denen es egal war, wen sie verletzten. Falls es stimmte, falls Talia sich wirklich in Gefahr brachte … unvermittelt stieg Furcht in ihm auf und beschleunigte seinen Puls.

»Es gefällt mir nicht«, fuhr Northwood fort. »Und Rushton wird es auch nicht gefallen. Doch er kann erst etwas unternehmen, wenn er im September nach London zurückkehrt. Er hegt die Hoffnung, dass Talia sich bis dahin entschieden haben wird, wen sie heiratet.«

James hustete und griff nach seiner Tasse, um die Bestürzung zu verbergen, die ihn bei der Erwähnung von Talias Heirat überfiel. Er nahm einen Schluck Kaffee und versuchte, seiner Stimme einen neutralen Ton zu geben.

»Wie ich hörte, hat sie letzten Sommer deinen Vorschlag, Lord Fulton zu ehelichen, nicht gerade gut aufgenommen«, bemerkte er.

»Eine Ehe mit Fulton würde ihre Zukunft sehr gut absichern«, erwiderte Northwood. »Und als ich sie fragte, ob sie jemand anderen im Sinn hätte, weigerte sie sich, es mir zu sagen. Allerdings machte sie sehr deutlich, dass sie diesbezüglich keinerlei Einmischung wünscht.«

James lehnte sich zurück und sah über Northwoods Schulter hinweg auf den Basar. In bunten Farben leuchtende Schals flatterten von einem der Stände wie riesige Schmetterlinge. Vor James' geistigem Auge tauchte ein Bild auf: Talias weiße Haut, die im Licht des Kaminfeuers glänzte, eine Haarlocke, die auf ihre Schulter fiel, als sie ihn mit ihren smaragdgrünen Augen anblickte …

Er schob die Erinnerung zusammen mit der unweigerlich aufwallenden Hitze beiseite. Während des ganzen letzten Jahres hatte er sich gezwungen, nicht an jenen Abend in Floreston Manor zu denken, sich nicht daran zu erinnern, wie sein Innerstes in Flammen gestanden hatte, als ihm klar geworden war, dass Lady Talia Hall nicht nur eine schöne Frau war, sondern auch eine außerordentlich begehrenswerte.

Zwar war es ihm gelungen, die Erinnerung an sie zumindest tagsüber zu unterdrücken, doch des Nachts war er machtlos dagegen gewesen. Des Nachts hatten sich immer wieder aufreizende Bilder von ihm und Talia in seine Träume gestohlen und ihn erregt und voller schmerzlicher Sehnsucht nach einer Frau zurückgelassen, die er nicht begehren durfte.

Northwood redete immer noch. James blinzelte und versuchte, sich wieder auf die Worte seines Freundes zu konzentrieren.

»… soll das letzte Mal in Kalifornien gesehen worden sein«, sagte North gerade. »Und was ist mit deiner nächsten Expedition? Du sagtest, du seist auf Schwierigkeiten gestoßen?«

James nickte und zwang sich, die Gedanken an Talia endgültig zu verdrängen und sich auf das zu fokussieren, weswegen er diesen Abstecher gemacht hatte, um sich mit Northwood zu treffen.

»Der russische Vizeadmiral blockiert unsere Zufahrt nach Norden«, erklärte er. »Aus diversen Quellen verfügen wir über finanzielle Mittel, und die Vorbereitungen sind beinahe abgeschlossen, aber wir können nicht die Segel setzen, ehe wir nicht wissen, ob wir ins Amur-Becken dürfen.«

Er schob Northwood einen Stapel Papiere hin. »Das ist die detaillierte Planung. Wie du feststellen wirst, dürfte auch dein Handelsunternehmen ganz gut davon profitieren. Besonders, wenn wir erst die Zuwege und Straßen zu den Städten und Häfen kartiert haben. Bitte lege bei Vizeadmiral Petrow ein gutes Wort für mich ein.«

Northwood begann, mit gerunzelter Stirn die Papiere durchzugehen. James konnte beinahe sehen, wie es im Kopf des Freundes arbeitete. Schon als Junge hatte North niemals vorschnell seine Zustimmung zu etwas gegeben, ein Problem immer zuerst von allen Seiten betrachtet, ehe er eine Entscheidung traf.

Zwar machte James es oft genauso, doch jetzt verspürte er eine leichte Ungeduld, während er zusah, wie North die Planung studierte. Die Russen hatten die Grenzen Sibiriens beträchtlich nach Süden ausgedehnt, und das war der Grund, warum sie es einer britischen Expedition nicht gestatten wollten, in das Gebiet zu reisen. Insbesondere, wenn solch eine Expedition den vollen Umfang der russischen Geländegewinne im Osten ermessen und womöglich zu der Schlussfolgerung gelangen könnte, diese stellten eine potenzielle Bedrohung für den Süden und die britischen Territorien dar.

James war nicht daran interessiert, Spekulationen über russische Gebietsansprüche anzustellen und noch weniger daran, militärische Geheiminformationen an die britische Regierung zu liefern. Er wollte lediglich das Land kartografieren und in der Region ethnografische Studien treiben. Doch das wusste Vizeadmiral Petrow nicht.

»Die Planung steht. Sie sieht vor, dass ich im Juni aus London abreise«, erklärte er Northwood. »Aber Petrow hat seine Zustimmung verweigert, und der Generalgouverneur von Sibirien hat seine bereits erteilte Genehmigung unseres Vorhabens wieder zurückgezogen.«

North musterte seinen Freund. »Du hast schon alles vorbereitet? Eine Crew angeheuert?«

»Und Schiffe. Ich möchte sie keinesfalls einem Risiko aussetzen, indem ich ohne Genehmigung in das Amur-Becken steuere. Aber sollte ich gezwungen sein, das gesamte Vorhaben abzublasen, dann verliere ich meine Glaubwürdigkeit bei der Royal Geographical Society. Sie werden meine Fähigkeit in Frage stellen, in Zukunft erfolgreiche Expeditionen zu leiten.«

James wusste nicht, was er tun würde, falls ihm die Finanzierung für künftige Unternehmungen wegbrach. Die Vorstellung, unfreiwillig in London festzusitzen und sich mit den Hinterlassenschaften seines Vaters und den hässlichen Schatten der Vergangenheit beschäftigen zu müssen …

Er holte tief Luft. Er *brauchte* diese Reisen. Er brauchte die kalte, salzige Meeresluft, die tanzenden Wogen, das Rollen des Schiffes unter seinen Füßen, die Weiten unerforschter Länder. Er brauchte es, in der Welt unterzutauchen.

Ein Gefühl des Gedrängtseins überkam ihn, und er beugte sich vor. »Ich brauche deinen Einfluss, North. Du hast gute Geschäftsbeziehungen zu Petrow. Wenn *du* ihm versichern würdest, dass wir lediglich ethnologische Studien treiben und das Land kartografieren wollen, dann ist es sehr viel wahrscheinlicher, dass er uns die Einreise erlaubt.«

»Du meinst, auf mein Wort hin.«

»Ja. Petrow vertraut dir. Ich ebenfalls.«

Und dieses Vertrauen in Northwood war grenzenlos. North wusste, warum James immer wieder neue Expeditionen plante. Er war der einzige Mensch auf der Welt, der die Wahrheit über James' Eltern kannte. Es war sehr wohl möglich, dass er sich seine Gedanken darüber machte, warum sein Freund nicht in London bleiben wollte, doch er war so gnädig, ihn nicht danach zu fragen.

»In zwei Tagen kehre ich nach London zurück, um die Papiere fertig zu machen«, sagte James. »Wenn ich keine Genehmigung bekomme, nach Südsibirien zu reisen, muss ich das gesamte Projekt abblasen. Und ein paar Leute vor den Kopf stoßen, denn es sind gut ein halbes Dutzend Geldgeber involviert. Von den Männern, die ich bereits angeheuert habe, ganz zu schweigen.«

Northwood betrachtete ihn mit gerunzelter Stirn. »Wie lange wirst du in London sein?«

»Sobald wir die Genehmigung haben, etwa einen Monat. Die Abreise ist auf den zwölften Juni festgesetzt.« James unterdrückte seine stärker werdende Ungeduld. Northwood ging sehr analytisch vor, was geschäftliche Entscheidungen betraf, doch er schreckte auch niemals davor zurück, einem Freund zu helfen. »Du bist der Einzige, der genügend Einfluss besitzt, North. Wirst du mir nun helfen oder nicht?«

»Ich werde dir helfen«, erwiderte Northwood. »Unter einer Bedingung.«

Die eben aufkeimende Erleichterung wurde sofort wieder von Skepsis erstickt. »Alles, was du willst.«

»Finde heraus, was Talia treibt und sorge dafür, dass sie keine Dummheiten macht.«

Verdammt.

James schob seinen Hut in die Stirn, um die stechenden Sonnenstrahlen abzuschirmen und seine Reaktion zu verbergen. Er konnte sich nicht vorstellen, wie es wäre, Talia wiederzusehen. Er konnte sich nicht vorstellen, keine andere *Möglichkeit* zu haben, als sie wiederzusehen.

Scham kam in ihm auf. Er hatte ganz fest vorgehabt, nach London zu fahren und die Stadt schnellstens wieder zu verlassen, ohne bei Talia vorbeizuschauen. Nicht, weil er sie nicht sehen wollte, sondern weil ihn die Gedanken an sie das ganze letzte Jahr über gequält hatten.

Northwoods Schwester, Grundgütiger! Und James hatte heiße, rastlose Träume, in denen er ihre helle Haut sah und die Rundung ihrer Brüste, die weiche Berührung ihres Mundes spürte. Er dachte viel zu oft an ihre vollen Lippen. Niemals hatte er daran gedacht, sie zu küssen, bevor sie es getan hatte.

Bevor ihre Zunge seine berührt und ein schockierend heißes Verlangen durch seine Adern geschickt hatte.

»Auf dich wird Talia hören«, fuhr Northwood fort. »Das hat sie immer getan. Jedenfalls mehr als auf mich oder Sebastian.«

James zögerte. Die Bitte seines Freundes war einfach und verständlich. North hatte recht: Talia hatte immer auf ihn gehört, obwohl seine Einflussmöglichkeiten auf sie angesichts ihrer letzten Begegnung vermutlich nicht mehr dieselben waren.

Das konnte er Northwood natürlich nicht sagen.

»Und sie hat dir immer vertraut«, fügte Northwood hinzu. »Ein weiterer guter Grund, warum du mit ihr sprechen solltest.«

Ja, sie hat mir in der Tat vertraut, dachte James. Doch es war gut möglich, dass sie jetzt nichts mehr mit ihm zu tun haben wollte. Und auch das konnte er seinem Freund nicht sagen. North wusste nichts von ihrer letzten Begegnung. Er wusste nicht, dass James das ganze letzte Jahr hindurch gegen unschickliche Gedanken angekämpft hatte, die Talia betrafen. Gedanken, die er nicht haben durfte.

»Also?«, fragte Northwood.

James konnte die Bitte nicht ohne eine vernünftige Erklärung abschlagen … hatte aber keine. Er war ein enger Freund der Halls, seit er und Alexander neun Jahre alt gewesen waren. Er war wie ein Bruder für sie. Und ganz egal, wie beklommen ihm auch bei der Vorstellung, Talia wiederzusehen, zumute sein mochte – den Gedanken, dass sie sich womöglich in Gefahr befand, konnte er nicht ertragen.

Er wappnete sich. Einmal hatte er einem wütenden Elefanten gegenübergestanden, bei anderer Gelegenheit einer Horde Piraten. Er war von einer tödlich giftigen Schlange angegriffen worden und hatte gegen reißende Fluten angekämpft. Ganz gewiss konnte er den Mut aufbringen, Lady Talia Hall wieder gegenüberzutreten. Vor allem, wenn es darum ging, für ihre Sicherheit zu sorgen oder zumindest seine und Norths Ängste aus der Welt zu schaffen.

»Natürlich«, sagte er. »Natürlich werde ich mit ihr sprechen.«

»Gut.« Northwood nickte zufrieden. Und ich werde dem Vizeadmiral morgen ein Telegramm schicken. Ich verspreche dir, dass deine nächste Expedition wie geplant stattfinden wird.«

Während James zu seinem Hotel zurückging, war er nicht imstande, die Erinnerungen an jenen Nachmittag in Floreston Manor aus seinem Kopf zu verbannen. Seine Meinung über Talia hatte sich damals in weniger als einer Stunde völlig verändert. Sie war in den Salon gekommen, ganz die junge Frau, die er immer gekannt hatte – schön, herzlich, intelligent. Talia eben.

Er hatte sich gefreut, sie zu sehen, war jedoch nicht ganz bei der Sache gewesen, abgelenkt von den Gedanken an die Vorbereitungen zu seiner Reise nach Neusüdwales und all den Dingen, die es in London noch zu regeln galt. Sie hatte geredet und geredet, über die Einmischung ihres älteren Bruders, ihren Wunsch, selbst zu bestimmen, wen sie heiraten würde … und dann hatte sie ihren Schal zu Boden fallen lassen und ihm ihre Liebe gestanden.

James erinnerte sich noch gut daran, wie er vollkommen fassungslos dagestanden hatte, wie eine Salzsäule. Er erinnerte sich an die Hitze, die ihn plötzlich überflutet hatte, den unvermittelt aufkeimenden Wunsch, Talias sahneweiße Haut und ihre runden Brüste zu sehen. An die Art, wie das Flackern des Kaminfeuers ihre Augen mit einem smaragdgrünen Leuchten erfüllt hatte. Plötzlich und unvermittelt war sie zur *Frau* geworden.

Grundgütiger. Noch nicht einmal ein ganzes Jahr später konnte er an diesen Kuss denken, ohne dass sein Herz schneller schlug.

Wir werden weitermachen wie zuvor. Wie dumm von ihm, so etwas zu sagen. Talia hatte ihm ihre Liebe gestanden und ihren Wunsch, seine Frau zu werden. Er hatte sie zurückgewiesen und war doch von seiner Reaktion auf diesen Kuss vollkommen überwältigt gewesen.

Wie um alles in der Welt konnte irgendetwas zwischen ihnen beiden jetzt noch so sein wie zuvor?

James ging auf sein Zimmer, dessen rohe, weiß getünchte Wände eine willkommene Abwechslung zum bunten Lärm der Straße boten. Er ließ sich auf das Bett sinken und fuhr sich mit einer Hand übers Gesicht.

Seine Reise von Konstantinopel nach London würde etwa eine Woche dauern. Er konnte nur hoffen, dass die kühle Meeresluft und der frische Wind die Verwirrung klären würden, die in seinem Kopf herrschte.

Vielleicht fielen ihm sogar einige Antworten ein, denn noch hatte er keine Ahnung, wie er Talia am besten gegenübertreten sollte. Er wusste ja nicht mal, ob sie ihn überhaupt würde sehen wollen. Und er war sich verdammt sicher, dass sie ihn nie wieder auf die altvertraute Art anschauen würde.

3

Eine Woche nach Peter Colstons Entlassung aus Newhall bahnte sich Talia wieder einmal ihren Weg durch einen überfüllten Ballsaal. Bestärkt von neuer Entschlossenheit war dies das erste Mal, dass es ihr gelang, die Londoner Festsaison zu genießen. In den Jahren nach der Scheidung ihrer Eltern hatte sie sich von der scheinbar endlosen Aneinanderreihung von Bällen und Empfängen, die von einer unangenehmen Mischung aus Anzüglichkeiten und kursierenden Gerüchten beherrscht wurden, stets abgestoßen gefühlt.

Nun jedoch, da sie auf der Suche nach Unterstützung für die Brick School war, ihrem Hilfsprojekt für straffällig gewordene Kinder, wollte sie beginnen, ihre gesellschaftlichen Verbindungen zu ihrem Vorteil zu nutzen. Sie konnte von einem Gast zum nächsten gehen, um hier und da eine Bemerkung über das Projekt und die bevorstehende Tagung des Unterhaus-Ausschusses anzubringen. Nur einige kurze Worte, die dem einen oder anderen reichen Industriellen oder Adligen in Erinnerung blieben und hoffentlich fruchteten.

Keinesfalls durfte dem Angesprochenen die Zeit bleiben, ihr Anliegen rundheraus abzulehnen. Oder dass ihm womöglich der Skandal um Talias Mutter wieder einfiel und er sich darüber auszulassen begann, oder, noch schlimmer, dass er sie mit einem abschätzenden Blick musterte, in dem eine Spur Lüsternheit lag. Ihm durfte nicht die Gelegenheit gegeben werden, sich zu fragen, ob sie wohl eine ebensolche Dirne sei wie ihre Mutter.

Da ihr Vater und ihr Bruder nicht in London weilten – und sie kurz davor stand, eine alte Jungfer zu werden –, konnte Talia das Thema Heirat und die Suche nach einer passenden Partie getrost den jüngeren Frauen und deren Müttern überlassen. Endlich konnte sie die Saison zu ihrem Vorteil nutzen, anstatt sich zurückzuziehen, wie sie es während der letzten vier Jahre getan hatte.

»Was ich sagen will, Mylord, ist Folgendes: Die Brutalität, mit der die Prügelstrafe vollzogen wird, erzeugt nur Wut und Demütigung«, sagte Talia, wobei sie das ernste Thema abzumildern suchte, indem sie ihrer Stimme einen beschwingten Ton verlieh. »Die Kinder werden unter repressiven Bedingungen gehalten, und es wird ihnen nicht gestattet, sich zu bilden, außer in religiösen Dingen. Mir liegt ein Bericht darüber vor, dass mehreren Kindern Handfesseln angelegt wurden. Sie stimmen mir doch sicher zu, dass eine solche Behandlung den Jugendlichen entsetzlichen Schaden zufügt, wo ihnen doch weit besser gedient wäre, wenn sie den Wert von Bildung erkennen oder ein Handwerk erlernen würden.«

Der plumpe Lord Thurlow mit seiner beginnenden Glatze nickte abwesend und ließ seinen Blick an Talia vorbei zur Tanzfläche wandern.

Talia verstellte ihm den Blick und lächelte ihn gewinnend an. »Ich wüsste es sehr zu schätzen, wenn Sie meinen Vorschlag unterstützen würden, Mylord.«

Lord Thurlow grunzte etwas Unverständliches, das ebenso gut Zustimmung wie Ablehnung bedeuten konnte. Dann nahm er ein Glas vom Tablett eines Kellners und wandte sich ab.

»Wenn Sie mich jetzt bitte entschuldigen, Mylady, aber ich finde derartige Diskussionen auf einer solch hübschen Soiree außerordentlich unpassend.«

Er schlenderte in Richtung Spielsalon davon. Talia seufzte. Sie war enttäuscht, obwohl sie diese Art Zurückweisung inzwischen gewohnt war.

Sie nestelte an ihrer Perlenkette und ließ den Blick durch den Saal schweifen. Bisher hatte sie es nicht geschafft, auch nur einen der adligen Freunde ihres Vaters dafür zu gewinnen, die Brick School zu unterstützen. Aber sie würde nicht aufgeben.

Das war sie Peter Colston und den anderen Jungen schuldig, auf die eine trostlose Zukunft wartete, wenn man ihnen nicht eine andere Möglichkeit aufzeigte. Talia war die Tochter eines Earls – daran konnte sie nichts ändern. Ebenso wenig wie sie den Zwängen und Erwartungen der Gesellschaft entfliehen konnte. Aber sie konnte sehr wohl ihre Stellung nutzen, um ein Ziel zu verfolgen, das andere als nutzlos abtun würden.

Langsam umrundete sie den Saal. Der Geruch von Champagner und blumiger Parfümduft erfüllten die Luft. An Talias Schläfe bildete sich ein kleiner Schweißtropfen und rann ihre Wange hinunter. Nach einem Glas Limonade dürsten begab sie sich an den Tisch mit den Erfrischungen und legte sich dabei im Geiste neue Strategien zurecht, wie sie mehr Unterstützung für ihr Projekt gewinnen könnte.

Anstatt auf gesellschaftlichen Anlässen wie diesem die Herren anzusprechen, sollte sie sich vielleicht eher auf deren Gattinnen konzentrieren. Die Damen der Gesellschaft wären vermutlich empfänglicher für ihr Anliegen, vor allem deshalb, weil viele von ihnen Söhne im Kindesalter hatten.

Die Fürsprache dieser Frauen zu gewinnen bedeutete allerdings, dass Talia Einladungen zum Tee und zu Damengesellschaften annehmen musste, was sie so lange Zeit vermieden hatte. Und sie fühlte sich noch immer nicht genügend gewappnet, um sich in einen Salon voller Frauen zu begeben, die sich ziemlich genau in dem Moment, in dem sie ihnen den Rücken kehrte, in geflüsterten Spekulationen über sie ergehen würden. Ganz zu schweigen davon, dass sie keineswegs sicher war, ob ihre Anwesenheit überhaupt willkommen wäre. Sie hatte bisher nur sehr wenige Einladungen zu solchen Zusammenkünften erhalten.

Talia ging weiter auf den Tisch mit den Erfrischungen zu. Sobald sie ihre Limonade hatte, würde sie Lord Smythe suchen. Der Ballsaal war brechend voll. Lautes Stimmengewirr erfüllte die Luft, und vom Piano driftete die Melodie eines Walzers herüber.

In der Nähe der Türen, die auf die Terrasse führten, erblickte Talia einen hochgewachsenen Mann. Lord Margate. Sie hatte vorgestern Abend mit ihm gesprochen. Er hatte Interesse bekundet und mehr über die Sitzung des Unterhaus-Ausschusses hören wollen. Talia straffte sich und ging entschlossen auf ihn zu.

Plötzlich ließ das Lachen eines Mannes sie innehalten. Talia erkannte es trotz des Lärms sofort – ein tiefes, männliches Lachen, das sich seinen Weg zu ihr bahnte und gegen die Mauer ihres Herzens prallte.

James.

Talia versuchte, ruhig weiterzuatmen und das unbeschreibbare Gefühl zu ignorieren, das in ihr hochstieg.

Er war zurück.

Für einen Augenblick wusste Talia nicht, was sie tun sollte. Jemand stieß von hinten gegen sie, und sie machte ungewollt einen Schritt nach vorn. Sie raffte ihr Kleid, fühlte sich von James' Lachen angezogen wie eine Biene vom warmen, süßen Duft ihres heimatlichen Stocks.

Sie bahnte sich einen Weg durch die Menge. Mit jedem Schritt schlug ihr Herz schneller. Und dann sah sie ihn. Er hielt inmitten eines Kreises von Männern und Frauen Hof, die ihn bewundernd ansahen. Sein dunkles Haar glänzte rot im Licht des Kaminfeuers.

James.

Freudige Erregung erfasste sie. Während der letzten zehn Jahre hatte Talia jedes Mal, wenn James von einer seiner Expeditionen zurückgekehrt war, dieselbe Mischung aus Gefühlen verspürt: Entzücken, wieder in seiner Nähe zu sein, gespannte Erwartung, von seinen Abenteuern zu hören, pure Freude, dass er wohlbehalten zurück war. Und immer wieder hatte sie sein wundervolles Lächeln bezaubert, in dem alles Gute dieser Welt vereint schien. Ungeachtet dessen, was zwischen ihnen vorgefallen war, hatten sich diese Gefühle nicht verändert und wirbelten immer noch in einem Mix aus Farben und Licht durch Talias Körper.

Sie betrachtete ihn atemlos und versuchte, all die kleinen Veränderungen festzustellen, die das letzte Jahr gebracht hatte. Seine Haut war dunkler, und vereinzelte Strähnen seines Haars waren von der Sonne gebleicht. Sein schlanker, muskulöser Körper steckte in einem schwarzen Frack, zu dem er eine elegante Seidenkrawatte trug.

Er unterhielt sich mit Lady Bentworth, einer rundlichen, fröhlichen Dame, die sich mit einem Seidenfächer Luft zufächelte, während sie angeregt mit ihm plauderte. James hörte ihr aufmerksam zu, nickte ab und an. Seine Lippen umspielte ein Lächeln.

Obwohl er vollkommen entspannt wirkte, eingehüllt in eine Aura beeindruckender Selbstsicherheit, nahm Talia auch eine gewisse Zurückhaltung wahr, seine spezielle Art, Distanz zur

Menge zu wahren. Diese Distanziertheit war Teil seines Mysteriums. Sie brachte die Menschen dazu, tiefer graben zu wollen, mehr herausfinden zu wollen, ihm näher sein zu wollen.

Was er natürlich nicht zulassen würde. Selbst jetzt war Talia das klar.

Dann blickte James hoch und sah sie. Talia holte tief Luft. Ihr Puls begann zu hämmern, als ihre Blicke sich trafen. Ein Blitz aus Energie schoss von ihm zu ihr und versetzte ihren gesamten Körper in Aufruhr.

Oh, nein. Nein.

Das konnte doch nicht sein, dass sie immer noch so empfand! Sie hatte das ganze letzte Jahr damit verbracht, die glimmenden Reste ihrer Liebe zu James auszutreten. Und jetzt steckte ein einziger Blick über einen Raum voller Menschen hinweg das Feuer wieder in Brand.

Talias Finger schlossen sich fester um die Falten ihres Rockes, während sie sich stolz aufrichtete. Er hatte sie *zurückgewiesen*. Die Erinnerung ließ sie immer noch vor brennender Scham erröten, und erstickte – Gott sei Dank – die Vorfreude, die in ihr aufgestiegen war. Nie wieder würde sie sich so vor ihm erniedrigen.

James neigte den Kopf und sagte etwas zu Lady Bentworth, die lächelte und verständnisvoll nickte. Dann löste er sich aus dem Kreis von Leuten, der ihn umgab, und kam auf Talia zu.

Ihr Mund wurde trocken. Er bewegte sich mit solcher Leichtigkeit. Seine langen Schritte und seine Körperhaltung strahlten jene packende Energie aus, die von jeher ein essenzieller Bestandteil seines Wesens war. Als er näher kam, stellte Talia zu ihrem Entsetzen fest, dass sie auf seinen Mund starrte und daran dachte, wie köstlich sich seine Lippen auf ihren angefühlt hatten.

»Hallo, Schätzchen.« Der herzliche Klang dieser Worte erwärmte Talia wie ein Feuer in einer eiskalten Winternacht, auch wenn der Gebrauch ihres Kosenamens ihr wieder in Erinnerung rief, wie die Dinge zwischen ihnen beiden standen.

Wir werden weitermachen wie zuvor.

Ihr Herz sank ein kleines Stückchen, doch dann überkam sie der Wunsch, er möge sie in die Arme nehmen wie immer, wenn er von einer Expedition zurückkehrte. Auch jetzt noch sehnte sie sich nach seiner festen, herzlichen Umarmung, dem Gefühl, wie sich sein Körper gegen ihren presste. Sie wollte ihr Gesicht an seine Schulter drücken und den Duft nach Meer und Sonnenschein einatmen, der ihn umgab.

Halt, Talia. Halt. So kann es nie wieder sein. So wird es nie wieder sein.

Als wolle er ihre stumme Behauptung bestätigen, kam James nicht weiter auf sie zu. Und er streckte auch nicht die Arme aus, obwohl er ihr weiterhin in die Augen sah. Talia versuchte, die chaotische Mischung aus Freude und Enttäuschung zu unterdrücken, die sie überkam.

»Willkommen zurück, James.« Zumindest zitterte ihre Stimme nicht. »Wann bist du angekommen?«

»Vor zwei Tagen.«

»Ich wusste gar nichts von deiner Rückkehr.«

Der Gedanke brachte sie unvermittelt aus der Fassung, beinahe mehr, als der Schock, ihn zu sehen. James hatte früher immer eine Nachricht mit dem Datum seiner Rückkehr in das Haus ihres Vaters geschickt – an *sie*. Dieses Mal nicht. Und er hatte ihr während des gesamten letzten Jahres auch nicht ein einziges Mal geschrieben, außer einem förmlichen Brief zu Weihnachten, der an Talia und ihren Vater gleichermaßen gerichtet war.

Das alles war überhaupt nicht so *wie zuvor*. In all den Jahren hatte James ihr lange, detaillierte Briefe geschrieben und von seinen Reisen und Entdeckungen berichtet. Als ob er gewusst hätte, wie kostbar ihr die Berichte von sturmgepeitschten Ozeanen, trockenen Wüsten und schlangenbevölkerten Dschungeln waren. Als ob er gewusst hätte, dass sie sich in ihren fantasievollen Träumen an seiner Seite sah, als seine unerschrockene Partnerin, sie beide gegen den Rest der Welt.

Kleinmädchenträume, schalt sich Talia, während sie die sonnengebleichten goldenen Strähnen in James' welligem braunem Haar betrachtete und den dunkleren Ton seiner Haut, der Bilder lichtumfluteter pazifischer Inseln wachrief. So sehr wollte sie ihm näher kommen, wissend, dass er nach der Weite des Meeres und nach kühlem Wind riechen würde und dass sich die Luft um sie herum auf tropische Temperaturen erwärmen würde.

»Ich werde nur für einen Monat in London sein«, sagte James. Die Worte durchbrachen Talias närrische Gedanken. »Ich leite ab Juni eine Expedition ins südliche Sibirien.«

Natürlich tust du das.

Sie konnte nicht verhindern, dass Enttäuschung ihr Herz durchbohrte wie ein Speer, gemischt mit Neid – eine seltsame Kombination, die sie nur im Zusammenhang mit James empfand. Sie ermahnte sich, dass sie inzwischen doch an diese Reaktion gewöhnt sein müsste. Schließlich hatte sie jedes Mal in den vergangenen Jahren so empfunden, wenn James seine Abreise ankündigte.

Was er üblicherweise sofort nach seiner Ankunft tat.

»Wie aufregend für dich.« Sie zwang sich, ihren Worten einen leicht enthusiastischen Klang zu verleihen. »Und wie war dein Abenteuer in Neusüdwales? Und auf der Malaiischen

Halbinsel? Liebe Güte, du hast inzwischen vermutlich die ganze Welt gesehen.«

In seinen braunen Augen erschien ein amüsiertes Lächeln. »Es wird noch viele Jahre dauern, bevor ich die *ganze* Welt gesehen habe. Aber unsere Reise nach Neusüdwales war sehr erfolgreich, denn es ist uns gelungen, der Royal Geographical Society zahlreiche neue Karten und ganze Truhen voller geologischer Proben mitzubringen. Die Passage hinüber auf die Malaiische Halbinsel mussten wir aufschieben, aber ich habe gehört, dass Nicholas dort an einer Expedition beteiligt war.«

»Im Ernst?«

»Nicht das sicherste Terrain, nach allem, was ich gehört habe. Aber ich zweifle nicht daran, dass Nicholas solchen Dingen gewachsen ist.«

Das tat Talia auch nicht. Schon als Kind war ihr Bruder Nicholas übervoll gewesen von Vertrauen in sich selbst und seine Fähigkeit, Gefahren wie auch Konventionen zu trotzen, und hatte sich stets ins Getümmel gestürzt, ohne noch groß darüber nachzudenken. Darum hatte sie ihn sehr beneidet. In diesen Dingen war er so ganz anders als sein Zwillingsbruder Darius, der nichts unternahm, ohne sich auf das Sorgfältigste vorzubereiten und sich alles reiflich zu überlegen.

Nach der Scheidung ihrer Eltern war Nicholas zur See gefahren und seitdem noch nicht wieder nach London zurückgekehrt – was der Earl of Rushton durchaus als Erleichterung betrachtete. Nicholas' Neigung zu rebellischem Verhalten hätte die Gerüchteküche erneut zum Brodeln bringen können, wäre er in der Stadt geblieben.

James teilte zwar Nicholas' Hang zu Abenteuern, ging diese jedoch methodischer und sorgfältiger an und überließ so wenig wie möglich dem Zufall. Wo James alles tat, um Risiken zu minimieren, suchte Nicholas die Gefahr geradezu. So war er schon als Kind gewesen. Immer musste er auf den höchsten Baum klettern, einen reißenden Bach überqueren, auf einem Zaun balancieren.

Nicholas, dachte Talia, war der einzige der Hall-Brüder, der ihre derzeitigen, nicht ungefährlichen Pläne eher unterstützen als behindern würde. Schade, dass er offenbar keinerlei Absicht hegte, nach London zurückzukehren, vielleicht nie mehr.

Plötzlich sehnte sie sich schmerzlich nach ihrem Bruder Nicholas. Über die Jahre hatte sie sich an seine ständige Abwesenheit gewöhnt, aber jetzt, da Alexander und Darius in St. Petersburg wohnten und Sebastian sich mit seiner Frau Clara in der Nähe von Brighton niedergelassen hatte … Talia war die einzige der Hall-Geschwister, die noch in London lebte.

Sie hatte mit ihren Brüdern zahlreiche Kämpfe ausgefochten, doch nun, da ihr klar wurde, wie weit weg sie alle waren, verspürte sie trotzdem ein merkwürdiges Gefühl von Verlassensein. Und sie wusste nicht, wann sie sie wiedersehen würde.

»Hast du auf deinen Reisen Nicholas getroffen?«, fragte sie James in der Hoffnung, er wüsste vielleicht etwas von den Plänen ihres Bruders.

James schüttelte den Kopf. »Aber Northwood habe ich getroffen. Von Neusüdwales fuhr ich nach Konstantinopel. North war ebenfalls für vierzehn Tage da, um nach einer Niederlassung seiner Handelsfirma zu sehen. Er macht sich gut, oder? Konnte es gar nicht erwarten, wieder nach St. Petersburg zu kommen, zu Lydia, Jane und dem Baby.«

Talia lächelte, als sie an ihren neugeborenen Neffen denken musste. »Ich hoffe, ich kann sie bald wieder einmal besuchen.«

»Das hat North auch gesagt«, meinte James. »Er erwähnte auch, dass du im vergangenen Jahr eine ganze Menge Zeit und Kraft in deine Arbeit für wohltätige Zwecke gesteckt hast.«

Der betont beiläufige Ton seiner Worte ließ Talia aufhorchen. Alle ihre Brüder, sogar Nicholas, waren recht gut vertraut mit ihrer Arbeit für die Armenschulen, aber sie hatte absichtlich keinem von ihnen von Brick Street erzählt, aus Angst, wie sie reagieren würden, wenn sie erfuhren, dass diese Arbeit jugendlichen Straftätern galt. Und Alexander würde sie erst recht nichts davon sagen. Er war imstande, stehenden Fußes nach London zu eilen und den kleinen Fortschritten, die sie inzwischen mit diesem Projekt gemacht hatte, ein frühzeitiges Ende zu bereiten.

»Er meinte, die Sache hätte dich überaus beschäftigt«, fuhr James fort.

»Ja, das stimmt. Die Ragged School Union tut viel Gutes, wenn ich das sagen darf.« Sie drückte den Rücken durch und strich sich eine verirrte Haarlocke hinters Ohr. »Wir haben letzten Monat eine neue Schule in Bethnal Green eröffnet, und alle Plätze sind bereits vergeben.«

»Das freut mich sehr zu hören.«

James betrachtete sie einen Augenblick lang schweigend, und diese Musterung kam so direkt und unerwartet, dass ein Hitzeschauer über Talia hinwegrollte. Wüsste sie es nicht besser, würde sie glauben, er begutachtete sie wie jede andere anziehende Frau.

Doch natürlich wusste sie es besser.

»Hast du dich auch anderen wohltätigen Zwecken gewidmet?«, fragte er.

Talia schüttelte den Kopf und unterdrückte einen Anflug von schlechtem Gewissen. James hatte immer alles unterstützt, was die Halls unternahmen, ob es Sebastians Konzerte waren, die Ausstellungen Alexanders für die Royal Society of Arts oder Talias wohltätige Arbeit. Und bis zu diesem Moment hatte sie nicht realisiert, dass sie noch niemals zuvor etwas vor James geheim gehalten hatte – zumindest nichts, was ihr Engagement für wohltätige Zwecke betraf.

»Du hättest alles über meine Arbeit erfahren, wenn du mir einen oder zwei Briefe geschrieben hättest, die mir die Möglichkeit gegeben hätten zu antworten«, bemerkte sie spitz. Der verletzte Ton in ihrer Stimme gefiel ihr selbst nicht.

In seinen braunen Augen flackerte Bedauern auf. »Tut mir leid, Schätzchen. Ich war nicht … es war die meiste Zeit über schwierig, Briefe abzuschicken.«

»Das hat dich früher auch nie abgehalten.« Als die Worte ihren Mund verlassen hatten, wurde Talia feuerrot. Das Letzte, was sie wollte, war, James daran zu erinnern, wie die Dinge *zuvor* gewesen waren, als er immer einen Weg gefunden hatte, ihr seine Briefe zukommen zu lassen, sogar von so weit entfernten Orten wie Argentinien.

Diese Briefe waren für Talia der unzweifelhafte Beweis dafür gewesen, dass er an sie dachte. Doch jetzt …

»Talia, ich –«

Sie hob eine Hand, bevor er eine weitere Entschuldigung stammeln konnte. Oder bevor sie zugeben konnte, wie sehr sie seine Briefe vermisst hatte. Ein solches Gespräch würde keinem von ihnen dienlich sein.

»Ist schon gut, James«, sagte sie. »Ich bin froh, dass du gesund zurück bist, und ich hoffe, für deine nächste Reise läuft alles gut.«

Bitteres Bedauern stieg ihr in die Kehle, und sie wandte sich ab. Seine Finger schlossen sich um ihren nackten Arm. Talia hielt den Atem an, als sie die Berührung spürte und merkte, wie er sie an sich zog. In seine Wärme. An seine Seite. Wo nur wenige hinkamen.

»Ich habe in einem Vulkankrater einen äußerst seltsamen Baum gesehen«, sagte James. »Der Stamm verdickte sich in der Mitte wie ein Fass, sodass das ganze Gewächs an eine riesige Steckrübe erinnerte, und die Krone an das Grün.«

Talia sah ihn an. In den Winkeln seiner Augen saßen Lachfältchen, und in den Pupillen leuchtete ein Licht, von dem Talia einmal gehofft hatte, es wäre nur für sie allein reserviert. Sie unterdrückte ein aufkeimendes Gefühl von Reue und erlaubte sich – nur für diesen einen Moment – in Erinnerungen zu schwelgen.

»Falsch«, sagte sie.

James lächelte breit. »Wahr. Ich kletterte auf den Gipfel, und da sah ich den Baum. Ich musste ein paar Mal blinzeln, um mich zu vergewissern, dass es kein Trugbild war. Ich habe eine Zeichnung davon in meinem Reisetagebuch. Ich werde sie dir zeigen.«

Talias Herz machte einen Sprung. Das bedeutete, sie würden sich nicht nur wiedersehen, bevor er abreiste, sondern auch zusammensitzen und seine Aufzeichnungen studieren. Wie sie es immer getan hatten. *Zuvor*.

»Auf demselben Berg«, fuhr James fort, »sah ich einen äußerst ungewöhnlichen Stein. Er war sehr höckerig und hatte grüne Einsprengsel. Ich steckte ihn in meinen Rucksack, für meine Sammlung, und ging weiter. Auf halbem Weg bergab begann der Stein plötzlich, sich zu bewegen. Ich öffnete den Sack. Der Stein sprang heraus und hüpfte auf meine Schulter. Dann lief er hastig meinen Rücken hinunter und verschwand.«

Talia kniff skeptisch die Augen zusammen. »Falsch?«

»Es war eine merkwürde Art von Eidechse, die sich tarnt, indem sie die Farbe des umgebenden Gesteins annimmt.«

»Und warum hat sie sich dann nicht bewegt, als du sie hochgehoben hast?«

»Sie schlief.«

»Kein Wesen würde weiterschlafen, wenn man es in einen Rucksack steckte.«

»Ausgezeichneter Einwand.« James grinste und ließ seine ebenmäßigen, weißen Zähne sehen.

»Dann also falsch?«

»Falsch«, räumte er ein. »Du bist dran.«

»Ich habe ein neues Haustier«, sagte Talia. »Eine Katze. Ihr Name ist Misty. Ich kleide sie in ein Harlekin-Kostüm aus schwarzem Satin, das mit Diamanten bestickt ist. Dazu trägt sie ein gerüschtes Halsband. Ich habe ihr das Tanzen beigebracht und lasse sie durch einen Reifen springen.«

James zog eine Augenbraue hoch. »Falsch, aber es klingt entzückend.«

»Wahr.«

»Wahr?«

Jetzt war es an Talia zu lächeln. »Wenn du mich in der King Street besuchst, zeige ich sie dir.«

»Also gut.« Er wirkte zugleich verwirrt und fasziniert.

»Gleich morgen, so will ich doch wohl hoffen!« Eine ältere Dame mit leuchtend blauen Augen und einer ausladenden Frisur aus dichtem, bereits ergrauendem Haar blieb neben ihnen stehen. »Sie dürfen uns keinesfalls warten lassen, Sie Rumtreiber.«

»Lady Sally.« James wandte sein ehrlich erfreutes Lächeln Talias Tante zu. »Wie ich höre, leben Sie bei Lady Talia, solange ihr Vater abwesend ist. Sie sehen reizend aus, wie immer.«

Ein intensives Rosa überzog die ohnehin schon geröteten Wangen von Tante Sally. »Ich freue mich so sehr, dass Sie wieder in London sind, James. Sie müssen einen Abend zum Essen kommen, und wagen Sie es ja nicht zu sagen, Sie hätten keine Zeit.«

»Für Sie habe ich selbstverständlich Zeit.«

Sally kicherte. Talia schüttelte den Kopf und lachte amüsiert. Sie hatte sich nie für die glatten, selbstverliebten Herren der guten Gesellschaft interessiert, die mit Komplimenten nur so um sich warfen. Doch James war anders. James hatte eine Art, die Frauen anzusehen, ob jung oder alt, dass sie glaubten, er meine wirklich, was er sagte.

Vielleicht, weil es der Wahrheit entsprach.

Ich werde niemals heiraten, Talia. Weder dich noch eine andere.

Talia wusste nicht, ob sie in dieser Aussage Trost fand oder nicht. Bedauern durchzuckte sie jedes Mal, wenn sie daran dachte, dass James sie nicht heiraten würde … doch zumindest würde er auch keine andere Frau heiraten. Es lag schon ein wenig Trost in dem Wissen, dass es ihr erspart bleiben würde, mit ansehen zu müssen, wie James eine andere zur Frau nahm. Obwohl sie sich wünschte, James würde sich an diese Worte nicht halten – zumindest nicht, was *sie* betraf.

»Sie sind auf dem Heimweg, nicht wahr?« James wandte sich wieder an Sally. »Erlauben Sie mir, Sie ins Foyer zu begleiten und Ihre Kutsche vorfahren zu lassen.«

Er streckte einen Arm in ihre Richtung aus, und Sally hängte sich, ein strahlendes Lächeln im Gesicht, bei ihm ein. James blickte fragend zu Talia, die resigniert die Augen niederschlug. In James' Anwesenheit konnte sie schlecht auf Lord Margate zugehen. Wenn er mitbekam, dass sie das Thema Hilfe für jugendliche Delinquenten ansprach, würde er mit Sicherheit Nachforschungen anstellen und die Wahrheit herausfinden. Und wenn er erst einmal die Wahrheit kannte, dann würden auch ihr Vater und ihre Brüder alsbald davon erfahren. Und dann würden sie jeden ihrer Schritte zu vereiteln suchen.

Also nickte sie zustimmend und folgte ihm und Tante Sally hinaus ins Foyer. Sie mochte ihn einst als vertrauten Freund betrachtet haben, doch sie wusste auch, dass seine Loyalität vor allen anderen Rushton und ihrem Bruder Alexander galt. Das würde ihn zwar nicht zu ihrem Feind machen, aber es bedeutete mit Sicherheit, dass sie ihm niemals wieder etwas anvertrauen durfte.

Alice Colston brachte ihrem Vater eine Tasse Kaffee. Anschließend füllte sie einen Teller mit Eiern, gebuttertem Toast und zwei Sprotten, stellte ihn neben den Kaffee und nahm Platz. Ihr Vater studierte mit gebeugtem Kopf die Zeitung. Die Enden seines weißen Kragens bildeten einen scharfen Kontrast zum Schwarz seines Anzugs.

Alice versuchte sich an das letzte Mal zu erinnern, als ihr Vater andere Farben getragen hatte als Schwarz und Weiß. Das musste mehr als zehn Jahre zurückliegen. Damals war ihre Mutter gestorben.

Sie nippte an ihrem Kaffee und unterdrückte den alten Schmerz. Sie war siebzehn gewesen, als Mrs Colston einer schlimmen Grippe erlegen war, Peter noch nicht einmal sechs. Alice fragte sich immer wieder, wie viel er wohl noch von ihrer Mutter wusste. Er hatte seit Jahren nicht von ihr gesprochen. Und nachdem er mit neun versucht hatte, von zu Hause wegzulaufen … na ja, eigentlich wollte er seitdem über gar nichts mehr sprechen. Am allerwenigsten darüber, was ihn auf solch schreckliche Abwege geführt hatte.

»Ich dachte, ich besuche vielleicht am Samstag das neue Panorama im Regent's Park«, bemerkte Alice, während sie versuchte, die unweigerlich aufkommenden Schuldgefühle zu unterdrücken. Im Grunde hatte sie Peter nach dem Tod ihrer Mutter fast alleine großgezogen und daher immer noch das Gefühl, irgendwie für seine Taten verantwortlich zu sein. »Mrs Richards meinte, es wäre recht faszinierend. Ich möchte auch kurz in der Bibliothek vorbeigehen und ein Buch von Mr Hoggs abholen, das ich noch nicht gelesen habe.«

Ihr Vater machte ein unbestimmtes Geräusch und blätterte die Zeitung um.

»Und dann gibt es morgen noch einen Wohltätigkeitsbasar in der Nähe der Oxford Street. Vielleicht möchtest du mitkommen?«, fuhr Alice fort.

»Nein, aber geh du nur hin. Ich lasse dir ein bisschen Kleingeld da, falls du etwas kaufen möchtest.« Ihr Vater legte die Zeitung beiseite und zog den Teller zu sich heran. »Ich werde heute Abend spät nach Hause kommen. Wir haben einige Konten abzuschließen. Mr Vickers möchte, dass das bis Ende der Woche erledigt ist.«

Von der Treppe erklang Getrampel. Alice sah lächelnd zu Peter auf, der mit dem Fuß einen Stuhl vom Tisch wegschob. Seine Miene war mürrisch und verkniffen.

»Ich hole dir dein Frühstück, Peter.« Alice stand auf und machte einen weiteren Teller mit Eiern und Toast zurecht. Früher hatte sie ihm immer einen Kakao dazu gekocht, aber in der Woche, seit er wieder zu Hause war, hatte sie festgestellt, dass er inzwischen starken Kaffee bevorzugte.

Sie goss ihm eine Tasse ein und unterdrückte den Wunsch,

ihm mit der Hand über das dichte schwarze Haar zu streichen, wie es ihre Mutter einst bei ihr gemacht hatte. Sie versuchte, den stechenden Schmerz zu ignorieren, der sie durchzuckte, als sie sich an ihren Bruder als kleinen Jungen erinnerte – glücklich, furchtlos, voller Energie.

Was war so dermaßen schiefgegangen?

Alice wusste immer noch nicht, was Peter zu diesem zornigen jungen Mann gemacht hatte, der geradezu darauf versessen schien, sich immer und überall in Schwierigkeiten zu bringen. Er war von der Schule weggelaufen und hatte sich mit Landstreichern eingelassen, die sich in den Straßen herumtrieben, ihr Leben als Taschendiebe fristeten und Schaufenster einschlugen. Zweimal hatte ihr Vater ihn bei der Polizei abholen müssen, und letztes Jahr hatte Peters Verhaftung dazu geführt, dass er zu neun Monaten Gefängnis in Newhall verurteilt wurde.

Edward Colston hatte weder an der gerichtlichen Anhörung teilgenommen noch hatte er Peter im Gefängnis besucht. Edward hatte auch nicht gewollt, dass Peter nach seiner Freilassung wieder nach Hause kam. Doch Alice hatte ihn angefleht, ihrem Bruder eine letzte Chance zu geben.

Nach langem Hin und Her hatte er schließlich eingewilligt, doch nur unter der Bedingung, dass Peter sich in der Brick Street School anmeldete und eine ehrliche Arbeit fand. Alice wusste, dass ihr Vater selbst jetzt noch hoffte, Peter würde sich doch noch als der Sohn erweisen, den er sich immer gewünscht hatte. Dass Peter sich am Riemen reißen würde, erfolgreich die Schule beendete und Anwalt wurde oder Arzt … dass er eines Tages erfolgreicher sein würde, als Edward es war.

Und welcher Vater hätte nicht solche Hoffnungen für seinen einzigen Sohn?

Alice starrte schweigend auf ihren Teller und fragte sich, welche Hoffnungen, falls überhaupt, ihr Vater jemals für *sie* gehegt haben mochte. Sie war immer noch unverheiratet, und eine Ehe stand nicht in Aussicht … nicht, dass sie jemals in der Position gewesen wäre, ein Angebot anzunehmen. Sie hatte die letzten zehn Jahre damit verbracht, ihrem Vater den Haushalt zu führen und gegen das rebellische Verhalten ihres Bruders anzukämpfen. Selbst wenn sie es gewollt hätte – sie konnte nicht einfach weggehen und ihre eigene Familie gründen.

»Du hast vor, dich heute in dieser Schule einzuschreiben, oder?«, fragte Edward Peter. »Du solltest auch imstande sein zu arbeiten.«

Der Junge zuckte mit den Schultern.

»Ich habe gehört, dass der Schneider in der Buxton Street vielleicht Hilfe braucht«, schlug Alice vor.

Peter hob seine kräftige Hand und spreizte die knubbeligen Finger. »Sind die vielleicht zum Näh'n gemacht?«

»Dann der Drucker, den Papa –«

»Gottverflucht, Alice«, fuhr Peter seine Schwester an. »Man muss les'n könn', um Drucker zu sein.«

In Edward Colston kochte Wut hoch. Er schob seinen Stuhl so schnell zurück, dass dessen Beine kreischend über den Dielenboden schabten und holte aus. Peter duckte sich. Alice hatte ihren Vater zwar in ihrem ganzen Leben noch nie die Hand erheben sehen, trotzdem erstarrte sie vor Angst.

Zwischen den dreien breitete sich eine gespannte Stille aus. Die Uhr tickte. Edward Colston starrte auf seinen Sohn hinunter und ließ die Hand langsam wieder sinken.

Alice konnte ihren Puls in den Ohren hämmern hören. Edward ergriff seine Tasse und nahm noch einen Schluck Kaffee. Allmählich schien er die Kontrolle wiederzugewinnen.

»Du wirst in meinem Haus nicht fluchen«, sagte er mit kalter Stimme zu seinem Sohn. Er zog die Jackenaufschläge glatt, faltete die Zeitung zusammen und steckte sie unter den Arm. »Ich schlage vor, du gehst als Allererstes heute Morgen ins Vereinsbüro und meldest dich in der Brick Street an. Dir einen guten Tag, Alice.«

Er nickte seiner Tochter steif zu und verließ den Raum. Eine Minute später schloss sich die Haustür. Peter verlagerte seine Haltung und griff nach einer Gabel. Alice öffnete den Mund, um ihren Vater zu verteidigen, schluckte dann aber die Worte hinunter, die sie hatte sagen wollen, und spülte mit einem großen Schluck Kaffee nach.

»Haben sie dir in Newhall genug zu essen gegeben?«, fragte sie nach einer Weile.

Peter zuckte erneut mit den Schultern. Während der Zeit im Gefängnis war er um gut fünf Zentimeter gewachsen, doch er war auch viel dünner, als sie ihn in Erinnerung hatte. Vorher war er groß und muskulös gewesen. Jetzt war er ein hoch aufgeschossener, ungelenker Bursche, der so aussah, als passe er nicht in seinen Körper.

»Möchtest du gerne mit mir in die Oxford Street kommen?«, fragte sie weiter. »Wir können auf dem Weg dorthin beim Vereinsbüro vorbeigehen.«

Peter schüttelte den Kopf.

»Was hast du denn dann heute vor?« Angespannt wartete sie auf seine Antwort.

»Jedenfalls nich, beim Schneider oder Drucker nach Arbeit zu fragen«, murmelte er.

»Peter, es ist sehr wichtig, dass du eine angemessene Arbeit findest«, meinte Alice vorsichtig. »Und dass du in die Brick Street gehst.«

»Ich geh nich wieder zur Schule.«

Langsam wurde Alice gereizt. »Peter, Papa hat zugestimmt, dass du wieder nach Hause kommen darfst. Aber nur, wenn du entweder – «

»Ich hab nicht drum gebeten, wieder nach Hause zu komm', oder?« Peter schob seinen Teller derart rüde weg, dass er gegen die Tasse prallte und der Kaffee überschwappte.

Alice sprang auf, um eine Serviette zu holen. »Wo willst du denn sonst hin?«

»Wohin's mir passt, verdammt noch mal«, schnaubte er.

»Peter ...«

»Ich hab keinen Deal mit ihm gemacht«, schnappte er. »Der Bastard hat sich doch immer bloß für mich geschämt, oder etwa nich?«

Alice starrte ihn schockiert an. »Peter, sprich nicht so von deinem Vater!«

»Is doch wahr!« Er sprang auf die Füße. »Ich werd' nie so gut sein wie er, und jeder weiß es.«

»Das ist nicht wahr.«

»Doch, isses. Der einzige Grund, warum er mich jetzt hier sein lässt, bist du, oder? Er war die ganze Zeit nich ein einziges Mal in Newhall.«

»Kannst du ihm das verdenken?«, fragte Alice, in der nun ebenfalls Zorn aufstieg. »Papa hat immer versucht, dir alles zu geben, was er konnte, vor allem nach Mutters Tod. Und du hast es ihm vergolten, indem du ein Landstreicher wurdest, ein Taschendieb, ein Räuber. Du hast dich ins Gefängnis gebracht, und jetzt willst du dich nicht um deine Zukunft kümmern. Was soll er denn da von dir denken?«

»Was er immer gedacht hat«, gab Peter wütend zurück. »Dass er sich schon vor Jahren von mir hätte lossagn solln.«

»Warum, Peter?« Alice eilte ihm nach, als er hinaus in den Flur stürmte. »Warum tust du das? Wenn du nicht in die Brick Street gehen willst, können wir vielleicht mit Papa sprechen, ob du bei Onkel Benjamin in Surrey bleiben kannst. Er hat eine Farm, weißt du, und …«

»Ich will aber nich auf 'ner gottverdammten Farm leben!« Peter schob die Hände in die Ärmel seines Mantels.

»Wo willst du denn dann hin?« Alice' Herz zog sich zu einem Knoten zusammen, als sie ihn sich zwischen den elenden Bewohnern der Londoner Slums vorstellte. Er gehörte dort nicht hin. Er hatte noch nie dorthin gehört. Und sie hasste den Gedanken, dass ihr Bruder offenbar glaubte, er gehöre dorthin.

Gott sei Dank gab es zumindest Lady Talia Hall. Sie hatte Alice nach Peters Verhaftung aufgesucht und ihre Hilfe angeboten. Sie hatte von ihrer Arbeit für die Armenschulen gesprochen und von der Gründung der Reformschule in der Brick Street, die Alice als ein wesentlich besserer Ort für Peter erschien als das Newhall-Gefängnis, welches Verbrechen er auch begangen haben mochte.

Leider war der Richter anderer Meinung gewesen. Doch Lady Talia hatte ihr wirklich der Himmel geschickt. Sie hatte regelmäßig bei Alice vorbeigeschaut und dafür gesorgt, dass ihre Briefe an Peter von einem Boten nach Newhall gebracht wurden, Alice über den Fortgang des Schulprojektes auf dem Laufenden gehalten und Peter die Möglichkeit eingeräumt, nach seiner Freilassung dort am Unterricht teilzunehmen.

»Peter hat mir einmal sehr geholfen«, hatte sie Alice erklärt. »Ich würde gerne dasselbe für ihn und für Sie tun.«

Alice hatte begonnen, die andere Frau als Freundin zu betrachten, auch wenn sie die Tochter eines Earls war. Und es war tröstlich, jemanden zu haben, mit dem sie über Peters

Lage sprechen konnte, besonders, weil ihr Vater im Grunde mit alldem nichts zu tun haben wollte.

»Peter, bitte.« Alice versuchte, ihren Bruder am Ärmel festzuhalten, doch er entzog sich ihrem Griff, stülpte sich seine Mütze auf den Kopf und ging entschlossen zur Tür hinaus. Alice wusste, dass nichts, was sie sagen oder tun mochte, ihn jetzt aufhalten konnte.

Sie schlug die Hände vors Gesicht und versuchte, die Flut von Tränen zu unterdrücken, die in ihr aufstieg. Eine Woge von Bestürzung und Schuldgefühlen spülte über sie hinweg. Die Tränen flossen über, und sie schluchzte würgend. Sie konnte die Vorstellung nicht ertragen, wie entsetzt ihre Mutter gewesen wäre, wenn sie erfahren hätte, dass man ihren Sohn als Mörder gebrandmarkt hatte.

4

Er ist zurück.

Der Gedanke war Talia seit dem Wiedersehen mit James auf Lady Bentworths Ball letzte Nacht endlos durch den Kopf gegangen und hatte in ihr eine Mischung aus Freude und Beklommenheit ausgelöst.

Wie viele Male hatte sie in den letzten zwanzig Jahren genau diese Worte gedacht? Anfangs, als James im Internat gewesen war, dann, nachdem er vor dem Beginn seines Studiums in Cambridge mit Alexander und Sebastian auf Reisen ging, und schließlich während seiner Arbeit für die Royal Geographical Society. Nicht einmal der Tod seines Vaters und die Erbschaft der Baronie hatte seinen Entdeckerdrang bremsen können.

Den Drang wegzugehen. Wegzulaufen.

Talia schüttelte den Kopf, um das gemeine Flüstern loszuwerden, das sie quälte, seit sie begonnen hatte, James als Mann wahrzunehmen. Sie hatte den nagenden Verdacht, dass er vor etwas *weglief*, immer unangenehm gefunden, weil er Feigheit implizierte. Und es lag ganz gewiss keine Feigheit darin, gegen die stürmische See anzukämpfen oder sich einen Weg durch Sümpfe zu bahnen, in denen es vor Krokodilen nur so wimmelte. Talia hatte sich in einem geheimen Winkel ihres Herzens immer schon gewünscht, an solchen Abenteuern teilhaben zu können.

James ist zurück. James reist wieder ab. Die beiden Gedanken flossen unaufhörlich ineinander, wie zwei Flüsse, die unermüdlich ihrer Vereinigung zustrebten.

Früher hätte Talia gerne auch einmal gedacht: *James bleibt.*

Doch jetzt glaubte sie nicht mehr daran, dass ein solcher Wunsch jemals wahr werden könnte. Seufzend lehnte sie sich in ihrem Sessel zurück und schlug ein Buch auf. Ihr gegenüber saß Tante Sally, in der Hand eine Nadelarbeit.

»›Kamele und Kalifornien, meint der Rezensent‹«, las Talia vor. »›Zwei Worte, die nicht allzu oft in einem Atemzug genannt werden.‹«

»Ganz recht.« Tante Sally lachte glucksend und schnitt einen Faden ab. »Bist du nicht auch mal auf einem Kamel geritten? Damals, als dein Vater dich nach Ägypten mitgenommen hat?«

Talia nickte. Kleine Fünkchen der Erinnerung blitzten auf wie Leuchtkäfer – das unbändige Gelächter ihrer Brüder, als sie im ungewohnten Takt des Passgangs auf dem Rücken der Tiere hin und her schaukelten, die Sonne, die ihre Strahlenflut über den zuckerfeinen Sand ergoss, dunkelhäutige Männer mit breitem Lächeln, ihre Mutter, die ihnen unter einem Sonnenschirm mit Spitzenrand hervor zusah. Ihr gedankenverlorener Blick fiel auf den neuesten Abenteuerroman, den Nicholas ihr geschickt hatte. Seit sie James Fenimore Coopers *Der letzte Mohikaner* gelesen hatte, liebte Talia die Geschichten aus der amerikanischen Wildnis, die immer so voller Spannung und Gefahren waren. Einige davon hatte sie in Bibliotheken gefunden, doch in den letzten Jahren kamen die meisten als Päckchen von Nicholas.

Kaum angemessen für die Tochter eines Earls, dachte Talia. Ihre Gouvernanten hatten sie sehr umfassend mit der angemessenen Lektüre für eine junge adlige Dame vertraut gemacht – Shakespeare, Petrarca, Dante, Gedichte –, doch Talia hatten die Bücher und Magazine ihrer Brüder stets viel mehr gefesselt, besonders das *Parley's Magazine*, das aus Amerika kam und randvoll war mit den wunderbarsten Geschichten über die Gebirge Persiens und geheimnisvolle Kreaturen. Und aus den Büchern, die sich mit Sport und Freizeit beschäftigten, konnten die Jungen immer etwas lernen: wie man einen Drachen bastelte, ein Kaleidoskop baute, kleine Zauberkunststücke vorführte.

Talia hatte einen Großteil ihrer Zeit damit verbracht, mit ihren Brüdern unterwegs zu sein und zu tun, was diese taten – oder es zumindest zu versuchen. Und wenn sie es ihr nicht erlauben wollten oder wenn sie sich bei ihren Abenteuern nicht anschließen konnte, weil sie eine Musik- oder Tanzstunde hatte, dann genoss sie es, wenigstens davon zu lesen.

Selbst jetzt noch verschlang Talia neugierig jede neue Ausgabe des *Boys' and Girls' Magazine and Fireside Companion*, das spannende Geschichten und Gedichte brachte, aber auch Artikel über interessante Dinge, zum Beispiel, wie ein magnetischer Telegraf funktionierte. Natürlich nahm sie alle Magazine und Groschenhefte mit in die Brick Street School für die Jungen, doch erst, nachdem sie sie selbst gelesen hatte. Erst, wenn sie in Träumen geschwelgt und sich vorgestellt hatte, wie es wohl wäre, die Welt erkunden zu können, wie es einem gefiel. So wie James.

»Ist es nicht schön, dass Lord Castleford wieder zurück ist?« bemerkte Tante Sally. »Lady Willingham sagte mir, er habe vor, seine Reisetagebücher zu publizieren, bevor er wieder abreist. Ich muss schon sagen, der Mann führt ein recht aufregendes Leben.«

Talia murmelte etwas Unbestimmtes.

»Ich habe seine Geschichten immer sehr faszinierend gefunden«, fuhr Tante Sally fort, während sie sich ein Stück Pflaumenkuchen vom Teetablett nahm. »Dein Onkel war in der Royal Navy, als wir heirateten, weißt du, und auch ihn zog es immer hinaus auf See.«

»Liegt vermutlich in unserem Blut«, meinte Talia. Ihr Großvater hatte als Botschafter in St. Petersburg einen Gutteil seines Lebens damit verbracht, durch ganz Russland zu reisen, und ihr Vater hatte die Familie auf viele Exkursionen durch Europa, Ägypten und Russland mitgenommen. Talias Brüder reisten alle gern, und auch Talia selbst hatte es genossen, bis der Weggang ihrer Mutter die Vorstellung eines geordneten Zuhauses weit anziehender erscheinen ließ.

Vergangenen Herbst war sie nach St. Petersburg gefahren, um Alexander und seine Familie zu besuchen, doch abgesehen davon lebte sie in London. Verglichen mit dem Leben ihrer Brüder war das ihre langweilig, doch hier wusste sie zumindest, was sie erwartete, und wurde nicht mit unvorhergesehenen Entscheidungssituationen konfrontiert, die ihr Urteilsvermögen und ihr ganzes Wesen infrage stellten. Hier konnte sie wenigstens etwas Gutes tun.

»Er sah so schick aus in seiner Uniform«, bemerkte Tante Sally seufzend.

»Onkel Harold?« Vor Talias geistigem Auge erschien ein Bild von Sallys untersetztem, backenbärtigem Ehemann. »Äh, ja, das glaube ich gern.«

»Oh, ich weiß, meine Liebe, er war nicht gerade ein Adonis.« Sally nestelte an einem losen Faden. »Aber er strahlte eine solche Würde und Selbstsicherheit aus, dass die Frauen sich ganz natürlich zu ihm hingezogen fühlten. Er aber – Gott sei seiner Seele gnädig – hatte nur Augen für mich. Meinte immer, ich sei seine Helena. Natürlich mit einem glücklicheren Ende.«

Talia musste angesichts des zärtlichen, wehmutsvollen Ausdrucks in den Augen ihrer Tante lächeln. Sie hatte Onkel Harold als leutseligen Mann in Erinnerung, der oft und gerne die Schönheit und Herzensgüte seiner Frau pries.

»Du hattest eine gute Ehe«, sagte sie.

»Himmel, ja. Ich wünschte, alle Frauen wären in ihrer so glücklich, wie ich es in meiner war.« Sally stach die Nadel in den Stoff. »Harold erwies sich nicht nur als der Richtige für mich, sondern versäumte es auch niemals, mir zu zeigen, wie sehr er mich bewunderte und liebte. Außerhalb des Schlafzimmers und auch darinnen.«

»Tante Sally!« Talia spürte, wie sie rot wurde.

Ihre Tante lachte. »Talia, Liebling, glaube niemals einer Frau, die sagt, das Schlafzimmer spiele keine Rolle. Es spielt sogar eine sehr große. Und je glücklicher ein Paar *dort* ist, desto glücklicher ist es auch in jeder anderen Hinsicht.«

Talia starrte fassungslos auf ihre Tante und unterdrückte eine Flut von Fragen, die unvermittelt in ihr aufstiegen. Es stimmte schon, ihre Tante und ihr Onkel hatten immer so gewirkt, als seien sie glücklich und verliebt, doch Talia war nie auf den Gedanken gekommen, dass die Genüsse im Schlafzimmer irgendetwas damit zu tun haben könnten.

Doch dann überkam sie eine lebhafte Erinnerung daran, welche Erregung in ihr aufgekeimt war in dem Augenblick, als sie ihre Lippen auf die von James gepresst hatte. Wie die Formen ihrer Körper ineinandergepasst hatten, wie ihr Herz geklopft hatte, wie es sie erregt hatte, als er sie in seine Arme riss und küsste …

Talia ließ das Buch in den Schoß fallen und legte die Hände an die Wangen. Gütiger Gott. Konnte es im Ehebett wirklich noch aufregender, noch erfüllender sein?

»Und nicht nur der Mann soll zufrieden sein – obwohl Harold es stets war«, fuhr ihre Tante im Plauderton fort, als sprächen sie über die neueste Mode aus Paris. »Wenn du einen Mann triffst, Talia, den du als Heiratskandidaten in Betracht ziehst, musst du sicher sein, dass du ihn sowohl körperlich wie intellektuell anziehend findest. Dass er deine Bedürfnisse respektiert, dass du dich gerne mit ihm unterhältst, dass er interessant für dich ist und dir ein gewisses Maß an Freiheit zugesteht. Und, ja, dass er sehr aufmerksam ist, was deine Wünsche im Schlafzimmer angeht.«

»Ich …« Talia schluckte und versuchte, all die Bilder von James zu verscheuchen, all die Hoffnungen und Wünsche, die in ihrem Herzen vor so langer Zeit Wurzeln geschlagen hatten, und die sie seit jenem Nachmittag in Floreston Manor so verzweifelt zu begraben suchte.

»Ich habe nicht vor zu heiraten, Tante Sally«, brachte sie schließlich heraus. »Das sagte ich doch schon.«

»Ja nun, man darf seine Meinung jederzeit ändern.« Sally zuckte mit den Schultern und wandte ihre Aufmerksamkeit wieder ihrer Stickerei zu.

Talia versuchte sich wieder auf ihr Buch zu konzentrieren, doch die Worte verschwammen vor ihren Augen. Fragen drängten sich in ihrem Kopf. Was mochte wohl der wahre Grund für den Weggang ihrer Mutter gewesen sein? War ihre Ehe mit Rushton dermaßen zerrüttet gewesen? Hatte sie sich derart mächtig zu diesem russischen Soldaten hingezogen gefühlt? Hatte er ihr all das gegeben, wovon Tante Sally gesprochen hatte?

Talia schüttelte den Kopf. Es spielte sowieso keine Rolle. Auch wenn sie irgendwo im hintersten Winkel ihres Herzens noch einige versponnene Träume von einer Ehe mit James hegte, wusste sie doch, dass sie niemals wahr werden würden.

Dieses Wissen machte es zumindest leichter, mit dem Wiederaufkeimen der alten Gefühle umzugehen. James würde niemals in London bleiben, niemals heiraten, niemals der Mann sein, den sie sich wünschte. Die kleinen Reste von Wärme und Liebe, die sie für ihn empfand, würden für immer in ihrem Herzen verschlossen bleiben. Genau zu wissen, wie die Dinge standen, bot ihr einen gewissen Trost.

Und doch blieb ein leichtes Bedauern darüber, niemals jene Art von Ehe kennenzulernen, die Tante Sally beschrieben hatte, geschweige denn die Art von leidenschaftlicher Beziehung, wie sie ihre Mutter mit diesem Soldaten gehabt hatte. Doch was machte das schon? Wie vielen Frauen war diese Art von Liebe oder Leidenschaft wohl vergönnt? Und dann auch noch beides vereint in einer Ehe? Das war mit Sicherheit so selten wie ein blauer Diamant.

Und vielleicht ebenso wertvoll.

Ein Klopfen an der halb geöffneten Tür. Soames, der Diener, steckte den Kopf herein.

»Mylady, Lord Castleford ist soeben angekommen.«

Talias Herz machte einen Sprung. »Lord Castleford?«

»Ich habe ihn zum Tee eingeladen.« Tante Sally legte ihre Stickerei beiseite und nahm die Brille ab. »Hatte ich dir das nicht gesagt?«

»Nein.« Oh Gott, da war es wieder, dieses Gefühl, das in ihr tobte wie ein Wirbelwind. Gespannte Erwartung, Freude, Aufregung … all das hallte in ihrem Herzen wider und ließ ihren Puls schneller schlagen.

»Ich wollte alles über seine letzte Reise wissen, aber ohne den Lärm eines Balles drum herum«, erklärte Tante Sally. »Er bringt seine Tagebücher mit. Ich weiß noch, wie du dich immer dafür begeistert hast.«

»Aber ich wollte in einer halben Stunde ausgehen.« Talia blickte zur Uhr und versuchte, den Aufruhr ihrer Gefühle unter Kontrolle zu halten. »Ich habe einiges zu erledigen.«

»Na ja, das passt doch. Dann hast du noch Zeit für eine Tasse Tee, oder? Seine Lordschaft soll hereinkommen, Soames.«

Der Diener nickte und verschwand. Einen Augenblick später war er zurück, in Begleitung von James. Bei dessen Anblick liefen tausend Schauer Talias Rücken hinunter. Sein schlanker, muskulöser Körper steckte in einem marineblauen Cut, dazu trug er eine graue Weste und eine Krawatte. Unter dem Arm hatte er mehrere in Leder gebundene Bücher. Er zog die Handschuhe aus, legte sie zusammen mit den Bänden auf einen Tisch und begrüßte ihre Tante.

»Guten Tag, James.« Sallys blaue Augen zwinkerten fröhlich. »Wir freuen uns so sehr, dass Sie Zeit gefunden haben.«

»Vielen Dank für Ihre Einladung, Mylady.«

James ging zu Talia und streckte ihr beide Arme entgegen, die Hände zu Fäusten geballt, die Handrücken nach oben. Talia ignorierte das bereits vertraute Ziehen in ihrem Herzen und berührte seine linke Hand. Ihre Fingerspitzen streiften seine Knöchel nur ganz zart, doch selbst dies genügte, um ein Prickeln ihren Arm hinauf wandern zu lassen. Sie schaute ihm nicht ins Gesicht, aus Angst vor dem, was sie in seinen Augen lesen würde.

Und noch mehr Angst vor dem, was sie dort gewiss nicht lesen würde.

James drehte die Hand um und öffnete die Faust. Leer. Talia tippte auf die rechte. Er öffnete sie. In seiner Hand lag ein schimmernder, leuchtend grüner Stein von der Größe eines Rotkehlcheneis.

Bezaubert und überrascht hielt Talia den Atem an. Sie nahm den Stein, fasziniert von der Art, wie das Licht dessen scharf gezackte Oberfläche zum Leuchten brachte und ein Kaleidoskop aus verschiedenen Grüntönen erstrahlen ließ. Ein Geschenk von ihm für sie, genau wie *zuvor*.

»Oh, James.« Zärtliche Freude erfüllte ihr Herz. Er hatte nicht vergessen, wie sehr sie diese kleinen Schätze liebte, die er ihr aus allen Teilen der Welt mitbrachte. »Er ist wunderschön.«

»Quarz, aus einer Mine in Neusüdwales«, sagte James, in seinen Augen stand Freude über ihre Freude. Er lächelte. »Nicht besonders wertvoll, aber das Grün erinnerte mich an dich.«

»Vielen, vielen Dank.« Talia hielt den Stein ihrer Tante hin.

Dann holte sie bebend Luft, während sie gegen die Bilder anzukämpfen versuchte, die wie selbstverständlich in ihrem Geist erschienen: James, wie er den Stein aus einem Berg aus Schlamm und Felsbrocken klaubte, wie er daran dachte, dass er gut zur Farbe ihrer Augen passte, wie ein Bild von ihr in seinem Geist erschien, wie er den Stein in die Tasche steckte, wie er ihn sicher verwahrte und wohlbehalten über Tausende von Kilometern hierher zu ihr nach London brachte …

»Ganz entzückend, James.« Sally betrachtete den Stein mit zusammengekniffenen Augen. »Aber warum hat Sie das Grün an Talia erinnert?«

»Oh, ähm, ich …«

Die Frauen blickten ihn an. Talias Mund kräuselte sich zu einem Lächeln, als sie bemerkte, wie ein leichtes Rot in seine Wangen stieg. James war kein Mann, der oft errötete.

»Nun, Mylady, Talia hat …« Er räusperte sich und blickte auf den Teppich. »Ihre Augen sind ziemlich grün, oder nicht?«

»Oh, ja, natürlich.« Sally lachte zwitschernd. »*Grün* könnte sich aber auch auf ihre Jugend beziehen, finde ich.«

Talia warf ihrer Tante einen tadelnden Blick zu. Sally hatte in letzter Zeit bei zahlreichen Gelegenheiten eher Bemerkungen über Talias fortschreitendes Alter gemacht, und wusste daher ganz genau, dass James wohl kaum an ihre aufblühende Frische gedacht haben konnte, als er den Stein fand.

Doch woran genau hatte er dann gedacht?

Ihr Herz schlug schneller bei dem Gedanken, dass James vielleicht nur an … nun ja, an *sie* gedacht haben könnte. Wie sie aussah. Die Farbe ihrer Haare und Augen. Welches Kleid sie wohl trug. Den Klang ihrer Stimme oder …

Oder vielleicht sollte Talia solchen Hirngespinsten ein für alle Mal ein Ende bereiten.

»Er ist sehr hübsch. Und danke, dass Sie an mich gedacht haben, Mylord«, sagte sie und nahm den Stein aus Sallys Hand.

»Und *du* hattest mir versprochen, mir dein neues Haustier zu zeigen«, erinnerte James sie.

»Neues Haustier?«, wiederholte Sally verständnislos.

»Warte einen Augenblick.« Talia eilte, den Quarz fest an die Brust gepresst, aus dem Zimmer. Sie lief die Treppen hinauf und legte ihn unter ihr Kopfkissen. Dann nahm sie von ihrem Tisch ein großes hölzernes Kästchen, blau und mit weißen Spiralen bemalt, und lief damit zurück in den Salon.

Als sie sich der offen stehenden Tür näherte, hörte sie die Stimme ihrer Tante.

»Sie ist in dieser Saison sehr zugänglich, geht auf Bälle und Dinnerpartys«, sagte Sally gerade. »Darüber freue ich mich sehr. Obwohl sie Nachmittagstees immer noch hasst und mich bisher nicht zu Einladungen begleitet hat. Mir kam das Gerücht zu Ohren, Lord Bexley trüge sich mit dem Gedanken, Rushton nach seiner Rückkehr aufzusuchen, um mit ihm über Hochzeitsangelegenheiten zu sprechen.«

Oh, nein. Talias Herz erzitterte. Nicht schon wieder ein Gerücht. Sie packte das Kästchen fester, und ihre Schultern versteiften sich, während sie angespannt auf James' Erwiderung wartete.

»Northwood erwähnte Bexley mit keiner Silbe, als ich ihn traf«, sagte er.

»Vermutlich weiß er noch gar nichts davon.« Sally schnalzte mit der Zunge. »Aber wie ich Alexander kenne, wäre ihm Bexley genauso recht wie Fulton.«

James schwieg einen Augenblick, der Talia wie eine Ewigkeit vorkam. Sie wünschte sich so sehr, er möge klar und deutlich zum Ausdruck bringen, Bexley sei als Ehemann für Talia eine geradezu entsetzliche Vorstellung, und sowohl Alexander wie auch Rushton seien Narren, etwas anderes zu glauben.

»Northwood wünscht sich lediglich, dass Talia gut versorgt ist«, sagte James schließlich. »Da er es nicht selbst tun kann, habe ich ihm versprochen, mich ein bisschen um sie zu kümmern, während ich hier bin.«

In Talia zerbrach etwas. Sie schloss für einen Moment die Augen, um die herbe Enttäuschung zu verarbeiten, die James' Enthüllung darstellte.

»Ich glaube, Alexander beabsichtigt, diesen Herbst nach London zu kommen«, fuhr James fort.

Und wenn er das tut, bist du deiner Verantwortung ledig.

Erst jetzt wurde Talia klar, wie sehr sie gehofft hatte, James hätte sie aus freien Stücken wiedersehen wollen. Ein törichter Gedanke, wenn man in Betracht zog, dass er sich nicht einmal die Mühe gemacht hatte, ihr zu schreiben. Doch schließlich *waren* sie einmal Freunde gewesen.

Bis sie alles vermasselt hatte, indem sie ihm ihre Liebe gestand. Vielleicht war dies ihre Buße: sich danach zu sehnen, dass sich nichts verändert hätte, wo es doch so offensichtlich war, dass sich alles verändert hatte.

Sie nahm ihren ganzen Mut zusammen, setzte ein höfliches Lächeln auf und betrat den Raum.

»Hier. Mein neues Haustier.«

James blickte verwirrt auf das Kästchen. »Du hältst es da drin?«

»Ja.« Talia tauschte ein amüsiertes Lächeln mit ihrer Tante, während sie das Kästchen auf den niedrigen Couchtisch stellte und den Deckel zurückklappte.

Aus dem Behältnis tauchte eine kleine Plattform auf, die eine kleinere Plattform und einen Reifen trug. Auf der einen Seite hockte eine mechanische Katze in einem Harlekin-Kostüm und fixierte aus glasblauen Augen den Reifen. Talia drehte den Schlüssel auf der Rückseite des Kästchens. Eine blecherne Musik ertönte. Die Katze duckte sich, machte zwei tänzerisch anmutende Sprünge nach vorn und sprang elegant durch den Reifen.

James lachte und klatschte begeistert in die Hände. »Was für eine außergewöhnliche Kreation. Wo hast du sie her?«

»Sebastians Frau, Clara, hat einen Onkel. Ihm gehört ein Automatenmuseum mit Werkstatt«, erläuterte Talia. »Dies hier hat er auf ihren Wunsch als Geburtstagsgeschenk für mich angefertigt.«

»Das Museum ist ein faszinierender Ort, James. Sie sollten es auf jeden Fall einmal besuchen«, bemerkte Tante Sally. »Talia, du musst ihm unbedingt Mr Blake vorstellen. Er ist ein sehr netter Mann, wenn auch manchmal ein wenig weitschweifig. Mir hat er eine Uhr mit kleinen Pferden gebaut, die sich in einem Karussell drehen. Ganz außergewöhnlich.«

Die Tür ging auf, und herein kam ein Dienstmädchen mit

einem Tablett, darauf frischen Tee und Kuchen. Talia goss ihnen allen ein. Aus dem Augenwinkel konnte sie sehen, wie James die kleine Maschine noch einmal aufzog. Als die Katze erneut ihr Kunststück vorführte, lachte er laut. Das Geräusch hallte in Talias Blut wider. Sein Lachen hatte ihr schon immer großes Vergnügen bereitet.

Sie reichte ihrer Tante eine Tasse Tee, während James sich in einem Sessel niederließ. Talia gab zwei Stück Zucker in eine weitere Tasse und hielt sie ihm hin. Ihre Finger berührten sich leicht, als er sie entgegennahm, und wieder lief ein Prickeln ihren Arm hinauf.

»Also, James, Sie werden Ihre Reisetagebücher veröffentlichen?«

»Ja, ich bin gerade dabei, sie noch einmal zu überarbeiten«, antwortete er und nippte an seinem Tee.

Talia blickte auf seine Hände. Die Haut war sonnengebräunt und von einem Flaum dunkler Härchen bedeckt. Sein Ärmel war hochgerutscht und hatte die starken Muskeln seines Unterarms entblößt. Trotz der Größe seiner Hände und der schwieligen Finger hielt er die Tasse aus feinem Porzellan ganz behutsam, als wäre sie ein kleiner Vogel, der sich in sein Nest kuschelte.

Talia fragte sich, ob er eine Frau wohl auf dieselbe Weise halten würde. Ob er mit diesen großen, rauen Händen ebenso sanft über ihre nackte Haut streicheln würde, entschlossen, ihr genauso viel Genuss zu bereiten, wie er selbst empfand …

»Meinst du nicht auch, Talia?«, fragte ihre Tante.

»Äh … wie bitte?«

»Ich sagte, wir hoffen, dass Darius im Herbst auch nach London kommt«, sagte Sally. »Nach der Saison. Sebastian hat uns bereits in sein neues Heim bei Brighton eingeladen.«

»Ja, ja. Das hoffe ich.« Talia konnte sich kaum noch daran erinnern, wann sie das letzte Mal mit allen vier Brüdern zusammen gewesen war.

»Mylady, da … da ist Besuch für Sie?« Soames betrat den Raum und nickte Talia zweifelnd zu.

»Besuch? Aber ich erwarte niemanden.« Talia stellte ihre Tasse ab und erhob sich. »Wenn ihr mich für einen Augenblick entschuldigen wollt, James, Tante Sally?«

»Ich sagte ihr, sie solle wieder gehen, aber sie bestand darauf, dass Sie sie empfangen würden«, murmelte Soames, als sie an ihm vorbeilief.

Talia eilte ins Foyer, wo die Tür weit offen stand. In ihren Mantel gehüllt, auf dem Kopf eine dunkelblaue Kappe, die ihr hübsches Gesicht gut zur Geltung brachte, stand dort Alice Colston. Talias Herz schlug schneller.

»Alice, was ist passiert?« Sie fasste die andere Frau bei der Hand. Als sie sie zu sich ins Haus zog, bemerkte sie, dass ihre Augen entzündet und geschwollen waren. »Geht es um Peter?«

Alice nickte. »Mein Vater meinte, dass ich mich Ihnen nicht aufdrängen soll, aber ich mache mir solche Sorgen.«

»Talia?« Tante Sally spähte aus der Tür des Salons zu ihnen heraus. »Möchtest du deinen Gast nicht hereinbitten?«

»Oh, nein, ich …« Alice schüttelte den Kopf und wich Richtung Eingangstür zurück. »Es tut mir leid, ich …«

Talia versuchte, nicht zusammenzuzucken, als James hinter Sally auftauchte und seinen Blick von ihr zu Alice wandern ließ. Sie wollte nicht, dass er irgendetwas über Alice oder Peter Colston erfuhr.

»Es dauert nur einen Moment, Tante Sally.« Sie nahm Alice beim Arm, ging mit ihr hinaus auf die Eingangstreppe und schloss die Tür hinter sich. »Was ist mit Peter, Alice?«

»Er ist heute Morgen weggegangen und bis jetzt nicht wiedergekommen. Ich fürchte, er ist zurück nach Wapping.«

»Hat er gesagt, warum er wegwollte?«

Alice schüttelte den Kopf. »Unser Vater will, dass er sich in der Brick Street einschreibt. Aber Peter hat gesagt, er will nie wieder in die Schule gehen. Vater wird ihm nicht gestatten, bei uns zu wohnen, wenn er es nicht tut, und Peter weiß das. Ich glaube, darum ist er wieder weggelaufen.«

Die Resignation in Alice' Stimme erfüllte Talia mit Betroffenheit. Ungeachtet der Tatsache, dass sie beide in völlig verschiedenen Verhältnissen aufgewachsen waren, hatte sie sich der anderen Frau stets auf eine seltsame Weise verwandt gefühlt, seit sie sich mehrfach im bescheidenen Haus der Colstons in Spitalfields getroffen hatten. Beide hatten sie ihre Mutter verloren, und Talia spürte, dass Alice sich isoliert fühlte und eine Gefangene von Umständen war, die sie sich niemals selbst ausgesucht hätte. Genau wie sie.

»Mr Lawford erzählte mir, Peter hätte auch in Newhall jeden Unterricht verweigert«, sagte Alice.

»Wann haben Sie mit Mr Lawford gesprochen?«

»Er besuchte uns ein paar Mal, während Peter im Gefängnis war«, erklärte Alice, »um Vater und mir zu versichern, dass Peter sich im Grunde gut mache, jedoch oftmals aus unerfindlichen Gründen aufsässig sei. Und dass er weder Lesen noch Schreiben lerne, obwohl Mr Lawford sich die allergrößte Mühe mit ihm gebe.«

Talia runzelte nachdenklich die Stirn. Sie hatte noch nie gehört, dass Lawford Angehörige von Gefängnisinsassen besucht hätte. Ganz im Gegenteil … angesichts der disziplinarischen Maßnahmen, die angeblich hinter diesen dicken Mauern angewandt wurden, war Lawford darauf aus, den Kontakt zwischen den Jungen und ihren Familien so weit wie möglich einzuschränken. Selbst Briefe wurden nur selten zugestellt.

»Hat Peter Ihnen irgendetwas über Newhall erzählt?«, fragte Talia.

»Nein, er will nicht darüber reden. Ich fände es furchtbar, wenn er wieder zurückgegangen wäre zu den Docks, aber ich habe keine Ahnung, wo ich sonst nach ihm suchen sollte. Oder ob ich überhaupt nach ihm suchen sollte.«

»Natürlich sollten wir das.« Doch Talia war nicht so töricht zu glauben, sie und Alice könnten ganz allein durch die Straßen von Wapping streifen und nach Peter Ausschau halten. Ein Fehler hatte genügt, um sie daran zu erinnern, dass Mut und Leichtsinn zwei völlig verschiedene Dinge waren. Wer könnte also …?

James.

Er kannte die Londoner Docks. Er kannte den riesigen Hafen, wo dicht an dicht in der Themse die großen Lastkähne lagen, dazwischen Fischerboote, Schoner und Dampfschiffe, die Ladung und Passagiere transportierten. Er kannte die riesigen Lagerhäuser, in denen Waren aus aller Welt gestapelt waren. Er kannte den Rhythmus der Docks, die Männer, die dort arbeiteten oder die Aufsicht führten, die Schlepper, Schiffsbauer, Kahnführer, Werftarbeiter. Und er kannte die Sorte Jungen, die sich auf den Kais herumtrieb.

Er würde wissen, wo sie nach Peter Colston suchen mussten.

Gleichzeitig war Talia klar, dass sie ihn nicht darum bitten konnte, einen Jungen zu suchen, der soeben aus dem Gefängnis entlassen worden war. Zum ersten Mal in ihrem Leben konnte sie James nicht um Hilfe bitten.

Wenn James von Peter erfuhr, dann würde sie ihm von ihren

Versuchen erzählen müssen, Newhall zu besichtigen, und von der Schule in der Brick Street, dem Reformprojekt, das sie in Wapping aufgebaut hatten. Und wenn James erfuhr, dass Talia mit jugendlichen Straftätern arbeitete, dann würde der große Narr schnurstracks zu Alexander laufen, und die beiden würden das ganze Projekt kippen, genau in dem Moment, als Mr Fletcher und sie es angeschoben hatten.

Ganz zu schweigen davon, was er über Peter herausfinden könnte.

Talia seufzte. Eigentlich war der Zeitpunkt perfekt gewesen. Ihr Vater hatte London gerade verlassen, als sie die Pläne für eine Reformschule umzusetzen begann und ihren Bericht verfasste.

Rushton würde den ganzen Sommer über weg sein, was bedeutete, dass Talia ihre Beweise dem Unterhaus-Ausschuss vorlegen, einen Schirmherren für die Schule finden und hoffentlich die Unterstützung etlicher Damen und Herren der Gesellschaft gewinnen konnte. Wenn Rushton im August nach London zurückkehrte, wären die wichtigsten Grundlagen schaffen … und mit ein bisschen Glück würde er das Projekt sogar mit eigenen Mitteln unterstützen.

Ja, es hätte sich alles genauso entwickeln können, wie Talia es geplant hatte. Sie hatte nur nicht damit gerechnet, dass James Forester zurückkam. Und noch viel weniger damit, dass er ihr tatsächlich helfen könnte, vorausgesetzt, sie vertraute ihm noch genug, um ihm ihr Geheimnis zu enthüllen.

Sie verstärkte ihren Griff um Alice' Arm. Zwar konnte sie James nicht um Hilfe bitten, aber sie konnte sich an den Vorsitzenden des Vereins für Armenschulen wenden. »Lassen Sie mich morgen mit Sir Henry und Mr Fletcher sprechen. Sie werden wissen, was zu tun ist.«

Alice wischte sich über die tränenfeuchten Augen. »Sie haben bereits mehr als genug getan, Mylady, aber ich wusste nicht, zu wem ich sonst gehen sollte. Wenn Peter wieder in Schwierigkeiten gerät, ist er für immer verloren.«

»Nein, das wird nicht geschehen. Und hätte ich es nicht ernst gemeint, hätte ich meine Hilfe nicht angeboten.« Talia stieß die Eingangstür auf, bevor Alice etwas einwenden konnte. »Kommen Sie auf eine Tasse Tee herein.«

»Auf keinen Fall.« Alice warf einen verschämten Blick über Talias Schulter in das marmorgetäfelte Foyer mit der breiten, geschwungenen Treppe und dem riesigen, goldgerahmten Spiegel. »Ich gehe besser nach Hause. Mein Vater wird bald heimkommen.«

»Wie Sie meinen.« Mit einem Anflug von Bedauern ließ Talia Alice' Arm los und trat ins Haus. »Ich schaue morgen früh um zehn bei Ihnen vorbei, dann gehe ich ins Vereinsbüro und spreche mit Sir Henry. Wir werden ihn finden, Alice.«

Talia brachte es nicht über sich hinzuzufügen: *»Versprochen.«*

William Lawford beobachtete Alice Colston aus sicherer Entfernung. Wie schön sie war. So zierlich wie ein kleines Vögelchen, doch ohne jenes Gekünstel, das den Damen der feinen Gesellschaft eigen war. Sie war so anders als diese Frauen mit ihren seidenen Kleidern und Bändern. Alice trug schlichte Baumwollkleider, und einmal, als er ihr nahe genug gewesen war, um ihre Hände sehen zu können – als sie das erste Mal nach Newhall kam, um ihren Bruder zu besuchen, und die Einlasspapiere unterzeichnete –, hatte er die aufgerauten Hände und die kurz geschnittenen Fingernägel bemerkt.

Trotzdem, bei Gott, was war sie reizend mit dem blassgoldenen Haar und dem Gesicht einer Madonna, den blauen, von langen dunklen Wimpern beschatteten Augen und dem Rosenmund, auf den er unentwegt hatte starren müssen, als sie im Empfangsbüro von Newhall stand und ihm sagte, sie sei Peters Schwester.

Seit diesem Tag vor etlichen Monaten war keine einzige Sekunde vergangen, in der er nicht an sie gedacht hatte. Beinahe hätte er selbst darum gebeten, den Jungen zu entlassen, nur um Alice sehen zu können, wenn sie kam, um ihn abzuholen. Stattdessen hatte er all die endlosen Wochen bis zu Peters offizieller Entlassung gewartet … und das nur, um sich seine Freude über das Wiedersehen mit Alice von der Anwesenheit dieser impertinenten Lady Talia Hall und ihres Handlangers Fletcher verderben zu lassen.

Unter dem Vorwand, sie über Peters Zustand zu unterrichten, hatte William Alice zweimal im Haus der Colstons in der Bell Lane aufgesucht. Zu seinem allergrößten Bedauern war beide Male ihr Vater daheim gewesen und hatte verhindert, dass William allein mit ihr sprechen konnte, doch zumindest hatte er sie sehen und den Klang ihrer Stimme hören können.

Jetzt, da Peter wieder auf freiem Fuß war, musste er einen anderen Vorwand finden, um in ihrer Nähe zu sein.

Alice bog in die King Street ein, und William folgte ihr. Sein Puls ging schneller, als er zu ihr aufschloss.

»Guten Tag, Miss Colston.«

Sie zuckte erschrocken zusammen und drehte den Kopf in seine Richtung. »Oh, Mr Lawford. Was tun Sie denn hier?«

»Ich hatte vor, Lady Talia Hall einen Besuch abzustatten. Da sah ich Sie aus dem Haus kommen.« Er hielt seine Stimme höflich fragend. »Offenbar hatten sie dieselbe Idee.«

»Ja. Lady Talia war sehr freundlich zu uns, vor allem nach Peters Inhaftierung.«

»Woher kennt sie ihn?«

»Sie sagte mal, er habe ihr geholfen.« Alice zog ihren Kragen enger. »Obwohl sie viel mehr für uns getan hat.«

»Und wie macht sich Peter nach seiner Entlassung?«, fragte William weiter.

»Er hat wieder ein bisschen zugenommen, was gut ist, aber er ist immer noch … aufgebracht.«

Williams Kiefer mahlten. Peter war ein Problemfall gewesen von dem Moment an, als man ihn in Newhall eingeliefert hatte, in einem Ausmaß übellaunig und verstockt, wie es William noch nie zuvor erlebt hatte.

Er wusste, dass der Junge ihn fürchtete – dafür hatten mehrere Prügelstrafen und Einzelhaften gesorgt –, doch Peter hatte einen harten Kern, und William war es nicht gelungen, ihn zu brechen.

Nach seiner Begegnung mit Alice hatte er versucht, Peter das Leben im Gefängnis angenehmer zu machen. Er hatte ihm zusätzliche Essensrationen verschafft, die der Junge verschmäht hatte, ihm angeboten, länger auf dem Gefängnishof zu bleiben als die anderen Insassen, ihn von Arbeitsaufgaben freigestellt, ihm mehr Zeit in der Bibliothek zugestanden.

Doch Peter hatte sich all diesen Bemühungen verweigert, was dazu führte, dass er ihn umso mehr hasste. Das durfte er Alice natürlich auf keinen Fall spüren lassen.

»Hat Peter auch Lady Talia aufgesucht?«, fragte er und wartete angespannt auf die Antwort.

»Nein.« Alice verzog den Mund. »Sie hat ihm einen Platz in der Brick Street School reserviert, aber Peter will sich noch nicht mal einschreiben. Ich hoffe, das liegt nur daran, dass er noch Zeit braucht, sich wieder an die Freiheit zu gewöhnen. Das ist vermutlich einer der Gründe, warum Lady Talia überzeugt ist, dass Jungen wie er gar nicht erst ins Gefängnis geschickt werden sollten.«

William unterdrückte den unvermittelt aufkeimenden Ärger. »Und doch lehrt sie die Inhaftierung etwas über die Folgen ihres Fehlverhaltens und sorgt für die Sicherheit aller Bürger, die sich an die Gesetze halten. Ist es nicht so?«

»Ja, vermutlich schon.«

»Es tut mir leid, dass Peter in Newhall einsitzen musste«, sagte William sanft. »Die Einrichtung ist ziemlich heruntergekommen und hätte wohl niemals wieder eröffnet werden dürfen. Das neue Gefängnis in Shipton Fields, das ich plane, wird viel größer sein, mit einem weiten Innenhof, Quartieren für die Wärter und den Kaplan, Lagerräumen, Besucherräumen … und einem geräumigen Wohnhaus für den Direktor.«

Sein Herzschlag beschleunigte sich, als Alice ihn mit ihren kugelrunden blauen Augen ansah. Er arbeitete jetzt schon seit über einem Jahr an den Plänen für Shipton Fields und freute sich darauf, sein eigenes Gefängnis zu leiten und endlich dem Leben bei seinem Onkel zu entkommen, dieser jämmerlichen Kreatur. Er war auch auf die gesellschaftliche Bestätigung aus, die er als Direktor eines nagelneuen Gefängnisses genießen würde, auf die Zustimmung von Lord Thurlow und der anderen Adligen, die eines Tages vielleicht sogar dazu führen mochte, dass er für seine Verdienste um die Krone geadelt wurde. Und er wollte die Bezüge, die mit einer solchen Position verbunden waren, das Einkommen aus der Arbeit der Gefängnisinsassen.

Doch erst, als er Alice traf, hatte William gemerkt, *wozu* er all das wollte. Vorher hatte er dabei nur an sich selbst gedacht, an den Erfolg und die gesellschaftliche Anerkennung, vor allem nach Elizabeths Verrat.

Elizabeth. Bei dem Gedanken an ihre Zurückweisung drehte es ihm den Magen um. Sie hatte sich ihm widersetzt. Hätte sie das nicht getan, hätte er sie nicht zwingen müssen. Hätte sie ihn doch nur akzeptiert, seine Liebe angenommen, verstanden, dass er sie brauchte … stattdessen war sie zutiefst darüber entsetzt gewesen, »was er ihr angetan hatte« – dabei die Tatsache ignorierend, dass *sie* zuerst *ihm* gestattet hatte, sie zu berühren –, und hatte ihn niemals wiedersehen wollen.

Dann hatte sie überall herumerzählt, er sei verkommen, und sie könne ihn natürlich unter gar keinen Umständen heiraten … tja, jetzt war er in ganz Lewes bekannt wie ein bunter Hund und hatte kurz darauf nach London ziehen müssen, um all das so weit wie möglich hinter sich zu lassen.

Soweit es nach ihm ging, konnte Elizabeth in der Hölle verrotten. Die verlogene Kuh war ein Nichts im Vergleich zu der süßen, sanften Miss Alice Colston mit ihrem weichen blonden Haar und den kornblumenblauen Augen.

Sie war jetzt der Grund, warum William so nach dem Erfolg mit Shipton Fields gierte. Mit einem Gefängnis unter seinem Kommando, neu geknüpften Verbindungen zum Hochadel und dem Gehalt eines Direktors konnte er Miss Alice Colston den Hof machen und sie zur Frau nehmen, und niemand würde ihm dabei in die Quere kommen.

Außer vielleicht ihrem Bruder. Außer vielleicht Peter.

»Haben Sie schon einmal darüber nachgedacht, Lady Talia oder Mr Fletcher um Rat zu bitten, was das neue Jugendgefängnis betrifft?«, wollte Alice wissen.

William unterdrückte mühsam ein abfälliges Lachen. »Ich fürchte, wir sind uns nicht darüber einig, wie man am besten mit Kriminellen umgehen sollte, Miss Colston. Ich glaube an eine faire Behandlung, aber ich glaube ebenso daran, dass man dafür bezahlen muss, wenn man eine Straftat begeht. Lady Talia ist viel zu weichherzig, was die jugendlichen Gesetzesbrecher anbetrifft.«

»Ich wusste nicht, dass man ein zu weiches Herz haben kann, Mr Lawford«, murmelte Alice.

»Weiche Herzen sind leicht zu brechen, Miss Colston.«

»Doch sie sind auch äußerst widerstandsfähig, oder nicht?« Leicht amüsiert verzog sie ihren lieblichen Mund. »Hätten Sie nicht auch lieber ein Herz wie ein weiches Kissen statt eines aus hartem Kristall?«

William hing an ihren Lippen. Es war ihm völlig egal, woraus sein Herz bestand, solange er es ihr nur schenken konnte.

»Natürlich«, murmelte er.

Ihr liebliches Lächeln verschwand beinahe, als sie den Kopf wieder nach vorn wandte und weiterging. William folgte ihr und kam ihr dabei so nahe, dass sein Ärmel den ihres Mantels streifte. Sosehr er die Vorstellung, sich ihrer zu bedienen, auch verabscheute, war er doch überzeugt, es wäre ihm von Nutzen, wenn sie gegenüber Lady Talia gut von ihm sprach und auch gegenüber allen anderen Angehörigen der *feinen Gesellschaft*, die sie womöglich traf.

Alice wäre niemals grausam genug, schlecht über jemand anderen zu sprechen – und schon gar nicht über William Lawford, der sich gegen sie und ihren Bruder so überaus freundlich gezeigt hatte.

Er musste nur dafür sorgen, dass Peter Colston nichts tat, was diesen Eindruck ruinierte.

5

James lächelte und stimmte nickend allem zu, was die junge Dame neben ihm sagte. Er nahm noch einen Schluck Champagner und kniff die Augen zusammen, als er Talia entdeckte, die sich ihren Weg durch den Ballsaal bahnte. Erst drei Tage waren seit seiner Ankunft in London vergangen, und schon hatte er herausgefunden, dass sie etwas verbarg. Nicht nur vor ihrem Vater und ihren Brüdern, sondern jetzt auch vor ihm. Er war fest entschlossen, herauszufinden, was das war.

»Ein *Elefant«*, sagte er. Die junge Frau an seiner Seite redete und redete, die Augen weit aufgerissen vor Staunen. »Ist das wahr, Mylord?«

»Ist es, Miss Dunnett.« James zwang sich, seinen Blick von Talia zu lösen, und lächelte Miss Dunnett zu. Es wäre nicht gut, wenn sie sich von mangelnder Aufmerksamkeit seinerseits gekränkt fühlte. Es wäre nicht gut, wenn irgendjemand schlecht von ihm dachte.

Als die feine Gesellschaft nach Lady Rushtons Affäre und dem darauf folgenden Scheidungsantrag des Earls die Halls mit Häme und Spott übergossen hatte, war James klar geworden, was es bedeutete, der Mittelpunkt eines Skandals zu sein. Und er wusste ebenfalls, wie gut Menschen Dinge ignorieren konnten, die sich genau vor ihrer Nase abspielten. Wie gut sie behaupten konnten, dass sich nichts Schlimmes zutrug, nur um sich nicht schuldig fühlen zu müssen, weil sie nicht eingriffen und es beendeten.

James würde der Gnade der feinen Gesellschaft niemals so sehr ausgeliefert sein, wie die Halls es waren. Ihn würde man nicht mit Nichtachtung strafen wie seine Mutter. Er würde diese Leute mit einem charmanten Lächeln um den Finger wickeln, sie mit seinen spannenden Abenteuergeschichten entzücken und niemals jemandem Anlass zu der Vermutung geben, dass sie ihm eigentlich alle zuwider waren. Oder zu glauben, dass er etwas zu verbergen hatte.

»Wissen Sie, dass mein Vater einmal beinahe von einem Elefanten *zu Tode* getrampelt worden wäre?«, fuhr Miss Dunnett fort. »Er war in Indien, im Hochland von Dekkan … oh, dass muss vor etwa vier Jahren gewesen sein, er begleitete einen Trupp Großwildjäger – *Shikaris*, nennt man sie, glaube ich – auf der Wildschweinjagd, im unheimlichsten *Dschungel*, den man sich vorstellen kann. Oh, aber wie dumm von mir, so etwas zu sagen, nicht wahr? Sie haben diesen Dschungel wahrscheinlich sogar kartografiert, oder?«

James lachte leise, wobei er hoffte, einen ausreichenden Eindruck von Aufmerksamkeit zu erwecken, während er damit beschäftigt war, Talia in dem dichten Gedränge wiederzufinden. Miss Dunnetts Gezwitscher dröhnte ihm in den Ohren. Er sah kurz Talias seidiges, kastanienbraunes Haar aufblitzen und ihr dunkelblaues Kleid, das einen scharfen Kontrast bildete zu den Spitzenkleidern in allen nur denkbaren Rosa- und Grüntönen, die die anderen jungen Damen trugen.

Auf dich wird sie hören. Northwoods Worte, mit absoluter Überzeugung vorgetragen, hallten in seinem Kopf wider wie eine Schiffsglocke. Selbst North wusste, welchen Einfluss sein Freund auf Talia hatte. James kannte sie seit Kindertagen, war aber nicht ihr Bruder. Das allein war der Grund, warum sie sich seine Ratschläge bisher zumindest angehört hatte.

Wie James erst jetzt klar wurde, hatte vermutlich auch ihre insgeheim für ihn gehegte Liebe dazu beigetragen, dass sie ihm vertraute.

Bedauern erfasste ihn. Er erinnerte sich nicht gern an jenen Nachmittag in Floreston Manor, daran, wie er ihr weh getan hatte. Daran, welch unkontrollierbaren Genuss er bei der Berührung ihrer Lippen empfunden hatte und …

Er spannte sich an. Der junge Lord Margate, dreister Erbe eines Marquess, hatte sich Talia genähert und blickte ihr, einen Mundwinkel zu einem süffisanten Lächeln verzogen, frech ins Gesicht. Als er sie ansprach, blieb sie zwar stehen, versteifte sich aber.

»… dann Tiger gejagt. *Zu Fuß!*«, sagte Miss Dunnett gerade.

»Bitte um Verzeihung, Miss Dunnett«, murmelte James und schob sich entschlossen durch die Menge Richtung Talia.

Gerade, als er sie erreichte, legte Margate eine Hand auf ihren Arm, doch sie entzog sich erschrocken seinem Griff.

»Da sind Sie ja, Lady Talia.« James trat halb vor sie und schirmte sie so vor dem jüngeren Mann ab. Seine Stimme klang höflich, doch in seinen Augen lag Feindseligkeit, als er fragte: »Margate tritt Ihnen doch nicht etwa zu nahe, oder?«

»Keineswegs.« Margate wich zurück, eine Hand abwehrend erhoben, und blickte mit gerunzelter Stirn von Talia zu James.

»Gut. Mylady, Ihre Tante sucht nach Ihnen.« James bot Talia seinen Arm, während Margate sich betreten davonstahl. »Es wäre mir eine Freude, mich Ihrer anzunehmen und zu ihr zu geleiten.«

»Sie nehmen hier gar nichts, Mylord«, erwiderte Talia.

Trotz der Eiseskälte, die in ihrer Stimme lag, stieg ein provokantes Bild in James auf. Es zeigte ihn, wie er sie *nahm*. Im Wortsinn. Talia blickte ernst, in ihren Augen spiegelte sich Gereiztheit.

»Was soll das?«, fuhr sie ihn an.

»Ich helfe dir«, blaffte er zurück. »Margate ist ein impertinenter Schuft. Du solltest nicht mit ihm sprechen.«

»Du hast kein Recht, mir zu sagen, was ich tun soll, James.« Sie trat ein paar Schritte zurück. »Ich hatte etwas Geschäftliches mit Lord Margate zu besprechen.«

»Und warum hat er dann versucht, dich anzufassen?«

Sie erwiderte nichts, doch in ihren Augen sah er Schmerz aufblitzen.

»Immer noch?«, presste James zwischen zusammengebissenen Zähnen hervor. »Männer wie er behandeln dich immer noch, als wärst du nicht besser als …«

… deine Mutter.

Als er sah, wie Talia erbleichte, schluckte er den Rest des Satzes hinunter. James verachtete Lady Rushton für das, was sie ihrer Familie angetan hatte, doch die Frau war und blieb Talias Mutter. Und James wusste sehr genau, wie hochkompliziert die Gefühle sein konnten, die man gegenüber seiner Mutter empfand.

Er trat näher an Talia heran und senkte die Stimme. »Ich dachte, diese Dinge wären endgültig geklärt.«

»*Diese Dinge* sind nicht deine Sorge, James«, schnappte Talia. »Genauso wenig wie *ich*.«

Er bemerkte, wie er wütend wurde. »Ich werde mich immer um dich sorgen, Talia.«

»Ach was. Deine Sorge wird immer der Verantwortung gelten, der Loyalität gegenüber meinen Brüdern. Oder etwa nicht, James? Gäbe es Alexander nicht, wärst du nicht einmal bei mir vorbeigekommen.« Sie schwieg und presste die Lippen aufeinander. »Wahr oder falsch, James?«

James ballte die Hände zu Fäusten und verfluchte im Stillen seine Feigheit. »Es hatte nichts mit dir zu tun, Talia. Ich bin nur für wenige Wochen hier, um –«

Er verstummte und starrte sie wortlos und mit klopfendem Herzen an. Zahllose Male hatte er ihr über die Jahre hinweg in die Augen gesehen und sich immer wieder gewundert, aus wie vielen Grüntönen sie bestanden – Smaragdgrün, Jadegrün, Viridiangrün. Ihre Wimpern glänzten schwarz wie das Gefieder einer Krähe und bildeten einen harten Kontrast zur blassen Haut.

Gott, war sie schön. Wie konnte es sein, dass noch kein Mann Himmel und Hölle in Bewegung gesetzt hatte, um sie zu seiner Frau zu machen? Damit sie ganz ihm gehörte?

Reue durchzuckte ihn. Er konnte ihr nicht geben, was sie suchte, konnte keine Ehefrau allein zurücklassen, während er die Welt erkundete. Und ebenso wenig würde er es zulassen, dass eine Ehe ihn an London fesselte, diese verdorbene Stadt, durch die bittere Erinnerungen waberten wie dichter Nebel.

Er hatte Talia eine ehrliche, ehrenhafte Antwort gegeben, doch er würde sich niemals verzeihen, ihr wehgetan zu haben.

»Wahr oder falsch, James?«, frage sie noch einmal.

»Falsch.« Fast erstickte er an der Lüge. »Natürlich hätte ich dir einen Besuch abgestattet, Schätzchen.«

Über ihr Gesicht huschte ein Schatten. Wieder verfluchte er sich.

»Talia, ich will nicht, dass das hier schwierig wird.«

»Dann lüge mich nicht an! Du hast gesagt, du willst, dass alles wieder so wird wie zuvor. Aber du hast mir nicht einen einzigen Brief geschrieben, und du hättest mich auch nicht besucht, wenn Alexander dich nicht darum gebeten hätte. Ich habe gehört, wie du es Tante Sally gegenüber erwähnt hast.«

Er erschrak. »Ich meinte nicht –«

»Ich weiß, was du gemeint hast, James. Also hör auf, mir weismachen zu wollen, dass du hier bist, weil du hier sein *möchtest.*« Sie trat von ihm weg. »Hör auf damit, so zu tun, als hätte sich nichts geändert.«

»Was soll ich denn deiner Meinung nach tun, Talia?«

»Geh und finde jemand anderen, an dem du dein Verantwortungsgefühl ausleben kannst«, erwiderte sie, während sie sich umwandte und von ihm wegging. »Und lass mich in Ruhe.«

Das kann ich nicht.

***

James bahnte sich einen Weg durch die Menge und holte Margate ein, der sich soeben einer Gruppe junger Frauen anschließen wollte, die sich vor den Terrassentüren zusammengefunden hatte. Er packte den anderen Mann beim Arm.

»Worüber hat Lady Talia mit Ihnen gesprochen?«

Margate versuchte, sich James' Griff zu entwinden. »Warum fragen Sie sie nicht selbst?«

»Sie sagte, es handele sich um eine geschäftliche Angelegenheit. Was meinte sie damit?«

»Sie sucht einen Mäzen für ihre verdammte Schule.«

»Welche Schule?«

»Für arme Kinder oder so«, sagte Margate abfällig. »Sie ist eine von diesen nervigen Humanistinnen. Versucht andauernd, uns für diese oder jene gute Sache in die Taschen zu greifen. Glaubt wohl, sie könnte so dem Schatten ihrer Mutter entkommen.«

James stieß Margate so hart vor die Brust, dass der ein paar Schritte zurücktaumelte, und ballte die Hände zu Fäusten. Wie gerne hätte er ihm einen ordentlichen Hieb verpasst! Margate grinste, rückte seinen Kragen zurecht und setzte seinen Weg fort.

James atmete mehrmals tief ein, um seine Wut zu besänftigen, und folgte Talia durch die Menge. Als er sie fand, war sie im Gespräch mit einem anderen Mann … nur dieses Mal schien sie die Konversation zu *wollen*. James musterte ihn argwöhnisch. Er war groß und schlank, hatte blondes Haar und wirkte einigermaßen arrogant.

James widerstand dem Bedürfnis, sich wieder einzumischen, und nahm gerade ein Glas vom Tablett eines Kellners, als Talia in seine Richtung sah. Als ihre Blicke sich trafen, schoss eine Glutwelle durch seinen ganzen Körper. Er schluckte den Champagner hinunter, um das brennende Verlangen auszulöschen, und ermahnte sich noch einmal, sich von ihr fernzuhalten.

Verflucht. Das Problem war, dass er sich nicht von ihr fernhalten *wollte*. Nun, da er hier war und sie wiedergesehen hatte, erinnerte er sich, wie wohl er sich in ihrer Gegenwart stets gefühlt hatte.

Talia war die gesamte Zeit über der einzige beständige Faktor in seinem Leben gewesen, während er, so schnell er nur konnte, von einem Ort zum nächsten fuhr, sich niemals irgendwo niederließ und doch immer darauf vertraute, dass sie *da* war. Sie wusste nicht, welch strahlend schönes Licht sie ihm durch die Dunkelheit seiner Kindheit und dann in den Tagen nach dem Tod seiner Mutter gewesen war.

Sie wusste nicht, wie sehr er es immer geliebt hatte, ihr seine ellenlangen Briefe voller Neuigkeiten zu schreiben, in einem Zelt hockend, das in den weiten Ebenen Afrikas stand oder zusammengekauert auf einem schwankenden Schiff … Unzählige Male hatte er *Meine liebe Talia* geschrieben und sich dabei vorgestellt, wie sie in einen Sessel gekuschelt am Feuer saß, das Haar im Licht der Flammen golden schimmernd, und von seinen Abenteuern und Missgeschicken las.

Meine liebe Talia … Der Himmel hier würde dir gefallen … Ich habe bisher nicht gewusst, wie viele Millionen Sterne dort oben sind … Heute stieg ich auf einen felsigen Hügel in Marseille, um die Notre-Dame de la Garde zu besuchen … Dort wehen Fahnen aller Nationen, und in der Ferne sieht man die dunkelblauen Wogen des Mittelmeers … Auf dem Weg zur Burg Jedin im Norden Palästinas traf ich nicht einen einzigen Menschen, nur flinke Gazellen und Rebhühner, mit denen ich mein Mittagessen teilte, Brot und Käse … Eine Lagune, umgeben von Bänken aus Korallensand, auf denen Kokospalmen wachsen …

Wie sehr hatte er es im letzten Jahr vermisst, ihr zu schreiben! Jeden Tag hatte er an sie gedacht, wenn er zu Stift und Notizbuch griff.

Davon muss ich Talia erzählen … Talia wird lachen, wenn ich ihr das erzähle … Talia wird niemals glauben, dass ich … Talia würde das gefallen … Diesen schönen Stein nehme ich für Talia mit …

Stets hatte er dem Wunsch widerstanden, ihr einen Brief zu schreiben, und stattdessen wieder in sein Notizbuch gekritzelt – ein elender Feigling, der sich davor fürchtete, was er der Frau, die ihm so furchtlos ihre Liebe gestanden und anschließend die volle Wucht seiner Zurückweisung ertragen hatte, unvermeidlich schreiben würde.

Keine Sekunde lang war er auf den Gedanken gekommen, dass seine ausbleibenden Briefe sie verletzen könnten.

Was war er doch für ein Idiot. Er hatte Talia zurückgelassen und ihr verkündet, zwischen ihnen beiden würde alles sein wie immer, und doch hatte er selbst den Faden zu ihr abgeschnitten – aus purer Angst. Und sie damit ein weiteres Mal zutiefst verletzt.

Er musste die Dinge wieder geraderücken. Nicht nur wegen seines Versprechens gegenüber Alexander, sondern um seiner und Talias Freundschaft willen. Er musste kitten, was er zerschlagen hatte.

Er hatte zwar noch keine Ahnung, wie ihm das gelingen sollte, wo er doch gleichzeitig entschlossen war, herauszufinden, was sie verbarg, aber er würde schon einen Weg finden.

Er blicke sie unverwandt an. Sie blinzelte verwundert, ihre Lippen öffneten sich leicht, und ihre Wangen überzogen sich mit einem Hauch von Röte, als wäre der Raum überheizt.

James verspürte das brennende Verlangen, sie noch einmal zu küssen. Er wollte sie schmecken, ihr dieses Kleid von den Schultern streifen und von den Brüsten mit den rosigen Spitzen …

Halt. Er schalt sich selbst. Das würde er nicht tun. Nicht mit Talia.

Verflucht noch eins. Schon viel zu lange war es her, dass er das letzte Mal mit einer Frau zusammen gewesen war. *Hier* lag das Problem. Er war nie in Hurenhäuser gegangen wie andere junge Männer, hatte stets diskrete Affären vorgezogen. Nicht immer einfach, wenn man so oft auf Reisen war, doch er hatte niemals Schwierigkeiten gehabt, eine Frau zu finden, die willens war, ihm zu geben, was er brauchte.

Außer dass er – Was, schon seit acht Monaten? – noch nicht

einmal eine Frau hatte ansehen wollen. Den ganzen Sommer über, der auf Talias Liebesgeständnis gefolgt war, hatte er versucht, sie zu vergessen, indem er sich in Neusüdwales auf eine Affäre mit einer Krankenschwester eingelassen hatte, doch die fand ihr Ende, als er ins Outback aufbrach. Und dort, auf den steinigen, windgepeitschten Ebenen, über denen Trillionen von Sternen am Himmel funkelten wie Zuckerkristalle, hatten die Träume von Talia begonnen und ihn nicht mehr losgelassen.

»Wie wär's mit einem Spielchen, Castle?«

James holte tief Luft, um sich wieder unter Kontrolle zu bekommen, bevor er nach rechts blickte, von wo die Stimme kam. Dort stand sein ehemaliger Mitstudent Benjamin Walker, Lord Ridley, ein umgänglicher junger Mann mit braunem Haar und einem breiten, offenherzigen Lächeln, das ihn zum Liebling aller Mütter der feinen Gesellschaft machte.

James deutete mit einer Kinnbewegung auf den blonden Mann, der noch immer mit Talia sprach. »Was weißt du über ihn?«

»Lawford? Ganz anständiger Kerl, glaube ich. Er versucht, Lord Thurlow davon zu überzeugen, seinen Vorschlag für ein neues Gefängnis zu unterstützen.«

James riss den Kopf herum und starrte Ridley fassungslos an. »Ein Gefängnis?«

Ridley nickte. »Er ist stellvertretender Direktor von Newhall in Middlesex.«

»Newhall?«

»Ein Gefängnis für jugendliche Straftäter. Altes Gebäude. Wurde aber wiedereröffnet, um die Jugendabteilungen anderer Haftanstalten schließen zu können, die bereits mit erwachsenen Verbrechern überfüllt sind.«

James überkam eine seltsame Mischung aus Furcht und gespannter Erwartung. Er schien, als nähere er sich immer mehr der Wahrheit, aber es widerstrebte ihm nach wie vor heftig, die Worte *Gefängnis* und *Verbrecher* im Zusammenhang mit dem Namen Talia zu denken.

»Haben Lawford und Lady Talia dabei auf irgendeine Weise miteinander zu tun?«, fragte er.

»Das glaube ich nicht. Obwohl sie, soweit ich weiß, gebeten wurde, Ende des Monats in der Sitzung des zuständigen Unterhaus-Ausschusses als Zeugin auszusagen.«

»Was für eine Sitzung?«

»Irgendetwas mit Gefängnissen. Das ist eigentlich der einzige Zusammenhang, in dem man von Lady Talia dieser Tage hört.«

James wusste nicht so recht, ob er angesichts dieser Bemerkung verärgert oder eher beeindruckt sein sollte. Er würde jeden töten, der böswillige Gerüchte über Talia in Umlauf brachte. Doch wie konnte die feine Gesellschaft eine so liebreizende und intelligente Frau wie Talia ignorieren, eine Frau, deren Qualitäten die jedes anderen Mitglieds der Oberschicht weit übertrafen?

»Ein Spielchen?«, fragte Ridley noch einmal.

James nickte. »Ich hole mir nur noch schnell einen Drink.«

»Ich bin am Siebzehn-und-Vier-Tisch.« Ridley schlenderte in den Spielsalon.

James griff sich einen neuen Drink und blickte wütend zu Lawford hinüber. Irgendwie hatte er das Gefühl, der stellvertretende Gefängnisdirektor könnte der Schlüssel zu Talias Geheimnis sein.

Und dieser Gedanke gefiel ihm kein bisschen.

Der Geruch von Fisch und Salzwasser stieg Peter Colston in die Nase und vertrieb die letzten Reste des Gestanks von fauligem Stroh und Abfall, den Newhall verströmt hatte. In den Auslagen der Läden, die die Straßen von Wapping säumten, wurde alles feilgeboten, was man für die Seefahrt brauchte: Sextanten aus glänzendem Messing, Hängematten, Schifferstiefel, Lotsenjacken, Ölzeug. Proviantagenten verhökerten Kisten mit abgepacktem Fleisch und Schiffszwieback, und aus den Werkstätten der Segelmacher drang der Geruch von verbranntem Teer.

Peter beschleunigte seine Schritte. Er genoss die Freiheit, zu gehen, wohin immer er wollte. Durch die geöffneten Tore zu den St. Katharine's Docks strömten lange Reihen von Männern hinein und heraus: Arbeiter, Matrosen, Fleischer, Angestellte. Von den dicht an dicht vor Anker liegenden Schiffen erhob sich ein Wald von Masten gen Himmel, an denen die verschiedensten Flaggen wehten, und die Luft war erfüllt vom Geruch nach Rauch, Tabak und Schwefel.

Auf einer Kiste vor Lagerhaus Nummer Fünf stand ein Vorarbeiter und sagte mit lauter Stimme die Arbeit des Tages an, umringt von einem Pulk hoffnungsvoller Männer. Peter, der wusste, dass er für heute zu spät dran war, um Arbeit zu bekommen, blieb an der Kante des Kais stehen, betrachtete einen großen Dampfer mit vergoldetem Heck und Schaufelrädern aus Mahagoni und fragte sich, wohin der wohl als nächstes fahren würde.

Das Unbehagen, das er seit seiner Entlassung aus Newhall verspürt hatte, verflog in dieser vertrauten Umgebung. Sosehr er auch danach gelechzt hatte, wieder frei zu sein, hatte er sich doch die gesamten letzten neun Monate über vor dem gefürchtet, was ihn in London wohl erwarten mochte.

Und daran hatte sich nichts geändert. Er konnte nicht in diese Schule in der Brick Street gehen, auch wenn sein Vater und Alice das so wollten. Er hatte die Schule im Alter von zehn Jahren verlassen, weil er die Lektionen nicht verstand, noch nicht einmal das Alphabet. Die Buchstaben verschwammen vor seinen Augen wie Fische unter einer von Wellen gekräuselten Wasseroberfläche, veränderten andauernd ihre Form und entzogen sich seinem Verständnis. Mit Zahlen verhielt es sich genauso, und keiner seiner Lehrer hatte verstanden, dass es ihm einfach an der Fähigkeit mangelte, Lesen oder Schreiben zu lernen.

Was sonst blieb Peter also übrig? Er könnte auf den Docks arbeiten, aber es gab keine Garantie, dass man ihn hier anstellte … und eine echte Zukunft bot sich ihm hier auch nicht, wie sein Vater sagen würde.

Er konnte ja nicht einmal Hafenmeister werden und das Auf- und Abladen der Waren beaufsichtigen. Diese Männer hatten geschriebene Bestellungen und Lieferanweisungen durchzusehen, Kisten zu zählen und die Anzahl von Arbeitsstunden für die Kontorhäuser zusammenzurechnen.

Peter quälte ein schlechtes Gewissen. Für seine Familie war er entweder ein Problem oder völlig nutzlos. Und obwohl er Alice dankbar dafür war, dass sie darauf bestanden hatte, dass er nach seiner Entlassung aus Newhall wieder nach Hause kam, wünschte sich ein Teil von ihm, sie hätte sich die Mühe erspart. Dann zumindest würde er sich ihr nicht verpflichtet fühlen. Dann zumindest wäre er nur für sich selbst verantwortlich.

Sonnenlicht teilte den Morgendunst in spinnwebfeine Schwaden. Peter blickte mit zusammengekniffenen Augen auf die Boote hinaus. Trotz des Durcheinanders mochte er die

Docks. Hier fühlte er sich wohl. Hier, so wusste er, konnte er jede Arbeit annehmen, die man von ihm verlangte, vom Be- und Entladen bis zur Bedienung der Ankerwinden. Er mochte die riesigen Schiffe ebenso wie die kleinen Fischerboote und auch die Passagierdampfer, die in alle Winkel der Erde fuhren. Er liebte den metallischen Klang der rostigen Anker, wenn sie ausgeworfen wurden.

Nachdem er in einigen Lagerhäusern vorbeigeschaut und erfahren hatte, dass es dort für heute keine Arbeit mehr gab, kehrte Peter auf die Hauptstraße zurück. Er machte am Fischladen halt und kaufte sich eine Tüte gebratenen Fisch, den er aß, während er die Straße entlangschlenderte und sich die Schaufensterauslagen besah. Als er alles aufgegessen hatte, warf er die leere Tüte weg und öffnete die Tür eines Ladens, der Schiffsinstrumente verkaufte.

Der Besitzer warf ihm einen kurzen Blick zu, sagte aber nichts. Erstaunlich, was saubere Kleidung und ein Haarschnitt bewirkten. Vor neun Monaten noch hätte der Mann ihn am Ohr aus dem Laden geschleift.

Peter trat an einen der Schaukästen, die Kompasse feilboten. Der runden, glänzenden Scheiben sahen zu ihm hoch wie Gesichter. Ihre Markierungen verstand er zwar nicht, trotzdem faszinierten sie ihn.

»Kann ich mal den hier sehen?«, fragte er und deutete auf einen Kompass mit Messinggehäuse, der an einer Kette hing.

Der Ladeninhaber schloss den Schaukasten auf, öffnete den Deckel des Kompasses und legte ihn Peter in die Hand. »Auf der Rückseite ist der Name des Herstellers eingraviert.«

Peter starrte fasziniert auf das Gerät und beobachtete, wie die Nadel zitternd im Norden zu stehen kam. Er würde niemals imstande sein, ein solches Instrument zu lesen, aber er sah sie sich gerne an. Es gefiel ihm, ihr Gewicht in der Hand zu halten, die Art, wie die Nadel um die Mitte schwang. Wenn er so ein Ding besäße und verstehen könnte, was es anzeigte, könnte er an jeden beliebigen Ort der Erde reisen und würde immer noch ganz genau wissen, wo er sich befand.

»Hallo, Peter.«

Ein Schauer rann seinen Rücken hinunter. Er drehte sich um. In der Tür stand Lawford und machte ein ernstes Gesicht. Er trug einen feinen blauen Mantel, darunter Hosen, die nicht ganz so beeindruckend waren wie die seiner Uniform in Newhall, doch Peter spürte trotzdem, wie er nervös wurde.

»Sir«, murmelte er und schloss die Hand fester um den Kompass. »Woher wussten Sie, dass ich hier bin?«

»Ich erinnerte mich daran, dass du dich gerne in Wapping herumtreibst und nahm an, du würdest nach deiner Entlassung wieder hierher gehen«, erklärte Lawford. »Und deine Schwester sagte mir, du seist gestern Morgen weggelaufen und bis jetzt nicht zurückgekommen.«

Bei dem Gedanken, dass Lawford mit Alice gesprochen hatte, bildete sich in Peters Magen ein unbehaglicher Knoten.

»Und, wie fühlt es sich an, wieder draußen zu sein?«, fragte Lawford.

Der Ladenbesitzer warf Peter einen prüfenden Blick zu. »Ich will hier keinen Ärger haben.«

Peter legte den Kompass auf die Ladentheke. »Kein Ärger.«

»Du wirst ganz bestimmt Ärger bekommen, wenn du dich wieder in dieser Gegend herumtreibst«, widersprach Lawford warnend und trat in den Laden. Die Schatten verdunkelten seine blonden Haare. Er war kein massiger Mann, aber groß, und seine Gestalt schien den Türrahmen ganz auszufüllen.

Peter schluckte. Auf seiner Stirn erschienen Schweißperlen.

Wie oft war er in seiner Zelle in Newhall gefangen gewesen, und Lawford hatte in der Tür gestanden, ihn mit diesem Blick durchbohrt …

Er wischte sich die feuchten Hände an seiner Hose ab. »Ich … ich wollte grade gehn, Sir.«

Herrgott. Er war jetzt *frei*. Trotzdem hätte er sich allein bei Lawfords Anblick am liebsten geduckt wie ein scheues Kaninchen.

»Deine Schwester sagte mir, du hättest nicht vor, dich in der Brick Street einzuschreiben«, fuhr dieser fort.

»Ich … ich schätze nich …«, stammelte Peter. Der Fisch, den er gerade gegessen hatte, lag ihm plötzlich fettig und schwer im Magen.

»Ich schlage vor, du hältst dich von der Brick Street fern.« Lawford trat auf ihn zu und streckte eine Hand nach dem Kompass aus. »Lady Talia hofft, dass du zusammen mit ihr vor dem Unterhaus-Ausschuss zur Behandlung von jugendlichen Gefangenen aussagst. Und obgleich ich sicher bin, dass du niemals etwas Schlechtes über Newhall sagen würdest, wärst du gut beraten, einer solchen Versuchung aus dem Weg zu gehen.«

Peter schüttelte den Kopf. Seine Kehle war wie zugeschnürt.

Er verstand immer noch nicht, was während seiner Zeit in Newhall eigentlich passiert war. Er hatte sich die allergrößte Mühe gegeben, Lawford zu beweisen, dass er nicht zu brechen, dass er ein harter Bursche war, doch am Ende hatte Lawford gewonnen. Monate erzwungenen Schweigens, Hunger, Einzelhaft und Schläge hatten Furcht in jede einzelne Zelle von Peters Körper eingraviert.

Und dann, etwa zwei Monate vor seiner Entlassung, hatte sich Lawford plötzlich verändert. Hatte Peter Extraportionen zugestanden, die härteren Bestrafungen ausgesetzt oder ihm zusätzlichen Hofausgang genehmigt. Peter hatte nichts von alledem gewollt, zugleich aber nicht verstanden, was diesen Sinneswandel bei Lawford bewirkt hatte.

»Ich will mit Ihrer Ladyschaft nix zu schaffen haben«, murmelte er, und das war die ungeschminkte Wahrheit. Eigentlich wünschte er sich, er hätte diese Frau niemals getroffen.

»Gut«, erwiderte Lawford und neigte den Kompass nach allen Seiten, während er beobachtete, wie sich die zitternde Nadel drehte. »Denn Lady Talia kann sehr … überzeugend sein. Also schlage ich vor, du gehst ihr aus dem Weg.«

Peter nickte. Er konnte die Enge im Laden nicht länger ertragen. Er duckte sich und flitzte an Lawford vorbei zur Tür hinaus. Draußen angekommen, holte er mehrmals tief Luft.

Er blickte sich um, um zu sehen, ob Lawford ihm folgte. Er hasste die verfluchte Angst, die er vor diesem Mann empfand. Er hasste sie beinahe mehr als den Mann selbst.

6

»Ich bin sicher, er kommt bald zurück.« William Lawford ließ sich im Wohnzimmer der Colstons auf einem Sessel nieder und schlug die Beine übereinander. Er wirkte, als fühle er sich in seiner Umgebung rundum wohl.

Talia unterdrückte ein aufkeimendes Unbehagen. Als Alice sie gestern Morgen voller Sorge um Peter aufgesucht hatte, hatte sie nicht erwähnt, dass sie auch Mr Lawford um Hilfe gebeten hatte. Talia fragte sich, wie oft Lawford Alice schon besucht hatte, wenn ihr Vater bei der Arbeit war, so wie jetzt. Bei der Vorstellung von Alice allein mit Lawford rieselte ihr ein Schauer des Widerwillens den Rücken hinunter. Sie konnte sich noch gut daran erinnern, wie er Alice angesehen hatte, als sie Newhall besuchten.

»Sie waren schon oft hier, Mr Lawford?«, fragte sie und blickte zur Tür, um sicherzugehen, dass Alice nicht gerade in diesem Moment auftauchte.

»Gelegentlich. Ich betrachte es als meine Pflicht, sicherzustellen, dass der Junge nach seiner Entlassung aus Newhall gut zurechtkommt. Obgleich ich nicht sagen kann, dass ich viel von Peter erwarte, in Anbetracht seiner … Geschichte.«

Schuldgefühle durchzuckten Talia. Trotzdem schaffte sie es, dass ihre Stimme nicht zitterte, als sie sagte: »Hat Alice Sie gebeten, ihr bei der Suche nach ihm zu helfen?«

Lawford nickte. »Heute Morgen habe ich ihn nicht finden können, aber ich schaue später noch einmal in der Polizeistation Wapping vorbei und werde mit dem Constable über Peter sprechen. Er ist dort bekannt. Wenn ich sie darum bitte, werden sie die Augen nach ihm offen halten.«

»Das würde ich begrüßen, Mr Lawford.« Alice Colston kam herein, in den Händen ein Teetablett. »Mein Vater ist nicht gewillt, Peter noch eine weitere Chance zu geben. Wenn er nicht Ende der Woche in die Brick Street geht, wird er das Haus verlassen müssen.«

»Bitte um Vergebung, Miss Colston, aber das ist vielleicht genau das, was Peter will«, bemerkte Lawford.

»Peter ist mein jüngerer Bruder, Mr Lawford. Ich werde ihn nicht aufgeben.«

»Eine bewundernswerte Hingabe, Miss Colston«, murmelte Lawford, den Blick auf ihr Gesicht geheftet.

Alice' Wangen röteten sich, als sie ihm seine Teetasse reichte. Talia musste sich auf die Zunge beißen. Die versteckten Andeutungen, die in Lawfords Höflichkeiten lagen, missfielen ihr zutiefst ... und ebenso missfiel ihr, wie Alice darauf reagierte.

»Wie geht es Ihrem Onkel, Mr Lawford?«, fragte sie betont fröhlich.

Lawfords Mund verzog sich zu einer hässlichen Grimasse. »Unverändert, Mylady, danke der Nachfrage. Er beabsichtigt, bald in Pension zu gehen, und dann werde ich die Leitung von Newhall und später auch des Gefängnisses in Shipton Fields übernehmen. Hatte ich Ihnen schon die Einzelheiten der Unterbringung für den Direktor und die Wärter geschildert, Miss Colston?«

Alice verneinte schweigend und steckte eine lose Haarlocke unter ihre Haube zurück, während sie sich auf dem neben ihm stehenden Sofa niederließ. »Bitte, tun Sie das, Mr Lawford. Es klingt recht beeindruckend.«

Talia, die ihre Freundin nicht mit Lawford allein lassen wollte, wartete geschlagene fünfundvierzig Minuten, bis Lawford endlich ging. Dann erzählte sie Alice, dass sie nach Erledigung einiger anderer Dinge vorhätte, im Büro der Ragged School Union vorbeizuschauen und mit Sir Henry zu sprechen.

»Wenn Peter nicht nach Hause kommt, werde ich eine Nachricht schicken«, versprach Alice. »Obwohl ich nicht viel Hoffnung habe.«

Die hatte Talia auch nicht. Peter Colston war offenbar aus irgendeinem Grunde fest entschlossen, sein Leben schwierig zu gestalten, eine Neigung, die sich während seiner Inhaftierung in Newhall offenbar noch verstärkt hatte. Talia verabschiedete sich von Alice und rang das unangenehme Gefühl nieder, dass sie Peter finden musste, bevor Lawford es tat.

Sie rückte ihren Hut gegen die Morgensonne zurecht, als sie aus dem Haus trat. Am Gehsteig wartete die Kutsche ihres Vaters, und sie wies den Kutscher an, sie zu Mudie's Library in die geschäftige Oxford Street zu fahren. Im Inneren des Ladens drängten sich Bücher und Zeitschriften auf Regalbrettern. Mehrere Kunden saßen an den entlang der Wände aufgestellten Tischen.

»Guten Morgen, Mylady.« Mr Hammersmith, ein großer, dünner Mann mit einem Kränzchen weißer Haare, erhob sich hinter seiner Ladentheke, als Talia eintrat. »Die Magazine aus Amerika sind gerade vor zwei Tagen eingetroffen. Wir haben sie für Sie eingepackt.«

Er wuchtete ein verschnürtes Bündel Zeitschriften auf den Verkaufstisch.

»Nett von Ihnen, vielen Dank. Und haben sie auch die neueste Ausgabe des *Boy's Journal*?«

»Ja, ich hole sie Ihnen. Möchten Sie sich in der Zwischenzeit ein wenig umsehen? Wir haben gerade einige neue Kinderbücher bekommen.«

Talia nickte und ging hinüber zu den Regalen, in denen Mr Mudie seine neuesten Erwerbungen aufbewahrte. Dort standen diverse Bücher mit Kindergeschichten sowie ein Lehrbuch der Geografie. Sie blätterte darin. Es enthielt Lektionen über die Gestalt der Erde und darüber, wie man Karten las. Sie betrachtete die Karten der riesigen USA, der russischen Kolonie im Nordwesten des amerikanischen Kontinents und von Afrika.

Sie liebte Karten, mit all den Kurven und Linien, die Gebirgszüge, Ozeane, Städte, weite Ebenen und Täler markierten. Wenn James auf einer seiner Expeditionen war, kam es vor, dass Talia sich eine Karte ansah und sich vorstellte, wo er just in diesem Moment wohl sein mochte. Sie sah ihn vor sich, wie er sich durch einen Dschungel schlug, auf eine Bergspitze kletterte, ein Boot einen gewundenen Fluss hinuntersteuerte.

Ein Gefühl von Zärtlichkeit stieg in ihr auf. Sie versuchte, es zu unterdrücken, ermahnte sich, dass sie nichts mehr empfand für den Mann, der sie zurückgewiesen hatte.

Dann ergoss sich seine Stimme über sie wie ein warmer Lichtstrahl an einem kalten Wintertag.

»Guten Morgen, Mylady.«

Talia wandte sich um, und ihr Herz machte einen Sprung, weil James unmittelbar hinter ihr stand. Ein schmaler Lichtstreifen vergoldete sein braunes Haar, und in seinen Augen spiegelte sich jenes herzliche Vergnügen, das Talia stets aufs Neue Schmetterlinge in den Bauch zauberte.

Sie drückte das Lehrbuch an die Brust wie eine Art Schutzwall. »Woher wusstest du, dass ich hier bin?«

»Soames sagte mir, du hättest einige Besorgungen zu machen und wolltest unter anderem hierherkommen.«

»Und aus welchem Grund warst du in der King Street?«

»Ich wollte mich entschuldigen.« Er trat zu einem Regal und nahm ein dünnes Lehrbuch heraus. »Ich hätte dir schreiben sollen, Schätzchen. Ich hatte es auch vor.«

Talia machte sich nicht die Mühe, ihn zu fragen, warum er es dann nicht getan hatte. Sie wusste es bereits. Allerdings wurde ihre Befangenheit angesichts jenes Nachmittags in Floreston Manor aufgewogen durch die Erinnerung daran, wie er auf ihren Kuss reagiert hatte. So, als ob es ihm unmöglich gewesen wäre, sich ihr nicht zu ergeben.

Sie betrachtete sein Profil, während er das Buch öffnete und dessen Inhalt studierte. So vertraut und doch so völlig anders. Scharf geschnittene Nase, starke Wangenknochen, das Kinn im Schatten der Bartstoppeln. Ein Schauer überlief Talia, als sie sich daran erinnerte, wie sich das Kratzen dieser Bartstoppeln auf ihrer Haut angefühlt hatte.

»Erinnerst du dich an ›A, B, C und D: Auf der Wiese wächst der Klee‹?«, fragte James und blickte hoch.

Talia schüttelte den Kopf, obwohl sich etwas in ihrem Herzen regte. Als sie noch Kinder waren, hatten James und ihre Brüder sie verschiedene Verse gelehrt, die ihr halfen, sich das Alphabet einzuprägen.

»E, F, G und H«, sekundierte James, seinen zärtlichen Blick immer noch auf sie gerichtet, sodass sie ihn beinahe spüren konnte wie eine echte Berührung.

»James – « Sie schluckte hart. Ganz hinten in ihrem Kopf begannen sich Erinnerungen an die vielen kostbaren Momente zu regen, die sie und James geteilt hatten. Die Momente, aus denen ihre Liebe zu ihm erwachsen war.

»Viele Hasen sind schon da«, sagte er.

»Worauf willst du hinaus?«

»I, J, K und L«, fuhr er fort und kam ein wenig näher, sodass sie von Bücherstapeln verdeckt wurden, »Hasen fressen ziemlich schnell.«

»M, N, O und P: Sie fressen gern den ganzen Klee …«

Talia trat von ihm zurück und versuchte, die Welle der Nostalgie zu unterdrücken, die sie zu überfluten drohte. »Es reicht, James. Das alles ist lange vorbei.«

»Nichts, woran sich zwei Menschen gemeinsam erinnern, ist jemals vorbei, Talia.«

Eine intensive Röte überzog Talias Wangen. James' Blick nahm einen leicht verdutzten Ausdruck an, als ihm klar wurde, welche Bedeutung in seinen Worten lag.

Talia wandte sich von ihm ab und ging zum Ladentisch, wo Mr Hammersmith ihr Bücherbündel zusammenschnürte.

Es gelang ihr immer noch nicht, all die Gefühle miteinander in Einklang zu bringen, die sie umtrieben, seit sie herausgefunden hatte, dass James zurück war – sie empfand so viel Liebe für ihre gemeinsamen Kindheitserinnerungen. Und jetzt hatten diese Erinnerungen eine bittere Süße angenommen und wurden durch die Erkenntnis getrübt, dass ihre lang gehegten Träume von James Forester niemals wahr werden würden.

James trat neben sie an den Verkaufstresen. Sie konnte seine Präsenz, seinen starken Körper, ganz deutlich neben sich spüren und fühlte sich im Handumdrehen geborgen und beschützt.

»Das wäre dann alles, Mr Hammersmith, danke«, sagte sie. »Bitte setzen Sie es auf meine Rechnung.«

Bevor sie das schwere Bündel aufnehmen konnte, hievte James es sich auf die Arme und öffnete ihr die Ladentür.

»Zum Büro der Ragged School Union«, wies sie den Kutscher an, während James ihr in die Kutsche half.

Wie nicht anders zu erwarten, stieg er hinter ihr ein und schloss die Tür.

»Lawford«, sagte er.

Talias Herz setzte einen Moment aus. Sie hob den Kopf und sah James in die Augen.

»Ich habe dich gestern Abend mit ihm sprechen sehen«, fuhr James fort und verschränkte die Arme über der Brust. »Ridley setzte mich davon in Kenntnis, dass er der stellvertretende Gefängnisdirektor von Newhall ist.«

Talia, in deren Magen sich ein harter Knoten bildete, zog es vor, nichts zu erwidern.

»Und Northwood hat von einem Freund erfahren, dass du kürzlich das Gefängnis in Smithton besucht hast«, fuhr James fort.

Oh, nein.

Talia atmete hörbar aus. Ihr Puls hämmerte. Sie grub die Finger in das Sitzkissen und versuchte, die plötzlich aufkeimende Furcht zu unterdrücken.

»Ähm, Alex … Alexander weiß davon?«

James nickte und betrachtete sie unverwandt. »Aber er weiß nicht, warum.«

Und er hat mich gebeten, es herauszufinden. Er musste diese Worte nicht aussprechen. Talia kannte ihren Bruder, und sie kannte James Forester. Natürlich würden sie beide wissen wollen, was sie in einem Gefängnis zu suchen hatte.

»Alexander sorgt sich um deine Sicherheit, Talia«, fuhr James fort. »Und ich auch. Sag mir, warum du an so einem Ort gewesen bist.«

Der leichte Kommandoton in seiner Stimme machte sie nervös. Ganz gewiss würde sie ihm nicht die Wahrheit sagen, nur weil er es ihr befahl. Außerdem wäre es ein hohes Risiko, James etwas über die Schule in der Brick Street zu erzählen, ähnlich hoch wie das, ihm ihre Liebe zu gestehen. Und Letzteres war in einer Katastrophe geendet.

Ihr Entschluss stand fest. Sie würde es weder Alexander noch James gestatten, sie von ihrem Weg abzubringen. Dies war das erste Mal seit Jahren, dass sie sich wieder nützlich fühlte und spürte, dass sie etwas ausrichten konnte in der Welt. Und das würde sie sich von nichts und niemandem nehmen lassen.

Nicht einmal von James.

»Es gehört nun einmal zu meiner wohltätigen Arbeit«, sagte sie und blickte aus dem Fenster.

»Und doch war es vorher nicht nötig, Gefängnisse zu besuchen.«

»Du warst ein Jahr lang nicht hier, James. Du hast keine Ahnung, was ich getan oder nicht getan habe.«

Grimmige Befriedigung erfüllte sie, als er darauf nichts antwortete.

Als sie wieder in seine Richtung blickte, stockte ihr der Atem. Im düsteren Inneren der Kutsche glitzerten seine Augen. Er starrte auf ihren Mund. Talia öffnete die Lippen, um einzuatmen, in ihrer Brust stieg Hitze auf.

Nein. Nein. Törichtes Mädchen, du kannst doch nicht …

Ihr Blick wanderte zu seinem Mund – den wunderschön geschwungenen Lippen, die so nahtlos auf ihre gepasst hatten. Beinahe konnte sie alles wieder spüren. Den heißen Druck. Wie sich ihre Zungen getroffen hatten. Der pure Geschmack ihrer Intimität hatte alle möglichen unschicklichen Gedanken in ihr ausgelöst, und diese hatten Talia das ganze letzte Jahr über in Atem gehalten. Wenn ein dreißig Sekunden langer Kuss mit James Forester schon solch ein Feuer in ihrem Blut entfachen konnte, was würden dann weitere Intimitäten anrichten?

Talia gab nur in einer schattigen, geheimen Ecke ihres Herzens zu, dass sie das immer noch mit aller Macht herausfinden wollte.

Sie riss ihren Blick von James los, als ihr klar wurde, dass sie immer heftiger atmete. Seine Präsenz schien das Innere der Kutsche auszufüllen. Auch wenn seine Zurückweisung noch immer wie ein dunkler Schatten zwischen ihnen schwebte, verkörperte dieser Mann nach wie vor all die Eigenschaften, die Talia so sehr bewunderte. Kühnheit, Wagemut, den Wunsch, Erfolg zu haben und unbekannte Wege zu gehen.

Er sah sie immer noch an. Sie dachte daran, wie sich seine warme Handfläche angefühlt hatte, als er sie an ihre Wange legte.

Wie anders doch ihr Leben wäre, wenn er ihre Liebe erwidert hätte …

Stopp!

Der Befehl drang durch alle Schichten ihres Hirns. Talia drückte den Rücken durch. Sie weigerte sich, ein liebeskrankes Frauenzimmer zu sein, sogar in ihren geheimsten Gedanken. Es war vorbei. James mochte so viele Argumente ins Feld führen, wie er wollte. Sollte er sich doch darüber verbreiten, dass ihm ihre Sicherheit am Herzen lag. Talia wusste, dass seine Gründe nichts mit ihr zu tun hatten. Er hatte zugestimmt, nach ihr zu sehen, weil er Alexander gegenüber loyal sein wollte und nicht, weil ihm ihr Wohlergehen am Herzen lag.

Und wenn er sie benutzen konnte, um zu bekommen, was *er* wollte, dann konnte sie ihn mit Sicherheit ebenso benutzen, um zu bekommen, was *sie* wollte. Sie brauchte sich nur daran zu erinnern, dass das, was sie wollte, ganz sicher *nicht* er war.

James folgte Talia von der Kutsche zu den Büros der Ragged School Union in Exeter Hall, auf den Armen einen Großteil ihrer Bücher. Hinter ihm ging der Diener mit den Zeitschriften und Magazinen.

In den Gängen des Gebäudes trafen sie auf viele Herren und einige wenige Damen, die hier und da in kleinen Grüppchen zusammenstanden und über dies und jenes sprachen. Talia stieg die Stufen zu einer Tür mit Glasfenster hinauf, auf dem die Aufschrift prangte: *Sir Henry Clark, Vorsitzender.* Sie klopfte an, und die Stimme eines Mannes bat sie einzutreten.

»Lady Talia, welch eine Ehre, Sie hier zu begrüßen.« Ein rundlicher Mann erhob sich von seinem Stuhl hinter einem mit Papieren übersäten Schreibtisch und kam, ein breites Lächeln halb verdeckt von einem gewaltigen Backenbart, auf sie zu. »Ich hatte Sie erst am späteren Nachmittag erwartet.«

»Es handelt sich um einen spontanen Besuch, Sir Henry.« Sie bedeutete James und dem Diener, die Bücher und Zeitschriften auf einen Tisch zu legen. Nachdem der Diener sich entfernt hatte, fuhr sie fort: »Ich war gerade in Mudie's Library und habe einiges mitgebracht, von dem ich glaube, dass es den Jungen gefallen könnte.«

»Ich verstehe.« Sir Henrys Gesichtsausdruck zeugte allerdings vom Gegenteil. »Ähm, Sie möchten sie wohl nicht direkt in die –«

»Noch nicht«, unterbrach ihn Talia aufgeräumt. »Ich dachte, ich könnte sie für eine Weile hierlassen, wenn es Sie nicht stört?«

»Selbstverständlich nicht.« Sir Henry blickte fragend von Talia zu James.

Talia stellte die Herren einander kurz vor und fügte dann hinzu: »Lord Castleford wird London in Kürze wieder verlassen, Sir Henry. Er leitet eine Expedition nach Sibirien. Ist das nicht aufregend?«

James verspürte einen leichten Unmut. Jedes Mal, wenn sie ihn jemandem vorstellte, merkte sie an, dass er die Stadt *in Kürze wieder verlassen* würde. Und das in diesem leichten Ton, der nahelegte, man bräuchte sich daher gar nicht erst die Mühe zu machen, ihn in irgendetwas von Bedeutung einzubeziehen. Weil er in Kürze wieder abreisen würde. Ein neues Abenteuer erleben.

Er wandte sich ab, betrachtete die Bücher, die er auf dem Tisch abgelegt hatte, und versuchte, das aufkeimende Unbehagen zu unterdrücken. Talia hatte seine Reisen stets respektiert, ihnen immer Bewunderung entgegengebracht, gemischt mit einem Hauch Wehmut. Doch jetzt schien sie seinem Tun gegenüber beinahe … nachsichtig zu sein, als ob seine Abenteuerlust ein kindischer Spleen wäre, den man bestenfalls tolerieren konnte.

James sah zu ihr hinüber. Sie sprach leise mit Sir Henry und nickte ernst, als dieser einige Bemerkungen über die neue Schule in Bethnal Green machte.

James nutzte den Umstand aus, dass Talia abgelenkt war, und betrachtete sie sehr, sehr lange. Einige Locken ihres kastanienbraunen Haars, das sie unter dem Hut festgesteckt hatte, ringelten sich ihren Nacken hinunter. Sie trug ein perfekt sitzendes dunkelblaues Kleid, das zwar ihre Rundungen betonte, dennoch aber jeglichen Zierrats entbehrte, der Aufmerksamkeit auf sich hätte ziehen können. Ihr Profil mit den hohen

Wangenknochen und den vollen Lippen, die James bis in seine Träume verfolgten, war so lieblich wie immer. Nur die grünen Augen hatten sich verändert. Eine neue Reserviertheit überdeckte die herzliche Unschuld, die er in ihnen noch vor einem Jahr gesehen hatte.

Der Gedanke, dass er der Grund dafür sein könnte, gefiel ihm ganz und gar nicht, obwohl er nicht arrogant genug war zu glauben, Talia hätte sich all die Monate lang nach ihm verzehrt. Vielleicht war etwas anderes geschehen, das sie so ernst hatte werden lassen.

Womöglich hätte sie ihm sogar erzählt, was der Grund dafür war, hätte er sie während des vergangenen Jahres auch nur eines Briefes gewürdigt. Er erstickte einen neuerlichen Anflug von Bedauern und widmete sich wieder den Büchern.

Ein Klopfen ertönte, und ein weiterer Mann betrat den Raum. Er war schmächtig und von mittlerer Statur, trug einen schwarzen Mantel und dazu einen ebenso schwarzen Hut, dessen Krempe einen Schatten auf sein Gesicht warf. Das Funkeln seiner Brillengläser verdeckte es noch zusätzlich. Der Mann blieb unter dem Türrahmen stehen und ließ seinen Blick von James hinüber zu Talia wandern, die in der Nähe der Fenster stand.

»Mr Fletcher!« Talia blickte hoch und lächelte. Dann kam sie mit raschelnden Röcken auf ihn zu. »Ich hatte nicht erwartet …«

Sie brach mitten im Satz ab, als sie James' Blick bemerkte, und blieb abrupt stehen.

»Ich hatte nicht erwartet, Sie heute hier zu treffen«, sagte sie zu dem Neuankömmling.

»Ich hingegen hatte sehr stark gehofft, Sie hier anzutreffen, Mylady.«

Der Mann nahm seinen Hut ab. Zum Vorschein kamen scharfe, schmal geschnittene Gesichtszüge und dunkle Augenbrauen. Sein Haar war sehr kurz geschnitten, und er sah einige Jahre jünger aus als James. Er war einunddreißig, wirkte aber eher wie die vierundzwanzig von Talia.

»Ich habe Ihre Nachricht betreffend Peter Colston erhalten«, fuhr der Mann fort. »Ich hatte ohnehin vor, heute Nachmittag in der Brick Street vorbeizusehen, und könnte daher – «

»Einen Augenblick bitte, Mr Fletcher.« Immer noch lächelnd, drehte Talia sich zu James um. »Lord Castleford, das ist Mr Fletcher. Mr Fletcher, Lord Castleford ist ein alter Freund der Familie und erst kürzlich von einer Reise nach Australien zurückgekehrt.«

James musste sich beherrschen, um nicht mit den Zähnen zu knirschen, während er darauf wartete, dass sie das übliche »wird die Stadt in Kürze wieder verlassen« anfügte.

»Mr Fletcher ist einer unserer Lehrer, Mylord«, sagte Talia, wobei ihr Tonfall die Vorstellung auf seltsam konsequente Weise beendete.

James schüttelte Fletcher die Hand und sagte eine routinemäßige Begrüßungsformel auf. »Welche Fächer unterrichten Sie?«, fragte er dann, eher aus Höflichkeit als aus echtem Interesse.

»Meine persönliche Vorliebe gilt den Wissenschaften, aber unser Lehrplan erlaubt es mir, alles zu unterrichten, von Lesen über Geschichte bis hin zu Geografie.« Mr Fletcher blickte zu Talia. »Also, was Peter Colston betrifft – «

»Ja, das besprechen wir bitte später«, sagte Talia im Befehlston.

Fletcher blinzelte verwundert, nickte dann aber.

James runzelte die Stirn. Für gewöhnlich fiel Talia den

Leuten nicht so oft ins Wort. Jetzt machte sie beinahe den Eindruck, sich davor zu fürchten, was sie sagen könnten.

»Lord Castleford ist nur für kurze Zeit in London«, fuhr Talia fort. »Er reist im Juni wieder ab. Eine Expedition nach –«

»Ich werde für den Rest des Monats in der Stadt sein«, unterbrach sie James. »Und ich hatte gehofft, Ihrer Organisation während dieser Zeit auf die eine oder andere Weise behilflich sein zu können.«

Diese Worte überraschten ihn selbst genauso sehr wie sie offenbar Talia überraschten.

»Du willst den Armenschulen helfen?«, fragte sie, als ob allein die Vorstellung vollkommen absurd wäre.

»Du musst gar nicht so schockiert klingen«, murmelte James gereizt. »Das ist nicht die erste wohltätige Sache, für die ich mich engagiere.«

»Und in welcher Form könnten Sie helfen, Mylord?«, fragte Sir Henry.

»Nun, ich … ich könnte Lady Talia bei allem helfen, wobei Hilfe nötig ist.«

Talia schwenkte ihre Röcke abrupt Richtung Tür. »Sir Henry, Mr Fletcher, wenn Sie uns bitte einen Augenblick entschuldigen würden. Auf ein Wort, Mylord?«

James, der das deutliche Gefühl hatte, dass ihm eine ordentliche Schimpfkanonade bevorstand, folgte ihr hinaus. Während sie vor ihm den Flur hinunterging, ließ er seinen Blick über ihre schmale Taille wandern. Talia öffnete eine Tür und bedeutete ihm nach einem kurzen Blick in den Raum, ihr in das leere Büro zu folgen. Sie schloss die Tür und funkelte ihn zornig an.

»Was glaubst du eigentlich, wer du bist, James?«

Er trat verwirrt einen Schritt zurück. »Ich bin derselbe, der ich immer war.«

»Bist du nicht.« Talia raffte ihre Röcke und lief mit energischen Schritten in die Mitte des Raumes. »Du bietest deine Hilfe an, weil du Alexander versprochen hast, mich *im Auge zu behalten.* Nicht, weil du wirklich helfen willst.«

Auf James' Stirn erschien eine senkrechte Falte. »Du bist diejenige, die Informationen vor Northwood zurückhält, Talia. Vielleicht hätte er weniger Grund zur Sorge, wärst du ihm und deinem Vater gegenüber ehrlich gewesen.«

»Alexander *erfindet* Gründe, sich Sorgen um mich zu machen, James.« Sie zog frustriert die Schultern hoch, breitete die Arme aus und spreizte die Finger. »Alles, was ich tue, gibt ihm Anlass zur Sorge. Ist dir jemals in den Sinn gekommen, dass ich vielleicht *ihn* beschütze, indem ich ihn *nicht* in jeden meiner Schritte einweihe?«

»Wie sollte ihn das schützen?«

»Er ist glücklich.« Talia drehte sich auf dem Absatz um und kam auf ihn zu, wobei ihre Röcke heftig um die Knöchel schwangen. »Er hat eine reizende Frau, eine Tochter, die er vergöttert, und jetzt noch einen kleinen Sohn … Ganz gewiss braucht er keine unbegründeten Sorgen um mich, die sein Glück trüben.«

»Und doch gibt es sie.« James packte sie am Arm, um zu verhindern, dass sie sich wieder von ihm abwandte. Sie keuchte erschrocken auf, und sein ganzer Körper reagierte auf dieses Geräusch und die Wärme, die durch die vielen Lagen Kleidung hindurch zu spüren war.

Dann sah sie zu ihm auf, und der Blick ihrer grünen Augen brannte sich durch seine Verteidigung. Es war, als könne sie ihm direkt bis ins Herz sehen, genau bis zu jener Stelle, die nur für sie reserviert war. James holte tief Luft und versuchte sich zu konzentrieren, seine Gedanken von der wachsenden

Gewissheit abzulenken, dass er alles tun wollte, worum Talia ihn bat.

»Warum sonst sollte Alexander mich bitten, nach dir zu sehen?«, fragte er. »Wenn du willst, dass er sich keine Sorgen macht, wenn du nichts zu verbergen hast, dann kannst du meine Hilfe doch annehmen.«

Sie sah ihn wütend an, ihr ganzes Gesicht drückte Widerstand aus. »Die Art von Hilfe, die du mir anbietest, will ich aber nicht.«

»Und welche Art von Hilfe ist das?«

»Die Art, bei der du dich kurz für zwei Wochen sehen lässt, die Leute von dir *abhängig* machst und dann wieder verschwindest.« Talia entriss ihm ihren Arm und trat mit bebender Brust einen Schritt zurück. »Genau wie mit Alexanders Ausstellung für die Society of Arts im letzten Jahr. Jedes Mal, wenn du nach London zurückkommst, tust du es wieder, und dieses Mal werde ich es nicht zulassen.«

»Warum denn nicht, zur Hölle?«

»Weil ich dir nichts schuldig sein will!«

»Ich würde niemals davon ausgehen, dass du mir etwas schuldest«, gab James wütend zurück.

»Ich aber!« Talia schüttelte heftig den Kopf und lief mit steifen Schritten wieder auf die andere Seite des Raumes. »Du kannst das nicht tun und dann wieder weglaufen, James. Ich werde es nicht zulassen.«

Er starrte sie verblüfft an. »Weglaufen?«

Talia drehte sich um, in ihren Augen spiegelte sich Bedauern. »Ich meinte –«

»Du sagtest *weglaufen*. Das denkst du also von mir? Dass ich *weglaufe*?«

Als sie nichts erwiderte, erfüllte ihn eine düstere Vorahnung.

Er wusste, er hatte sie verletzt – er hatte das gesamte letzte Jahr damit verbracht, sich dafür zu hassen –, aber die Vorstellung, dass sie ihn für einen Feigling hielt, konnte er nicht ertragen. Nicht von Talia, die ihn stets so bewundert hatte.

Bis er alle Illusionen zerstört hatte, die sie sich in Bezug auf ihn gemacht hatte.

Ein Augenblick verging, der sich wie eine Ewigkeit anfühlte. Sie blickten sich schweigend an, und zwischen ihnen zuckte eine fast mit Händen zu greifende knisternde Spannung hin und her. Sein Herz raste. Selbst über die Entfernung hinweg konnte er das Glühen in ihren grünen Augen sehen, die Wärme ihres Körpers fühlen. Er konnte *sie* immer noch spüren, all die Gefühle, die von ihr ausgingen. Entschlossenheit. Wut. Leidenschaft.

Mit drei langen Schritten war er bei ihr. Seine Kehle war wie zugeschnürt vor Gereiztheit und einem anderen Gefühl, das er nicht benennen konnte. Er blieb vor ihr stehen, blickte ihr in die von dichten Wimpern beschatteten Augen, musterte die vollen, feuchten Lippen, die er des Nachts in seinen Träumen und Albträumen sah.

Er hob eine Hand, legte sie unter ihr Kinn und drehte ihr Gesicht ins Licht. Ihre Haut war so weich wie Seide, ihr Gesicht blass bis auf einen Hauch von Rosa, der ihre hohen Wangenknochen überzog. Sie erschauerte, als sie ihre Lippen öffnete, um bebend Luft zu holen. Begehren stieg in James auf bei dem Gedanken an den heißen Kuss, den sie getauscht hatten, dem drängenden Verlangen, als sie sich an ihn geschmiegt und ihren Mund geöffnet hatte, um ihn einzulassen …

Er stöhnte leise, packte sie bei den Schultern und zog sie an sich. Bevor er einen klaren Gedanken fassen, bevor er sich beherrschen konnte, neigte er den Kopf zu ihr und presste seinen Mund auf ihren. Talia keuchte überrascht auf, ein verhaltenes Geräusch, das Erregung durch jede Zelle seines Körpers schießen ließ. Selbst jetzt, nach allem, was nun zwischen ihnen stand, schmiegte sie sich ohne Zögern an ihn, als wüsste sie, dass das Band des Vertrauens, das zwischen ihnen bestand, immer noch stark und wahrhaftig war.

James nahm ihr Gesicht in beide Hände und neigte den Kopf, um seine Lippen besser mit ihren verschränken zu können. Ihr heißer Atem ließ sein Innerstes erglühen. Als sich ihre Brüste gegen seinen Oberkörper pressten, konnte er ihre weichen Rundungen selbst durch die Enge des Korsetts hindurch spüren. Lust sammelte sich in seinem Unterleib. Ein Teil seines Verstandes war immer noch leicht schockiert angesichts der Geschwindigkeit, mit der sein Körper reagierte – ausgerechnet auf Talia, die einzige beständige weibliche Präsenz in seinem ganzen Leben –, während ein anderer Teil sich wunderte, wie natürlich es sich anfühlte, wie leicht.

Sie schlang ihre Arme um seinen Hals, und ihre Körperformen schmiegten sich so nahtlos an seine, als wäre sie ein Puzzleteil, das jemand an die richtige Stelle legte. Süß schmeckte sie – nach Äpfeln und Zucker –, und als sie ihm ihre Lippen öffnete und ihre Zunge seine berührte, konnte James keinen klaren Gedanken mehr fassen. Er vertiefte den Kuss, während seine Erektion sich hart gegen den Stoff seiner Hose drängte und sein Kopf sich mit Bildern von Talia füllte, die nackt unter ihm lag, ihm heiß ins Ohr atmete und ihren Körper für ihn öffnete.

Undeutlich murmelte er ihren Namen, keuchend, abgehackt, legte die Hand in ihren Nacken und widerstand dem drängenden Verlangen, ihr den Hut vom Kopf zu reißen, die Haarnadeln zu entfernen und seine Hände in der Flut ihrer Haare zu vergraben. Er sah sie splitterfasernackt, sich seinen

Liebkosungen hingebend, mit denen er jeden Millimeter ihres Körpers bedeckte, ihre Brüste mit den zartrosa Spitzen, die zu groß waren für seine Hände, ihre Hüften, die sie ihm entgegen reckte, um nach mehr zu flehen, mehr …

Talia stöhnte unterdrückt, was seine Leidenschaft noch mehr befeuerte. Er packte ihren Nacken und machte sich von ihr los. Sein Atem ging heftig, als er in ihre Augen blickte, die dunkel waren vor Begehren.

Unvermittelt stieg Ärger in ihm auf und mischte sich in sein schockierend drängendes Verlangen. Ärger auf Talia, weil sie ihn dazu brachte, eine solche Wollust, ein solch pures fleischliches Verlangen zu empfinden – nach ihr. Weil sie ihn dazu brachte, Dinge für sie zu empfinden, die er nicht empfinden durfte.

Talia hob eine zitternde Hand und berührte seinen Mund. Ihre Fingerspitzen waren leicht wie Federn. Mit dem Zeigefinger zog sie den Schwung seiner Unterlippe nach.

»Ich habe von dir geträumt«, gestand sie rau.

James schloss die Augen und kämpfte gegen das nahezu überwältigende Verlangen an, das erneut in ihm aufkeimte.

»Talia«, sagte er mit gepresster Stimme. »Ich werde nicht …«

»Ja, das hast du beim letzten Mal auch gesagt, oder?« Sie ließ die Kuppe ihres Zeigefingers in das Grübchen unterhalb seiner Unterlippe wandern. Die Berührung ließ ihn erschauern. »*Das wird nicht sein*, hast du gesagt. Und doch warst du es, der sich ergeben hat.«

Scham stieg in ihm auf, und er schluckte hart. Er mochte sie zurückgewiesen haben, doch jetzt überkam ihn das unwillkommene Gefühl, Talia sei diejenige gewesen, die sich an jenem Nachmittag in Floreston Manor einen Vorteil verschafft hatte. Einen Vorteil, der ihn nun in die Knie zwang.

»Ja, Mylady«, erwiderte er und zwang sein Herz, sich dem

erhitzten Blick, der immer noch in ihren Augen lauerte, zu verschließen. Er packte sie am Handgelenk und zog ihre Hand von sich weg. »Ich habe mich deinem süßen Kuss ergeben und jeden Augenblick davon genossen. Und ich habe es auch nicht bereut. Willst du wissen, warum?«

Er verstärkte den Griff um ihr Handgelenk und spürte, wie schnell ihr Puls ging.

»Ich habe es nicht bereut, weil dieser eine Kuss die Saat gelegt hat für tausend heiße Träume von dir«, zischte er, und eine grimmige Befriedigung machte sich in ihm breit, als er sah, wie Befangenheit in ihre Züge trat. »Ja, auch ich habe von dir geträumt, Talia. Und meine Träume waren roh, ohne jede Scham. Ich habe davon geträumt, wie du dich nackt unter mir windest, wie du deine Beine um meine Hüften schlingst, wie ich deine Brüste streichle und dich an Stellen berühre, die dich schockieren würden.«

Er senkte den Kopf, um ihr tief in die Augen zu blicken, und zwang sich, weiterzumachen, ihr die ungeschminkte, derbe Wahrheit zu gestehen, damit sie erkannte, welche Sorte Mann er war.

»Ich habe davon geträumt, so tief in dich hineinzustoßen, dass du nicht mehr sagen kannst, wo der eine von uns anfängt und der andere aufhört«, spuckte er die Worte aus. »Ich habe mir vorgestellt, wie du mich anflehst, wieder und wieder in dich hineinzustoßen, bis du schreist und in einem Gefühl der Lust explodierst, das intensiv genug ist, um die Welt aus den Angeln zu heben. Ich habe von dir geträumt, wie du auf Händen und Knien vor mir bist und ich dich von hinten nehme. Ich habe davon geträumt, wie du mich reitest, wie wir es auf dem Fußboden treiben, auf dem Tisch, im gottverdammten Badezimmer …«

Schwer atmend löste er seinen Klammergriff von ihrem

Handgelenk und trat einen Schritt zurück. Seine harte Erektion presste immer noch gegen den Stoff seiner Hose. Er atmete tief ein und versuchte, das Feuer zu löschen, das in seinen Adern brannte.

»Falls du also zärtliche Küsse und eine romantische Werbung erwartet hast«, presste er zwischen zusammengebissenen Zähnen hervor, »wirst du sie von mir nicht bekommen.«

Er wandte sich ab, unfähig, in ihre funkelnden Augen und auf ihre geröteten Lippen zu blicken. Die Luft zwischen ihnen war zum Schneiden dick und knisterte vor Spannung. James fuhr sich mit einer Hand übers Gesicht und durch die Haare. Ihm kam der Gedanke, dass jeder einzelne von Talias Brüdern guten Grund hätte, ihn zu Brei zu schlagen, und wünschte beinahe, sie täten es.

»Ich … ich habe nicht …«, wisperte Talia.

James durchzuckte eine bange Vorahnung, und er drehte sich zu ihr um. »Du hast nicht …«

»Ich habe mir keine zärtlichen Küsse vorgestellt …« Talia schluckte. Eine intensive Röte kroch ihren Hals hinauf bis in die Wangen. »Na ja, das manchmal auch, aber meistens habe ich … habe ich von … genau von dem geträumt, was du gerade beschrieben hast.«

Ihre Stimme verlor sich in einem rauen Gemurmel. Und obwohl die Röte auf ihren Wangen dunkler wurde, hielt sie seinem Blick stand.

James ballte die Hände zu Fäusten, um eine neuerliche Welle reinsten Begehrens im Zaum zu halten. *Gottverdammtverfluchte Hölle.* Woher, zum Teufel, wusste ausgerechnet Talia von solchen Dingen? Und wie, in Gottes Namen, sollte er angesichts dieses Bekenntnisses jemals genügend Selbstkontrolle aufbringen, um sie vor sich zu schützen?

Feigling.

Die Anschuldigung brannte in seinem Gehirn wie Feuer. Erfüllt von neuer Entschlossenheit straffte er die Schultern. Er würde die Selbstkontrolle aufbringen, weil Talia etwas Besseres verdiente. Weil er seine Chance gehabt hatte, als sie ihm ihre Liebe gestand, und er dieses Geschenk schroff zurückgewiesen hatte. Weil er wusste, dass sie beide, auch wenn sie zusammen unvorstellbare Lust erleben konnten, er ihr niemals würde geben können, was er ihr gerne gegeben hätte.

»Ich werde diese Dinge nicht mit dir tun«, blaffte er.

»Auch das hast du beim letzten Mal gesagt.« Talia schwieg einen Augenblick und zog sich ihren Schal fester um die Schultern. Ein triumphierendes Funkeln glitzerte in ihren Augen. »Und doch hast du diesen ersten Kuss nicht vergessen. Nicht wahr, James? Ich auch nicht.«

James presste die Zähne aufeinander und ging mit langen Schritten zur Tür. Er riss sie auf und versuchte, das Zittern seiner Hand zu ignorieren, als er Talia winkte, ihm zu folgen.

»Wir gehen besser zurück, bevor sich deine Kollegen fragen, wo wir abgeblieben sind.«

Talia stand einen Moment lang unbeweglich, in ihren Augen lag immer noch dieses Funkeln. Dann ging sie an ihm vorbei zur Tür hinaus, wobei ihr Arm den seinen berührte, eine Zärtlichkeit, in der tausendfache Sehnsucht lag. James holte tief Luft, bevor er ihr folgte.

Sie begaben sich wieder in Sir Henrys Büro, wo der Direktor und Mr Fletcher gerade über einige Dokumente berieten. Die beiden Männer sahen auf, als sie hereinkamen, und Fletchers Blick ging direkt zu Talia. James spürte, wie ein deutliches Missbehagen die letzten Reste seiner Lust zerstreute.

»Sir Henry«, sagte er bestimmt und zog eine Karte aus seiner Brusttasche. »Seien Sie versichert, dass ich Ihnen für die nächsten vierzehn Tage zur Verfügung stehe.«

Er versuchte, den kalten Blick zu ignorieren, den Talia ihm zuwarf. Irgendwie würde er ihr beweisen, dass er kein Feigling war, dass er nicht davonlief, wie sie offenbar dachte. Irgendwie würde er ihr beweisen, dass er immer noch der Mann war, den sie einst gekannt hatte. Ein Mann von Ehre und Anstand.

Talia ging zu Mr Fletcher, um mit ihm zu sprechen, und während sie sich ihm näherte, glättete sich ihre Stirn. James rang zähneknirschend einen Anfall von Eifersucht nieder, die er nicht empfinden sollte. Er würde Talia niemals so besitzen, wie er es in seinen Träumen gesehen hatte – wie sie *beide* es in ihren Träumen gesehen hatten –, aber das bedeutete nicht, dass kein anderer Mann sie so haben konnte.

Und James konnte nichts tun, um es zu verhindern.

William Lawfords Onkel, Lieutenant George Lawford, saß in einem Sessel am Feuer. Sein gerötetes Gesicht bedeckte ein glänzender Schweißfilm, die Knöpfe seines Hemdes spannten sich über dem mächtigen Bauch. Schweigend stierte er auf einige Papiere. Die muffige Luft im Raum roch nach Tabakrauch und Brandy.

William rutschte ungeduldig in seinem Sessel hin und her. Waren erst einmal die finanziellen Mittel für das neue Gefängnis in Shipton Fields gesichert, würden sie Pläne zur Schließung von Newhall machen. Und er, William, würde zum Direktor von Shipton Fields ernannt werden.

Er konnte nicht länger warten. Er hatte bereits geplant, seinen Onkel wegzuschicken. George sollte in Zukunft bei einem entfernten Verwandten leben. So würde William zwei Fliegen mit einer Klappe schlagen: Er wäre ihn los und würde ihn von allen Kontakten in London abschneiden. William wollte nicht, dass Gerüchte um seinen dahinsiechenden Onkel seine Werbung um Alice Colston gefährdeten. Und schon gar nicht wollte er, dass sich sein Onkel daran erinnerte, was mit dieser Schlampe Elizabeth in Lewes passiert war.

»Es wird getrennte Blocks für Schwerverbrecher und Landstreicher geben«, sagte er und deutete auf die Baupläne. »Und in Abhängigkeit von der Anzahl der jugendlichen Inhaftierten könnten wir zusätzlich einen Flügel für erwachsene Gefangene öffnen.«

Lieutenant Lawford grunzte und warf die Papiere auf einen Beistelltisch. »Verschwendung von Zeit und Geld. Verfrachte die ganze Bande einfach in die Kolonien, wie wir es immer gemacht haben. Lass sie dort schuften.«

William stand seufzend auf, um die Papiere wieder einzusammeln. »Es sind immer noch einige Transportschiffe im Einsatz. Vermutlich legen zwei von ihnen diesen Monat ab.«

»Nicht genug«, brummte Lieutenant Lawford. »Die Deportation ist viel rentabler, als die Scheißkerle hier in Gefängniszellen verrotten zu lassen.«

»Ich plane für Shipton Fields etliche Plätze, an denen sich die Jugendlichen betätigen werden«, versicherte William. »Ich sehe keinen Grund, warum nicht auch die Jungs körperlich gefordert werden sollten.« Er schwieg einen Moment und dachte an die Maßnahmen, die im Strafvollzug für Erwachsene üblich waren und die er für die jugendlichen Straftäter einzuführen beabsichtigte. Er würde diese Burschen auf das große Rad schicken, auf dem sie Stunde um Stunde gehen mussten, er würde sie mehr als tausend Mal am Tag die Kurbel drehen lassen, die er in den Zellen installieren lassen würde, und er würde sie Kanonenkugeln schleppen lassen, vom Anfang einer langen Reihe an deren Ende. Und das in einem fort. Es waren sinnlose Tätigkeiten ohne jeden Nutzen, aber sie verlangten den Gefängnisinsassen körperlich alles ab. »Ich habe herausgefunden, dass die Jungs sehr viel fügsamer sind, wenn sie sich körperlich verausgaben müssen. Kann ich auf deine Unterstützung zählen, Onkel?«

»Ich schulde dir gar nichts.« In Lieutenant Lawfords Gesicht spiegelte sich Abneigung. »Du hast mich nie gemocht. Willst mich immer noch loswerden, damit du deinen Ruhm einheimsen kannst.«

Er langte nach seinem Brandyglas und kippte den Inhalt in einem Schluck hinunter. William presste die Lippen zusammen und ging einen Schritt Richtung Tür. Je eher sein Onkel verschwand, desto besser für alle Beteiligten.

»Ich habe morgen eine weitere Verabredung mit Lord Thurlow«, sagte er und versuchte, seiner Stimme einen freundlichen, verbindlichen Ton zu geben. »Ich rechne mit seiner Unterstützung, also sind die Finanzen gesichert.«

Nicht einmal sein nutzloser Onkel konnte William davon abhalten, sein Ziel mit aller Kraft zu verfolgen. Er kündigte an, in einigen Tagen wiederzukommen, und begab sich zu seiner Kutsche. Wie er mit seinem Onkel umgehen musste, wusste er, aber er hatte immer noch keine Ahnung, was er mit Peter Colston machen sollte. Wenn der Junge in Wapping blieb und auf den Docks arbeitete, jeden Kontakt zu Vater und Schwester abbrach … mochte das genügen, um ihn aus dem Weg zu haben.

Vielleicht.

Die einzig sichere Methode bestand darin, den Kerl wieder einzusperren, doch selbst dann müsste William noch ein Auge auf ihn haben. Ein Jammer, dass er zwar einen so wasserdichten Plan für seinen Onkel hatte, aber nur einen so dürftigen für Peter.

Es sei denn …

Es würde nicht schwierig sein herauszufinden, wann die nächsten Schiffe mit Gefangenen in die Kolonien ablegten. Und dafür zu sorgen, dass Peter Colston an Bord eines dieser Schiffe sein würde, war erst recht nicht schwer, vor allem dann nicht, wenn er ein zweites Mal festgenommen und verurteilt würde. Der Oberaufseher über die Sträflingsschiffe hatte keinerlei Skrupel, auch Jugendliche zu transportieren, und war Peter erst einmal in den Kolonien, stellte er keine Bedrohung mehr dar.

William lehnte sich von dieser Idee inspiriert zurück und sah die Pläne für das Gefängnis durch. *Sein* Gefängnis. Ob sie wohl die Wohnräume des Direktors vergrößern und vielleicht sogar einen kleinen Kräutergarten anfügen könnten, getrennt vom Gefängnishof?

Er stellte sich vor, wie Alice Colston … Alice Lawford … in einem solchen Garten arbeitete, als er vor dem Haus der Colstons aus der Kutsche stieg. Alice begrüßte ihn auf die gewohnte Weise, indem sie ihm einen Tee anbot. Sie sah reizend aus in ihrem zitronengelben Kleid, das ihr blondes Haar zum Leuchten brachte.

»Ist Peter inzwischen zurück?«, fragte er, als er sich neben sie auf das Sofa niederließ, noch ein Stückchen näher als beim letzten Mal.

»Nein, aber ich habe Lady Talia angeboten, in der Schule in der Brick Street zu helfen«, erwiderte Alice und wickelte eine Haarlocke um ihren Finger. »Ich dachte, wenn ich dort mehr eingebunden wäre, könnte ich besser verstehen, warum Peter sich diesem Vorschlag so vehement widersetzt.«

Lawford hegte keinerlei Wunsch, schon wieder über diesen jämmerlichen Versager zu diskutieren, machte aber dennoch einige besorgte Bemerkungen zu dem Thema. Dann erzählte er ihr von seinem morgendlichen Besuch bei seinem Onkel.

»Er wird meine Pläne für das neue Gefängnis unterstützen«, sagte er. »Wenn es erst mal fertig ist und sich als gewinnbringend erweist, dürfte es die Aufmerksamkeit des Hofes auf sich ziehen.«

»Meinen Sie?« Alice wirkte nicht so beeindruckt, wie er es sich erhofft hatte. »Dann hoffe ich, dass Sie die Anerkennung erhalten werden, die Sie verdienen.«

William rückte noch ein Stückchen näher. Als er ihren Duft witterte, schlug sein Herz schneller. Schweigend betrachtete er sie, wartete darauf, ob sie zurückweichen würde. Sie tat es nicht. Er rückte noch näher und legte ihr vorsichtig eine Hand an die Wange.

»Sie haben ganz außergewöhnliche Augen, Miss Colston«, murmelte er.

»Danke schön.« Ein intensives Rot überzog ihre Wangen, und ihr Blick wanderte hinunter zu seinem Mund.

William ermahnte sich, zurückhaltend zu sein. Dann neigte er den Kopf und strich mit den Lippen ganz zart über ihre. Hitze wallte in ihm auf. Alice bewegte sich nicht, doch ihr Atem ging ein klein wenig schneller, und das raubte ihm beinahe die Sinne. In seinem Geist blitzten Bilder auf. Alice nackt unter ihm, die Beine um seine Hüften geschlungen, ihre heiße, schweißnasse Haut unter seinen Händen …

Er umschloss ihren Arm und intensivierte die Berührung seiner Lippen, unfähig, sich zurückzuhalten. Ihre Lippen gaben unter dem Druck nach. Sie schmeckte so süß! Er wollte mehr, mehr, mehr …

Alice riss sich keuchend los und stand auf. »Mr Lawford, ich – «

William versuchte, die Lust zu unterdrücken, die ihn unter Hochspannung setzte. Er hob entschuldigend die Hände. »Miss Colston, ich bitte um Verzeihung. Ihre Schönheit ist unwiderstehlich und hat, so fürchte ich, meinen Verstand getrübt.«

Er zwang sich aufzustehen. »Ich werde … bitte entschuldigen Sie … aber ich werde jetzt gehen.«

Er sehnte sich danach, dass sie protestierte, doch Alice nickte zustimmend und folgte ihm in die Diele.

»Ich hoffe, Sie finden meine Werbung nicht beleidigend«, sagte er, indem er Hut und Mantel griff.

Sie blickte zur Seite und nestelte verlegen an der Brosche, die sie am Halsausschnitt trug. Ihre Wangen waren immer noch gerötet.

»Nein, Mr Lawford«, murmelte sie.

Sein Herz hämmerte. »Dann darf ich Sie auch weiterhin besuchen?«

Er ließ ihr keine Zeit für eine Erwiderung, sondern wandte sich schnell zur Tür. »Wir werden uns bald wiedersehen, Miss Colston.«

7

»Bitte sehr, Mylord.« Polly, das Hausmädchen, betrat das Arbeitszimmer, ein Tablett mit Teeservice und einem Kuchenteller balancierend. Sie war ungefähr Mitte zwanzig, hatte ein rundes, mädchenhaft wirkendes Gesicht und verbreitete eine Aura von Besorgnis. Schwungvoll stellte sie das Tablett vor James ab.

Er musterte das Angebot – das aus einem altbackenen Teekuchen und einer Scheibe Kartoffelbrot bestand – argwöhnisch. »Gibt es nichts … Gehaltvolleres?«

»Ich habe noch eine Lammpastete von gestern Abend übrig, wenn Sie möchten.«

»Nein.« James langte seufzend nach der Teekanne. »Gibt es wenigstens Zucker?«

»Der ist alle.« Polly knüllte ihre Schürze. »Soll ich losgehen und welchen holen?«

»Nein, schon gut. Danke, Polly.«

Das Mädchen machte einen linkischen Knicks und entfernte sich. James nippte an dem lauwarmen Tee, dachte wehmütig an den fehlenden Zucker und wandte seine Aufmerksamkeit wieder dem Brief zu. Er las noch einmal die vier Seiten, die er bereits geschrieben hatte, und setzte seine Unterschrift darunter. Dann bestreute er die frische Tinte mit Salz, damit sie nicht verlief, und versiegelte das Schreiben.

Er steckte den Brief in seine Manteltasche und verbrachte die folgende Stunde damit, das Logbuch des Schiffes, Listen mit Proviant und Ausrüstungsgegenständen, die Besatzungsliste und die geplanten Routen durchzugehen. Sorgfältig studierte er das Budget, strich einige unnötige Dinge und schrieb eine Nachricht an einen seiner Geldgeber, den er vor der Abreise um ein Treffen bat.

Alles Dinge, die ihm nicht unbedingt Spaß machten, aber sie mussten eben getan werden. Solche Angelegenheiten waren der Grund, warum er zwischen seinen Reisen nach London zurückkehrte. Obwohl er einen Sekretär und einen Anwalt beschäftigte sowie eine rudimentäre Dienerschaft, die sich um den Familiensitz in Devon kümmerte, zog es James immer noch vor, sich um die wichtigen Details selbst zu kümmern. Er hatte schon vor langer Zeit gelernt, sich auf niemand anderen zu verlassen, wenn es um die Ausführung notwendiger Angelegenheiten ging.

»Mylord?« Ein Klopfen an der Tür, und Graham, sein Anwalt, steckte den Kopf ins Zimmer. »Darf ich kurz?«

James nickte und deutete auf einen Stuhl vor seinem Schreibtisch. »Ich würde Ihnen Tee anbieten, aber –«

»Äh, keine Umstände.« Graham, der mit Pollys Teezubereitungskünsten vertraut war, lächelte verständnisvoll. »Sie wollten mehr über einen gewissen Mr Lawford wissen, Stellvertretender Direktor von Newhall. Eigentlich leitet sein Onkel die Einrichtung. Aber es geht das Gerücht, dieser sei unfähig, seinen Pflichten noch länger nachzukommen, und Lawford habe alles übernommen. Er setzt sich für den Bau eines neuen Gefängnisses in Shipton Fields ein.«

»Warum?«

»Weil Newhall zu klein ist und auch ziemlich heruntergekommen. Und Lawford hofft, zum Direktor von Shipton Fields ernannt zu werden.«

»Wie lange arbeitet er schon in Newhall?«

»Neun Jahre. Sein Vater war Aufseher im Gefängnis von Birmingham. Der Direktor stand wegen Misshandlung von Gefangenen vor Gericht. Auch sollen dort mehrere Männer gestorben sein.« Graham warf einen Blick in seine Akten. »Lawford wurde in Lewes geboren und wuchs auch dort auf.«

»Verheiratet?«

»Nein. Wohnt in der Wohnung des Gefängnisdirektors in Middlesex, und wenn er in London ist, bei seinem Onkel.«

James rieb sich übers Kinn und dachte darüber nach, warum Talia sich mit einem solchen Mann einlassen sollte. Er wusste ganz genau, warum Lawford die Gesellschaft von Lady Talia Hall suchte, und allein die Vorstellung davon ließ sein Blut vor Eifersucht kochen.

Nicht, dass er das Recht gehabt hätte, irgendwelche Besitzansprüche auf sie anzumelden.

Doch es war ganz klar, dass Talias Interesse an Gefängnissen – Ausgerechnet Gefängnissen, verdammt! – über das an verurteilten Vätern zerlumpter, armer Schulkinder hinausging.

Vielleicht hatte es etwas mit Lawford selbst zu tun?

»Was ist mit dem Unterhaus-Ausschuss?«, fragte er.

»Der hat sich des Themas Gefängnisreform und Inspektion von Jugendstrafanstalten angenommen«, antwortete Graham. »Und Lady Talia wurde gebeten, eine Zeugenaussage darüber abzugeben, ob Reformschulen eine bessere Wirkung erzielen als Gefängnisstrafen für Jugendliche.«

James dachte über diese Information nach. Es schien ihm sinnvoll, die Armenschulen in irgendeiner Weise mit den jugendlichen Delinquenten zu verknüpfen, doch das erklärte immer noch nicht recht, warum Talia um eine Aussage in dieser Angelegenheit gebeten wurde.

»Also gut, Graham. Vielen Dank für die Informationen.«

»Ich halte Sie auf dem Laufenden, sobald ich etwas Neues erfahre, Mylord. Lawford legt sich offenbar mächtig ins Zeug, was diesen Gefängnisneubau in Shipton Fields betrifft.«

»Lady Talia gehört doch nicht zu seinen Unterstützern, oder?«

»Das glaube ich nicht, nein. Aber mir ist auch nicht bekannt, dass sie versucht, den Bau zu verhindern.«

James nickte und begleitete Graham hinaus. Dann vergewisserte er sich, dass er den versiegelten Brief bei sich hatte und rief eine Droschke. Angesichts der Tatsache, dass er nur so selten in der Stadt war, machte er sich nicht die Mühe, eine eigene Kutsche und Pferde in London vorzuhalten.

Er wies den Kutscher an, zum Piccadilly zu fahren, und sah nicht ein einziges Mal aus dem Fenster, bis die Ziegelfassaden der Stadthäuser in der King Street auftauchten. Auf halber Strecke, vor Rushtons Haus, verlangsamte die Droschke ihre Fahrt. Die Rollläden der schmalen Fenster, die auf die Straße hinausgingen, waren geöffnet, um die Morgensonne einzulassen. James' Puls ging schneller, als er sich Talia hinter einem von ihnen vorstellte.

Er nahm den Brief aus der Manteltasche und strich ihn glatt.

Als der Kutscher von seinem Bock sprang, öffnete sich die Haustür und Talia trat ins Freie, im Arm einen Stapel Bücher. Die Kutsche ihres Vaters wartete nicht am Bordstein, was angesichts der Tatsache, dass sie ausgehfertig angezogen war und Hut und Mantel trug, seltsam erschien.

James bedeutete dem Fahrer zu warten. Talia schloss die Tür hinter sich und ging die King Street hinunter, bog dann um die Ecke Richtung St. James's Square. Mit gerunzelter Stirn wies

James den Kutscher an, ihr langsam zu folgen und am Ende der Straße zu halten. Der Mann nickte und kletterte zurück auf seinen Platz.

James legte den Brief neben sich auf die Sitzbank und beugte sich vor, um aus dem Fenster zu spähen. Er entdeckte Talia, die sich einem Droschkenstand näherte. Nach einer kurzen Diskussion mit einem der Fahrer öffnete dieser den Schlag und sie stieg ein.

»Folgen Sie ihnen«, rief James seinem Kutscher zu, der daraufhin heftig mit den Zügeln klatschte, um die Pferde anzutreiben.

Das Gefährt setzte sich wieder in Bewegung. James blickte aus dem Fenster, um zu sehen, in welche Richtung Talia fuhr. Zu beiden Seiten zogen die Straßen von London vorbei, erfüllt von Hufgeklapper und dem Rattern von Kutschen, dem Geschrei von Straßenverkäufern, der permanent anwesenden Schicht aus rauchigem Nebel. Nichts hatte sich verändert, seit James das letzte Mal hier gewesen war. Alles abgestanden wie ein schmutziger Tümpel.

Unvermittelt stieg eine tiefe Sehnsucht nach den riesigen, unberührten Ebenen der australischen Wildnis in ihm auf und die nahezu vollkommene Stille, die dort herrschte. Oder den endlosen Weiten des Meeres, wo die salzige Luft seine Lungen füllte und er sich frei fühlte.

James hasste es, dass London ihn immer noch so empfinden ließ, ihn zurückzog in den Abgrund seiner Kindheit, in dem selbst ganz normale Dinge den Schatten des Bösen annahmen. Manchmal waren es unschuldige Dinge: Stühle in einem dunklen Raum sahen wie Skelette aus, hängende Mäntel wie Monster. Zu anderen Zeiten das Gegenteil – sein gewalttätiger Vater, seine Mutter, die sich von einer warmherzigen, stillen Frau in eine leere, leblose Hülle verwandelte. Die harte Gleichgültigkeit von Menschen, die das alles einen Dreck gekümmert hatte.

James öffnete die Fäuste, spreizte die Finger und drehte den Kopf ein paar Mal von einer Seite zur anderen, um sich zu entspannen. Er würde London bald wieder verlassen. Hinaus in die Welt segeln, um unbekanntes Gelände zu kartografieren, neue Territorien zu vermessen und Wege durch Länder zu schlagen, die noch nie ein Mensch vor ihm betreten hatte. Orte, die so weit entfernt waren, dass nicht einmal böse Geister einen Weg dorthin finden konnten, um ihn zu quälen. Und gelang es ihnen doch, dann wurden sie von den salzigen Winden und den endlosen Weiten verschluckt.

Er schüttelte den Kopf und blickte wieder aus dem Fenster. Die breiteren Straßen von Piccadilly machten engen, von Mietshäusern und verfallenden Gebäuden gesäumten Gassen Platz, in denen braunes, zerschlissenes Papier und Stofffetzen zerbrochene Fensterscheiben ersetzten und schmutzige Straßenkinder und Landstreicher in den Eingängen herumlungerten.

James runzelte die Stirn, und sein Unbehagen wuchs, während die Kutsche durch die vom Kohlenstaub geschwärzten Straßen rollte. Vor einer Schmiede hielten sie an. Das klirrende Geräusch von Eisen auf Eisen drang zu ihm herüber. James packte den Türgriff im selben Moment, als Talia vor ihm aus ihrer Droschke stieg und durch eine Tür neben der Werkstatt ins Haus trat.

Was zum …

James stieg aus und folgte ihr. Leise schlüpfte er in einen dunklen Flur, bevor sich die Tür hinter ihm schloss. Von den steinernen Wänden hallten jugendliche Männerstimmen wider. Talia verschwand etwa auf halber Strecke den Flur hinunter in einer Tür und ließ sie halb offen.

James blieb davor stehen und drückte sie ein Stückchen weiter auf. Er erblickte mehrere Tische und Stühle, schmutzige, rußbedeckte Fensterscheiben und einige trübe Lampen. An langen Tischen mit zerkratzten Platten hockten halbwüchsige Jungen. Einige von ihnen grübelten angestrengt über irgendwelchen Schriftstücken, andere rutschten ruhelos auf ihren Stühlen hin und her. Mindestens einer sah aus, als würde er fest schlafen.

James drückte die Tür noch ein Stück weiter auf und reckte den Kopf, um auch den Rest des Raumes in Augenschein zu nehmen. Durch den Putz an den Wänden liefen breite Risse, und in den Ecken hatte sich schwarzer Schimmel eingenistet. Am hinteren Ende des Raumes türmte sich ein Berg kaputter Möbelstücke, und an den Wänden hingen Drucke von historischen Szenen. Ein nutzloser Versuch, den Ort ein wenig freundlicher wirken zu lassen.

Das hier war mit Sicherheit keine Armenschule. Der Earl of Shaftesbury hatte dem Thema sehr viel Aufmerksamkeit gewidmet und so dafür gesorgt, dass sich diese Einrichtungen über die Jahre verbesserten. Selbst bei höheren Schülerzahlen sollte der Verein nicht gezwungen sein, Unterrichtsstunden in einer solchen Bruchbude abzuhalten. Das würde Talia mit Sicherheit nicht dulden.

Unter den Jungen kam Unruhe auf. James wollte sich unauffällig zurückziehen, doch da funkelte einer ihn bereits wütend an.

»Wer sin' denn *Sie*?«, rief er laut.

Fußgetrampel auf dem hölzernen Boden. James schloss die Tür und lief den Flur hinunter Richtung Ausgang.

»James!«, zischte Talia hinter ihm scharf.

Er murmelte einen unterdrückten Fluch und wandte sich zu ihr um. Sie blieb direkt vor ihm stehen und fixierte ihn mit Augen, die vor Zorn und Entschlossenheit sprühten. »Was tust du hier?«

»Dieselbe Frage könnte ich dir stellen und dazu noch einen Haufen andere.« Unvermittelt schnürten ihm Verwirrung und Ärger die Kehle zu. Er deutete mit einer ausholenden Handbewegung auf die Straße. »Wie oft kommst du alleine hierher? Warum hast du nicht die Kutsche deines Vaters genommen? Was ist das für ein Ort?«

»Wie kannst du es wagen, mir zu folgen?«, konterte Talia.

»Antworte mir.«

»Nein, du antwortest *mir*, James. Haben sich die Dinge zwischen uns wirklich so sehr verändert, dass du es für nötig hältst, mich anzulügen?«

Der Unterton von Schmerz, der plötzlich in ihrer Stimme lag, bestürzte ihn. »Ich habe nicht –«

»Doch James, das hast du. Du hast mir nicht einmal gesagt, dass du zurückkommst, und dein Versuch, so zu tun, als sei alles bestens, ist hoffnungslos gescheitert. Und jetzt findest du es auch noch nötig, mir nachzuspionieren. Ich verstehe dich nicht mehr, James.«

Sie holte tief Luft und schien neuen Mut zu fassen. »Lass uns offen sprechen, ja? Ich habe das ganze letzte Jahr damit verbracht, mein Verhalten in Floreston Manor zu bereuen. Ich habe mich leichtfertig und töricht benommen, auf eine Art und Weise, wie es der Tochter eines Earls nicht ansteht. Und du wirst niemals wissen, wie leid mir das alles tut. Hätte ich gewusst, dass es das Ende unserer Freundschaft bedeutet, hätte ich dir niemals die Wahrheit gesagt.«

James schluckte. »Ich … die Wahrheit kann niemals unsere Freundschaft zerstören, Talia.«

»Ich fürchte, das hat sie schon.«

Ihre Worte schmerzten. Er trat durch die Tür auf die Straße hinaus und widerstand der Versuchung, die unbestreitbare Tatsache zu leugnen, dass eines der wenigen stabilen Elemente in seinem Leben sich unwiederbringlich verschoben hatte.

Die einzige Möglichkeit, es wieder ins Gleichgewicht zu bringen, die einzige Möglichkeit, das, was sich zwischen ihm und Talia verändert hatte, ungeschehen zu machen, bestand darin, zu tun, was stets die Basis ihrer Freundschaft gebildet hatte: ihr die Wahrheit zu sagen.

»Talia, ich habe Alexander ein Versprechen gegeben«, gestand er.

»Nach mir zu sehen. Ja, ich weiß.«

»Nein. Mehr als das. Es war ein … eine Vereinbarung.«

Talia runzelte die Stirn. »Was für eine Vereinbarung?«

James wurde beinahe von Scham überwältigt. »North konnte sich nicht erklären, was du im Gefängnis von Smithton zu suchen haben könntest, und er wusste, dass Rushton es niemals gestattet hätte.«

»Also hat er dich gebeten, es herauszufinden.« Talias Blick verhärtete sich. »Das sieht ihm ähnlich, nicht wahr? Selbst aus Hunderten Meilen Entfernung muss er sich noch in mein Leben einmischen.«

»Er hat jedes Recht der Welt, besorgt um dich zu sein, wenn du Gefängnisse aufsuchst. Warum hast du ihm nichts davon erzählt, als du ihn letzten Herbst in St. Petersburg besucht hast?«

Als sie nichts erwiderte, nickte er. »Weil du nicht wolltest, dass er oder dein Vater davon wissen. Und wir hatten beide den Verdacht, dass du auch mir die Wahrheit nicht erzählen würdest.«

Talia atmete aus und ließ resigniert die Schultern sinken. »Ich weiß, dass meinem Vater und meinen Brüdern mein Wohlergehen am Herzen liegt, James. Ich weiß, dass sie mich lieben. Aber seit meine Mutter … es war alles so schrecklich, und sie haben versucht, mir vorzuschreiben, welchen Weg ich gehen soll, anstatt darauf zu vertrauen, dass ich es selbst kann. Sie wissen nicht, wie es ist, wenn die Tugendhaftigkeit einer Frau in Zweifel gezogen wird, wenn man der Gegenstand von bösartigem Tratsch ist. Ich habe schon vor langer Zeit beschlossen, mich nicht dagegen aufzulehnen. Ich will es nicht länger. Doch auch wenn die Gesellschaft mich nicht als respektabel betrachten kann, so kann doch niemand leugnen, dass ich zumindest *nützlich* bin.«

»Niemand hat das je geleugnet, Talia. Aber warum hast du es deinen Brüdern dann nicht erzählt?«

»Weil sie versucht hätten, mich davon abzuhalten, genau wie du und Alexander es jetzt tun«, gab sie zurück. »Ich bin ins Gefängnis von Smithton gegangen, James, weil man mich eingeladen hat, vor dem Unterhaus-Ausschuss als Zeugin über Jugendhaft und disziplinarische Maßnahmen zu berichten. Während der letzten acht Monate habe ich mit Sir Henry und Mr Fletcher daran gearbeitet, eine Reformschule für Jungen einzurichten, die kriminelle Taten begangen haben. *Dies hier«* – Talia deutete auf den Raum hinter ihnen – »ist der einzige Ort, den wir in diesem Stadtviertel finden konnten, um ihnen Unterricht zu erteilen, bis wir genügend Geld zusammen haben, um eine richtige Schule zu bauen. Das ist eines der Themen, denen sich der Ausschuss widmen wird: ob die Regierung lieber Schulen für die Delinquenten einrichten soll, anstatt sie ins Gefängnis zu schicken, oder nicht.«

James schüttelte den Kopf, als wolle er seinen Geist von dieser Flut unangenehmer Informationen befreien. »Willst du mir damit sagen, dass deine Arbeit für die Armenschulen sich jetzt auf Verbrecher ausgeweitet hat?«

»Es sind Jungen, James, keine Verbrecher. Unser Vorschlag besteht darin, ihnen eine Ausbildung zu geben und ihnen zu helfen, ein Handwerk zu erlernen, anstatt sie einzusperren.«

James deutete mit dem Zeigefinger auf die Tür zum Klassenraum. »Die waren alle im Gefängnis?«

Talia presste die Lippen zusammen. »Sie waren verurteilt wegen Vergehen wie Raub, Taschendiebstahl und Vandalismus. Etliche von ihnen wurden im Gefängnis körperlich gezüchtigt, was sie meiner Meinung nach nur wütender macht.«

Sie wandte den Blick ab. »Und wie ich aus eigener Erfahrung weiß, ist Wut ein Gefühl, das keinen Platz für Hoffnung lässt.«

»Ähm, Miss Hall?«

Sie drehten sich beide um, als sie die Stimme von Mr Fletcher hörten. Er spähte aus der halb geöffneten Tür zu ihnen heraus.

»Mr Fletcher.« Talia straffte die Schultern. »Bitte entschuldigen Sie die Unterbrechung. Ich bin sofort wieder bei Ihnen.«

Er nickte und blickte von ihr zu James, bevor er sich wieder in den Raum zurückzog.

»Was tut *er* denn hier?«, fragte James.

»Mr Fletcher hat sich bereit erklärt, einen Stundenplan für diese Jungen aufzustellen. Er ist ein ausgezeichneter, engagierter Lehrer und wird Direktor von Brick Street, sobald wir offiziell anerkannt sind. Und wenn du mich jetzt bitte entschuldigen würdest, ich muss wieder zurück. Wir haben zwei neue Schüler, die ein wenig zusätzliche Hilfe brauchen.«

Sie drehte sich um und ging zurück ins Klassenzimmer. James sah ihr nach und stellte fest, wie Ärger und Gereiztheit von einem Fünkchen Bewunderung gemildert wurden. Zwar hatte er von Talias kürzlich entdeckter Passion, Menschen zu helfen, gewusst, doch war sie in seinem Kopf und seinem Herzen immer noch das süße, unschuldige Mädchen aus ihrer Kindheit. Diese forsche, entschlossene Seite hatte er bisher an ihr nicht wahrgenommen … oder wenn, dann hatte er sie ignoriert.

Doch jetzt fand ihre Leidenschaft einen Widerhall in ihm selbst, spiegelte seinen Wunsch, ferne Horizonte und unbekannte Länder zu erkunden. Zum ersten Mal kam ihm der Gedanke, Talia könnte das Hochgefühl verstehen, das ein Sturm auf See hervorrief, eine Wanderung durch unbekanntes Land, die Ersteigung der höchsten Spitze eines Berges. Und er wünschte sich, es gäbe einen Weg, das alles mit ihr zu teilen.

Als er wieder auf die Straße hinaustrat, wurde ihm – nicht ohne ein gewisses Maß an Verblüffung – klar, dass Talia nicht länger das unschuldsvolle Kind war, das er zurückgelassen hatte. Und dass er keine Ahnung hatte, was er mit der Frau anfangen sollte, die an ihre Stelle getreten war.

Hinter den schmutzigen Fensterscheiben ließ sich bereits die Dämmerung erahnen, als Talia den Klassenraum in Begleitung von Mr Fletcher endlich verließ. Ihr Hals brannte von der rauchigen Luft, und hinter ihrer Stirn hatte sich ein bohrender Kopfschmerz eingenistet.

Sie musste einen besseren Ort für die Jungen finden. Niemand konnte in dieser feuchtkalten, schmutzigen Umgebung richtig lernen. Der einzige Segen war, dass der Besitzer der Herberge ein Stück die Straße hinunter ihnen gestattet hatte, sein Haus als Schlafgelegenheit zu mieten. Zumindest dort waren ihre Schützlinge ein wenig vor dem Gestank der Schmiede geschützt.

»Ich werde Sir Henry fragen, ob er uns etwas Platz in der Schule in Bethnal Green zuweisen kann«, sagte sie zu Mr Fletcher, während sie auf die Straße traten. »Obwohl ich nicht damit rechne, dass es leicht zu bewerkstelligen sein wird, die Jungen den ganzen Weg nach Bethnal Green zum Unterricht kommen zu lassen.«

»Nein, es wäre schon besser, wenn wir etwas in diesem Viertel finden könnten«, stimmte Mr Fletcher zu. Dann huschte sein Blick für einen Moment an ihr vorbei. »Ähm, ist das nicht Ihr – «

Talia drehte sich um. Ihr Herz machte einen Salto, als sie James erkannte, der, die Hände in den Taschen, mit finsterem Gesicht neben seiner Droschke stand. Als er auf sie zukam, sah sie, wie seine Kiefer mahlten und konnte seinen ungezügelten Zorn spüren. Beklommenheit erfasste sie, doch konnte sie vermutlich froh sein, dass er nicht versucht hatte, sie vor aller Augen aus dem Klassenraum zu zerren.

»Bist du den ganzen Nachmittag hier gewesen?«, fragte sie.

»Ich wollte nicht weg, ohne sicher zu sein, dass du gut nach Hause kommst.« James heftete seinen wütenden Blick auf Mr Fletcher, den dieser leidenschaftslos über sich ergehen ließ.

»Mr Fletcher mietet immer eine Droschke und bringt mich in die King Street zurück«, sagte Talia und versteifte sich.

»Das wird nicht länger nötig sein, Mr Fletcher«, sagte James.

In Talia regte sich Widerstand gegen seinen arroganten Ton, doch sie wollte ihm vor Mr Fletcher keine Szene machen. Also nickte sie diesem zum Abschied zu und gestattete, dass James sie zu der wartenden Droschke geleitete, wo der Kutscher die Tür für sie öffnete. James half ihr hinein und folgte ihr, nachdem er dem Kutscher eine Anweisung erteilt hatte. Innerhalb von Sekunden setzte sich das Gefährt in Bewegung.

Talia sah James an, der ihr gegenüber Platz genommen hatte. Schatten fielen auf seine wie versteinert wirkenden Gesichtszüge, und seine Augen glitzerten im schwindenden Tageslicht. Ziemlich plötzlich wurde ihr klar, dass sie noch nie zuvor die volle Wucht seines Zorns zu spüren bekommen hatte. Er hatte sie immer mit Freundlichkeit behandelt, mit Höflichkeit, Herzlichkeit … aber noch niemals hatte er Grund gehabt, wütend auf sie zu sein.

»Ich werde das nicht dulden, Talia«, sagte er mit kalter Stimme.

Talia unterdrückte eine wütende Erwiderung und zwang sich, ruhig zu bleiben. »Das steht dir nicht zu, James.«

Er beugte sich vor und funkelte sie aus zusammengekniffenen Augen an. »Wärst du dir wirklich sicher gewesen, dass das, was du tust, dich nicht in Gefahr bringt, dann hättest du Rushton und Northwood von Anfang an eingeweiht. Das hast du aber nicht. Weil du weißt, dass diese Jugendlichen gefährlich sind.«

»Das ist nicht der Grund, warum ich ihnen nichts davon erzählt habe«, erwiderte Talia. »Ich wusste einfach, dass mein Vater und mein Bruder meine Bemühungen vereitelt hätten. Sie glauben, dass diese Jungen ins Gefängnis *gehören*, und damit basta.«

»Wie Verbrecher es nun mal verdienen«, blaffte James.

Talia ballte die Hände zu Fäusten. *Genau das* hätten ihr Vater und Alexander auch gesagt.

»Ich hoffe«, sagte sie und starrte aus dem Fenster, »dass mein Vater und meine Brüder eines Tages das Gute in dem erkennen, was wir tun.« Sie hielt inne. Ihr Magen verkrampfte sich nervös. »Und dasselbe hoffe ich auch für dich, James.«

Er rutschte unbehaglich auf seinem Sitz hin und her. »Ich

werde niemals glauben, dass irgendetwas *Gutes* darin liegt, wenn du dich in die Gesellschaft von Verbrechern begibst.«

Talia holte tief Luft und nahm all ihren Mut zusammen. »Genau aus diesem Grunde wollte ich dich einladen, einen Nachmittag in der Reformschule in der Brick Street zu verbringen.«

»Was?«

»Ich stelle dir eine persönliche Einladung aus. So kannst du morgen den Nachmittag mit mir in der Schule verbringen«, wiederholte Talia. »Du kannst in Mr Fletchers Unterricht hospitieren, dir die Stundenpläne ansehen und wie die Klasse zusammengesetzt ist. Du kannst sogar mit den Jungen reden, wenn du möchtest.«

Talia hatte zwar nicht erwartet, dass er angesichts dieser Idee Freudensprünge machen würde, doch sie hatte auch nicht mit der drückenden Stille gerechnet, die sich jetzt auf sie beide herabsenkte. James sah sie schweigend an, als könne er nicht im Geringsten ermessen, warum in Gottes Namen sie ihm einen solchen Vorschlag machte. Talias Nervosität nahm zu.

»Zu welchem Zweck?«, fragte er schließlich.

»Damit du wenigstens verstehst, dass diese Jungen noch nicht verloren sind«, erwiderte Talia.

»Und wenn nicht?«

»Ich bitte dich lediglich, es zu versuchen.«

Eine Weile blickten sie sich schweigend in die Augen, und Argwohn machte sich zwischen ihnen breit. Talia wusste, dass James hin- und hergerissen war zwischen seiner Loyalität zu ihr und zu Alexander. Aber wenn es ihr gelang, ihn von der Nützlichkeit ihrer Arbeit zu überzeugen, dann würde er sich vielleicht bei Alexander dafür einsetzen, dass sie sie zu Ende führen konnte.

Vielleicht würde er ihr sogar helfen.

Das war bestenfalls eine sehr zerbrechliche Hoffnung, doch wie Talia wusste, besaß James einen angeborenen Sinn für Fairness. Er würde ihr zumindest gestatten, ihre Sache vorzutragen.

»Ich werde dich begleiten«, sagte er schließlich. »Nicht, weil ich es möchte, sondern weil ich nicht die geringste Absicht hege, dich dort noch einmal allein hingehen zu lassen.«

Wieder kochte Zorn in Talia hoch, und wieder versuchte sie, ihn zu unterdrücken. »Ich bitte dich nicht, als mein Beschützer mitzukommen. Ich bitte dich, als mein Freund mitzukommen.«

»Für dich werde ich immer beides sein.«

»Ich brauche keinen Beschützer mehr«, beharrte Talia. »Aber ich brauche dich immer noch als Freund.«

Er presste die Zähne zusammen. Den Rest des Weges über schwiegen sie. Als die Droschke vor Rushtons Haus in der King Street hielt, blieben sie beide reglos sitzen. Sie spürte, wie sein Blick auf ihr ruhte und sein Zorn langsam verflog.

»Was mache ich nur mit dir?«, murmelte er.

Ihre Augen trafen sich. Ein Energiestrahl, rot und blau, schoss knisternd zwischen ihnen hin und her. Talias Herz klopfte schneller.

»Ich gehöre dir nicht, James, also kannst du gar nichts mit mir machen«, flüsterte sie.

Ihre Züge verschlossen sich. Er erhob sich, öffnete die Tür und bedeutete ihr, voranzugehen. Als Talia aufstand, streiften ihre Finger ein gefaltetes Blatt Papier, das neben ihr auf dem Sitz lag. Es fiel zu Boden, und sie bückte sich, um es aufzuheben.

Als James eine Bewegung machte, um es ihr abzunehmen, fiel ein Lichtstrahl auf die Vorderseite. Dort stand in James' unverkennbarer Handschrift ein Name. *Lady Talia Hall*. Talia würde diese Handschrift, die Buchstaben wie Perlen an einer Kette, aufgereiht unter Tausenden erkennen.

Sie hielt den Brief außer Reichweite von James, während er versuchte, ihn an sich zu bringen. Als seine Finger ihr Handgelenk streiften, sandte die Berührung einen Schauer ihren ganzen Arm hinauf.

»Was ist das?«, fragte sie neugierig.

»Es ist nur eine Nachricht, Talia.« Wieder versuchte er, das Schreiben zu erhaschen, und seine Hand schloss sich um ihr Handgelenk, genau über der nackten Haut zwischen Handschuh und Ärmel.

Talia sog bei der beinahe groben Berührung scharf die Luft ein, da er selbst durch seinen Handschuh hindurch ihren Pulsschlag fühlen konnte. In dem deutlichen Gefühl, dass der Inhalt bedeutsam sein musste, umklammerte sie das Schreiben fester. Ihr Herz hämmerte.

»Hattest … hattest du vor, sie mir zu geben?«, fragte sie.

»Ich wollte sie dir heute Morgen bringen, als ich dich weggehen sah.« Er griff mit der anderen Hand nach dem Brief, und dann waren sie so nahe beieinander, dass sie die Wärme seines Körpers spüren konnte.

Sie blickte zu ihm hoch, verblüfft von der Intensität, mit der er sie ansah, und von ihrem Spiegelbild in seinen braunen Augen. Jetzt hielten sie beide das Papier, und Talia dachte, dass nichts auf der Welt sie dazu bringen konnte, es aus der Hand zu geben. James verstärkte den Griff um ihr Handgelenk, und sie hätte schwören können, dass er versuchte, den Rhythmus ihres Herzschlags zu ergründen.

»Ich … willst du mich ihn denn nicht lesen lassen?«, wisperte sie.

Er atmete aus. Der warme Lufthauch bewegte die feinen Härchen an Talias Schläfe. Es überkam sie der beinahe verzweifelte Wunsch, sich an ihn zu lehnen und ihre Stirn gegen seinen Hals zu pressen, um seinen Herzschlag zu spüren, der gewiss genauso schnell war wie ihrer. Noch bevor er sprach, wusste sie, dass er kapitulieren würde, genau wie an jenem Nachmittag in Floreston Manor.

»Ich denke schon.« Seine Stimme war tief und rau.

Talia verdrehte leicht ihre Hand, und er ließ sie los. Mit bebendem Busen setzte sie sich wieder hin. Auch er atmete heftig. Seine Augen glitzerten.

»D-Danke.« Sie steckte den Brief unter ihren Mantel und stieg aus der Kutsche. »Gute Nacht, James.«

Es gelang ihr, kühl zu klingen und gelassenen Schrittes die Treppe zur Eingangstür hinaufzusteigen. Die ganze Zeit über konnte sie James' Blick wie eine Berührung auf ihrem Rücken spüren. Erst als Soames die Tür hinter ihr geschlossen hatte, legte sie hastig Hut und Mantel ab, warf sie dem Diener in die Arme und eilte die Treppe hinauf in ihr Zimmer.

Ihre Hände zitterten, als sie das Siegel erbrach und den Brief auseinanderfaltete.

Meine liebe Talia …

Ihr stockte der Atem. Für einen Moment schloss sie die Augen und presste das Papier mit klopfendem Herzen an ihre Brust. Zehn Jahre lang hatten James' Briefe an sie aus allen Ecken und Enden der Welt immer auf dieselbe Weise begonnen.

Meine liebe Talia.

Sie blinzelte ein paar Tränen weg, die ihr unvermittelt in die Augen schossen, und machte es sich in einem Sessel am Feuer bequem. Dann strich sie das Papier glatt und las die Worte, die sich wie ein Wasserfall über die Seite ergossen.

Danach nahmen wir ein Dampfschiff und erkundeten den Parramatta-Fluss. Wir kamen vorbei an dem kargen, felsigen Inselchen vor Cockatoo Island, wo Stein gebrochen wird. Die anderen Inseln waren von üppiger Vegetation und Orangenhainen bedeckt, die die Märkte in der Stadt mit ihren riesigen, herrlich goldenen Früchten beliefern …

Talia trank James' wunderbare Beschreibungen, als wären sie der köstlichste Wein, stellte sich die mäandernden Flüsse vor, die Architektur von Sidney, die bunten Papageien mit den scharlachroten Schwanzfedern und den gepunkteten Flügeln und die Kakadus mit ihren zitronengelben Federkämmen.

Ein Wellensittich mit wundervollem, weichem Gefieder in lebhaftem Grün …

Der Brief, randvoll mit farbenfrohen, sinnlichen Darstellungen seiner Reisen, war vier Seiten lang und endete mit seiner gewohnten Unterschrift.

Auf immer der Deine, James.

Auf immer der Meine. Talia ließ den Brief in den Schoß sinken und starrte abwesend in das verglimmende Feuer.

Ihr Herz würde immer die Wahrheit kennen, wie sehr sie sich auch vom Gegenteil zu überzeugen versuchte. Ihre Liebe zu James war der Grund, warum sie niemals heiraten würde. Sie könnte nie mit einem Mann zusammen sein, während sie immer noch solche Gefühle für einen anderen hegte. Das wäre unfair, ihm und auch sich selbst gegenüber.

Talia faltete die Blätter auf der Hälfte zusammen und stand auf. Dann ging sie zu ihrem Schreibtisch vor dem Fenster und öffnete die untere Schublade.

Darin lagen, umwunden von farbigen Seidenbändern, die sich leuchtend von den zerknitterten Seiten abhoben, bündelweise Briefe, allesamt bedeckt mit James' kühner Handschrift. Talia steckte diesen letzten Brief unter ein blaues Band und schloss die Schublade.

Peter blieb gegenüber dem Haus seines Vaters in der Bell Lane stehen. Ein hübsches Plätzchen, mit den weißen Rollläden und den Blumen, die den Pfad zum Eingang säumten. Er vergrub die Hände in den Taschen und versuchte, die aufkommende Nervosität zu unterdrücken. Er hatte das Haus vor zwei Tagen verlassen und war sich nicht sicher, ob man ihn willkommen heißen würde. Sein Vater hatte ihm bis Ende der Woche Zeit gegeben, sich in der Brick Street einzuschreiben. Wenn Peter sich weigerte, würde er ihn auf der Stelle hinauswerfen.

Doch jetzt war sein Vater zumindest bei der Arbeit. Gut so, denn er wäre nicht erfreut über Peters Rückkehr. Eigentlich hatte Peter ihm gegenüber kein schlechtes Gewissen – der alte Mann war doch nie zufrieden gewesen, was immer Peter auch getan hatte.

Seine Schwester allerdings … sie hatte sich stets die allergrößte Mühe gegeben, ihn gut zu behandeln. Stets versucht, ihm die Mutter zu ersetzen. Stets die Schuld bei sich gesucht, wenn er etwas falsch machte, obwohl sie gar nichts damit zu tun hatte. Nur um ihretwillen würde er es noch ein letztes Mal versuchen.

Peter überquerte die Straße, stieg die Treppen hoch, drehte den Türknopf und ging ins Haus. Drinnen begrüßte ihn Stille, nur unterbrochen durch das beständige Ticken der Uhr in der Diele. Alice müsste eigentlich zu Hause sein. Wie Peter sich erinnerte, mochte sie es, ihren Tee pünktlich um vier Uhr zu trinken. Als er seinen Mantel auszog und an die Garderobe hängte, fiel ihm ein unbekannter grauer Paletot auf.

Dann hörte er durch die halb geöffnete Tür zum Wohnzimmer die Stimme eines Mannes, und seine Miene verfinsterte sich. Die Stimme gehörte nicht seinem Vater. Angespannt schlich er auf leisen Sohlen Richtung Wohnzimmer. Er konnte nicht verstehen, was der Mann sagte, aber etwas in dessen Stimme ließ ihm sämtliche Haare zu Berge stehen.

Wer …?

Vorsichtig drückte er die Tür ein Stückchen weiter auf. Auf dem Sofa, mit dem Rücken zu ihm, saß kerzengerade ein Mann mit blondem Haar. Auf dem Tischchen neben ihm lag ein Hut mit Goldlitze. Alice saß ihm gegenüber und beugte sich gerade nach vorne, um ihm Tee nachzuschenken.

Lawford. In Peters Kehle stieg bittere Galle hoch. Der Bastard war hier, im Haus seines Vaters, und redete mit seiner Schwester …

»Ich wäre hocherfreut, wenn Sie in dieser Angelegenheit Zeugnis ablegen könnten«, sagte Lawford gerade in kunstvoll gedrechselten Worten und mit einer Stimme, die klang wie ein geschliffener Edelstein. »Jedermann weiß, dass mein Onkel das Gefängnis in Newhall im eigentlichen Sinne gar nicht leitet. Wenn Sie also einen Brief an Lord Thurlow schreiben und ihn von meinen Besorgnissen Peter betreffend in Kenntnis setzen könnten, würden Sie meinem Vorschlag für das neue Gefängnis in Shipton Fields einen großartigen Dienst erweisen.«

Peters Magen zog sich zusammen, und ihm wurde schwindlig. Die vertraute Angst, die seit seinem Aufenthalt in Newhall ein Teil von ihm geworden war, stieg wieder auf.

»Ich werde darüber nachdenken, Mr Lawford«, sagte Alice, während sie ihm einen Teller mit Kuchen anbot. »Allerdings werde ich nichts bezeugen, bevor ich nicht Peters Einverständnis habe.«

Peter sah, wie Lawfords Schultern sich versteiften.

»Wann haben Sie zuletzt mit Peter gesprochen?«, fragte er.

»Vor drei Tagen.«

»Nun, ich nehme an, seine Abwesenheit lässt sich dahingehend deuten, dass er nach wie vor nicht die Absicht hat, sich in der Brick Street einzuschreiben«, bemerkte Lawford.

»Wenn er sich bis Ende der Woche nicht dafür entschieden hat, wird mein Vater ihn endgültig des Hauses verweisen.« Alice senkte traurig den Kopf. »Obwohl ich nicht glaube, dass Peter das noch kümmert. Wenn es ihn überhaupt jemals gekümmert hat.«

Scham loderte in Peter auf. Er ballte die Fäuste, bis sich die Fingernägel schmerzhaft in die Handflächen bohrten, und versuchte, unter all der Angst ein bisschen Mut zusammenzukratzen. Plötzlich verstand er, warum Lady Talia ihn ausfindig gemacht hatte, nachdem er ihr unbeabsichtigterweise geholfen hatte: Wenn jemand etwas für einen tat, dann hatte man den Wunsch, den Gefallen zu erwidern. Er hatte das für Alice noch nie getan.

»Nun, vielleicht ist es an der Zeit, dass Peter seinen eigenen Weg findet«, meinte Lawford und stellte seine Teetasse auf den Tisch zurück. »Ich habe in Newhall mit Sicherheit alles getan, um ihn auf den rechten Pfad zu führen. Und mir scheint, Sie und Ihr Vater haben ebenfalls alles in Ihrer Macht Stehende unternommen, um das zu erreichen.«

Alice erwiderte nichts. Sie sah älter aus als ihre sechsundzwanzig Jahre. Hätte ihr Leben eben nicht damit vergeuden sollen, sich um einen jüngeren Bruder zu kümmern, der die in ihn gesetzten Erwartungen niemals erfüllen würde.

»Wie auch immer«, Lawford schüttelte den Kopf, um das Thema Peter zu beenden. »Denken Sie über meine Bitte nach, Miss Colston. Darf ich am Donnerstag wieder vorbeischauen?«

Vorbeischauen …? Alice würde doch nicht …

»Sie dürfen«, sagte Alice nach einigem Zögern.

Peter lief ein kalter Schauer über den Rücken, und seine Angst verstärkte sich. Er verlagerte seine Haltung. Die Bewegung erregte Alice' Aufmerksamkeit, und bevor er sich, Feigling der er war, in den Schatten zurückziehen konnte, schaute sie über Lawfords Schulter hinweg zur Tür.

»Peter?« Sie stand eilig auf und kam auf ihn zu. Lawford fuhr herum und musterte ihn mit zusammengekniffenen Augen wie ein Raubvogel seine Beute. Peter brach der Schweiß aus, und er machte ein paar Schritte rückwärts.

»Peter, wo bist du gewesen?« Alice packte ihn beim Arm, als könne sie spüren, dass er die Flucht antreten wollte.

Womit sie verdammt recht hatte. Er musste sich mit aller Kraft zurückhalten, um sich nicht aus ihrem Griff loszureißen und wieder hinaus auf die Straße zu rennen. Selbstekel überkam ihn. Er versuchte, so aufrecht wie möglich zu stehen und Lawfords Blick standzuhalten.

»War bloß unterwegs … wegen Arbeit«, murmelte er.

»Sogar Lady Talia hat nach dir gesucht«, sagte Alice, die immer noch seinen Arm gepackt hielt. »Bitte, lauf nicht wieder weg.«

Warum denn nicht, zum Teufel? Das konnte er doch am besten.

Alice trat näher heran und senkte die Stimme. »Wenn du jetzt nicht nach Hause kommst, Peter, ist es aus und vorbei. Papa wird dich nie wieder reinlassen. Willst du das? Willst du wirklich in Zukunft um Essen und einen Ort zum Schlafen betteln? Und das alles, weil du nicht zurück zur Schule willst?«

Peter versuchte, seiner Schwester in die Augen zu sehen, doch die Anwesenheit von Lawford, die sich anfühlte wie eine Krankheit, nahm ihm die Luft. Er knirschte mit den Zähnen.

Lieber Gott im Himmel. Er war *frei*. Das hier war nicht seine Gefängniszelle. Es war das Haus seines Vaters. Wenn er jemals wieder einen Funken Selbstachtung finden wollte, durfte er nicht zulassen, dass Lawford ihn aus dem Haus seines Vaters vertrieb. Oder, noch schlimmer, dass Lawford Alice für seine Zwecke benutzte.

Er schluckte hart, konzentrierte sich auf den Griff der Hand seiner Schwester um seinen Arm. Sie würde ihn nicht loslassen. Sie hatte ihn niemals losgelassen, ihn niemals aufgegeben. Nicht einmal, als man ihn ins Gefängnis steckte.

Er brachte es nicht fertig, ihr in die Augen zu sehen, starrte stattdessen die Brosche an, die sie am Kragen ihres Kleides trug. Die ovale Form umschloss das Bild einer blauen Blüte an einem schlanken grünen Stängel. Alice hatte ihm erzählt, sie hätte einst ihrer Mutter gehört.

»In Ordnung.« Sein Herz hämmerte. Lawfords Blick durchbohrte ihn immer noch. Er versuchte, nicht daran zu denken, was geschehen würde, wenn er wieder zurück in die Schule ging. »Ich werde in die Brick Street gehen.«

Es spürte die Erleichterung, die Alice bei diesen Worten überkam, und schämte sich daher umso mehr. Er entzog seinen Arm ihrem Griff und schaute endlich Lawford an. Der Mund des Mannes lächelte, doch in seinen Augen lag jene Eiseskälte, die Peter schon in den dunklen Zellen von Newhall das Fürchten gelehrt hatte.

»Lady Talia wird über deine Entscheidung erfreut sein, Peter«, bemerkte Lawford.

Peter wünschte bei Gott, er wäre vor zehn Monaten nicht in diese Gasse gerannt. Dann hätte er Lady Talia Hall nie getroffen und wüsste nichts von ihrer gottverfluchten Schule.

Geduckt schlich er zurück in die Diele. Alice und Lawford folgten ihm.

»Peter, Papa wird um sechs nach Hause kommen, und Abendbrot gibt es um acht«, sagte Alice. »Ich möchte, dass du es ihm selbst sagst. Er wird sich so sehr freuen.«

Peter bezweifelte das. Sein Vater würde sich bestenfalls sehr *vorsichtig* freuen, aber im Grunde seines Herzens würde er wissen, dass Peter in keiner Schule jemals erfolgreich wäre, nicht mal in der Brick Street. Und er hätte recht damit.

»Ich mache mich dann wohl besser auf den Weg.« Lawford ging zur Garderobe und suchte zwischen den anderen Mänteln seinen Paletot heraus. »Schön zu wissen, dass du dich auf den rechten Pfad begibst, Peter.«

»Wollen Sie denn nicht zum Essen bleiben, Mr Lawford?«, fragte Alice. Als er die frohe Erwartung in ihrer Stimme hörte, drehte sich Peter erneut der Magen um.

»Verbindlichsten Dank, Miss Colston, aber ich habe noch einige Dinge zu erledigen.« Er schlüpfte in seinen Mantel und steckte den Hut unter den Arm. »Vielleicht ein andermal.«

»Vielleicht«, echote Alice.

»Oder vielleicht sehen wir uns in der Brick Street.« Lawfords Blick ging wieder zu Peter, als wolle er ihm klarmachen, dass er dem Schatten von Newhall niemals vollständig würde entfliehen können. »Ich bin selbst durchaus interessiert, mehr über die Schule zu erfahren, wenn sie dabei helfen könnte, Jungs zu läutern, die auf Abwege geraten sind. Man könnte sogar darüber nachdenken, eine solche Institution auch in Shipton Fields einzurichten.«

Peter beobachtete, wie seine Schwester Lawford nachsah. In ihrem Blick mischten sich frohe Erwartung und Wärme, und das erfüllte ihn mit schrecklichen Befürchtungen. Er musste sie vor Lawford und dessen messerscharfer Grausamkeit beschützen. Das war er ihr schuldig, und diesmal durfte er sie nicht wieder enttäuschen.

8

James kannte diese Jungen. Stets auf der Suche nach etwas Essbarem und Gelegenheitsarbeiten trieben sie sich auf den Docks und Werften herum, die mageren Körper in Lumpen gehüllt. Sie begingen Taschendiebstähle, klauten Lebensmittel, prügelten sich, richteten mutwillig Zerstörungen an und hofften, für eine Expedition in ferne Länder angeheuert zu werden, weil sie glaubten, dass es dort ganz gewiss besser war als in London.

Es waren Jungen auf der Schwelle zum Mann, die schon zu oft die böse Seite der menschlichen Natur zu spüren bekommen hatten, die entweder selbst Opfer waren oder andere zu Opfern machten, manchmal auch beides. Sie alle hatten kriminelle Taten begangen: Diebstahl, Betteln, Betrug und Körperverletzung waren nur einige davon.

Wüsste einer der Hall-Brüder oder Lord Rushton, in welche Art von Gesellschaft Talia sich bei ihrer Wohltätigkeitsarbeit begab, würde man sie entweder in ihr Zimmer sperren oder zu Tante Sally aufs Land schicken.

Wie schade, dass James keine dieser beiden Möglichkeiten offenstand, hätte es doch einen Großteil seiner Probleme gelöst.

Finster blickte er zu Talia hinüber. Sie stand mit ernstem Gesicht neben Mr Fletcher am Schreibtisch und sprach mit ihm über etwas, das dieser auf ein Blatt Papier geschrieben hatte.

James stand auf und versuchte, ein plötzlich aufkommendes Missbehagen abzuschütteln. Mit langen Schritten, die auf dem Dielenboden widerhallten, durchquerte er den Raum. Die Jungen musterten ihn, als er an ihnen vorbeiging. Ein Papierkügelchen traf ihn am Ohr. Talia schaute hoch und warf der Truppe einen strengen Blick zu, der schließlich an einem Jungen namens Martin Norvell hängen blieb.

»Mr Norvell«, sagte sie mit scharfer Stimme, in der jedoch auch ein Anflug von Wärme lag, wie James gereizt feststellte. »Sollten Sie den Wunsch hegen, etwas nach Lord Castleford zu werfen, dann schlage ich Blumen vor. Das würde viel dazu beitragen, seine Stimmung aufzuhellen.«

Die ganze Klasse brach in schallendes Gelächter aus. James runzelte die Stirn. Selbst Fletcher musste lächeln, während er auf seinen Schreibtisch klopfte und die Jungen zur Ordnung rief.

»Öffnen Sie bitte Ihre Bücher auf Seite fünfzehn.«

James fing Talias Blick auf und deutete mit einer Kinnbewegung Richtung Flur, bevor er den Raum verließ. Er ermahnte sich, auf keinen Fall wankelmütig zu werden, wie sehr er vielleicht auch anerkennen wollte, dass Talia hierhergehörte. Er kam nicht umhin zu bemerken, wie entspannt sie sich in diesem heruntergekommenen Schulzimmer bewegte, wie die Jungen ihr tatsächlich zuhörten, wie sicher sie in einer Umgebung wirkte, die jede andere Frau ihrer gesellschaftlichen Stellung zutiefst verstört hätte.

Und doch war Talias gesellschaftliche Stellung der Grund, warum sie nicht hier sein sollte. James blickte immer noch finster drein, als Talia sich zu ihm gesellte.

»Du kannst doch sicher sehen –«, begann sie ernst.

»Talia, glaubst du wirklich, diese Jungen wissen nicht, wer

du bist oder was du hast?«, fragte James. »Dass du sie täuschen kannst, indem du ein schlichtes Kleid und keinen Schmuck trägst? Jungen wie die da riechen Reichtum auf eine Meile gegen den Wind, besonders bei einer Frau, die so kultiviert und liebreizend ist wie –«

Er brach ab. Talia blinzelte überrascht. Eine angespannte Stille trat ein.

Wie du.

Es war eine einfache Wahrheit. Talia war kultiviert, und liebreizend war sie auch. Es war, als würde man verkünden, eine Giraffe habe einen langen Hals oder ein Papagei sei bunt. Ein grundlegender Fakt, den nicht einmal die vehementesten Kritiker der Familie Hall in Zweifel ziehen konnten.

Warum also traf ihr Liebreiz ihn mitten ins Herz und ließ unvermittelt wieder diese Hitze in ihm aufsteigen? Warum geschah das jetzt, da Talia in einem schlichten grauen Kleid und dazu passender Haube vor ihm stand? Warum schienen ihre grünen Augen noch strahlender zu leuchten als sonst? Warum fiel ihm zum x-ten Mal auf, wie voll ihre Lippen waren und –

Knarrend ging die Tür zur Straße auf. Holz schrammte über den Fußboden. James wurde aus seinen Gedanken gerissen und fuhr herum. Ein Mann mit dunklem, ergrauendem Haar und einem schwarzen Mantel betrat das Haus, gefolgt von einem schlaksigen Jungen von fünfzehn oder sechzehn Jahren.

»Peter!« Talia eilte den beiden entgegen, auf ihrem Gesicht spiegelten sich Überraschung und Erleichterung wider. Sie nahm den Jungen bei den Armen und schien sich nur mit Mühe zurückhalten zu können, ihn zu umarmen. »Peter, wo bist du gewesen? Was ist passiert?«

»Mein Sohn hat eingewilligt, sich für die Schule einzuschreiben«, sagte der Mann und stieß den Jungen grob nach vorne.

»Ich möchte Sie ersuchen, dafür zu sorgen, dass er fürs Erste im Wohnheim der Schule untergebracht wird, zumindest so lange, bis er bewiesen hat, dass er zu seinem Wort steht.«

»Ja, natürlich. Das sind wunderbare Neuigkeiten.« Talia öffnete die Tür zum Klassenraum und geleitete die beiden hinein. »Ich muss die nötigen Unterlagen von Sir Henry holen, in der Zwischenzeit ist das hier dein Platz, Peter.«

James sah zu, wie der Junge zu einem leeren Tisch an der Rückseite des Raumes schlich. Er hatte die Schultern so sehr eingezogen, dass es aussah, als wolle er sich in sich selbst verstecken. James wurde unbehaglich zumute, als er sich erinnerte, dass auch er sich einmal so gefühlt hatte. Das war gewesen, nachdem er die Wahrheit über seinen Vater herausgefunden hatte.

Die anderen Jungen tuschelten aufgeregt über den Neuankömmling, bis Mr Fletcher energisch auf sein Pult klopfte, um wieder Ruhe herzustellen.

»Seite fünfzehn im Geografietext, Gentlemen«, rief er bestimmt.

Peter Colston rutschte auf seinem Stuhl noch weiter nach unten und starrte die Bücher an, als wären sie seine Erzfeinde. James durchquerte den Raum, wobei er dem ausgestreckten Fuß eines Jungen auswich, über den er stolpern sollte, und setzte sich in die Bank neben ihm.

»Könnte vielleicht interessant sein, wenn er über Opiumräuber sprechen würde«, murmelte er leise.

Er spürte, wie Peter ihn musterte. »Was wissn *Sie* denn über Räuber?«

»Vor ein paar Jahren wurde meine Karawane im Yunnan-Tal von welchen angegriffen«, antwortete James leise.

Peter schwieg einen Moment und fragte dann: »Wirklich?«

»Wir waren durch Tibet nach China gekommen, und der Gouverneur der Provinz hatte uns aus ebendiesem Grund eine Eskorte chinesischer Soldaten mitgegeben.«

Peter straffte sich und beugte sich interessiert zu ihm. »Was is passiert?«

»Es gab ein Scharmützel, aber niemand wurde verletzt. Wir haben sie in die Flucht geschlagen.«

»Und was hab'n Sie dort gemacht?«

»Ich leitete eine Expedition, die die Sitten und Gebräuche der Provinz Yunnan dokumentieren sollte.«

»Diese Schiffe hab ich am East India Dock gesehn.«

»Dann hast du wahrscheinlich auch meins gesehen.«

Er konnte beinahe spüren, wie eine Flut von Fragen in Peter aufstieg. Der Junge erinnerte ihn ein wenig an sich selbst in diesem Alter. Neugierig auf die Welt. Wissbegierig. Heiß auf Abenteuer und Gefahren.

Ein weiteres Papierkügelchen traf James an der Brust, und er hörte ein unterdrücktes Lachen. Er sah den Jungen – Martin, der in der letzten Reihe saß – tadelnd an. Martin deutete mit einen Nicken auf das Papier. James strich es glatt und starrte verblüfft auf das Wort, das dort stand.

Mörder.

In James' Kehle bildete sich ein eisiger Kloß. Er schaute Martin an, der mit dem Kopf auf Peter deutete.

Verflucht noch eins.

James zwängte sich aus der Bank und ging mit steifen Schritten Richtung Tür, wobei er Talia am Arm packte, als er am Bücherregal vorbeikam. Sie keuchte überrascht auf. Er zog sie hinaus in den Flur und schloss die Tür.

»Was, zur Hölle, hat das zu bedeuten?«, schimpfte er und streckte ihr wütend den zerknitterten Zettel entgegen.

Sie nahm ihn an sich und betrachtete ihn genauer. Als sie das krakelige Wort entziffert hatte, wich alle Farbe aus ihrem Gesicht. »Von wem hast du das?«

»Von dem Jungen in der letzten Reihe, du hast ihn Mr Norvell genannt.« Sein Zorn nahm zu. »Ist das wahr? Hat Peter wirklich jemanden *ermordet*? War er deshalb im Gefängnis?«

»Sprich leise, James«, zischte Talia. »Ich will nicht, dass die anderen dich hören.«

»Antworte mir!«

Talia zerknüllte das Papier in ihrer Faust und wandte sich nach draußen.

»Dieser Junge hat jemanden ermordet, und du bist fest entschlossen, ihn umzuerziehen?« James spürte, wie sein Zorn immer höher loderte, während er ihr auf die Straße folgte.

»Ich habe keine Wahl«, gab Talia barsch zurück.

»Natürlich hast du eine Wahl! Wie viele von den anderen haben auch Gewaltverbrechen begangen? Und warum glaubst du, ausgerechnet du musst ihnen helfen?«

»Wer soll es denn sonst tun?« Talia fixierte ihn und stemmte die Fäuste in die Seiten. »Du verstehst es nicht, oder, James? Diese Jungen sind *verloren*. Die Armenschulen haben hervorragende Arbeit geleistet, um arme Kinder mit Bildung zu versorgen, aber was machen wir mit Kindern, die kriminelle Taten begangen haben?«

»Wir stecken sie ins Gefängnis«, schnaubte James. »Ganz besonders, wenn sie jemanden *umgebracht* haben, um Himmels willen!«

»Aus Peter wird nie ein besserer Mensch werden, wenn er im Gefängnis verrottet, James«, erwiderte Talia. »Wenn man ihn für Disziplinverstöße verprügelt oder ankettet. Es ist meine Pflicht, Jungen wie ihm zu helfen.«

»Warum *deine*?«, herrschte James sie an. »Warum musst ausgerechnet du, Lady Talia Hall, die Heldin dieser Schurken sein?«

»Weil niemand sonst es tun wird! Und ich habe in den letzten vier Jahren sehr wohl begriffen, dass ich mich der Spekulationen über meine Tugend nicht erwehren kann. Aber niemand kann meine Anstrengungen leugnen, nützlich zu sein.«

»Was ist nützlich an dem Versuch, einem Menschen zu helfen, der solch ein abscheuliches Verbrechen begangen hat?«

»Die Dinge liegen nicht so einfach, wie du denkst, James, aber es ist immer von Nutzen, jemandem zu helfen, dem sonst keiner hilft.«

James war, als würden Wut und Bedauern sein Herz umklammern wie eine eiserne Faust. Hätte er ihren Antrag vor einem Jahr angenommen, hätte er ihr zumindest den Respekt verschaffen können, der einer verheirateten Frau zustand. Daran hatte er damals überhaupt nicht gedacht, war er doch viel zu sehr mit der bevorstehenden Expedition beschäftigt gewesen, viel zu überzeugt davon, er könnte nie der Ehemann sein, den sie verdiente.

Nichts hat sich verändert.

Außer … *ihr*.

Verblüfft von dieser plötzlichen Erkenntnis starrte er Talia an. In ihren grünen Augen lag unerschütterliche Entschlossenheit.

Sie hielt seinem Blick unverwandt stand, als wolle sie ihn dafür strafen, dass er sich anmaßte, ihre Entscheidungen infrage zu stellen.

»Es ist, als würde man versuchen, einen Strom aufzuhalten,

der durch einen gebrochenen Damm schießt, Talia«, sagte er schließlich und stellte fest, wie ihm langsam die Argumente ausgingen. »Unzählige kriminelle Jugendliche werden vor Gericht gestellt und zu Gefängnisstrafen verurteilt werden. Willst du sie alle retten?«

»Genau aus diesem Grund brauchen wir Unterstützung für die Schule, James!«, beschwor ihn Talia und wandte sich der wartenden Kutsche zu.

James lief ihr nach. Er hasste all die Wörter, die in seinem Kopf durcheinanderwirbelten. *Mord, Disziplin, Kriminelle, Gefängnis, Prügelstrafe, Ketten … Talia.*

Ihr Name gehörte nicht in die Nähe solcher Wörter. Der Name Talia gehörte zu *Blumen, Seide, Teepartys, Lachen, Küssen.*

Er packte sie beim Arm und zwang sie stehen zu bleiben.

»Talia, hör auf mit diesen Narreteien, und ich spende deiner verdammten Schule ein Vermögen«, zischte er.

Sie warf ihm einen vernichtenden Blick zu. »Oh, Ihr Vermögen nehme ich gerne an, Mylord, aber wagen Sie es ja nicht zu glauben, Sie hätten deshalb das Recht, mir zu sagen, was ich zu tun habe.«

»Verflucht noch mal, Talia, warum? Auf den Straßen gibt es Tausende Jungen wie Peter Colston.«

»Das heißt nicht, dass er keine Hilfe verdient.«

»Wenn Martin die Wahrheit sagt, dann ist Peter ein *Mörder.*«

Das Wort schmeckte auf seiner Zunge wie rostiges Metall. »Warum in aller Welt willst du ihm helfen?«

Talia blieb stehen, wandte sich um und sah ihm in die Augen. Ihr Blick hatte sich verdunkelt.

»Weil er mir das Leben gerettet hat.«

9

»Erklär mir das.« James schlug die Kutschentür hinter sich zu. Seine Miene war todernst, seine Augen sprühten Funken.

Talia verschränkte die Hände, als die Pferde anzogen.

»Es passierte letztes Jahr, kurz nach meiner Rückkehr aus Russland«, begann sie. »In einer der Armenschulen gab es ein Mädchen, dessen Mutter krank war, und eines Nachmittags ging ich zu ihrem Haus in der Nähe vom Queen's Theatre, um meine Hilfe anzubieten. Ich hatte nicht vorgehabt, länger zu bleiben, schickte aber den Bruder des Mädchens nach dem Arzt. Bis der endlich kam und wir die Frau mit der nötigen Medizin versorgt hatten … na ja, es war dunkel, als ich mich auf den Heimweg machte.«

»Und warum hast du nicht Soames zur Sicherheit mitgenommen?«, fragte James zähneknirschend.

»Soames' Loyalität gehört meinem Vater, James, das weißt du. Und wie ich schon sagte, ich hatte nicht vor, lange zu bleiben. Ich war auf halbem Wege zum Droschkenstand, als ein Mann … also, er stieß mich in eine enge Gasse und wollte …«

Ihre Kehle war wie zugeschnürt, und sie konnte nicht weitersprechen. Während Schauer über ihre Haut krochen bei dem schrecklichen Gedanken, was hätte passieren können, wurde sie von Erinnerungen überwältigt – der Gestank der Gasse, die raue Stimme des Mannes, die Panik, die in ihr aufstieg. Das Aufblitzen eines Messers.

James stieß einen Fluch aus. »Was?«, verlangte er wütend zu wissen. »Was hat er getan?«

»Es gelang mir zu schreien, bevor er irgendetwas tun konnte.« Talia legte eine Hand auf die Brust. Ihr Herz hämmerte. »Plötzlich kam ein Junge in die Gasse gerannt und stieß mit dem Mann zusammen. Der Aufprall war so heftig, dass er beinahe zu Boden fiel. Es gab ein Gerangel, und sie … der Mann wurde getötet. Der Junge war Peter.«

Sie sah auf ihre verschränkten Finger hinunter, die von dem Druck bereits schmerzten. Dann bemerkte sie das angespannte Schweigen, in das James sich hüllte. In ihrem Kopf blitzten Bilder auf. Die Angst, die sie vollkommen reglos gemacht hatte, als sie auf den zusammengesunkenen, blutüberströmten Leichnam geblickt hatte. Peters rasselnder Atem. Der irreale Eindruck, in einem Albtraum gefangen zu sein.

»Peter hatte das Messer zu fassen bekommen und auf den Mann eingestochen«, fuhr sie fort. »Ich … ich war schockiert, stand da wie gelähmt. Jemand hatte den Aufruhr bemerkt und einen Polizisten gerufen, aber als der ankam, rannte Peter weg.«

Sie riskierte einen kurzen Blick auf James und verspürte einen Hauch Erleichterung, hatte sie doch plötzlich das Gefühl, als wäre ihr eine schwere Last von den Schultern genommen. Bisher hatte sie keiner Menschenseele von dieser schrecklichen Nacht erzählt, und James die ganze Sache zu gestehen, erleichterte ihr Herz. Selbst jetzt noch fühlte es sich richtig an, ihm ihre Geheimnisse anzuvertrauen.

»Wie wurde Peter gefangen genommen?«, fragte James.

»Ein anderer Mann lief ihm nach und erwischte ihn. Man brachte ihn sofort auf die Wache, aber sie wollten mir nicht erlauben, mit ihm zu sprechen. Am nächsten Tag fand ich mit Sir

Henrys Hilfe heraus, dass sein Vater und seine Schwester in Spitalfields wohnen, und stattete ihnen einen Besuch ab, um zu sehen, ob ich irgendwie helfen könnte. Sie sagten mir, Peter geriete schon seit Jahren immer wieder in Schwierigkeiten, daher war es für sie auch keine Überraschung, als er verurteilt und nach Newhall gebracht wurde. Ich nahm an der Anhörung teil und sprach zu seinen Gunsten, sagte dem Richter, dass er mich verteidigt hätte. Das bewirkte zumindest, dass sie seine Strafe auf neun Monate herabsetzten. Er wurde eine Woche vor deiner Rückkehr nach London entlassen, und sein Vater meinte, er würde ihn wieder bei sich aufnehmen, vorausgesetzt, er fände eine ehrliche Arbeit und schriebe sich in der Brick Street ein. Bis jetzt hat Peter sich geweigert, das zu tun.«

Die Kutsche hielt vor dem Haus in der King Street, und sie gingen gemeinsam in den Salon. James schloss die Tür hinter sich und musterte Talia mit gerunzelter Stirn.

»Du fühlst dich doch nicht verantwortlich für das, was passiert ist, oder?«, fragte er. »Es war gewiss nicht deine Schuld.«

Talia schaute zur Seite und zog ihren Mantel und die Handschuhe aus. Sie wollte nicht zugeben, wie oft sie schon gedacht hatte, Peter wäre das Gefängnis erspart geblieben, hätte er sie nicht getroffen.

»Ich verdanke Peter mein Leben«, sagte sie und warf ihre Haube auf den Tisch. »Aber meine Motive sind nicht völlig selbstlos. Ich will, dass er vor dem Unterhaus-Ausschuss als Zeuge aussagt und einen persönlichen Bericht von seinem Aufenthalt in Newhall gibt.«

»Das können doch sicher die anderen Jungen tun.«

»Ja, einige haben es auch getan, aber keiner von ihnen war so lange in Newhall wie Peter.« Sie schüttelte den Kopf. »Er stammt aus einer guten Familie, James. Sein Vater ist Angestellter im Patentamt. Er ist nicht wie die anderen Jungen, deren Väter Trinker sind, oder die schon seit ihrer Kindheit auf der Straße leben. Peter ist aus seiner regulären Schule weggelaufen, als er zehn war, und er hat sich bisher allen Versuchen verweigert, ihm zu helfen.«

»Dann hör auf damit.«

Talia wurde eng um die Brust. »Wenn du an meiner Stelle wärst, würdest du ihn aufgeben?«

»Ich würde nicht versuchen, jemandem zu helfen, der keine Hilfe will.«

Von einem großen Blumenstrauß waren einige Blütenblätter auf die glänzende Oberfläche des Tischs gefallen. Talia nahm sie und rieb die seidigen Oberflächen zwischen den Fingern.

»Abgesehen von seinen Schwierigkeiten, erinnert Peter mich an Nicholas«, sagte sie nach einer ganzen Weile.

Die Falten auf James' Stirn glätteten sich leicht.

»Nicholas hat die Schule auch nie gemocht«, fuhr Talia fort, die wusste, dass James diese Erinnerung mit ihr teilte. »Nie hat er lange genug still sitzen können, um etwas vom Unterricht mitzubekommen. Seine Lehrer waren frustriert, weil er das Lernen verweigerte. Nicholas wollte immer draußen herumtollen, Vögel jagen, reiten … er war so anders als Darius. Zwei Seiten einer Medaille.«

Sie hob eines der zerriebenen Blütenblätter an die Nase und roch daran. »Peter erinnert mich daran, wie Nicholas einmal war. Er sieht sogar ein bisschen aus wie er, findest du nicht? Große, dunkle Augen und schwarzes Haar. Und hochgewachsen, der geborene Sportler.«

James erwiderte eine Weile nichts. Talia zerdrückte das Blütenblatt zwischen den Fingern. Unvermittelt fuhr ihr ein Stich durchs Herz. Sie vermisste ihre Brüder. Trotz all ihres Streitens und Schwadronierens und ihrer Einmischung fehlten sie ihr. Es wäre schön, wenn sie alle hier wären, zur Stelle, wenn sie sie brauchte.

Und natürlich war sie heilfroh, dass James zurück war. Ungeachtet aller Spannungen zwischen ihnen fiel es ihr leicht, ihm die Wahrheit zu erzählen und darauf zu vertrauen, dass er es verstehen würde.

Sie blickte auf, um ihm in die Augen zu schauen, und konnte die Gedanken beinahe sehen, die ihm durch den Kopf gingen.

»Talia«, sagte er schließlich, »wenn du glaubst, du kannst diese Jungen ändern, indem du sie dazu bringst, die Fibel zu lesen und rechnen zu lernen, dann täuschst du dich gewaltig.«

»Und du hast kein Vertrauen, James.«

In seinem Blick flackerte Gereiztheit auf. »Nimm doch einmal an, Talia, einer der Jungen hat Erfolg. Er lässt das Stehlen, lernt Lesen, Rechnen, ein Handwerk. Und dann? Selbst wenn er das Glück hätte, eine Arbeit zu finden, würde sein Arbeitgeber ihn mit ein paar lumpigen Pennies abspeisen und bis auf die Knochen ausbeuten. Irgendwann würde der Junge verbittert feststellen, dass die ganze Lernerei umsonst war. Es wäre nur eine Frage der Zeit, bis er darüber nachdenken würde, seinen Arbeitgeber zu bestehlen, wodurch er entweder ins Gefängnis wandern oder wieder auf der Straße landen würde. Genau dort, wo er angefangen hat.«

Talia starrte ihn fassungslos an. »Du denkst wirklich, was wir tun ist derart uneffektiv?«

James seufzte. »Nein, Talia. Ich denke, man kann Menschen nicht dazu zwingen, sich zu ändern. Oder dazu, etwas *zu tun*.«

»Warum in aller Welt denkst du das?«

»Weil ich es gesehen habe!«, blaffte er gereizt. »Mein Vater war ein gewalttätiger Mensch, Talia. Er schlug meine Mutter.

Mein ganzes Leben lang war es dasselbe … er war ein Scheißkerl, und sie … sie verbrachte jede wache Minute damit, es vor der Welt zu verbergen. Sogar, als die Leute … Familie, Freunde … als sie es herausfanden, taten sie nichts dagegen. Niemand tat *irgendwas*. Nicht einmal die Polizei. *Nichts änderte sich*.«

Talias Herz krampfte sich schmerzhaft zusammen. Sie verspürte das dringende Verlangen, zu ihm zu gehen, ihn in die Arme zu nehmen und zu trösten. Stattdessen bohrte sie die Fingernägel in die Handflächen und blieb sitzen.

»Ich … es tut mir leid, James. Das wusste ich nicht.«

Er schüttelte den Kopf. »Ich hätte auch nicht gewollt, dass du es weißt.«

»Hast du deshalb so viel Zeit außerhalb von zu Hause verbracht, als wir Kinder waren?«

James steckte die Hände in die Taschen und starrte auf den Fußboden. »Meine Mutter schickte mich oft weg. Deshalb wusste ich auch nicht, wie schlimm die Dinge wirklich standen, bevor es zu spät war.«

Talia runzelte fragend die Stirn. »Zu spät?«

Sein Blick wurde trostlos, kalt wie eine Eiswüste. Talia ließ das zerdrückte Blütenblatt zu Boden fallen und stand auf. Mit drei Schritten war sie bei ihm. Ohne nachzudenken, ohne zu überlegen, ob das, was sie tat, klug war oder nicht, schlang sie die Arme um seine Hüften. Er versteifte sich, sträubte sich einen Moment lang gegen die Berührung.

Ihre Körper schmiegten sich aneinander. Talia schloss die Augen und atmete seinen vertrauten Duft ein – Zimt, starker, süßer Tee, Nelken. Eine alte Sehnsucht wollte sich wieder in ihr ummauertes Herz schleichen, doch dieses Mal gewährte sie ihr keinen Einlass. Dieses Mal wollte sie nur die Trostlosigkeit aus seinem Blick vertreiben, die Kälte, die seinen Körper umklammert zu halten schien.

»Nachdem meine Mutter uns verlassen hatte, dachte ich auch, es gäbe nichts Gutes mehr in der Welt«, flüsterte sie. »Aber ich habe mich geirrt. Ja, es gab böse Gerüchte und Bitterkeit, aber es gab auch Menschen, die zu uns standen und uns unterstützten. Menschen wie du, James, die mir Hoffnung gaben.«

Er hielt sie fester, und sein Atem strich über die weichen Härchen an ihrer Schläfe. »Genau das bist du für mich auch immer gewesen, Talia. Genau deshalb habe ich so viel Zeit mit dir und deinen Brüdern verbracht, als wir jünger waren. Du warst ein … ein Licht.«

Ein Licht. Welch ein bezaubernder Gedanke, dass sie ein Licht für James gewesen war, besonders angesichts der Tatsache, dass sie selbst sich die letzten drei Jahre über gefühlt hatte, als würde sie in Dunkelheit leben.

Sie schloss die Augen, und Bilder ihrer wunderschönen, eleganten Mutter schwebten durch ihre Gedanken wie eine kühlende Brise. Ihre Mutter, die alles riskiert und verloren hatte. Die sich so sehr verliebt hatte, dass sie ihre Familie verließ.

Das war nicht die Art von Liebe, die Talia sich wünschte, eine verzweifelte Liebe, die sie selbst und die Menschen um sie herum in den Ruin treiben würde. Sie wünschte sich eine Liebe, die blühte und Wärme spendete wie die Strahlen der Sonne. Eine Liebe, die in Stärke und Gewissheit wurzelte, nicht in Verzweiflung.

Sie presste die Hände gegen James' Brust und trank seinen Duft, unfähig zu leugnen, dass ein kleiner Teil von ihr sich immer noch wünschte, eine solche Liebe mit ihm zu teilen, zu beweisen, dass sie existierte und stärker war als alles andere.

»Wir selbst müssen die Dinge ändern, James«, hauchte sie. »Wenn meine Mutter so unglücklich in ihrem Leben war, in ihrer Ehe … warum hat sie nicht etwas dagegen unternommen? Warum hat sie nicht versucht, ihre Situation zu verändern? Warum hat sie sich ihrem Kummer ergeben, bis ein Mann sie daraus erlöste?«

Sie sah zu ihm hoch. »Wenn ich etwas gelernt habe, dann das: Ich kann nicht einfach nur darauf *warten*, dass etwas passiert. Und ich würde etwas … oder jemanden … niemals aufgeben, weil die Herausforderung zu groß ist. Ich werde niemals tun, was meine Mutter getan hat. Ich werde nicht schwach sein.«

Der Ausdruck seiner braunen Augen wurde weicher, als er sie ansah. Zuneigung überlagerte die Trostlosigkeit. »Auch bevor sie fortging, Talia, hätte dich niemand der Schwäche bezichtigt.«

»Es ist nicht das *Vorher*, das mir Qualen bereitet hat, James.« Entsetzen schnürte ihr die Kehle zu, als sie an all die spitzen Bemerkungen, die gemeinen Unterstellungen dachte, die auf den Weggang ihrer Mutter gefolgt waren. »Es war immer das *Danach*.«

Nach der Affäre meiner Mutter …

Nach der Scheidung meiner Eltern …

Nach ihrem Liebesbekenntnis gegenüber James …

Nach dem Weggang ihrer Brüder …

Nach James' Rückkehr …

Und nur allzu bald würde daraus werden:

Nach James' erneuter Abreise …

James legte ihr zärtlich eine Hand an die Wange. Talia hielt den Atem an. Ihre Blicke trafen sich. Ihr Herz pochte laut, als sie die Wärme seines Körpers so nah an ihrem spürte.

Beim ersten Mal, in Floreston Manor, hatte sie ihn geküsst.

Beim zweiten Mal hatte er sie geküsst. Dieses Mal trafen sie sich auf halbem Wege, schlossen die Entfernung zwischen sich mit einem ergebenen Seufzen. Als ihre Lippen sich berührten und Talia spürte, wie er den Kopf neigte, stieg Hitze in ihr auf. Sie presste ihre gespreizten Finger gegen seine Brust.

Es war gefährlich, wusste sie, und doch so unglaublich köstlich, wie seine Zunge sich zwischen ihre Lippen schob und über ihre Zähne glitt. Sie stöhnte lustvoll, fuhr mit den Händen über seine stoppeligen Wangen bis hinauf in sein volles Haar, packte es fester und trat einen Schritt auf ihn zu, bis sich ihre Brüste gegen seinen Oberkörper pressten. James murmelte etwas Unverständliches, ließ die Hände über ihre Taille wandern, grub die Finger in ihren Rock.

Er vertiefte den Kuss und brachte ihre Lippen dazu, sich dem Druck seines Mundes noch weiter zu öffnen. Talia ergab sich, ließ ihn ein und verlor sich in dieser Vereinigung. Ihr Kopf füllte sich mit den Tausenden von Bildern, die sie aus ihren Träumen kannte. Sie schob die Hände unter seine Jacke, und die Hitze seines Körpers wanderte ihre Arme hinauf. Als seine Zunge die ihre fand, explodierte in Talia ein wahrer Feuersturm.

Ihre Finger glitten wieder durch sein Haar, und sie genoss es, wie die dicken Strähnen sich an ihren Handflächen rieben. Sie hätte schwören können, dass sie durch alle Lagen Stoff hindurch den Schlag seines Herzens spüren konnte. Sie trank ihn, ihre Sinne waren ein Wirbel aus tausend Wünschen und Träumen, die auf ewig in ihr blühen würden, wie oft sie auch versuchte, sie zu vergessen.

Als sich dunkle Schatten über Talias Leben gelegt hatten, als sie sich vor der ganzen Welt hatte verstecken wollen, war James derjenige gewesen, der sie an das Gute erinnert hatte. Mit seinem herzlichen Lächeln und seiner unverbrüchlichen Zuneigung, dem Versprechen einer von Abenteuern erfüllten Zukunft, das stets von ihm ausgegangen war … mit ihm als ihrem großen, leuchtenden Beispiel hatte Talia den Mut aufgebracht, wieder ihren eigenen Weg zu beschreiten, es zu wagen, wieder ein Teil der Welt zu sein.

Sie löste ihren Mund von seinem, ließ die Lippen über sein raues Kinn gleiten. Er atmete aus und presste seinen Mund auf ihre Schläfe.

»Ah, Talia, du raubst mir den Verstand …«

Der raue Klang seiner Stimme steigerte ihr Verlangen, rief Erinnerungen daran wach, wie er sich ihr an jenem Nachmittag in Floreston Manor ergeben hatte. Sie schloss die Augen und atmete den warmen, salzigen Duft seiner Haut ein, der Bilder von windumtosten tropischen Inseln und heißen Wüsten heraufbeschwor. Ihre Lippen berührten die glatte Haut seines Halses, unter der hart sein Pulsschlag pochte.

James spannte sich an und packte sie bei den Schultern. Talia spürte, dass er sich von ihr lösen wollte, und kam ihm zuvor. Sie wandte sich ab, holte tief Luft und presste die Hände an ihre Wangen. Ein Gefühl der Schwäche überkam sie, als sie versuchte, das Begehren niederzukämpfen, das durch ihre Adern raste.

»Ich wünschte, du wärst nicht zurückgekommen«, flüsterte sie.

»Und ich wünschte, ich wäre nie fortgegangen.« Seine Stimme war rau vor Betroffenheit.

Talia ließ die Hände sinken und sah sich zu ihm um. »Warum?«

»Weil … wenn ich nicht …« Er starrte auf ihre geröteten, feuchten Lippen, und ein neuerlicher Hitzeschauer jagte durch seinen Körper. »Wäre ich nicht stets auf der Suche nach einer neuen Expedition gewesen, hätte ich dich heiraten können.«

Er klang angesichts dieses Gedankens nicht das kleinste bisschen erfreut.

»Und mich leichter im Auge behalten können«, versetzte Talia, und ihr Herz zog sich schmerzhaft zusammen, als er ihre Bemerkung nicht umgehend zurückwies.

»Eine Ehe mit dir hätte mich nicht aufgehalten.« Talia tat einen tiefen Atemzug und hob den Kopf, um ihm in die Augen zu sehen. Er musste verstehen, wie tief sie sich ihrer wohltätigen Arbeit verpflichtet fühlte. »Ich brauche einen Mäzen für die Brick Street, James.«

»Das kann nicht ich sein.« Er schüttelte den Kopf. »Das *werde* nicht ich sein.«

Obwohl sie mit dieser Antwort gerechnet hatte, empfand sie tiefe Enttäuschung. Bedauern verdunkelte James' Züge.

»Talia, ich würde alles für dich tun, solange –«

»Solange es etwas ist, das *du* willst«, fiel sie ihm ins Wort. »Ich weiß, James. Meine Brüder sind genauso. Und eben deswegen habe ich ihnen nichts davon gesagt. Aber falls ich Unterstützung bekomme, falls es mir gelingt, einen Förderer zu finden, bevor mein Vater zurückkommt … dann hat die Schule vielleicht eine Chance. Und wenn der Unterhaus-Ausschuss ebenfalls zustimmt, die Schule finanziell zu unterstützen, dann werden die Jungen eine Alternative zum Gefängnis haben.«

»Ich vermag immer noch nicht zu erkennen, warum du diese Arbeit nicht tun kannst, ohne dich auf so gefährliches Terrain zu begeben.«

»Aus demselben Grund wie du. Du kannst doch auch deine Arbeit nicht tun, ohne Wüsten zu durchqueren oder dir deinen Weg durch einen Dschungel zu schlagen«, konterte Talia. »Wie willst du denn den Verlauf eines Flusses kartografieren, ohne ihn zu befahren, James? Wie willst du eine Karte vom Outback zeichnen, ohne hinzugehen? Wärst du auf die Idee gekommen, mir ein Stück grünen Quarz mitzubringen, wenn du es nicht selbst gefunden hättest?«

… weil du es angesehen und an die Farbe meiner Augen gedacht hast …

Sie schob die Hand in ihre Tasche, in der sie, eingewickelt in ein Taschentuch, den Stein bei sich trug.

»Glaubst du denn, ich habe mir nicht jedes Mal Sorgen um dich gemacht, wenn du abgereist bist?«, fragte sie. Ihre Kehle schmerzte. »Glaubst du, ich habe nicht für deine Sicherheit gebetet und gehofft, dass du nicht verletzt wirst? Glaubst du, ich habe mich nicht gefragt, ob du jemals wieder zurückkommst?«

»Du … du bist eine *Lady*, Talia, die Tochter eines Earls …«

»Die glaubt, dass Veränderungen möglich sind.« Einen Herzschlag lang meinte sie, er würde nachgeben. Sie schloss die Hand fester um den Stein. »Willst du mir wirklich nicht helfen?«

James sah sie an, die Schultern steif vor Anspannung. »Du könntest verletzt werden, Talia. Ich traue keinem dieser Jungen über den Weg. So bewundernswert deine Motive auch sein mögen, und selbst wenn ich North kein Versprechen gegeben hätte: Ich würde trotzdem darauf bestehen, dass du damit aufhörst.«

In Talia wallte eine Mischung aus Ärger und Enttäuschung auf, und sie drückte den Rücken durch. »Um stattdessen was zu tun, James? Zum Nachmittagstee einladen, Kirchenbasare organisieren? Wenn du glaubst, solche Aktivitäten würden zu mir passen, dann kennst du mich überhaupt nicht.«

Er ballte die Hände zu Fäusten und wandte sich halb ab. »Ich kenne dich sehr wohl, Talia. Und eben weil ich dich so gut kenne, kann ich die Vorstellung nicht ertragen, dass du dich mit Kriminellen und Mördern einlässt. Das ist, als würde man einen Diamanten in einen Schweinetrog werfen.«

Beinahe musste Talia gegen ihren Willen lächeln. »Diamanten sind hart, James. Sie können Glas schneiden.«

»Man sollte sie aber auch wertschätzen und gut bewahren.«

Der Anklang von schlechtem Gewissen in seiner Stimme versetzte Talia einen Stich, gegen den sie sich zu wappnen versuchte. Er hatte seine Chance gehabt. Sie war darauf vorbereitet gewesen, ihm alles zu geben, ihren Körper und ihre Seele, aber er hatte es nicht gewollt.

Nun ja, dachte sie und erinnerte sich daran, wie deutlich sein Körper auf sie reagiert hatte ... er hatte *gesagt*, er wolle es nicht.

»Ich bin, wie ich bin, James.« Sie breitete die Hände aus, wollte ihn daran erinnern, dass er sie bis auf den Grund ihres Herzens kannte. »Weißt du noch, wie ich nach der Scheidung meiner Eltern zur Einsiedlerin wurde? Wie ich mich vor jedermann verstecken wollte, um mich den Gerüchten und Vermutungen nicht stellen zu müssen? Dann fand ich die Armenschulen und Brick Street ... ich fand einen Sinn, einen Weg, mich nützlich zu machen. Menschen verlassen sich auf mich. Ich kann nicht zulassen, dass du mir das nimmst, ganz gleich was du meinem Bruder versprochen hast. Und ich werde es nicht zulassen. Wenn ich dich bitten würde, deine Reisen aufzugeben, weil ich es nicht mag oder weil du dich dadurch in Gefahr begibst, würdest du es tun?«

»Das ist etwas ganz anderes«, schnappte er.

»So? Inwiefern?« Sie hielt einen Moment inne, weil sie wusste, dass ihre nächsten Worte ihn sehr treffen würden. Und doch wollte sie, dass er die Wahrheit erkannte. »Zumindest verstecke ich mich nicht mehr oder laufe davon.«

James gab einen angewidert klingenden Ton von sich und ging mit steifen Schritten hinaus ins Foyer. Der Knall der zugeschlagenen Eingangstür schien durchs ganze Haus zu hallen.

Alice schirmte die Augen ab und betrachtete das heruntergekommene Gebäude in der Brick Street, in dem sich die Schule befand. Aus der daneben gelegenen Schmiede drangen Wolken von Rauch und laute Geräusche, und die Luft war erfüllt vom Lärm der Kutschen und Karren und dem Geklapper von Pferdehufen. Alice öffnete die Tür und betrat den engen, dunklen Flur, in dem es nach Schimmel roch.

Sie rüttelte an mehreren Türen, bis sich schließlich eine öffnete. Als sie in den Klassenraum blickte, sank ihr das Herz. Kein Wunder, dass Peter nicht in diese Schule gehen wollte, wenn dies hier der einzige Raum war. Lady Talia hatte gesagt, es wäre nur vorübergehend, aber solche Bedingungen waren schwerlich geeignet, das Lernen zu fördern.

Alice untersuchte den Türknopf. Selbst das Schloss war kaputt. Sie ging in den Raum und besah sich die zerfledderten Bücher und die mit rudimentärem Gekritzel beschriebenen Papiere. Die Luft war geschwängert vom Gestank nach Kohlenstaub, und zerschlissenes braunes Papier verdeckte notdürftig die Risse in den Fensterscheiben.

»Ich dachte mir, dass ich Sie hier finde, Miss Colston.«

Alice fuhr herum, als sie die Stimme eines Mannes hörte. Ihr Erschrecken ließ ein wenig nach, als sie Mr Lawford erkannte, der in der Tür stand.

»Wie … woher wussten Sie es?«, stammelte sie.

»Eine glückliche Eingebung«, gab er aalglatt zurück und trat in den Raum.

Alice zog die Stirne kraus. Mehrfach hatte sie während der vergangenen Woche das seltsame Gefühl gehabt, dass jemand ihr folgte, aber Mr Lawford würde doch sicher nicht …

Er kam näher. Seine Augen leuchteten in der staubigen Luft noch blauer als sonst. Er hielt inne, und auf seiner Stirn erschien eine steile Falte. »Geht es Ihnen gut, Miss Colston?«

»Ja, ich …« Alice rang die Hände. Ihr war, als könne sie immer noch den Kuss spüren, den er ihr neulich gegeben hatte. »Ich wollte die Schule sehen, da Peter sich endlich dazu entschlossen hat, sich einzuschreiben. Lady Talia sagte mir, heute Nachmittag sei kein Unterricht, also dachte ich, ich schaue mal rein.«

»Und wie macht sich Peter, seit er wieder aufgetaucht ist?«, fragte Lawford.

»Ganz gut.« Alice wollte ihm nicht verraten, dass ihr Vater sich immer noch weigerte, Peter wieder zu Hause einziehen zu lassen, bevor er nicht überzeugt war, dass sein Sohn es mit der Schule wirklich ernst meinte, und dass dieser immer noch im Schlafsaal hauste.

Ein unwillkommenes Gefühl von Hilflosigkeit machte sich in ihr breit. Sie hatte alles versucht, um nach dem Tod ihrer Mutter die Familie zusammenzuhalten, trotzdem konnte sie nicht umhin, sich wie eine Versagerin zu fühlen.

Mr Lawford sah sie immer noch an. Noch nie zuvor hatte ein Mann ihr diese Art von Aufmerksamkeit zuteilwerden lassen, wie er in den letzten zwei Wochen. Als könnte er sie, die sich den Großteil ihres Lebens über beinahe unsichtbar gefühlt hatte, wahrhaftig *sehen*.

»Ich reise nächsten Donnerstag ab«, sagte Mr Lawford

»Sie reisen ab?«

»Ich muss zurück nach Middlesex. Mein Onkel ist … unwohl, und daher bin ich gezwungen, mich um Newhall zu kümmern. Wir haben einige Neuzugänge, die meine Aufmerksamkeit erfordern.«

»Oh.« Alice war verwirrt und wusste nicht, was sie sagen sollte. »Äh … werden Sie bald wieder nach London kommen?«

»Ich werde die größtmöglichen Anstrengungen unternehmen.« Er legte ihr eine Hand unters Kinn und drehte ihr Gesicht ins Licht. »Und das nur aus einem einzigen Grund: um Sie zu sehen.«

Alice entspannte sich etwas. Trotz aller Nervosität gestattete sie sich, einen Schritt nach vorn zu machen, als er den Kopf neigte, um seinen Mund auf ihren zu pressen.

Neugier flammte in ihr auf. Vor William war sie vielleicht zweimal geküsst worden … und auch danach waren noch Jahre vergangen, bis sie die Zuneigung eines Mannes erfahren hatte. Lawfords Lippen waren trocken, ein wenig rau, und als er seine Hände an ihre Wangen legte, war es, als würde Strom durch ihre Adern fließen. Ihr Denken umnebelte sich, als er seine Lippen sanft auf ihren bewegte, ihr eine Erwiderung entlockte, ein Verlangen weckte, das so lange geschlummert hatte …

Sein Griff verstärkte sich. Alice zuckte zusammen, als sie spürte, wie er sich straffte. Er hob den Kopf. In seinen Augen brannte Begehren wie blaue Flammen.

»Du bist eine Perle«, wisperte er rau. »Von einer Frau wie dir habe ich immer geträumt.«

Alice versuchte zu lächeln und sich ihm zugleich zu entziehen. »Mr Lawford, ich –«

Er ließ die Hände zu ihrem Nacken gleiten und hielt sie fest. Wieder senkte sich sein Mund auf ihren, dieses Mal mit einer

Kraft, die sie überrumpelte. Sie keuchte schockiert auf, als er versuchte, seine Zunge zwischen ihre Lippen zu drängen.

Ihr Schreck verwandelte sich in nackte Angst. Sie stemmte ihre Hände gegen seinen harten Brustkorb. Er bewegte sich keinen Millimeter, seine Finger gruben sich in ihr Genick.

»Aufhören!« Alice hob die Hand und kratzte, so hart sie konnte, mit ihren Fingernägeln über seine Wange.

Lawford gab sie fluchend frei. Sie taumelte rückwärts und rang nach Atem. Dann drehte sie sich um und floh den Korridor hinunter, immer noch voller Angst.

»Miss Colston, es tut mir leid!«, rief er ihr nach.

Alice blickte sich nicht um. Sie lief hinaus auf die Straße, erleichtert, wieder in der Sicherheit der Öffentlichkeit zu sein. Dann blieb sie stehen und atmete noch einige Male tief ein und aus, um ihre Nerven zu beruhigen.

»Miss Colston?«

Als sie aufblickte, gewahrte sie Mr Fletcher, der, einen Stapel Bücher auf dem Arm, auf sie zukam.

»Oh, Mr Fletcher. Ich habe gerade … ich wollte nur einmal das Klassenzimmer sehen.«

»Natürlich.« Er blickte sie leicht verwirrt an. »Geht es Ihnen gut?«

Nein, es ging ihr *nicht* gut. Trauer und Wut loderten in ihr wie ein plötzlicher Feuersturm. Sie schüttelte den Kopf und versuchte zu sprechen. Ihre Kehle war wie ausgedörrt.

»Mr Lawford ist –« Sie brach ab, als sich die Tür öffnete und Lawford aus dem Haus trat. Seine Züge verhärteten sich, als er die beiden sah.

Alice trat instinktiv näher zu Mr Fletcher. Ihre Angst legte sich etwas, und eine innere Stimme versicherte ihr, dass sie bei ihm Zuflucht finden würde. Obwohl Mr Fletcher kein besonders großer Mann war, strahlte seine Haltung eine Sicherheit aus, die Alice beruhigend fand.

Als könnte er ihr Unbehagen spüren, stellte Mr Fletcher sich vor sie und musterte Lawford scharf durch seine Brille. »Sie wünschen ebenfalls, den Klassenraum zu sehen, Sir?«

»Schon geschehen, guter Mann.« Lawford schien sich zu einem Lächeln zu zwingen, als er sich vor Alice verbeugte. »Danke, Miss Colston. Wir werden uns bald wiedersehen.«

Er wandte sich zum Gehen und lief, sich stocksteif gerade haltend, zum Droschkenstand.

Alice erschauerte vor Bestürzung, als sie daran dachte, wie sie Mr Lawfords Aufmerksamkeiten erlegen war, sie geradezu *willkommen* geheißen hatte … Und wie sie versucht hatte, die unleugbare Tatsache zu ignorieren, dass ihr Bruder sich vor Lawford fürchtete. Jetzt hatte sie das üble Gefühl zu wissen, warum.

10

James rieb sich den Nacken, während er ratlos im Zimmer auf und ab ging. Er hatte den ganzen Tag damit zugebracht, über alles nachzudenken, was Talia ihm enthüllt hatte, und gelangte doch immer wieder zu demselben Schluss.

Es war seine Pflicht, Northwood über Talias Engagement für diese neue Schule in Kenntnis zu setzen. Er war stets ehrlich zu North gewesen, denn dieser kannte als Einziger die ganze Wahrheit über die Ehe seiner Eltern. North hatte dieses Vertrauen noch nie verraten und würde es auch in Zukunft nicht tun.

Wie also konnte er, James, ein Versprechen brechen, das er seinem ältesten Freund gegeben hatte?

Wie sollte er andererseits Talia in die grünen Augen sehen und ihr sagen, dass er ihr Geheimnis nicht bewahren konnte? Nicht bewahren *würde*?

Er fluchte und ging zur Anrichte, um sich einen Brandy einzugießen. Nachdem er ihn in einem Zug hinuntergestürzt hatte, wischte er sich mit dem Handrücken über den Mund.

Die Vorstellung, wie enttäuscht Talia von ihm wäre, wenn er sie verriet, war ihm überaus unangenehm. Und doch wäre das immer noch leichter zu ertragen, als tatenlos mit anzusehen, wie sie sich in den Slums von London mit Kriminellen abgab – wie jung diese auch sein mochten. Selbst wenn es stimmte, dass Peter Colston den Mann tatsächlich in Notwehr getötet hatte, bedeutete das nicht, dass er ungefährlich war.

Als er daran dachte, was Talia ihm berichtet hatte, spannte er sich unwillkürlich an. Er war nicht dort gewesen. Er hatte sie nicht schützen können. Und er konnte den Gedanken nicht ertragen, wie entsetzt sie gewesen sein musste, als dieser Bastard sie in eine Gasse gezwungen hatte, um …

Zorn loderte in ihm auf.

»Mylord?«

James nahm einen tiefen Atemzug, um sich wieder in den Griff zu bekommen, bevor er sich Polly zuwandte. Das Mädchen stand in der Tür, es wirkte unsicher.

»Da ist eine Lady, die Sie sprechen möchte.«

»Wer ist es, Polly?«

»Das hat sie nicht gesagt.«

James seufzte. »Würdest du sie bitte fragen?«

Polly blinzelte verwirrt, als ob ihr dieser Gedanke noch gar nicht gekommen wäre, und ging zurück in die Diele.

»Lady Sally Shaw wünscht Sie zu sprechen, Mylord«, verkündete sie, als sie zurückkam.

»Führe sie bitte herein.« James ignorierte einen kleinen Stich der Enttäuschung, der ihm bewusst machte, dass er gehofft hatte, Talia wäre die Besucherin.

Er setzte ein höfliches Lächeln auf und begrüßte Lady Sally, die munter in das Zimmer gehuscht kam wie ein großes, weißhaariges Eichhörnchen. Ihre leuchtend blauen Augen sprühten vor Freude, als sie zur Begrüßung seine Hände ergriff. Dann schaute sie sich um und musterte leicht missbilligend die Ausstattung des Salons – die staubigen Vorhänge, das zerschlissene Sofa, den abgewetzten Teppich.

»Ich verbringe nicht allzu viel Zeit hier«, versuchte James zu erklären.

»Ja, ich weiß.« Lady Sally ließ sich in einem Sessel nieder. »Ob Ihr Mädchen wohl vorhat, mir einen Tee zu bringen?«

»Natürlich. Bitte vergeben Sie mir.« James läutete die Glocke, doch Polly reagierte nicht.

»Sie scheint ein wenig … unerfahren zu sein«, bemerkte Lady Sally.

»Ja, in der Tat«, stimmte James zu. »Sie war die Frau eines Besatzungsmitglieds. Ihr Mann begleitete mich vor drei Jahren in die Arktis. Der Ärmste starb bei einem Unfall mit einem Fuhrwerk, kurz nach unserer Rückkehr. Also bot ich Polly die Stellung als Hausmädchen an.«

»Sie könnten jemanden mit weit besserer Ausbildung finden, James.«

Er schüttelte den Kopf. Polly war zwar nicht besonders geschickt, was ihre neuen Aufgaben betraf, doch war sie ihm eine angenehme Gesellschaft, und er fühlte sich ihr bis zu einem gewissen Grad verpflichtet.

»Ich bin nie lange genug in London, um eine ausgebildete Hausdame zu beschäftigen«, meinte er und machte sich auf die Suche nach Polly.

Er fand sie in der Küche, wo sie gerade ein Marmeladenbrot aß, und bat sie, einen Tee zu bringen.

»Aye, Mylord.« Polly wischte sich die klebrigen Hände an ihrer Schürze ab und begab sich an den Herd.

James wartete, bis sie fertig war, und begleitete sie in den Salon. Polly setzte das Teetablett auf dem Tisch ab, machte einen unbeholfenen Knicks vor Lady Sally und verschwand.

James beugte sich vor, um Tee einzugießen und reichte seiner Besucherin eine Tasse. Sally nahm sie mit leicht skeptischem Blick entgegen.

»Sie müssten sich nicht mit unerfahrener Dienerschaft herumplagen, wenn Sie eine Frau hätten, die sich um diese Angelegenheiten kümmern würde.«

James zuckte leicht zusammen, und etwas Tee schwappte auf seine Untertasse. Er schaute zu Sally, die einen Löffel Zucker in ihre Tasse gab und gründlich umrührte.

»Ähm, ich … ich habe keinerlei Heiratspläne, Mylady.«

»Oh, ich weiß.« Lady Sally zwinkerte ihm zu. »War nur so eine Feststellung.«

Das bezweifelte er. Sally war ein wenig zu durchtrieben, um *nur so eine Feststellung* zu machen.

»Aber da wir gerade vom Heiraten sprechen …« Sally nippte an ihrem Tee und hielt den Blick unverwandt auf ihn geheftet. »Ich bin sicher, es ist Ihnen aufgefallen, dass meine reizende Talia … nun ja, wie soll ich sagen … nicht mehr ganz die Jüngste ist? Eigentlich sollte sie längst verheiratet sein.«

James versuchte, einen Anflug von schlechtem Gewissen und Bedauern zu unterdrücken, als wie von selbst ein Bild der *reizenden Talia* in seinem Kopf aufblitzte. Als wäre sie ein lebendiger Teil von ihm.

»Äh …«, er kratzte sich am Kinn. »Neulich meinten Sie, Rushton würde vermutlich zustimmen, wenn Bexley – «

»Also wirklich, James.« Lady Sally setzte klirrend ihre Tasse auf dem Unterteller ab, und die Falten auf ihrer Stirn vertieften sich. »Glauben Sie ihm Ernst, Rushton würde Talia einen Ehemann aussuchen, den sie wirklich wollte? Er ist genau wie Alexander! Er denkt, jemand wie … wie Lord Kingston wäre geeignet.«

James umklammerte seine Teetasse fester, als er sich ausmalte, wie Talia diesen widerwärtigen, fünfzig Jahre alten Viscount ehelichte.

»Selbstverständlich würde Talia sich mit allen Mitteln weigern, was wiederum zu Spannungen zwischen ihr und ihrem Vater führen würde, von dem nachfolgenden Gerede ganz zu schweigen«, fuhr Sally fort. »Und das ist das Letzte, was unsere Familie braucht, James. Und jetzt, da sowohl Alexander als auch Sebastian versorgt sind … nun, da wird es höchste Zeit, dass Talia es den beiden gleichtut.«

James räusperte sich. Er hatte das deutliche Gefühl, dass sich das Gespräch in eine Richtung bewegte, die ihm nicht recht sein konnte.

»Ich sehe es als meine Pflicht an, dafür zu sorgen, dass Talia ebenfalls einen Mann heiratet, mit dem sie gut zusammenpasst«, fuhr Sally fort. »Einen jungen Mann von gutem Ruf, jemanden, der sie respektiert und gut behandelt. Selbstverständlich muss er auch gut aussehen. Aber es darf keiner von diesen eitlen Dandys sein, die umherstolzieren wie Pfaue. Ich denke an einen Mann, der die Literatur und das Reisen liebt. Einen Mann, der seiner Frau eine Menge Freizügigkeit gewährt, sie aber nicht aus dem Ruder laufen lässt. Einen solchen Mann braucht Talia.«

Lady Sally nickte, als wäre die Angelegenheit bereits geregelt. James rutschte unbehaglich in seinem Sessel hin und her und stellte seine Teetasse zurück auf den Tisch. Sein Magen zog sich zusammen, als er daran dachte, dass er Lady Sally jetzt das Gleiche würde sagen müssen wie vor einem Jahr Talia, und ihm klar wurde, dass er all die fadenscheinigen Ausreden um keinen Preis der Welt wiederholen und nicht glauben wollte, dass sie immer noch zutrafen.

»Mylady, ich habe Lady Talia immer nur das Beste gewünscht«, begann er.

»Natürlich haben Sie das.«

»Aber ich werde nicht … ich habe nicht vor, jemals zu heiraten. Nicht, dass Talia nicht eine ideale Ehefrau wäre, aber wegen meiner Karriere und –«

»Oh, um Himmels willen, James«, Lady Sally verdrehte die Augen. »Ich habe doch nicht von *Ihnen* gesprochen.«

Er blickte überrascht hoch. »Nicht?«

»Aber nein. Ich weiß sehr wohl, dass Sie als Ehemann für Talia nicht geeignet wären. Nehmen Sie's mir nicht übel, James.«

»Tue ich … tue ich nicht.« Fassungslos stellte er fest, dass er in der Tat verletzt war, und zwar sehr.

»Nein, nein.« Lady Sally wedelte mit der Hand, als wollte sie eine aufdringliche Fliege verscheuchen. »Sie und Talia? Gott behüte!«

Sie gab ein nervtötendes Kichern von sich. *So* lächerlich war die Vorstellung von ihm und Talia nun auch wieder nicht.

Oder doch? Und warum sollte es ihn überhaupt kümmern, was Sally dachte?

»James, mir schwebt ein anderer Mann für Talia vor«, sagte Sally, die sich jetzt vorbeugte, die Stimme senkte und ihn mit ihren leuchtend blauen Augen fixierte.

Ein anderer Mann.

Beim bloßen Gedanken daran wurde James von glühender Eifersucht erfasst. Die Vorstellung, Talia zusammen mit einem anderen zu sehen, war unerträglich. Und schon gar nicht mit Kerlen wie Fulton, Bexley oder Kingston. *Mit gar keinem.*

Seine Kiefer mahlten. Er selbst konnte ebenfalls nicht der richtige Mann für Talia sein, unwürdiger Narr, der er war. Und ebenso wenig konnte er sich wünschen, dass sie das Leben einer alten Jungfer führte. Doch nicht die herzliche, freigebige Talia, die einen guten Mann verdiente, eine eigene Familie, Kinder, die sie mit ihrer Liebe überschütten konnte …

»Und wer soll das sein?«, fragte er zähneknirschend.

»Lord Ridley.«

»Ridley.« James wusste nicht, ob er jetzt erleichtert oder noch zusätzlich irritiert sein sollte. Ridley war ein Freund von ihm. Ein guter Mann aus guter Familie. Ehrbar. Anständig. Alles, was Lady Sally für ihre Nichte wollte. Ridley wäre eine ausgezeichnete Partie für Talia.

Natürlich wäre er das. Besser als Fulton oder gar Bexley, auch wenn James angesichts dieser Vorstellung noch immer gerne auf etwas eingeprügelt hätte. Doch er traute sich nicht zu ergründen, *warum*.

Er stand auf und ging zur Anrichte, um sich einen zweiten Brandy einzuschenken. Er nahm einen Schluck und genoss das warme Brennen, das das Getränk in seiner Brust verursachte.

»Aus diesem Grunde habe ich Sie aufgesucht, James«, fuhr Lady Sally fort. »Da Sie schon seit so langer Zeit mit der Familie meines Bruders befreundet sind, hatte ich gehofft, Sie könnten mir in dieser Angelegenheit vielleicht weiterhelfen.«

»Was … was wünschen Sie denn, das ich tue, Mylady?«

»Ich würde Talias Verlobung mit Lord Ridley gerne unter Dach und Fach bringen – oder zumindest alles so weit arrangieren –, bevor Rushton nach London zurückkehrt«, sagte Sally. »Auf diese Weise hätte er keine Gelegenheit, sich einzumischen. Und Talia hätte keinen Grund, sich zu weigern, wenn sie diejenige wäre, die in Wahrheit die Entscheidung trifft.«

»Und Sie glauben, das wird sie tun?«

»Selbstverständlich! Wenn Lord Ridley sich ihr auf die richtige Weise nähert. Selbst so eigensinnige Frauen wie Talia sind nicht immun gegen männliche Aufmerksamkeiten. Besonders dann, wenn es sich um jemanden handelt, der wie gemacht für sie ist.«

James blickte finster drein. »Ich verstehe nicht.«

»An diesem Punkt kommen Sie in Spiel, James. Ich möchte, dass Sie Lord Ridley von Talia erzählen. Ich weiß, die beiden kennen sich, aber er weiß nicht annähernd so viel von ihr wie Sie. Wenn Sie ihn also ein wenig mit Talias Temperament vertraut machen würden, den Dingen, die sie mag und nicht mag, ihren Zeitvertreiben … nun, das gäbe ihm die Möglichkeit, ihr auf eine Weise den Hof zu machen, der sie nicht widerstehen könnte.«

»Und wie soll ich das anstellen, Mylady?«

»Setzen Sie ihn über alle Dinge in Kenntnis, die Talia interessieren. Was sie gerne tut, ihre Lieblingsbücher, ihre Lieblingsmusik. Dass sie Johannisbeermuffins mag und Hummer hasst, dass sie Petrarca mag, Boccaccio dagegen entsetzlich findet. Sie wissen alles über Talia, James. Sie müssen es nur Lord Ridley erzählen. Mehr nicht.«

»Und was, wenn Lord Ridley nicht den Wunsch hegt, um Talia zu werben?«, fragte James.

Wieder gab Sally ihr nervtötendes Kichern von sich. »Haben Sie denn nicht bemerkt, wie er sie ansieht, James? Er kann den Blick nicht von ihr wenden, wenn er sie trifft, aber er hat sich bisher noch nicht getraut, sich ihr zu nähern. Also ist es Ihre Pflicht, seinen Mut zu stärken.«

Sie hob die Faust wie ein General, der seine Truppen in die Schlacht schickt.

James spürte, wie er sich verkrampfte. »Und was, wenn Lady Talia nicht umworben zu werden wünscht?«

»Oh, das wird sie«, versicherte Sally. »Wenn ihr erst mal klar wird, wie perfekt Lord Ridley zu ihr passt, wie gut er sie kennt … dann wird ihr Herz, so wage ich zu behaupten, jedes Mal schneller schlagen, wenn er in der Nähe ist. Und wenn das

Herz einer Frau erst einmal für einen Mann schlägt, James, dann ist es um sie geschehen.«

Sie schenkte sich eine zweite Tasse Tee ein. James trat ans Fenster und starrte blicklos in den Garten hinaus. Talias Herz hatte einst für ihn geschlagen. Bedeutete dies, dass sie sich keinen anderen Mann mehr vorstellen konnte?

Er atmete tief ein. Er wollte, dass Talia glücklich war. Und wenn das hieß, dass er seine eigenen Gefühle für sie ersticken musste … dann sollte es so sein.

Bevor er sich bewusst machen konnte, was Ridleys Werbung um Talia alles nach sich ziehen konnte, bevor sein Verstand anfangen konnte, sich die beiden vorzustellen, wie sie sich küssten, berührten, einander das Jawort gaben, wandte er sich zu Sally um und sagte: »Sie haben da eine ausgezeichnete Partie für Talia ausgemacht, Mylady. Ich bewundere und respektiere Lord Ridley und wäre mehr als erfreut, Ihnen in dieser Angelegenheit zu helfen, wo immer ich kann.«

»Wunderbar!« Lady Sally klatschte in die behandschuhten Hände. »Ich wusste, ich würde auf Sie zählen können, James. Sobald ich nach Hause komme, werde ich eine Liste mit Ideen zusammenstellen. Sie werden es nicht bereuen, versprochen.«

James zwang sich zu einem Lächeln und geleitete sie zu ihrer Kutsche. Dann kehrte er in den Salon zurück und ging schnurstracks zu der Anrichte, wo der Brandy stand.

Peter musterte Miss Hall und Mr Fletcher aus zusammengekniffenen Augen. Sie standen über einen Tisch in der ersten Reihe gebeugt und erklärten Daniel, einem vierzehnjährigen Neunmalklug, eine Lektion.

Bei Peter lagen die Dinge anders. Er konnte weder mit

den verfluchten Buchstaben etwas anfangen noch mit Zahlen. Und Rechnen war noch schlimmer. Unmut machte sich in ihm breit. Er rutschte unbehaglich auf seinem Stuhl hin und her und tippte gedankenverloren mit dem Stift auf die Tischplatte. Dieser andere Kerl … Forester … hockte auf einem Stuhl in der Nähe des Fensters, die Arme überkreuzt, und blickte finster drein. Er sah auch nicht gerade aus, als würde er das Ganze hier genießen.

Peter zibbelte gelangweilt an einem Niednagel und fragte sich, wann in Dreiteufelsnamen er hier endlich rauskommen würde. Er wollte zurück zu den Docks. Dort konnte er zumindest etwas *tun*. Er war ein guter Maschinist. Und stark war er auch. Alle Vorarbeiter wollten ihn anheuern, um Ladung zu löschen oder Segel aufzuziehen, im Lager zu arbeiten. Alles miserabel bezahlt, aber immer noch besser, als hier herumzusitzen und zu versuchen, sein erbärmliches Gehirn mit Buchstaben und Zahlen zu quälen.

Er schaute wieder zu Forester und stellte verblüfft fest, dass der Mann ihn musterte. Er sollte auf der Hut sein… Es gab da die reichen Typen, die durch die Londoner Slums streunten, um Jungs zu finden, die gewisse Vorlieben befriedigten … Man musste sich auch der *Kidsmen* erwehren, den Kerlen, die Kinder rekrutierten, um sie zu Kriminellen auszubilden. Und als wäre das nicht schon genug, mussten sich die Straßenjungs auch noch mit diesen Bastarden aus der angeblich so feinen Gesellschaft herumschlagen.

Dieser Forester sollte nur versuchen, sich mit ihm anzulegen. Er würde ihm die Suppe gründlich versalzen.

»Peter?«

Er hob den Kopf. Vor ihm stand Miss Hall. Seine Schultern versteiften sich.

»Hast du die erste Lektion fertig?«, fragte sie und sah ihn erwartungsvoll an, als würde sie im Ernst daran glauben, er wäre *eines Tages* plötzlich imstande, zu lesen und Summen zu bilden, und sie könnte es sich als Erfolg anrechnen.

Er schlug sein Buch zu und starrte sie trotzig an. »Zeitverschwendung, *Mylady*.«

Wollte sie ihn etwa für dumm verkaufen? Sie sollten sie Miss Hall nennen! Als wäre es nicht offensichtlich, dass sie eine dieser feinen Damen war, die nur zu schnippen brauchten, und jeder sprang. Schon wie sie einen ansah!

Sie war das genaue Gegenteil von Alice, die raue Hände hatte und Schatten unter den Augen. Scham stieg in ihm auf, und er sah weg. Er spürte, wie sie unsicher wurde, und das freute ihn. Er wollte sie nervös machen, wollte, dass sie sich unwohl fühlte. Dann würde sie ihn vielleicht endlich in Ruhe lassen, verflucht noch eins.

Sie schlug das Buch erneut auf der korrekten Seite auf. »Wenn du den ersten Teil gelesen hast, dann kann ich dir helfen –«

Peter wischte das Buch vom Tisch. *Den ersten Teil lesen.* Er konnte ja noch nicht mal den ersten *Buchstaben* lesen! Diese blöden Kringel wirbelten ständig vor seinen Augen durcheinander. Unvermittelt sprang er auf. Miss Hall erschrak. Ihr Gesicht nahm einen bestürzten Ausdruck an, der ihm nicht gefiel, und sie wich einen Schritt zurück.

»Peter, tu das n-«

Er schubste sie rüde beiseite und lief zur Tür. Die Tritte seiner schweren Schuhe hallten auf dem abgenutzten Dielenboden wider. Hinter seinem Rücken spürte er die Jungs unruhig werden, sie murmelten und kicherten. Er schämte sich noch mehr. Kein Wunder, dass sein Vater sich seinetwegen immer so genierte. Peter war zu nichts zu gebrauchen außer zum Kistenschleppen und Seilaufwickeln, wie ein dummer, großer Ochse.

Er lief auf die Straße und sog eine Lunge rauchiger Luft ein. Dann machte er sich auf den Weg zu den Docks, wo er im Chaos untertauchen könnte, wo niemand auf ihn achtete. Nicht wie in der Schule, wo er andauernd forschenden Blicken ausgesetzt war.

Wieder keimte Furcht in ihm auf. Als er unsicher über die Schulter blickte, stieß er einen Fluch aus. Forester folgte ihm. Er sah entschlossen aus.

Peter rannte los, umrundete einen Obstverkäufer und wäre beinahe mit einem Müllkarren zusammengestoßen. Als er abrupt die Richtung änderte, rutschte er mit einem Fuß auf den schmierigen Pflastersteinen aus, doch er rannte weiter. Sicher kannte er die Wege hier besser als Forester, also würde er nicht lange brauchen, um ihn abzuhängen.

Er schoss um eine zweite Ecke. Forester war ihm immer noch auf den Fersen. Er bog in eine schmale Gasse, dann zurück in eine Seitenstraße. Vor ihm lag der geschäftige Ratcliffe Highway. Er rannte darauf zu. Dort konnte er sich zwischen all den Wagen und Karren hindurchschlängeln und dann in der Menge untertauchen, die zu den Hafentoren unterwegs war.

Plötzlich wurde er von einer Hand am Kragen gepackt und zurückgerissen. Grunzend taumelte er gegen einen Körper.

»Verdammter Narr.« Forester, der immer noch vor Anstrengung keuchte, schüttelte ihn ordentlich durch. »Wo zur Hölle willst du hin?«

»Weg von *dort*.« Peter wand sich und versuchte, sich James' Griff zu entziehen. Er war größer als die meisten Jungen seines

Alters, aber Forester war größer und stärker als er. Und er hatte nicht vor, Peter loszulassen.

»Ist dir wohl nicht gut genug, was?« Forester schüttelte ihn wieder.

Peter machte ein mürrisches Gesicht und ballte die Fäuste. »Lassen Sie mich los.«

Foresters Griff verstärkte sich. Peter machte sich auf eine Standpauke gefasst. Gleich würde der Kerl ihm was vom Ausschuss erzählen, von der Reformschule, von Lady Talia und dass sie ihm alle nur helfen wollten. Dass er vor einer *Chance* wegrannte, vor einem *besseren Leben* und …

Forester stieß ihn von sich weg. Peter war schockiert und stolperte. Er richtete sich wieder auf und wirbelte herum, um dem Mann in die Augen zu sehen, dessen Blick so hart war wie Stahl.

»Wo willst du hin?«, verlangte Forester zu wissen.

»Zu den … zu den Docks.«

Forester runzelte die Stirn. »Um was zu tun?«

»Will der Erste sein, der Arbeit kriegt, wenn sie das Tor öffnen.« Peter nahm instinktiv eine Verteidigungshaltung ein, ballte die Hände zu Fäusten und holte mehrmals tief Luft. Foresters Augen verengten sich zu Schlitzen.

»Was ist dir zugestoßen?«

»Was …?«

»Im Gefängnis.«

Peter erschauerte vor Angst.

»Ich weiß, warum du dort warst«, sagte Forester. »Aber stimmt es, dass du geschlagen und angekettet wurdest?«

Peter war nicht imstande, etwas zu erwidern. Beinahe konnte er wieder die brennenden Schläge der Peitsche auf seinem Rücken spüren.

»Wenn du jetzt gehst, dann kommst du nie wieder«, sagte Forester. Peter stieß trotzig das Kinn vor. »Was glauben Sie denn, warum ich überhaupt weggerannt bin?«

Forester musterte ihn einen Augenblick und deutete dann mit dem Kinn Richtung Hafen. »Geh und sprich mit Jim in Lagerhaus Zwei. Sag ihm, Castleford schickt dich. Er soll dich für die *Defense* anheuern.«

»Was … was ist die *Defense*?«

»Ein Schiff, das nächste Woche nach Afrika ausläuft. Erwarte nicht, dass du mitfahren kannst, aber du kannst helfen, die Ladung an Bord zu bringen. Mach einen sauberen Job, und ich werde bei Miss Hall ein gutes Wort für dich einlegen.«

»Und wo is der Haken?«

»Du schuldest mir was.« Forester wandte sich zum Gehen.

»Warum tun Sie das?«, rief Peter ihm nach.

»Weil du mich an jemanden erinnerst«, erwiderte Forester, ohne sich umzudrehen.

Peter kaute unschlüssig auf seiner Unterlippe herum, während er dem Mann nachsah, der um eine Ecke bog und verschwand.

Ein Schiff nach Afrika. Er hatte sich oft gefragt, wohin wohl all die Schoner und Lastkähne fahren mochten, die sich im Londoner Hafen drängten, und ob er jemals an Bord von einem von ihnen sein würde. Aber er hatte sich niemals vorstellen können, seinen Vater und seine Schwester zurückzulassen.

Trauer durchzuckte ihn wie ein Schmerz. Das spielte jetzt wohl keine Rolle mehr, oder? Er könnte ans Ende der Welt segeln, und seinen Vater würde es einen Dreck kümmern.

Er trottete zu den Hafentoren und versuchte, einen Hauch von Bedauern darüber wegzuwischen, dass er Miss Hall ein zweites Mal verließ. Bei all ihrem menschenfreundlichen Getue war sie doch anständig zu ihm gewesen, und sie war überhaupt eine nette Dame.

Aber sie war ihm gegenüber zu nichts verpflichtet. Sie schuldete ihm gar nichts. Er war jetzt auf sich allein gestellt und konnte gut auf sich selbst aufpassen.

Die Tore gingen langsam zu. Peter rannte los.

11

»Sie mag Maulbeermarmelade.« James rang sich die Worte mühsam ab. Er stand neben Ridley in Lady Hamiltons Ballsaal. »Sie mag Romane, vor allem Abenteuergeschichten. Eins ihrer Lieblingsbücher ist *Der letzte Mohikaner*. Im Winter geht sie gerne Eislaufen. Sie liebt das Theater. Die ägyptische Abteilung im British Museum.«

Ridley hörte aufmerksam zu, als wäre das hier eine Prüfungsvorbereitung. Dann sah er an James vorbei zu der Stelle hinüber, wo Talia mit Lady Sally neben einer großen Topfpflanze stand.

»Eislaufen«, wiederholte er. »Die ägyptische Abteilung. Was ist mit Musik?«

»Ihr Lieblingskomponist ist Mozart.« James kämpfte gegen das Bedürfnis an, bewusst zu lügen und so dafür zu sorgen, dass Ridley in seinen Bemühungen scheiterte.

Er trat einen Schritt zurück und folgte dessen Blick in Richtung Talia. Sie sah umwerfend aus in ihrem waldgrünen Kleid. Um den schlanken Hals trug sie eine Perlenkette. James ließ seinen Blick über ihren Oberkörper wandern und stellte sich zum wohl tausendsten Mal ihre nackten Brüste vor …

»Nun geh schon«, meinte er schroff, und schob Ridley in ihre Richtung. »Sie mag keinen dümmlichen Klatsch, also beginnst du das Gespräch am besten mit einem interessanten Thema.«

Ridley nickte und zog die Manschetten an seinen Ärmeln glatt. Dann holte er tief Luft und machte sich auf den Weg. Talia und Lady Sally begrüßten ihn mit einem freundlichen Lächeln, doch die Tante empfahl sich alsbald, blinzelte James verschwörerisch zu und gesellte sich zu einer Gruppe von Damen am Kamin.

James sah gereizt zu, wie Ridley Talia ansprach, und wartete darauf, den unvermeidlichen Anflug von Skepsis über ihre Züge huschen zu sehen. Ridley war ein netter Kerl, und James hatte keinerlei Grund, seine Werbung um Talia zu missbilligen – ganz im Gegenteil –, aber Talia hatte einen schützenden Panzer. Sie ließ niemanden allzu nahe an sich heran. Vor allem Männer nicht.

James hörte, wie Talia über etwas lachte, das Ridley gesagt hatte. Es war ein freundliches Lachen, sanft wie eine Brise, die das Laub zum Rascheln bringt. Eben dieses Lachen hatte ihn während des ganzen letzten Jahres in seinen Träumen heimgesucht.

Er ballte die Hände zu Fäusten, als er sah, wie schon wieder ein Lächeln Talias grüne Augen aufleuchten ließ, und zwang sich, sich von den beiden abzuwenden. Ridley schien es in der Tat gelungen zu sein, Talia in ein Gespräch zu verwickeln. Umso besser. Lady Sally würde erfreut sein.

Dann konnte er London so schnell wie möglich hinter sich lassen, bevor ihn der Anblick von Talia in Gesellschaft eines anderen Mannes in den Wahnsinn trieb.

Er fuhr sich mit der Hand über das Gesicht. Vermutlich würde er sich bis ans Ende aller Tage wünschen, *er* wäre der Richtige für sie, *er* könnte ihr alles geben, was sie sich wünschte und was sie verdiente.

»Ist es Ihnen gelungen, die Heiden dieser Welt zu bekehren, Mylord?«

James zwang sich, sein Gefühlschaos zu unterdrücken, bevor er sich einer zierlichen älteren Dame in lavendelfarbenem Kleid zuwandte, deren schneeweißes Haar sich um den Kopf bauschte wie eine kleine Wolke. Wie sie ihn so herzlich anlächelte, wirkte sie viel jugendlicher als ihre mehr als sechzig Jahre.

»Lady Byron.« James drückte ihr erfreut die behandschuhte Hand. Lady Annabella Byron war eine alte Freundin seiner Mutter und eine willkommene Abwechslung zu den wichtigtuerischen Damen in ihren seidenen Roben, die sich hinter vorgehaltenen Fächern den neuesten Klatsch zuflüsterten. »Wie immer freue ich mich sehr, Sie zu sehen.«

»Ich auch, James. Immer wenn Sie auf Reisen sind, fürchte ich, Sie könnten in die Fänge des Teufels geraten.«

James hob eine Augenbraue. »Halten Sie mich für einen derart hoffnungslosen Fall?«

»Ich denke, Sie sollten am Gebot christlicher Nächstenliebe festhalten«, erwiderte Lady Byron, deren Augen trotz ihres fortgeschrittenen Alters immer noch eine scharfe Intelligenz versprühten. »Sie haben die Möglichkeit, viel Gutes in der Welt zu tun, aber dass ich Sie Ihre Reisen im Geiste von Güte und spiritueller Pflichterfüllung antreten sehe, darauf warte ich noch.«

»Die spirituelle Pflichterfüllung muss ich leider Damen wie Ihnen überlassen«, gab James zu. Was religiöse Dinge betraf, so stand er dazu genauso wie zur Londoner Gesellschaft – er tolerierte sie, ließ sich aber nicht stärker davon vereinnahmen als unbedingt nötig. Dazu waren er und seine Mutter sowohl von der Religion als auch von der Gesellschaft zu oft im Stich gelassen worden.

Lady Byron legte den Kopf schief und betrachtete ihn aufmerksam. »Immer noch ruhelos, James? Glauben Sie mir, Sie würden Frieden darin finden, sich mehr in brüderlicher Nächstenliebe zu üben. Indem wir unsere Mitmenschen als Gleichgestellte sehen und behandeln, sichern wir uns unseren Platz in Gottes Königreich.«

James hatte nicht vor, sich der christlichen Nächstenliebe auf jene intensive Weise zu widmen, die Lady Byron vorschwebte. Trotzdem fand er in ihren Reden stets aufs Neue seltsamen Trost. Die Baronin missbilligte die Oberflächlichkeit der Gesellschaft aufs Höchste und wankte niemals in ihrer Hingabe an soziale Belange und Aktivitäten. So hatte sie vor fünfzehn Jahren als eine von ganz wenigen Frauen an einer Weltkonferenz gegen die Sklaverei teilgenommen. James fragte sich, wie es wohl sein mochte, sich einer Sache so sehr zu verschreiben.

Oder jemandem.

Wieder blickte er verstohlen zu Talia hinüber. Sie und Ridley waren immer noch ins Gespräch vertieft. Die beiden gaben ein schönes Paar ab. Ridley war nicht so groß, dass Talia ihren Kopf in den Nacken legen musste, um ihn anzusehen, und sein blondes Haar und das breite, offene Gesicht bildeten einen auffälligen Kontrast zu Talias slawischer Schönheit.

Plötzlich entzog Talia Ridley ihre Aufmerksamkeit, als spürte sie, dass James sie ansah. Ihre Blicke trafen sich, und wieder schoss knisternd ein Strahl unsichtbarer Energie durch den Raum, mitten hinein in sein Herz. Er schluckte.

»Lady Byron, ich gebe diesen Freitag eine Dinnerparty«, sagte er unvermittelt und war selbst überrascht zu hören, was da aus seinem Mund kam. »Es wäre mir eine große Ehre, wenn Sie daran teilnehmen könnten.«

Sie kniff die Lippen zusammen, nickte aber. Zwar stand sie den Auswüchsen des gesellschaftlichen Lebens nach wie vor zutiefst ablehnend gegenüber, aber eine Närrin war sie nicht. Sie wusste sehr wohl, dass eine beständige Verbindung zum

Hochadel ihren wohltätigen Zwecken dienlich war und ihr die nötige Aufmerksamkeit sicherte. Und sie glaubte unerschütterlich daran, dass jeder Mann und jede Frau gerettet werden konnten.

James entschuldigte sich bei Ihrer Ladyschaft und versprach, sie am folgenden Tag zu besuchen. Nun wurde ihm klar, dass er jetzt tatsächlich eine Dinnerparty planen musste. In Gedanken setzte er Talia und Ridley auf seine Liste, dazu Lady Sally und einige Freunde, die er seit seiner Rückkehr noch nicht gesehen hatte. Alles in allem vielleicht etwa zwölf Leute, eine ausreichend große Runde, um Talia und Ridley erneut zusammenzubringen.

Das dürfte genügen, um sein Versprechen gegenüber Lady Sally zu halten.

Noch einmal schaute er sich nach Talia um und stellte stirnrunzelnd fest, dass sie sich von Ridley verabschiedete und Richtung Foyer ging.

»Du gehst schon?«, fragte er sie, als er an ihre Seite trat und ihren Schritt aufnahm.

»Ich habe morgen früh einen Termin in der Schule in Bethnal Green, daher sollte ich besser aufbrechen.« Talia blieb stehen, um auf den Diener zu warten, der ihren Umhang holte. »Und ich muss noch einmal bei Alice vorbeischauen. Herausfinden, ob Peter sich bei ihr gemeldet hat.«

»Du wirst ihn niemals überzeugen können, etwas zu tun, das er nicht will, Talia.«

»Und du wirst mich niemals überzeugen können, dass das stimmt.« Ihre Augen nahmen einen herausfordernden Ausdruck an. »Ich weiß es sehr zu schätzen, James, dass du ihm Arbeit auf der *Defense* verschafft hast, aber das wird nicht genügen, um seinen Vater zum Einlenken zu bewegen. Mr Colston will nicht, dass sein Sohn als Hafenarbeiter endet … nicht wegen der Arbeit selbst, sondern wegen der Gesellschaft, in der er sich in Wapping befindet. Menschen, die ihn auf den falschen Weg bringen würden.«

»Was willst du von dem Jungen, Talia?«

»Dass er wieder zu seiner Familie zurückgeht und eine gute Zukunft hat. Und der einzige Weg, das zu erreichen, besteht darin, dass er die Schule in der Brick Street besucht und eine gute Arbeit findet.« Ein Anflug von Betroffenheit huschte über ihre Züge. »Ich gebe zu, ich habe mir nicht vorstellen können, wie schwer es werden würde, ihm zu helfen.«

Prompt meldete sich wieder James' schlechtes Gewissen.

»Er will nicht in die Schule gehen, Talia«, murmelte er.

»Und ich werde ihn nicht aufgeben.«

Natürlich nicht. Sie konnte überaus hartnäckig sein, das wusste er aus Erfahrung. Schon lange. Aber als er nach London zurückkam, hatte er nicht damit gerechnet, dass sich diese Hartnäckigkeit in Sturheit verwandelt hatte.

Er geleitete Talia zu ihrer Kutsche und kehrte dann nach Hause zurück. Die nächsten Stunden verbrachte er damit, seine Expeditionstagebücher durchzusehen und den Wunsch niederzukämpfen, Talia einen weiteren Brief mit den Einzelheiten seiner Abenteuer zu schreiben.

Wenn er die Aufmerksamkeiten eines anderen Mannes Talia gegenüber befördern sollte, musste er so viel Abstand zu ihr wahren, wie es irgend ging … auch wenn sich bereits jetzt zeigte, dass das beinahe unmöglich war.

Als die Morgendämmerung anbrach, rief James sich eine Droschke und wies den Fahrer an, ihn nach Wapping zu bringen, zu den Docks. Er ging am Hafenbecken entlang und kniff die Augen gegen die Strahlen der aufgehenden Morgensonne zusammen. Die Masten der Schiffe warfen lange Schattenfinger auf den Kai. Männer und Jungen in schmutziger Kleidung und mit Mützen auf den Köpfen hasteten an ihm vorbei, hievten Ladung auf die Schiffe, beluden Fuhrwerke für die Lagerhäuser, bedienten Winden. Diffuser Lärm lag in der Luft: Rufen und Schreien, das Klirren von Metall, das Wiehern und Schnauben von Pferden, der stampfende Klang von Maschinen.

Alles vertraut. Alles eine Erinnerung daran, dass dies hier die Stelle war, von der aus er hinaus in die Welt aufbrach, die Stelle, wo er London verlassen und alle düsteren Erinnerungen hinter sich lassen konnte.

Und die guten trotzdem mitnehmen.

Er schüttelte heftig den Kopf, um auch *Letztere* loszuwerden, die wie Spinnweben in seinem Bewusstsein klebten. Die nur dann an die Oberfläche kamen, wenn er schlief und sich nicht gegen sie wehren konnte.

»Jim.« Er ging schneller, als der Vorarbeiter des Lagerhauses mit schweren Schritten aus der Tür kam. »Hast du einen Jungen namens Peter gesehen?«

»Hier gibt's viele Jungs, die Peter heißen.« Jim Bitner klemmte seine Pfeife zwischen die gelben Zähne und nahm einen tiefen Zug. »Was woll'n Se denn von dem?«

»Peter Colston. Ich sagte ihm, er soll sich an dich wenden und nach Arbeit auf der *Defense* fragen, bevor sie ablegt. Groß und dünn, dunkles Haar. Spricht nicht viel.«

»Hm, an den erinner ich mich. Hat gestern beim Beladen geholfen. Aber heut Morgen hatte Sam am Lagerhaus Drei einen Leichter. Brauchte 'n paar von den Jungs zum Entladen. Hab Peter zu ihm runtergeschickt.«

James bedankte sich und ging zu dem Lagerhaus, wo er den

Vorarbeiter fand, der ihm bestätigte, dass er Peter angeheuert hatte, gleich nachdem die Hafentore geöffnet worden waren.

»Hab mitgekriegt, dass er gut mit Maschinen kann, also hab ich ihn auf 'nen Dampfer geschickt.« Er deutete mit dem Kopf auf ein Schiff, das am Ende des Kais festgemacht war. »Würd ihn wieder nehmen, wenn er morgen kommt. Guter Arbeiter.«

James lief schnellen Schrittes den Kai entlang, wobei er Schubkarren und Paletten auswich, die mit Kisten beladen waren. Auf der Suche nach Fressbarem stießen gierige Möwen herab, und aus einem der Lagerhäuser drang der durchdringende Geruch von Tabak. Nachdem James den Kapitän des Schiffes ausfindig gemacht hatte, ging er an Bord des Dampfers und stieg in den Maschinenraum.

Dort fand er den Gesuchten. Die Ärmel bis zu den Ellenbogen hochgekrempelt und über und über bedeckt mit Schmiere und Kohlenstaub, war Peter Colston gerade dabei, den Kessel zu reinigen und die Zuführrohre der Maschine zu kontrollieren. Er arbeitete konzentriert und bewegte sich mit flinker Präzision. Er schien so tief in seine Arbeit versunken zu sein, dass er gar nicht bemerkte, wie James sich näherte.

Erst als James sich räusperte, richtete er sich auf und wischte sich mit dem Unterarm über die Stirn. Als er James erkannte, huschte ein Ausdruck leichter Besorgnis über seine Züge.

»Ich geh nich zurück.«

»Du willst dich also weiter verstecken?« James setzte sich auf eine Bank und musterte den Jungen. »Miss Hall hat das Gefühl, dir etwas zu schulden, weil du ihr geholfen hast.«

»Sie schuldet mir gar nichts.« Peters presste die Lippen aufeinander und stocherte mit einem Schürhaken in den kalten Überresten der Kohlen.

»Sie sagte, du hättest ihr in dieser Gasse das Leben gerettet.«

Peter schüttelte den Kopf. Er warf den Schürhaken beiseite und griff sich eine Schaufel.

»Du hast sie mit Sicherheit davor bewahrt, dass ihr jemand wehtut«, fuhr James fort.

»Nein.« Peter holte eine Schaufel Asche aus dem Kessel und schippte ihn in eine Schubkarre. »Das is ja das Problem. Sie denkt, ich bin zu ihr gerannt, um sie zu retten, aber so war das nich.«

»Und, wie war es dann?«

Peter wurde ein bisschen rot. Er drehte sich um und holte eine weitere Schaufel voll Asche aus dem Kessel, um sie in die Schubkarre zu befördern. Schweiß tropfte von seiner Stirn.

»Da war … da war'n paar Kerle, die ich kannte, die wollten den Leuten, wenn sie aus dem Queen's Theatre kommen, die Taschen ausräu'm«, sagte er schließlich. »Anfangs lief's auch ganz gut, und wir macht'n paar Mäuse, aber dann hat uns jemand gesehn und nach der Polizei gerufn. Einer hat mich am Kragen erwischt, aber ich hab mich losgerissen und bin weggerannt. In eine Gasse. Stieß direkt mit dem Mistkerl zusamm, der's auf Lady Talia abgesehen hatte. Der Typ hatte'n Messer … hab ich zuerst gar nich gesehn. Aber dann gab's ein Handgemenge, und ich bekam das Ding irgendwie in die Finger … Ich wollt's nich, aber auf einmal war er tot. Dann kam die Polizei, und Lady Talia erzählte denen, ich hätte sie gerettet …«

Peter nahm die Ofenroste aus dem Kessel und klopfte die Reste der Asche ab, bevor er sie wieder hineinlegte.

»Ich wusste nich mal richtig, was passiert«, murmelte er und begutachtete die Sicherheitsventile und Anzeigen. »Ich bin bloß weggerannt, das is alles. Hätt ich gewusst, dass da jemand in der Gasse is, wär ich in die andere Richtung gelaufen. Die Lady denkt die ganze Zeit, ich wär irgendwie ein Held, dabei war das Ganze bloß ein verdammter Zufall.«

James schwieg eine Minute. Auch ihn hatte Talia einmal als eine Art *Held* betrachtet, oder zumindest als einen Mann, der ihre Liebe verdiente. Und er hatte noch immer nichts getan, um entweder ihr oder sich selbst zu beweisen, dass er es in der Tat verdiente, dass sie an ihn glaubte. Womöglich hatte er diesen Glauben durch seine Zurückweisung und seine Ausflüchte sogar zutiefst erschüttert.

»Ist das der Grund, warum du nicht in die Brick Street willst?«, fragte er Peter. »Weil du glaubst, dass du ihrer Hilfe nicht würdig bist?«

»Bin ich auch nich.« Peter nahm einen Lumpen, um sich die verschmierten Hände abzuwischen. »Und außerdem kann ich's sowieso nich.«

»Warum nicht?«

»Zu langsam hier oben.« Peter tippte sich an die Stirn. »Kann mit Buchstaben und Zahlen nix anfangn.«

James sah zu, wie Peter die Nieten und Schrauben säuberte. »Wie ich höre, bist du ein guter Arbeiter.«

Peter zuckte mit den Schultern.

»Ich kann dir helfen, eine Arbeit zu finden, die dein Vater gutheißen würde«, schlug James vor. Er wusste zwar noch nicht, was genau das sein sollte, aber er hatte schließlich seine Verbindungen. Er könnte Peter sogar selbst anstellen, wenn er so scharf darauf war.

»Wenn ich wieder in die Brick Street geh, stimmt's?«, erwiderte Peter. »Warum soll ich dorthin zurück, wenn ich nix lernen kann?«

»Weil es besser ist, als immer wieder wegzulaufen.« Bei diesen Worten fuhr James ein unangenehmer Stich durchs Herz, denn ihm wurde schlagartig bewusst, dass dies dieselben Worte waren, die Talia im Zusammenhang mit ihm selbst gebraucht hatte. Er stand auf und wandte sich zum Gehen. »Denk darüber nach, Peter. Vielleicht ist es an der Zeit, dass du aufhörst, davonzulaufen.«

Peter lachte humorlos auf. »Weiß nich, wie.«

Das ging James genauso.

Talia konnte sich nicht daran erinnern, dass James jemals eine Dinnerparty gegeben hätte. Wenn er in London war, ging er gerne zu solchen Abenden, genoss das gute Essen und die Drinks wie jeder andere. Aber selbst hatte er noch niemals eine ausgerichtet.

»Brauchst du Hilfe?«, fragte Talia ihn, als sie am Tag nach Lady Hamiltons Ball Wapping verließen. Sie selbst gehörte auch nicht gerade zu den allseits gerühmten Gastgeberinnen, hatte aber im letzten Jahr einige Partys für ihren Vater arrangiert und war mit den Regeln der Etikette wohlvertraut.

»Ich denke nicht.« James runzelte leicht besorgt die Stirn. »Mein Hausmädchen hat mir versichert, alle nötigen Vorbereitungen treffen zu können.«

»Polly?« Talia überlegte, wie sie ihre Bedenken möglichst schonend formulieren konnte. »Äh, James, sie hat doch noch nie eine Dinnerparty organisiert, oder?«

»Nein.«

Talia kaute auf ihrer Unterlippe, als sie in der Kutsche Platz nahmen. In Anbetracht der Tatsache, wie schwierig es mit ihm seit seiner Rückkehr war, verspürte sie im Augenblick keine gesteigerte Lust, ihm zu *helfen*. Aber sie wollte auch nicht, dass sein erster Versuch als Gastgeber in einem kompletten Desaster endete. Sie fand den Gedanken unerträglich, dass die Leute über ihn lachten.

»Vielleicht erlaubst du mir, mich mit Polly zu besprechen?«, fragte sie vorsichtig. »Bevor mein Vater aus London abreiste, habe ich eine Party für fünfzehn Gäste arrangiert, also kann ich dafür sorgen, dass alles glattgeht. Wenn du mir erlaubst zu helfen«, fügte sie hinzu.

James schien über dieses Angebot weder erfreut noch erleichtert zu sein. Im Gegenteil, er blickte noch finsterer. »Du bist als Gast geladen, Talia.«

»Natürlich komme ich als Gast. Ich biete lediglich an, bei den Vorbereitungen zu helfen. Das Menü zu planen, die Sitzordnung festzulegen, die Blumen zu ordnen. So was. Es sei denn, du möchtest das alles Polly überlassen. Oder es selbst tun.«

»Also gut«, murmelte James. »Dann sage ich ihr also, dass du dich um diese Dinge kümmerst … Danke«, fügte er widerwillig hinzu.

Talia warf ihm einen amüsierten Blick zu. »Keine Ursache.«

Er sah so … frustriert aus. Das war schon seit seiner Rückkehr so. Ganz und gar nicht wie der herzliche, fröhliche James, den sie kannte.

Talias Herz zog sich schmerzhaft zusammen. Er hatte sich verändert, weil ihre Liebeserklärung eine Mauer zwischen ihnen beiden aufgerichtet hatte, die vorher nicht dagewesen war. Hätte sie ihm nicht ihre Liebe gestanden, wäre vielleicht alles noch so wie vorher.

»Bitte den Kutscher, uns in die Old Bond Street zu fahren«, sagte sie.

»Was ist in der Old Bond Street?«

»Etwas, das dir gefallen wird«, versprach Talia.

James gab die Anweisung weiter, und das Gefährt setzte sich in Bewegung. Eine halbe Stunde später hielten sie an.

»Es ist nur ein kurzer Spaziergang«, sagte Talia, als James vor ihr aus der Kutsche stieg und ihr seine Hand bot, um ihr auf die Straße zu helfen.

Wie stets, so genoss sie auch jetzt jenen kurzen Moment, in dem sich seine Finger fest um ihre schlossen und sie seine Wärme spüren konnte. Dann – und auch das war wie immer – löste sie ihren Griff zuerst, sobald sie mit beiden Füßen auf dem Boden stand. Um keinen Preis wollte sie James glauben machen, sie hinge an ihm. Und vor allem wollte sie nicht zulassen, von dem Gefühl überwältigt zu werden, ihn nie wieder loslassen zu wollen.

Sie ging voran und führte ihn zu einem schmalen Stadthaus, dessen Vorgarten von einem schmiedeeisernen Zaun eingefasst war. Ein Schild wies das Gebäude als Sitz von *Blake's Automatenmuseum* aus.

»Warte hier.« Talia, die sich an den kleinen Laden auf der gegenüberliegenden Straßenseite erinnerte, lief geschwind hinüber, kramte etwas Kleingeld aus der Tasche und kaufte eine kleine Tüte Süßigkeiten. »Mandeltoffee«, erklärte sie, als sie zurückkam und ihm die Tüte hinhielt. »Den magst du doch noch, oder?«

»Stimmt.« Er sah sie einigermaßen verblüfft an, als würde sich ihm nicht erschließen, warum in aller Welt sie sich an eine solche Kleinigkeit erinnern sollte.

»Nun, dann komm mal mit.«

Talia öffnete die Eingangstür des Museums und trat ins Foyer. Als sie die eindrucksvolle Person erblickte, die hinter dem Empfangstresen saß, wurde ihr ein wenig bang ums Herz. Mrs Fox, die Sekretärin des Museums, erhob sich und kam ihnen entgegen. Das hochgeschlossene schwarze Kleid und die strenge Frisur ließen ihr eigentlich angenehmes Äußeres steif und blass wirken.

»Guten Tag, Mrs Fox«, sagte Talia. »Ist Mr Blake daheim?«

»Ich sehe nach, ob er Zeit hat.« Mrs Fox ließ ihren abschätzenden Blick über James wandern, bevor sie in den Tiefen des Museums verschwand.

»Hier hat Bastian seine Frau kennengelernt?«, fragte James, während er sich einigermaßen erstaunt in dem Wohnzimmer umsah, in dem sich Tische und Regale drängten, allesamt bestückt mit Unmengen mechanischer Spielzeuge und beweglicher Uhren. »Sieht mehr nach einem Ort aus, an dem sich Darius wohlfühlen würde.«

»Oh, Darius und Mr Blake führen einen äußerst angeregten Briefwechsel, wie ich von meinem Vater weiß«, sagte Talia. »Es hat etwas mit einer Chiffriermaschine und dem Verschlüsseln von Texten zu tun. Ist mir aber alles ein bisschen zu hoch, fürchte ich.«

»Lady Talia!« Ein blonder Mann Mitte vierzig kam ins Foyer geeilt. Seine Augen hinter den Brillengläsern funkelten vor herzlicher Freude. »Welch unerwartete Überraschung. Gestern erst sagte ich zu Mrs Fox, dass ich Sie und Ihren Vater einmal besuchen sollte.«

»Ich bitte um Entschuldigung, Mr Blake.« Talia lächelte beim Anblick des zerknitterten Jacketts, der schief sitzenden Krawatte und der schmutzfleckigen Schürze. »Mein Vater ist noch auf Reisen, und ich war in letzter Zeit recht beschäftigt. Ich bin vorbeigekommen, um Ihnen Lord Castleford vorzustellen, einen alten Freund der Familie. Ich hatte gehofft, Sie hätten vielleicht einen Augenblick Zeit, uns alles zu zeigen?«

»Ja, ja, natürlich.« Mr Blake, der eine Sekunde lang etwas verblüfft schien angesichts der unerwarteten Bitte, wischte sich die Hände an seiner Schürze ab.

»Wenn Sie beide mir bitte folgen wollen.« Mrs Fox trat vor und streckte die Hand Richtung Salontür aus. »Ich erzähle Ihnen etwas über die Geschichte des Museums und hole dann den Tee, während Mr Blake Ihnen die Funktionsweise der Automaten erklärt.«

Mr Blake nickte erleichtert. »Bitte entschuldigen Sie mich einen kurzen Moment«, sagte er und hastete zurück in seine Werkstatt.

Talia folgte Mrs Fox amüsiert in den Salon und zwang sich, höflich zuzuhören, während die Frau sich über die Anfänge des Museums verbreitete. Als sie ging, um den Tee zu holen, kam Mr Blake herein und zeigte ihnen, wie die verschiedenen Maschinen funktionierten: Das Drehen eines Schlüssels veranlasste einen Frosch, in einen Seerosenteich zu hüpfen, einen Bären, sich auf einem Bein zu drehen, ein Paar Vögel, um einen Baum herumzuflattern, der sich oben auf einer Uhr befand.

James war von den Erfindungen fasziniert. Er betrachtete eingehend jede einzelne der bemalten Figuren und bat darum, selbst an den Schlüsseln drehen zu dürfen.

»Wie außerordentlich fein gearbeitet«, sagte er, und sein dunkles, glucksendes Lachen erfüllte den Raum, als er ein Paar Schlittschuhläufer bestaunte, die über einen gläsernen Teich glitten. »Und die haben Sie alle selbst gemacht, Mr Blake?«

»Die meisten schon«, erwiderte der Erfinder bescheiden. »Einige wurden mir von Kollegen überlassen.« Er trat vor und drehte die Maschine um, um die Platte auf der Rückseite zu lösen. »Darf ich Ihnen den Mechanismus zeigen, damit Sie verstehen, wie sich die Figuren bewegen und –«

James schüttelte den Kopf. »Sehr freundlich, Mr Blake, aber ich möchte lieber nicht wissen, wie es funktioniert.«

Mr Blake blinzelte verständnislos. »Sie möchten nicht wissen, wie es funktioniert?«

»Nein, aber vielen Dank. Es sind so charmante Kreationen. Ich möchte lieber nicht daran denken, dass sie von Drähten und Kugellagern kontrolliert werden.«

Mr Blake sah zu Talia, die ihm ein entschuldigendes Lächeln zuwarf und mit den Schultern zuckte. »Manchmal lässt man Illusionen besser unzerstört, finden Sie nicht auch?«

»Kann sein.« Mr Blake sah aus, als fände er nichts dergleichen.

»Auf ein Wort bitte, Mr Blake?« Mrs Fox kam mit dem Teetablett herein und schob die Automaten beiseite, um es auf dem Tischchen absetzen zu können.

»Ich bitte nochmals um Entschuldigung«, murmelte Blake zu Talia und James und verließ mit Mrs Fox den Raum.

Talia sah zu, wie James den Schlüssel an einer weiteren Maschine drehte. Blecherne Musik ertönte aus dem Sockel, als eine Maus eine Flöte an die Schnauze hob und zu spielen begann. James schüttelte verwundert den Kopf. Wieder musste er lächeln.

»Erstaunlich, oder?«

Talia nickte. Seine Freude erleuchtete die Dunkelheit, die sich während der letzten Woche um ihr Herz zusammengezogen hatte, wie ein Sonnenstrahl. Sie erinnerte sich daran, wie unkompliziert es immer gewesen war, mit ihm zusammen zu sein, und betrachtete seine Hände, während er einen anderen Automaten hochhob. Es waren kräftige Hände, schwielig und sonnengebräunt von der Arbeit so vieler Expeditionen. Seine Finger waren schlank, und auf den Handgelenken sah sie einen zarten Flaum dunkler Haare, der sich unter dem sauberen Weiß des Hemdsärmels verlor.

Er winkte sie zu sich, ein stummes *Schau mal!* Eine vertraute Geste, die sie immer und überall erkennen würde. Sie folgte der Aufforderung, und als sie in seine Nähe kam, begann ihr Herz zu vibrieren wie die Saite einer Violine. Mit einer geschickten Bewegung drehte James den Schlüssel an einem Automaten, und sie schauten schweigend dem Kolibri zu, der über einer offenen Blüte zu flattern begann.

James blickte Talia an und lächelte.

»Wie ging noch mal das Gedicht, das wir früher immer aufsagten?«, fragte er. »Das mit dem Kolibri? … Unser Tee, der kommt aus Ceylon …«

»… und aus Indien kommt der Reis«, ergänzte Talia und erschauerte, weil der Wunsch in ihr erwachte, er möge sie berühren. »Burma und Australien …«

»… liegen übers Meer weit hin.«

»… unser Kaffee kommt aus Mokka …«

»… und die gesunde Tapioka …«

»… man von den Westindies bringt …«

»… wo bunt schillernd der Kolibri singt.« James berührte sanft den winzigen Vogel, dessen Flügel sich vorwärts und rückwärts bewegten.

»Und auch saftige Früchte wachsen …«

Talia hielt abrupt inne, als ihr auch der Rest des Verses einfiel, in dem es um Portugal, Spanien, Afrika und Peru ging, und rang sich ein Lächeln ab, um ihre plötzliche Verlegenheit zu überspielen. »Das muss das Gedicht gewesen sein, das in dir den Wunsch geweckt hat, die Welt zu erforschen.«

James, der den Blick immer noch fest auf den Kolibri geheftet hielt, schüttelte den Kopf.

»Was war es dann?«, fragte Talia neugierig.

Er antwortete nicht. Sie verspürte einen schmerzhaften Stich, als sie sich daran erinnerte, was er über seine Eltern erzählt hatte. Wie niemand versucht hatte, Lady Castleford zu helfen. Da war es wohl kaum ein Wunder, dass er die feine Gesellschaft mit einem solchen Argwohn betrachtete. Und da war es wohl kaum ein Wunder, dass er ihr zu entkommen versuchte, wann immer es ging.

Sie hätte ihn so gerne berührt, seine Hand in ihre genommen, ihre Finger seinen Arm entlanggleiten lassen, bis unter die Manschette seines Ärmels, wo seine Haut warm wäre und die Muskeln fest.

Ihre Blicke trafen sich, und die bereits vertraute Energie begann zu fließen, durchzuckte Talia wie ein Lichtpfeil. *Oh, James. Warum konntest du nicht an uns glauben?*

Sie unterdrückte eine Welle des Bedauerns, ging ein paar Schritte von ihm weg und wandte ihre Aufmerksamkeit einem anderen Spielzeug zu.

»Die … die Jungen in der Brick Street würden solche lustigen Dinge auch mögen.« Sie versuchte, ruhig und gelassen zu klingen und das Hämmern ihres Herzens zu verlangsamen. »Ich muss Mr Blake fragen, ob er sich vorstellen könnte, der Schule einige von diesen Automaten zu leihen oder zu spenden.«

»Ridley hat die Einladung zu meiner Party am Freitag angenommen«, meinte James unvermittelt.

Ridley? Die abrupte Wendung des Gesprächs bestürzte sie beinahe. Wie in aller Welt kam James jetzt auf Ridley?

Sie drehte sich zu ihm um und stellte fest, dass er sie immer noch ansah. »Wie bitte?«

»Er freut sich sehr, dich wiederzusehen.«

»Das ist wirklich nett von ihm.«

James nickte, als wäre er froh, diese Botschaft endlich los zu sein. Talia verspürte ein deutliches Unbehagen. Sie wusste, dass Ridley und James gute Freunde waren, aber James versuchte doch sicher nicht …

»Also dann.« Blake kam zurück und klatschte in die Hände. »Bitte kommen Sie, Mylord. Ich zeige Ihnen meine Werkstatt.«

Und bevor James wieder protestieren konnte, zottelte er von dannen.

Talia musste lächeln, als James sich resigniert in sein Schicksal fügte und sie dem Erfinder in die Tiefen des Hauses folgten. Auf dem Weg öffnete James die Tüte mit den Süßigkeiten und hielt sie Talia hin. Sie nahm sich ein Stück, und sie tauschten einen kurzen, vergnüglichen Blick, während sie beide gleichzeitig in die süße, klebrige Nascherei bissen.

Dann betraten sie die Werkstatt, wo, verteilt auf zahlreichen Tischen, Dutzende ölverschmierter Maschinenteile und Mechanismen lagen. Der Fußboden war bedeckt mit Kabeln, Getrieben und Federungen, und in der Luft hing Ölgeruch.

»Hier haben wir den Mechanismus, der die im Inneren befindliche Maschine antreibt«, erläuterte Mr Blake und blieb neben einem Automaten stehen, der ein Tanzpaar zeigte. Er öffnete den Sockel, damit sie einen Blick ins Innere werfen und die Kurbeln sehen konnten, die die Bewegungen der beiden Figuren steuerten. »Wenn man diesen Hebel justiert, der die Hauptwelle steuert, und ihn dann an dem Antriebsrad befestigt …«

Er redete und redete über die winzigen Details des Mechanismus, bis Talia nur noch ein Rauschen wahrnahm. In der Erwartung, James sei genauso gelangweilt wie sie selbst, blickte sie zu ihm. Doch er hörte nicht nur zu, nein, er schien sogar … interessiert … zu sein?

Wie merkwürdig. James liebte die frische Luft, die Natur, die Rätsel der lebendigen Welt. Er hatte noch nie Interesse an Maschinen oder Erfindungen gezeigt – ganz im Gegensatz zu Talias Bruder Darius, der wohl auch eine Lokomotive auseinandergenommen hätte, um herauszufinden, wie sie funktionierte.

Als sie und James sich schließlich verabschiedeten und in die King Street zurückfuhren, war es beinahe Teezeit, und die Sonne war hinter einer Nebelbank verschwunden. Sie gingen ins Haus, wo Tante Sally geschäftig im Salon umherwuselte.

»Oh, wie nett, dass ihr Mr Blake besucht habt«, freute sie sich und bedeutete ihnen, sich zu setzen. Dann goss sie den Tee ein.

»Sind seine Erfindungen nicht wundervoll, James? Oh, Talia, Lord Ridleys Mutter hat eine Einladung geschickt. Sie lädt dich nächsten Samstag zum Mittagessen ein.«

Talia konnte nicht anders, als zu James zu blicken, um zu sehen, wie er auf diese Bemerkung reagierte. Immerhin hatte er es vorhin für nötig befunden, Ridley zu erwähnen. Sein Blick, den er fest auf die Teetasse gerichtet hielt, schien vollkommen gefühllos. Talia wagte kaum zu hoffen, dass seine Gereiztheit sich nicht nur auf Ridley bezog, sondern überhaupt auf die Tatsache, dass ein anderer Mann interessiert schien, ihr den Hof zu machen.

Sosehr sie auch versucht hatte, sich einzureden, dass sie nichts mehr für James empfand, ihr Herz machte dennoch einen kleinen Sprung bei der Vorstellung, er könnte eifersüchtig sein. Denn wenn er eifersüchtig war, bedeutete dies sicher, dass –

Halt.

»Sie reisen in vierzehn Tagen ab, nicht wahr, James?«, fragte Sally heiter.

»Jawohl, Mylady, am zwölften.« Er starrte immer noch in seine Tasse.

»Wie schade, dass Talia Sie nicht begleiten kann«, fuhr Sally fort. »Ich nehme doch an, dass Sie einen kleinen Zwischenstopp in St. Petersburg einlegen? Es liegt ja direkt auf dem Weg. Es wäre so schön für sie, den kleinen Sohn von Lydia und Alexander zu sehen.«

James schaute zu Talia. In seinen goldgesprenkelten Augen blitzte etwas auf, das ihr Herz schneller schlagen ließ. Sie kannte ihn immer noch. Er dachte gerade dasselbe wie sie … was immer auch zwischen ihnen beiden vorgefallen war, es wäre unbestreitbar ein Genuss, zusammen nach St. Petersburg zu reisen.

Sie zog die Stirn kraus, verärgert darüber, dass er imstande war, einen solchen Gedanken in ihr auszulösen. Verärgert über ihre Tante, die so etwas angedeutet hatte, und das kurz nach der Erwähnung von Lord Ridley …

Plötzlich überfiel sie ein unangenehmer Gedanke: Sally und James schienen beide recht bemüht zu sein, ihr zu versichern, dass Lord Ridley sich für sie interessierte. Talia hatte zwar nichts gegen den jungen Mann, war aber nicht im Geringsten geneigt, die Angelegenheit weiterzuverfolgen, vor allem nicht, da Lady Sally inzwischen die Vorstellung von einer leidenschaftlichen, glücklichen Ehe in ihren Kopf gepflanzt hatte und keinerlei Aussicht bestand, eine solche Ehe mit Lord Ridley zu führen. Der einzige Mann, mit dem sie sich eine solche Ehe vorstellen konnte, war …

Talia, in der selbst jetzt wieder die Erinnerung an James' Kuss aufblühte, brach den Gedankengang rüde ab, indem sie sich heftig auf die Unterlippe biss. Vielleicht war all das Gerede von Lord Ridley ja zu ihrem Besten. Vielleicht würde es ihr, wandte sie ihre Aufmerksamkeit ihm zu, endlich gelingen, diese simmernden Gedanken an James Forester loszuwerden.

Angesichts der Vorstellung, alles, was mit James zusammenhing, rigoros aus ihrem Leben zu verbannen, empfand sie tiefes Bedauern. Doch ihr blieb keine Wahl. Nicht, wenn ihr Herz unversehrt bleiben sollte.

12

Peter griff sich einen ölverschmierten Lappen und wischte sich die Hände ab. Er freute sich, weil es ihm gelungen war, die Maschine zu reparieren. Ein Stück Kohle hatte sich unter dem Schnüffelstück verklemmt und dazu geführt, dass Luft in den Kühler eindrang und das Vakuum zerstörte. Er hatte es geschafft, das Ventil zu säubern, den Luftzustrom zu unterbrechen und weiteren Schaden von der Maschine abzuwenden. Nachdem er dem Kapitän Bericht erstattet hatte, hatte dieser ihn gebeten, am nächsten Tag wiederzukommen, um sich eine andere Dampfmaschine anzusehen, die Probleme machte.

Peter hatte versprochen, bei Tagesanbruch wieder da zu sein. Er schätzte seine Erfolgsaussichten mit einer kaputten Dampfmaschine weitaus höher ein, als wenn er Foresters Vorschlag annahm und wieder in die Brick Street ging. Maschinen zu reparieren machte ihm Spaß und tat ihm gut. Hier konnte er wirklich etwas ausrichten. Es gab ihm das Gefühl, die Fähigkeit zu besitzen, Probleme lösen und etwas für andere in Ordnung bringen zu können.

Das Licht der untergehenden Sonne, die langsam im Hafenbecken versank, tauchte die hohen Masten und sanft schaukelnden Boote in ein goldenes Rot. Um diese Zeit wirkte der Ort beinahe friedlich. Das Wasser glitzerte wie tausend Diamanten, und der Lärm verebbte mit den Arbeitern, die nach Hause trotteten.

Peter ging zum Vorarbeiter und holte sich seinen mageren

Lohn ab. Dann machte er am Wasserfass halt, um sich das kühle Nass in Gesicht und Haare zu spritzen. Als er sich die Stirn mit dem Ärmel abtrocknete, bemerkte er, dass sein Magen knurrte. Es war der Hunger, den er schon den ganzen Tag lang zu ignorieren versucht hatte. Die Jungs in der Brick Street saßen jetzt mit Sicherheit über ihrem Abendbrot.

Er lief zu den Toren, durch die sich Massen müder Arbeiter drängten. Auf dem Ratcliffe Highway ertönte das vertraute Geratter von Karren und Kutschen. Peter reihte sich in die Schlange derer ein, die die Docks verließen. Er betastete die Pennies in seiner Tasche und versuchte auszurechnen, was er von dem Geld kaufen konnte. Zumindest damit hatte er keine Schwierigkeiten, aber sobald die Zahlen auf dem Papier standen …

»Hungrig, Peter?« Ein Mann verstellte ihm den Weg.

Peter sah hoch. Er hatte erwartet, Forester zu sehen. Stattdessen schaute William Lawford auf ihn herunter. Seine Miene unter der weiten Hutkrempe wirkte freundlich. Peter unterdrückte die aufkeimende Furcht. Er hasste es, dass der Anblick dieses Mannes ihn immer noch zusammenzucken ließ, und ermahnte sich, dass er nach Recht und Gesetz keinerlei Kontrolle mehr über ihn hatte.

Aber wenn er Lawfords Blick so sah, glaubte er nicht, dass der sich groß um das Gesetz scherte.

»Hungrig?«, wiederholte Lawford.

»Kann schon sein.«

Lawford deutete mit einer Kopfbewegung auf die große Straße. »Dann komm. Möchtest du eine Fleischpastete?«

Peters Magen knurrte als Antwort. In seiner Tasche rieb er zwei Pennies gegeneinander. Wenn Lawford ihm etwas zu Essen kaufte, hätte er genügend Geld, um für diese Nacht ein

Plätzchen bei McGinty zu bekommen, in der Küche der Taverne. Er versuchte, das Bild von seinem Bett im Haus seines Vaters aus seinen Gedanken zu verbannen und nickte.

Dann folgte er Lawford zum Stand eines Pastetenverkäufers und nahm einen dampfenden, köstlich duftenden Pie entgegen. Langsam, damit er nicht zu ausgehungert erschien, biss er in die blättrige Kruste, während ihm die heiße Lammfleischfüllung auf den Arm tropfte.

»Auf dem Weg in die Brick Street?«, fragte Lawford freundlich.

Peter nahm noch einen Bissen und antwortete mit vollem Mund. »Warum wolln Sie das wissen?«

»Ich bin nur neugierig. Immerhin hat sich Lady Talia sehr für dich eingesetzt und darum gekümmert, dass es dir nach Newhall gut geht«, bemerkte Lawford. »Doch du scheinst ihr nicht gerade sehr dankbar dafür zu sein oder gar einen Vorteil daraus ziehen zu wollen. Was ist der Grund?«

Peter erwiderte nichts. Er schuldete Lawford keinerlei Erklärung.

»Deine Schwester macht sich immer noch Sorgen deinetwegen«, fuhr Lawford fort.

Peter hob den Kopf und sah dem Mann in die Augen. Wieder stieg Unbehagen in ihm auf, gepaart mit dem stets gegenwärtigen Gefühl der Scham.

Es würde ihm niemals gelingen, die Hoffnungen zu erfüllen, die sein Vater in ihn setzte, aber Alice hatte nie mehr von ihm verlangt, als einfach nur das Richtige zu tun. Sie hatte sich so sehr bemüht, ihm die Mutter zu ersetzen. Und er? Er hatte sie verraten, als er zu klauen begann. Als er nicht imstande war, etwas zu *lernen*.

»Wenn du mitkommst, bringe ich dich zurück«, schlug Lawford vor und nickte in Richtung einer wartenden Kutsche am Straßenrand. »Dann würdest du tun, was deine Schwester möchte.«

»Woher wissen Sie, was meine Schwester möchte?«, schnappte Peter.

»Ich habe natürlich mit ihr gesprochen, Peter. Dein Vater wollte ja nichts mehr mit dir zu schaffen haben, als du aus Newhall entlassen wurdest. Erinnerst du dich denn nicht mehr daran, dass deine Schwester dich alleine abholen kam … abgesehen von ihren Begleitern? Alice bat mich, nein, sie *flehte* mich geradezu um Hilfe an.«

Peter trat einen Schritt zurück und warf den Rest der Pastete auf die Straße. Er hasste es, wenn Lawford den Namen seiner Schwester in den Mund nahm.

»Lassen Sie Alice in Ruhe!«, sagte er und war sich des feindseligen Tons in seiner Stimme wohl bewusst. Er musste Alice die Wahrheit über Newhall erzählen. Aber dann würde sie es Lady Talia sagen, und die beiden wollten, dass er vor dem Unterhaus-Ausschuss aussagte, aber dann müsste er die ganze Tortur noch einmal durchleben.

Peter wusste, dass ihm dazu der Mut fehlte.

Er drehte sich um, steckte die Hände in die Taschen und versuchte, so schnell wie möglich von Lawford wegzukommen. Er hatte etwa die halbe Straße geschafft, als ihm wieder jemand in den Weg trat. Er sah auf und erkannte einen Constable. Erschrocken fuhr er herum. Dort stand Lawford mit einem zweiten Polizisten, der in der Nähe gewartet haben musste. Der Mann hob den Kopf und sog seinen Geruch ein wie ein Bluthund. Dann kam er auf ihn zu.

Entsetzt taumelte Peter rückwärts. Der Polizist versuchte ihn zu packen, doch es gelang ihm, dem Griff auszuweichen.

Er drehte sich um und rannte los. Er traute sich nicht, zurückzublicken, aber er spürte, dass die beiden Beamten aufholten. Er schoss um einen Stapel Kisten, eine mit Fisch gefüllte Schubkarre, einen Müllwagen. Sein Atem ging kurz und rasselnd, seine Muskeln bewegten sich nicht schnell genug.

Er stürmte mit zusammengebissenen Zähnen vorwärts. Einer der Polizisten rief seinen Namen. Bevor er den nächsten Sprint einlegen konnte, trat ihm ein dickbäuchiger Fleischer in den Weg, packte ihn mit einer riesigen Pranke am Arm und stoppte seinen Lauf.

»Lassen Sie mich los!« Panisch versuchte Peter, sich loszureißen, doch der Mann hielt ihn so lange fest, bis die Beamten eingetroffen waren.

»Peter Colston.« Der Constable packte seinen anderen Arm. »Du bist verhaftet.«

Drei Tage nach der Idee mit der Dinnerparty lief James mitten hinein in eine Katastrophe. Seinen Hut in der Hand, blieb er unvermittelt im Foyer seines Stadthauses stehen und starrte fassungslos auf das Chaos, das hier ausgebrochen war. Die verblichene Tapete war von den Wänden gerissen, die Möbel waren umgekippt, die Teppiche weggerollt, die Vorhänge abgenommen. Aus dem Salon drangen Stimmen, und ein magerer Junge von vielleicht vierzehn Jahren schoss an ihm vorbei, unter dem Arm eine kostbare Blumenvase.

»Stopp!« James erwachte aus seiner Schockstarre und verfolgte den Jungen ins Speisezimmer. Er besaß zwar nur wenige Gegenstände von Wert, aber ausrauben lassen würde er sich trotzdem nicht.

»Perfekt, Daniel. Stell sie bitte da drüben auf die Anrichte.«

James kam abrupt zum Stehen. Mitten im Speisezimmer

stand Talia. Sie trug eine staubige Schürze, und ihr Haar war unter einer Haube festgesteckt. Der Junge stellte die Vase neben ihr auf die Anrichte und kehrte ins Foyer zurück.

Talia strich sich eine Locke aus der Stirn und schenkte James ein entschuldigendes Lächeln. »Guten Tag, James.«

»Was in aller Welt –«

»Ich hatte *lediglich* vor, die Vorhänge und Teppiche zu säubern«, erklärte sie hastig. »Aber die Tapete fiel sowieso schon überall ab, und die Möbel mussten dringend aufpoliert werden. Von dem ganzen Staub gar nicht zu reden, James, wirklich …«

»Du … du treibst diesen ganzen Aufwand für eine *Dinnerparty*?«

»Na ja, es war ohnehin fällig, und da dachte ich, wir könnten uns auch gleich darum kümmern, ja.« Talia stemmte die Hände in die Hüften und sah sich um. »Ich habe dafür gesorgt, dass die Bediensteten meines Vaters am Freitagabend kochen und servieren. Wenn du später Zeit hast, würde ich gerne das Menü mit dir besprechen.«

»Was immer du planst, wird in Ordnung sein, da bin ich sicher.« James runzelte die Stirn, als ein anderer Junge an ihm vorbeilief, auf den Armen einen Stapel Sofakissen.

»Was –«

»Ich habe ein paar Jungen aus der Schule gebeten, mir heute Nachmittag zu helfen.«

Na klar. James wurde schmerzhaft bewusst, dass er mit dieser Frau einen Kampf ausfocht, den er nicht gewinnen konnte. Schlimmer noch, in ihm wurde allmählich der Wunsch laut, sich zu ergeben.

Talia wandte sich ab, um zwei Mädchen Anweisungen zu erteilen, wie sie die Vorhänge aufhängen sollten, und James war abgemeldet. Er unterdrückte einen Anflug von Gereiztheit und begab sich steifen Schrittes in sein Arbeitszimmer. Dort angekommen, schloss er die Tür hinter sich ab, setzte sich an seinen Schreibtisch und versuchte, das geschäftige Treiben im ganzen Haus zu ignorieren, bis sein Magen ihm sagte, dass Teezeit war.

Misstrauisch trat er hinaus auf den Flur. Im Haus war es still geworden. Als er in den Salon kam, blieb er verblüfft stehen. Er traute seinen Augen kaum. Neue Samtvorhänge rahmten die blitzblank geputzten Fenster ein, die alten Teppiche und Ölgemälde waren entstaubt und glänzten beinahe wie neu. Die Möbel aus Mahagoni waren auf Hochglanz poliert, die Risse in den Polsterungen geflickt, Spiegel und Kamin blitzsauber. In den Vasen standen frische Blumen und erfüllten die Luft mit ihrem lieblichen Duft. Selbst die abgeplatzte Ecke des Beistelltischchens war repariert.

Er wurde von Freude und Dankbarkeit überwältigt. Ein Heim. Talia hatte sein Haus entrümpelt und es in einen wohlbestellten, lichten Ort des Willkommens verwandelt. James wusste ohne den geringsten Zweifel, dass Talia dasselbe auch für ihn tun konnte, wenn er ihr im Gegenzug nur alles gab, was sie verdiente.

»Ist es in Ordnung so?«, erklang ihre leicht skeptische Stimme in seinem Rücken.

Er drehte sich um. Sie trug ein Teetablett und sah besorgt aus.

»Es tut mir leid«, sagte sie hastig. »Es ging alles etwas durcheinander, aber wenn man vorhat, eine Party zu geben, muss man wirklich – «

James schüttelte den Kopf, um ihre Entschuldigungen zu unterbrechen. »Es ist gut, Talia. Mehr als … ich meine, es ist ziemlich schön. Ich … vielen Dank.«

Sein Lächeln traf sie mitten ins Herz. Er verfolgte sie mit seinem Blick, als sie an ihm vorbeiging, das Tablett abstellte und den Tee eingoss. Eine dunkle Locke fiel ihr über die Wange. Ihre Bewegungen waren von einer unbewussten Eleganz und Anmut, und James doch so vertraut wie seine eigenen. Ihr Rhythmus war wie ein Lied, das er schon unzählige Male gehört hatte. Und doch dachte er immer noch, er könnte sie einfach nur auf ewig ansehen und glücklich sein.

Talia gab Zucker in eine Tasse und reichte sie ihm. Als er sie entgegennahm und seine Finger kurz die ihren streiften, spürte er, wie kleine Stromstöße über seine Haut liefen, in sein Blut eindrangen und jede Zelle seines Körpers belebten. Er lehnte sich zurück und überließ seine Ohren ihrer angenehmen Stimme.

»Ich habe ein Menü bestellt mit Suppe – Cook macht eine ganz köstliche Consommé –, Lachs in Königinpastete und Lammkoteletts mit Spargel und Zuckerrübchen«, sagte Talia. »Gefolgt von Entenküken. Und ich hoffe, Kiebitzeier zu bekommen, die schmecken in Aspik ganz vorzüglich. Außerdem dachte ich an Garnelensalat für diejenigen, die eher ein kaltes Gericht mögen. Zum Dessert gibt es Zitronen- und Kirscheis, kandierte Nüsse und natürlich Schokoladencréme.«

Wieder warf sie ihm ein Lächeln zu. Diesmal legte es sich um James' Herz wie ein leuchtend grünes Band. *Natürlich Schokoladencréme.* Sie wusste, das war sein Leibgericht. Sie hatte es nicht vergessen. Genauso wenig, wie sie seine Vorliebe für Mandeltoffee vergessen hatte.

Er nahm einen Schluck Tee. Das Getränk war stark und enthielt mindestens zwei Stück Zucker. Genau, wie er es mochte.

Allmählich begann sich der Knoten in seiner Brust zu lösen.

Sie erinnerte sich an so vieles, was ihn betraf, an all die Kleinigkeiten, an das, was er mochte, und an das, was er nicht mochte. Sie war aufmerksam und sorgte für ihn, wie … wie eine liebende Gattin es tun würde.

James gestattete sich für den Bruchteil einer Sekunde, sich ein gemeinsames Leben mit Talia vorzustellen. Tage gemeinsamen Lachens, stiller Kameradschaft, leicht fließender Gespräche. Nächte heißer Leidenschaft. All das, was sie eigentlich schon hatten, doch tausendfach gesteigert und unbefleckt von Geheimnissen und Misstrauen.

Er zwang sich, seine Aufmerksamkeit wieder auf Talia zu richten und ihrer angenehmen Stimme zu lauschen. Sie sprach gerade über die Sitzordnung der Gäste, wobei sie ihm einen Teller mit einer Scheibe Rührkuchen und einem Preiselbeermuffin reichte. James' Blick fiel auf die große Platte, die auf dem Tablett stand und beinahe überquoll von Köstlichkeiten.

»Hat Polly das alles gemacht?«, fragte er. Falls ja, dann war ein Wunder geschehen.

»Nein, ich habe es von zu Hause mitgebracht«, erwiderte Talia. »Ich weiß doch, wie sehr du Cooks Rührkuchen magst. Es ist noch ein ganzer für dich in der Küche.«

Sie goss sich selbst eine Tasse Tee ein und lehnte sich in die Sofakissen. Schürze und Haube hatte sie abgelegt. Völlig entspannt saß sie da, mit ihrem kastanienbraunen Haar, das sich um ihren Hals ringelte, und sprach mit strahlenden Augen von ihrer Dinnerparty.

Ihrer Party. Das Wort bohrte sich in sein Herz wie ein Pfeil und ließ die Freude, die er eben noch verspürt hatte, in sich zusammenfallen. Verdammt. Er durfte die Tatsache nicht genießen, dass sie sich daran erinnerte, wie süß er seinen Tee mochte.

Er würde in zwei Wochen abreisen. Und vor seiner Abreise musste er Talias Verlobung mit einem anderen Mann unter Dach und Fach bringen und sie davon überzeugen, die Arbeit in der Reformschule zu beenden.

Gelang ihm das nicht, würde er Northwood Rede und Antwort stehen müssen.

Klirrend setzte er seine Teetasse ab und fluchte innerlich. Nichts lief wie geplant. Es hätte leicht sein sollen – er musste doch nur ihrem älteren Bruder Bericht erstatten, und damit wäre seine Pflicht erfüllt. Also warum hatte er das nicht längst schon getan?

Ihretwegen.

Abrupt stand er auf. Talia blickte ihn verwundert an.

»Geht es dir gut, James?«

»Nein.« Er fuhr sich mit der Hand durchs Haar und ging ans Fenster. »Nein, Talia, es geht mir überhaupt nicht gut, verflucht noch eins.«

»Was ist denn los?«

»Du.« Er drehte sich unvermittelt zu ihr um. Ärgerlich auf sich selbst, dass er so hin- und hergerissen war zwischen seinen Loyalitäten, ärgerlich auf sie, dass sie ihn sich so fühlen ließ. »Du bist los, Talia.«

Sie blinzelte überrascht, und kurz verdunkelte Schmerz ihre Augen. »Ich verstehe nicht.«

Seine Hände verkrampften sich. Vor seinem geistigen Auge erschien ein Bild aus den Träumen, die ihn immer wieder heimsuchten – Träume davon, wie sie nackt unter ihm lag und keuchte, das lange Haar auf einem Kissen ausgebreitet, die Hände in seine Schultern gekrallt.

Er holte tief Luft. Solche lustvollen Träume hatten seine Nächte im Outback durchdrungen, aber dort hatte er sie wenigstens der Einsamkeit zuschreiben können, den Anstrengungen der Reise, der Isolation. Aber das hier … Gott, erst *letzte Nacht* hatte er wieder einen solchen Traum gehabt.

»Deinetwegen gelingt es mir nicht, ein Versprechen zu erfüllen«, sagte er barsch. »Nur deinetwegen will ich wieder nach London zurückkommen. Nur deinetwegen kann ich keine andere Frau ansehen, ohne an dich zu denken. Und nur deinetwegen habe ich Northwood versprochen, mich um deine Sicherheit zu kümmern.«

Ihre Augen verengten sich zu schmalen Schlitzen. »Warum warst du in Konstantinopel, James? Warum hast du dich mit Alexander getroffen?«

»Ich brauchte seine Hilfe. Ich musste sicherstellen, dass wir das Amur-Becken durchqueren dürfen. Der russische Vizeadmiral hatte unseren Expeditionsvorschlag abgelehnt, und ich bat Northwood, sich für mich einzusetzen. Er war einverstanden, allerdings unter der Bedingung, dass ich, wenn ich nach London zurückkehre …«

»… mir *nachspionieren* würdest«, beendete Talia den Satz und knüllte fassungslos den Stoff ihres Rockes. »Darum bist du mir gefolgt, nicht wahr, James? Darum hast du mich wieder aufgesucht. Weil du einen Handel mit Alexander abgeschlossen hast.«

»Nein, ich …« Die Rechtfertigung blieb ihm im Halse stecken. Er wusste genau, dass er Talia niemals aufgesucht hätte, hätte es nicht sein Versprechen gegenüber Northwood gegeben. Und er hasste sich dafür.

»Alexander traue ich ein solch selbstherrliches, rücksichtsloses Verhalten durchaus zu, auch wenn er tausende Meilen weit weg ist«, fuhr Talia fort. »Eigentlich habe ich mich schon daran gewöhnt. Aber … aber *du*?«

»Es tut mir leid.« Verzweiflung stieg in ihm auf. Niemals zuvor hatte Talia ihn derart enttäuscht angesehen, nicht einmal während jenes Nachmittags in Floreston Manor, der alles verändert hatte. »Ich habe nicht versucht, dich zu hintergehen.«

»Und doch hast du es getan.«

»Ich wollte dich beschützen.«

»Nein, wolltest du nicht! Du wolltest deinen Teil des Handels mit Alexander einlösen. Und dabei hätte es genauso gut um den Ausgleich seiner Konten gehen können, oder?« Sie hob eine Hand, um ihn am Sprechen zu hindern. »James, bitte. Ich … an diesem Tag in Floreston Manor, da meinte ich, was ich sagte. Ich meinte es wirklich. *Damals.* Aber jetzt? Du bist mir das ganze letzte Jahr über aus dem Weg gegangen. Du wärst niemals aus freien Stücken zu mir gekommen. Du machst dich in nicht einmal zwei Wochen schon wieder aus dem Staub. Du hast mir Hilfe mit den Armenschulen angeboten, weigerst dich aber, die Jungen zu unterstützen, die dringend jemanden bräuchten wie dich …«

Sie schüttelte den Kopf. »Ich liebte dich, als du mutig und ehrenhaft warst, James. Aber du hast dich verändert. Irgendwie bist du zum … zum genauen Gegenteil des Mannes geworden, den ich einst kannte.«

Nein. Bin ich nicht. Ich bin immer noch derselbe.

Die Worte blieben ihm im Halse stecken, weil er wusste, dass sie gelogen wären. Das konnte er nicht ertragen. Er konnte es nicht ertragen zu wissen, dass Talia Hall ihn nicht mehr liebte. Schlimmer noch, dass sie ihn noch nicht einmal mehr allzu sehr *mochte*.

Warum sollte sie auch, angesichts dessen, was sie soeben alles aufgezählt hatte? Und war es nicht genau das, was er wollte? Dass sie die Mauer zwischen ihnen aufrechterhielt?

»Nur zu. Erzähle es Alexander, wenn du musst.« Talias Stimme wurde gleichgültig, als sie sich von ihm abwandte und aufstand. »Es ist nicht das erste Mal, dass ich mit ihm oder meinem Vater aneinandergerate. Ich hatte gehofft, ich müsste es nie wieder tun, aber täusche dich nicht: Ich werde ihnen die Stirn bieten, wenn ich muss.«

James umklammerte den Kaminsims, um sich davon abzuhalten, ihr nachzulaufen. *Lass sie gehen. Wenn sie dich hasst, gibt es keinen Grund, ihr nahe zu sein. Vielleicht schämst du dich dann endlich genug, um aufzuhören, an sie zu denken.*

»Die Bediensteten meines Vaters werden am Freitag um zwölf Uhr mittags hier sein«, sagte Talia auf ihrem Weg zur Tür. »Meine Tante und ich werden um fünf Uhr eintreffen, vorgeblich zum Tee, und uns darum kümmern, dass alles glattläuft. Deine Gäste sollten gegen acht Uhr eintreffen.«

Mit einem Klicken schloss sich die Tür hinter ihr. James rieb sich das Gesicht. Plötzlich konnte er es kaum noch erwarten, London den Rücken zu kehren. Hier geschah niemals etwas Gutes.

Als Peter aufwachte, warf das Dämmerlicht parallel verlaufende Schatten in seine Zelle. Er rieb sich die entzündeten Augen und setzte sich auf der schmalen Pritsche auf. Furcht und Entsetzen packten ihn. Er hatte nie damit gerechnet, erreichen zu können, was sein Vater sich wünschte. Aber wieder im Gefängnis zu landen, war etwas ganz anderes. Das hatte er nicht gewollt.

Er schleppte sich zu dem Eimer in der Ecke und spritzte sich kaltes Wasser ins Gesicht. Er war nicht wieder in Newhall. So viel konnte er anhand der Zelle und den Geräuschen sagen, die von der Straße durch das vergitterte Fenster zu ihm hereindrangen. Der Constable hatte gesagt, ihm würde Diebstahl vorgeworfen. Er hätte in dem Seemannsladen auf dem Ratcliffe Highway etwas mitgehen lassen, und sie hätten den Kompass in der Tasche seines Mantels gefunden, den er in seinem Elternhaus zurückgelassen hatte.

Peter hielt sich nicht für sonderlich intelligent, aber selbst er konnte sich an fünf Fingern abzählen, dass Lawford hinter dem Ganzen steckte.

Er hörte, wie seine Zellentür aufgeschlossen wurde, und drehte sich um. Sein Herz schlug schneller, als Lawford die Zelle betrat. Einen Moment lang sah er sich wieder in Newhall, eingesperrt wie ein Tier, und seinen Peiniger, der drohend über ihm aufragte.

»Hallo, Peter.« In Lawfords Stimme lag trügerische Freundlichkeit.

Peter widerstand dem dringenden Wunsch, sich ängstlich wegzuducken. Stattdessen kreuzte er die Arme über der Brust und hob trotzig den Kopf, um seinem Widersacher in die Augen zu sehen. »Sie hab'n das eingefädelt, stimmt's?«

»Ich kann nicht zulassen, dass du mir in die Quere kommst.« Lawford bückte sich, nahm ein Tablett, das draußen vor der Tür stand, und stellte es auf das Fußende der Pritsche. »Du wärst besser dran, wenn du nicht eingewilligt hättest, wieder in die Brick Street zu gehen.«

Die Erwähnung der Schule löste in Peter etwas aus. Lady Talia Hall hatte ihm schon einmal geholfen. Vielleicht …

Lawford schüttelte den Kopf. »Sie ist fertig mit dir, Peter. Sie alle sind es. Dein Vater und deine Schwester wollen nichts mehr mit dir zu tun haben, jetzt, da du es geschafft hast, wieder verhaftet zu werden. Und Lady Talia hat ihre Bemühungen, dir zu helfen, ebenfalls aufgegeben, weißt du?«

Peter schluckte, um seinen trockenen Mund zu befeuchten. »Was … was kommt als Nächstes?«

»Du wirst zu einer Befragung vorgeladen werden. Obwohl ich an deiner Stelle nicht zu viel erwarten würde, angesichts deiner Vergangenheit. Ich selbst habe bereits mit dem Richter gesprochen.«

Mehr musste Lawford nicht sagen, dachte Peter. Über kurz oder lang würde er wieder in Newhall landen, und wenn er –«

»Wolltest du jemals reisen, Peter?«

Die unerwartete Frage erzeugte neues Misstrauen. Peter schaute Lawford in die Augen und machte eine verneinende Geste, obwohl das nicht ganz stimmte. Er hatte mal übers Reisen nachgedacht, sich all die Ziele der im Hafen liegenden Schiffe vorgestellt. Aber irgendwie hatte er das Gefühl, dass Lawford von einer anderen Art Reise sprach.

»Wo schicken Sie mich hin?«, fragte er. Seine Stimme klang fürchterlich dünn und grell. Angstvoll.

»Am kommenden Mittwoch legt ein Gefängnisschiff nach Australien ab. Der wachhabende Offizier hat mir versichert, dass eine Zelle für dich frei ist.« Lawford richtete sich zu voller Größe auf und stemmte die Hände in die Hüften. »Dürfte keine allzu beschwerliche Reise werden. Vermutlich einer der letzten Gefangenentransporte. Und ich bin sicher, in den Kolonien wird es dir besser gefallen als in Newhall.«

»Ich möchte mit meiner Schwester sprechen.«

»Sie wird nicht kommen, Peter. Und dein Vater auch nicht.« Lawford wandte sich zum Gehen. »Du bist allein.«

Genauso allein, wie er all die Monate in Newhall gewesen war. Und genauso wie damals hatte Peter nicht die geringste Ahnung, was er tun sollte.

13

Eines Tages wird es nicht mehr wehtun.

Talia wiederholte diesen Gedanken im Stillen wieder und wieder und betrachtete sich im Spiegel, während ihre Zofe das Korsett zuhakte. Dann half Lucy ihr in ein waldgrünes Kleid mit rostrotem Saum und einem herzförmig geschnittenen Oberteil. Erst als sie komplett angekleidet war, stellte Talia fest, dass es dem Kleid ähnelte, das sie damals in Floreston Manor getragen hatte.

Egal. James würde sich sicher nicht daran erinnern.

Eines Tages …

Sie hoffte, dieser Tag käme eher früher als später, als sie sich an den Frisiertisch setzte und Lucy ihr Haar arrangierte, wobei sie grüne Seidenbänder hineinschlang, die auf die nackte Haut ihres Nackens hinabfielen. Jetzt noch einen Hauch Reispuder auf die Wangen, und Talia fühlte sich gewappnet, einen weiteren Abend in James' Anwesenheit zu verbringen. Als sie diesen Nachmittag bei ihm vorbeigeschaut hatte, um die abschließenden Vorbereitungen zu überwachen, war er nicht daheim gewesen. Der Abend selbst würde allerdings eine größere Herausforderung darstellen, denn es gäbe keine Menge, in der sie würde untertauchen können.

Nun, sie gehörte sowieso nicht zu den Menschen, die sich gerne versteckten. James war der wankelmütige Freund, der lieber sie und sich selbst belog, als zuzugeben, dass er ein Feigling war.

»Wäre das alles, Mylady?«, fragte Lucy und schloss eine Perlenkette um Talias Hals.

»Ja, danke. Sag bitte Lady Sally, dass ich unten auf sie warte.«

»Oh, sie fühlt sich nicht recht wohl, Mylady. Hat sie Ihnen das nicht gesagt?«

Talia zog besorgt die Augenbrauen hoch. »Nein, hat sie nicht. Was ist los?«

»Kopfschmerzen, glaube ich, Mylady. Ich weiß nicht, ob sie vorhat, Sie heute Abend zu begleiten.«

Talia stand auf und ging den Korridor hinunter zum Schlafzimmer ihrer Tante. Sie klopfte, und Sally bat sie herein.

»Geht es dir gut?« Talia eilte zu ihr. »Lucy meinte, du fühlst dich krank.«

»Nur ein leichter Kopfschmerz, meine Liebe.« Sally presste eine Hand an die Stirn. »Es tut mir schrecklich leid, aber ich würde nicht gerne auf eine Party gehen und dich dann zwingen, früher aufzubrechen, weil es schlimmer wird. Richte bitte Seiner Lordschaft mein Bedauern aus.«

»Also, ich kann dich doch nicht allein lassen, wenn es dir –«

»Um Himmels willen, Talia, es sind nur Kopfschmerzen, nicht die Pest«, fiel Sally ihr ins Wort.

Talia zögerte, hin und her gerissen zwischen der Pflicht ihrer Tante gegenüber und dem Versprechen, das sie James gegeben hatte.

»Nun geh schon.« Sally wedelte mit der Hand. »Ich mache ein kleines Nickerchen statt des Abendessens, Talia. Falls ich mich später besser fühlen sollte, komme ich nach. Inzwischen mach dir bitte keine Sorgen.«

»In Ordnung, aber ich werde früh zurückkommen.« Talia küsste ihre Tante auf die Stirn und ging nach unten.

»Ich habe Soames gebeten, heute bei Lord Castleford auszuhelfen«, sagte sie der Haushälterin, als sie ihren Mantel anzog. »Schicken Sie also bitte Kinley, um mich abzuholen, falls es meiner Tante schlechter gehen sollte.«

Talia ließ sich vom Kutscher in die Arlington Street fahren, wo Soames ihr die Tür zu James' Stadthaus öffnete.

»Alles geht seinen Gang, Mylady«, versicherte ihr der Diener. »Lord Castleford ist im Salon.«

»Vielen Dank, Soames.« Talia schaute kurz in das Speisezimmer, um sich zu vergewissern, dass die Tafel ordentlich gedeckt war, und ging dann in die Küche, um ein paar letzte Kleinigkeiten mit der Köchin zu besprechen.

Dann strich sie ihre Röcke glatt und begab sich zum Salon, wo ein weiterer Diener ihr die Tür öffnete und beiseitetrat, um sie einzulassen.

Talia hielt einen Augenblick inne, um ihren Puls wieder unter Kontrolle zu bekommen, denn beim Anblick von James schlug ihr Herz sofort schneller.

Als seine hochgewachsene Gestalt sich von der Anrichte löste und auf sie zukam, verschlug es ihr den Atem. Er hielt ein Glas Sherry in der Hand und trug einen exzellent gearbeiteten schwarzen Abendanzug, dazu ein schneeweißes Hemd, dass seine gebräunte Haut noch dunkler erscheinen ließ. Die grüne Weste, deren silberne Knöpfe im Licht des Kaminfeuers glänzten, schmiegte sich perfekt an seinen muskulösen Oberkörper. Sein Haar, das er bisher ganz entgegen der Mode recht lang getragen hatte, war nun kurz geschnitten und betonte die Züge seines markanten Gesichts und sein breites Lächeln.

»Du hast dir die Haare schneiden lassen.« Das war das Einzige, was ihr spontan zu sagen einfiel.

James blinzelte, als hätte er das schon wieder vergessen. »Ja.

Ich war heute Nachmittag bei einem Barbier. Habe mich auch rasieren lassen.«

»Es sieht sehr … distinguiert aus.«

»Danke.« Er deutete auf die Anrichte. »Sherry?«

»Gerne.« Sie nahm das gefüllte Glas entgegen, fest entschlossen, die Verlegenheit zu ignorieren, die zwischen ihnen aufkam. Als sie eben damit fertig war, ihm zu erklären, warum Tante Sally sie nicht begleitete, läutete es erneut an der Eingangstür.

James begrüßte Lord Ridley und dessen Vater, Lord Greenburg, einen vierschrötigen Mann mit borstigem Backenbart und einem fröhlichen Funkeln in den Augen. Ridley gesellte sich fast sofort nach seiner Ankunft zu Talia. Dieses eine Mal war sie froh über seine Anwesenheit, da es ihr half, James zu ignorieren.

Und außerdem mochte sie Ridley wirklich, das musste sie zugeben. Anders als so viele seiner Altersgenossen musterte er sie nicht mit jener gewissen Neugier. Als würde er sich fragen, ob er sie auf ihre Mutter ansprechen sollte oder nicht. Als würde er sich fragen, ob Talia dieselben unmoralischen Bedürfnisse verspürte wie sie.

Unvermittelt fiel ihr ein, was sie James *noch alles* gestanden hatte über die Gedanken, die sie in ihren Träumen hegte. Himmel, würde sie denn niemals lernen, ihre Geheimnisse vor ihm zu verschließen?

»Lord Ridley, neulich meinten Sie, Sie hätten am Mittwoch einen Fechtkampf«, sagte sie und zwang sich, ihre Aufmerksamkeit wieder dem jungen Mann neben sich zuzuwenden. »Bitte erzählen Sie mir doch, wie Sie sich geschlagen haben.«

»Recht gut. Ich gewann zwei Gänge durch Parade und Riposte.« Dann vertiefte er sich in die Beschreibung der Einzelheiten des Gefechts, bevor er innehielt, um ein Glas Sherry von einem Diener entgegenzunehmen. »Meine Mutter hatte für heute Abend schon etwas anderes vor, aber sie hat mir aufgetragen, Sie zu fragen, ob Sie uns eventuell kommende Woche einen Besuch abstatten würden.«

In Talia keimte Unbehagen auf. Obwohl sie sie noch nie bis zu dem erwarteten Ergebnis absolviert hatte, war sie mit den Ritualen der Werbung sehr wohl vertraut.

»Selbstverständlich.«

Sie blickte über die Schulter und stellte fest, dass James sie beobachtete. Ihre Blicke trafen sich. Ihr Herz machte einen Sprung, als wieder dieser unvermeidliche Energiestoß zwischen ihnen hin- und hersprang. Seine Miene verschloss sich, und er wandte sich ab.

Talia versuchte, den schmerzlichen Stich abzuwehren, den ihr das versetzte, und konzentrierte sich wieder auf das, was Ridley sagte. Sie würde nicht länger darum kämpfen, James Foresters seltsame Stimmungswechsel zu verstehen. Er schien dieser Tage so launisch zu sein wie die See. Vor allem, wenn ein anderer Mann sich so offensichtlich um sie bemühte. Die nächste halbe Stunde verbrachte sie in einem Gespräch mit Ridley über dessen kürzliche Italienreise. Dann verkündete Soames, dass das Abendessen serviert sei.

Das Dinner nahm einen wunderbaren Verlauf – Cooks Gerichte waren saftig und wohlschmeckend, und Rushtons Dienerschaft bediente bei Tisch mit der gewohnten Präzision. Obwohl ihre Gefühle in Bezug auf James immer noch ein einziges Chaos waren, war Talia froh, dass sie ihm hatte helfen können. So konnte ihm niemand nachsagen, ein schlechter Gastgeber zu sein. Auch wenn ihr immer noch nicht klar war, warum er diese Dinnerparty überhaupt veranstaltet hatte.

Und sie gab sich die allergrößte Mühe, eine ausgezeichnete Gastgeberin zu sein. Sie sprach mit allen Anwesenden, überzeugte sich, dass alle hatten, was sie wünschten, und war hocherfreut, die Bekanntschaft von Lady Byron zu machen, einer zierlichen älteren Dame mit Vogelgesicht und scharfen blauen Augen.

»Ich habe von Ihren wohltätigen Werken gehört, Lady Byron, und bewundere Ihre Hingabe. Haben Sie darüber Lord Castlefords Mutter kennengelernt?«

»Wir trafen uns in unserer Kirche.« Ein schmerzlicher Ausdruck trat in Lady Byrons Augen. »Eine gütige Frau. Sie verdiente Besseres, als sie bekam.«

Der betrübte Tonfall ihrer Worte traf Talia im Innersten und rief Erinnerungen an jenen Tag wach, als James von seiner Mutter gesprochen hatte.

»Das geht den meisten Frauen so, oder?«, fuhr Lady Byron fort. »Wir verdienen mehr, als wir bekommen.«

Talia fragte sich verwundert, ob die andere Frau sich selbst in diese Feststellung einbezog. Sie hatte zahlreiche Gerüchte über die kurze, jedoch äußerst turbulente Ehe zwischen Lady Byron und Lord Byron gehört, einem selbstsüchtigen, exzentrischen Dichter, der vor ungefähr dreißig Jahren gestorben war.

»Wie ich von Lord Castleford höre, engagieren Sie sich für die Armenschulen«, bemerkte Lady Byron. »Berichten Sie mir davon.«

Talia, die sich über das Interesse der anderen Frau freute und darüber, dass diese Verständnis für die Notwendigkeit sozialer Reformen aufbrachte, kam der Bitte gerne nach. Nach dem Dessert tranken die Männer Portwein, während die Frauen sich auf eine Tasse Tee und ein Schwätzchen niederließen. Als es schließlich auf ein Uhr zuging, rüsteten sich alle zum Aufbruch.

»Darf ich Sie morgen aufsuchen?«, fragte Ridley Talia, als sie zusammen im Foyer auf ihre Mäntel warteten.

»Oh, ich …« Talia zögerte. Sie konnte ihm vor den anderen Gästen keinesfalls einen Korb geben. Sie sollte ihm keinen Korb geben *wollen*, ermahnte sie sich. »Ja, gewiss. Meine Tante und ich werden morgen Nachmittag zu Hause sein.«

»Gut.« Ridley verbeugte sich lächelnd und hauchte ihr einen zarten Kuss auf den Handrücken.

Talia murmelte einen Abschiedsgruß, entzog ihm hastig ihre Hand und wandte sich zum Gehen. Doch James trat vor sie hin und zwang sie, stehen zu bleiben. Eine merkwürdige Spannung ging von ihm aus, die Talia nicht so recht einordnen konnte.

»Es war ein sehr netter Abend, Mylord.«

»Ja, in der Tat. Das habe ich Ihnen zu verdanken.«

Talia schüttelte den Kopf. »Die Bediensteten meines Vaters haben die Arbeit gemacht, James. Aber ich bin froh, dass ich helfen konnte.«

»Das ist es doch, was Sie tun, oder? Leuten helfen.«

Talia blickte hoch. Der Hauch von Gereiztheit, der in seiner Stimme lag, verwirrte sie. Sie hatte erst in den letzten paar Jahren einen neuen Weg für sich entdeckt, der es ihr endlich erlaubte, die Schatten des Skandals hinter sich zu lassen: die Arbeit für wohltätige Zwecke.

»Ja, ich finde in der Tat große Befriedigung darin, anderen zu helfen«, räumte sie ein. »Es ist eine wertvolle Art, sein Leben zu leben. Nützlich zu sein.«

Er blickte an ihr vorbei zu Ridley. »Was hält Ridley denn von Ihrer Arbeit?«

»Wir haben nicht sehr ausführlich darüber gesprochen, aber

ich glaube, er findet sie bewundernswert.« Talia erfasste eine düstere Vorahnung, als sie James genauer betrachtete, die fest zusammengepressten Kiefer, die Kälte in seinen Augen. Sie hatte gedacht, er und Ridley wären gute Freunde. »Ich mache mich jetzt besser auf den Heimweg, James.«

»Warte hier, ich bringe dich sicher nach Hause.« Er senkte die Stimme.

»Das ist nicht nötig. Ich kann –«

»Warte«, wies er sie barsch an, bevor er den letzten seiner Gäste eine gute Nacht wünschte.

Talia unterdrückte den aufkeimenden Ärger und ging ins Foyer, um ihren Mantel entgegenzunehmen. Von draußen hallten Hufgeklapper und das Rattern von Kutschenrädern herein, als die Gäste entweder nach Hause fuhren oder sich zu einer weiteren Veranstaltung begaben. Da sie die Kutsche ihres Vaters wieder heimgeschickt hatte, damit sie Lady Sally zur Verfügung stand, wartete Talia, bis James eine Droschke heranwinkte.

Er öffnete den Schlag und streckte ihr die Hand hin, um ihr behilflich zu sein. Ohne nachzudenken, ergriff Talia sie und stieg ein. Wie üblich lief ein prickelnder Schauer ihren Arm hinauf, als sie spürte, wie sich seine behandschuhten Finger um ihre schlossen.

Oh …

Wie oft hatte James in der Vergangenheit ihre Hand genommen? Wie oft hatte sie gedacht: »Er wird mich nicht loslassen.« Und das hatte er auch nie getan.

Ihre Gedanken wanderten zu jenem Tag in ihrer Kindheit, als sie auf dem Teich in Floreston Manor Schlittschuh gelaufen waren; James hatte sie fest an der Hand gehalten, während sie immer schneller über das Eis glitten. Irgendwann hatte er auch ihre andere Hand genommen und sie wild herumgewirbelt, bis ihr schwindlig wurde, so schnell, dass die Welt sich drehte und ihr Lachen wir eine kleine weiße Wolke in den Himmel stieg.

Er wird nicht loslassen, hatte sie damals gedacht. *Er wird niemals loslassen.*

Und das hatte er auch nicht getan. Egal, wie schnell sie über das Eis glitten, egal, wie viele Male ihre Brüder sie überholten oder um sie herumschwirrten … James' Griff blieb fest und hielt sie sicher. Er fing sie auf, wenn sie wegrutschte und zu fallen drohte, und führte sie schließlich zurück ans sichere Ufer.

Wenn James ihre Hand gehalten hatte, hatte sie sich vor nichts und niemandem gefürchtet.

Doch jetzt entzog sie sich seinem Griff und ließ sich auf die Bank sinken. Ihr Herz schlug viel zu schnell. Ein schmerzliches Verlangen erfasste sie, der Wunsch, diese vergangenen Tage mögen wiederkehren. Die Tage, als das Lachen ihrer Brüder das ganze Haus erfüllt und James sie voller herzlicher Zugewandtheit angelächelt hatte. Die Tage, als ihre Eltern … nun ja, wenn schon nicht glücklich, so doch zumindest zusammen und noch eine echte Familie gewesen waren.

Nun lag alles in Scherben und war nicht mehr zu kitten. Die Geschwister waren über die ganze Welt verstreut, und Talia blieb nun nicht einmal mehr die Sicherheit, die die Freundschaft zu James ihr immer geboten hatte. Es gab rein gar nichts mehr, an dem sie sich festhalten konnte.

Er saß ihr gegenüber, und sein Gesicht trug immer noch diesen harten Ausdruck. Auf der Fahrt in die King Street sprachen sie kein Wort, aber er dankte ihr noch einmal für ihre Hilfe, als er sie zur Tür brachte.

»Du hast weit mehr getan, als ich verdient habe«, sagte er mit einer Stimme, die rau war von diesem Zugeständnis.

»Ich betrachte dich immer noch als Freund, James, was auch immer sonst sich verändert hat. Gute Nacht.« Sie trat ins Haus, warf ihren Mantel auf den Garderobenständer und ging schleppenden Schrittes nach oben.

An Sallys Schlafzimmer machte sie kurz Halt, um nach ihrer Tante zu sehen. Sally war noch wach und saß mit einem Buch in ihrem Bett.

»Wie fühlst du dich?« Talia setzte sich auf die Bettkante.

»Viel besser, meine Liebe, danke. Wie war die Party?«

»Ein Erfolg. Allen schien es zu gefallen, und das Essen war ausgezeichnet. Man wird morgen nicht gerade in der ganzen Stadt darüber sprechen, aber alle werden gut von James reden.«

»Das tun sie ja schon. Er genießt großen Respekt.«

Talia streifte ihre Schuhe ab und zog die Beine an. »Er hatte Lady Byron eingeladen. Was weißt du über sie?«

»Ach du lieber Himmel. Sie ist ein schräger alter Vogel, was? Ist ja auch kein Wunder. Immerhin war sie mit Lord Byron verheiratet. Man kann nur vermuten, welcher Art diese Beziehung war.«

»Warum, glaubst du, hat sie ihn zum Mann genommen?«

»Weil er verrückt war und schlecht, und weil es gefährlich war, ihn näher zu kennen, wie Lady Caroline Lamb einmal bemerkte«, sagte Sally. »Manche Frauen denken, sie könnten solche Männer retten. Ich glaube, Lady Byron hat sogar selbst einmal etwas in dieser Art gesagt. Sie sprach immer davon, dass in Byron ein Engel wohnen würde.« Sally schüttelte den Kopf. »Ich glaube nicht, dass es noch viele andere gab, die das so gesehen haben.«

»Vielleicht hat sie ihn geliebt«, schlug Talia vor.

»Vielleicht, obwohl er sie, nach allem, was man hört, miserabel behandelt haben soll. Ich kann mir nicht vorstellen, mich in einen Mann zu verlieben, der mich nicht mit höchstem Respekt und Liebe behandelt.«

»Wie Onkel Harold.«

»Ja. Er war nicht gerade ein Adonis. Die Frauen schwärmten nicht für ihn. Er war weder verwegen noch elegant, weißt du. Aber er war überaus gütig und fürsorglich. Er schätzte mich sehr. Und ich gab ihm dasselbe zurück. So verbrachten wir vierzig glückliche Jahre miteinander.«

Talia zog die Knie an die Brust, legte ihr Kinn darauf und musterte ihre Tante forschend. »Ich wollte niemals heiraten, nachdem Mutter weggegangen war.«

»Ich weiß, Liebes. Und vielleicht wirst du es auch nie tun. Aber wenn ich etwas vorschlagen dürfte: Gib die Idee noch nicht ganz auf … Die Ehe kann etwas Wunderbares sein – mit dem richtigen Mann.«

Es hatte einmal eine Zeit gegeben, da hätte Talia bei einer solchen Bemerkung sofort an James gedacht. Sie war so überzeugt davon gewesen, dass *er* der Richtige für sie wäre … bis er nach London zurückgekommen war und all die lang gehegten Illusionen über sich zerstört hatte.

»Und, war Lord Ridley auch da?«, fragte Sally wie beiläufig.

»Ja.« Talia musterte ihre Tante argwöhnisch. »James scheint plötzlich … eine Antipathie gegen ihn zu hegen.«

»So? Gut.«

»Was hast du vor, Tante Sally? Du redest andauernd von Lord Ridley, dabei weißt du ganz genau, dass ich nicht will, dass mir jemand den Hof macht.«

»Ja, ja, Liebes, ich weiß. Aber ist es nicht interessant, dass James so dagegen zu sein scheint? Vor allem, da er weiß, dass Ridley perfekt geeignet ist.«

»Selbst, wenn ich Ridley gestatten sollte, um mich zu werben … er löst nicht annähernd solche Gefühle in mir aus, wie du sie in Zusammenhang mit Onkel Harold beschreibst.«

»Hm, nun ja …« Tante Sally rückte ihre Brille zurecht und nahm ihr Buch wieder vor. »Vielleicht musst du dann eben nach einem Mann Ausschau halten, bei dem es so ist.«

Dazu müsste ich nicht allzu weit gehen, dachte Talia betroffen. Sie wünschte ihrer Tante eine gute Nacht und begab sich auf ihr Zimmer. Nachdem Lucy ihr geholfen hatte, sich auszukleiden und ihr Nachthemd anzuziehen, ging sie zu Bett und fiel in einen unruhigen Schlaf, in dem sich Träume von James und Lord Ridley abwechselten.

Talia hatte sich niemals mit einem anderen Mann gesehen als mit James. Sie hatte viel Zeit damit verbracht, sich ihre gemeinsame Zukunft auszumalen, und selbst nach dem Debakel in Floreston Manor hatte sie ihre Aufmerksamkeit der Arbeit zugewandt statt einem anderen Mann. Daher war es entschieden seltsam, am folgenden Morgen aufzuwachen und – Himmel noch mal! – sich zu fühlen, als würde sie James verraten, wenn sie auch nur an Ridley dachte.

Vor allem angesichts der Tatsache, dass Ridley ihr auch keine echte Liebe bieten konnte. Und Talia brachte es nicht fertig, den geheimen Winkel ihres Herzens zu ignorieren, der sich immer noch danach sehnte, eine solche Liebe sowohl zu geben als auch zu empfangen, eine Liebe, die aufgehoben war in einer glücklichen Ehe, wie Lady Sally sie beschrieben hatte.

Talia schob diese Gedanken energisch beiseite, kleidete sich an und ging nach unten zum Frühstück. Tante Sally schlief noch, also aß sie allein und machte sich dann fertig, um dem Büro der Ragged School Union einen Besuch abzustatten. Als sie die Treppe hinunterging, wobei sie ihre Handschuhe anzog, läutete es an der Eingangstür.

Soames betrat das Foyer, um zu sehen, wer der Besucher war und versteifte sich ablehnend, als er die Tür öffnete.

»Wer ist es, Soames?«, rief Talia.

»Mr Edward Colston und seine Tochter, Miss Alice Colston, Mylady.«

Talia hielt von einer düsteren Vorahnung erfasst inne. »Bitten Sie sie herein, Soames.«

Die Vorahnung verstärkte sich, als Mr Colston das Haus betrat. Sein Gesicht trug einen grimmigen Ausdruck. Neben ihm stand eine aufgeregte Alice, die Augen entzündet und rot vom Weinen.

»Was ist passiert?«, fragte Talia und eilte den beiden entgegen. »Ist es wegen Peter?«

»Er wurde verhaftet, Mylady«, sagte Mr Colston mit mühsam unterdrückter Wut in der Stimme.

Talia blieb entsetzt stehen und nahm Alice beim Arm. Die Ärmste zitterte vor unterdrücktem Schluchzen.

»V-Verhaftet?«, stammelte Talia. »Weswegen denn, um Himmels willen?«

»Diebstahl in einem Seemannsladen am Ratcliffe Highway«, sagte Mr Colston. »Der Constable informierte uns heute Morgen. Er hält Peter im Gefängnis in Wapping fest, bis man ihn wieder nach Newhall bringt.«

»Haben Sie ihn gesprochen?«

»Nein, und das haben wir auch nicht vor«, entgegnete Mr Colston bitter. »Ich wollte es Ihnen persönlich sagen, weil Sie so unermüdlich versucht haben, Peter zu helfen. Doch er wird sich, wie ich schon vermutet hatte, niemals ändern, und ich bitte Sie um Verzeihung, dass Ihre Anstrengungen, was ihn betrifft, so vergeblich waren und dass Peter sie nie wirklich zu schätzen gewusst hat.«

Talia kam ein unangenehmer Gedanke. »Weiß Mr Lawford von der Sache?«

»Vermutlich ja. Er ist schließlich gut mit dem Constable befreundet.« Mr Colston schaute zu seiner Tochter und nickte Richtung Tür. »Bitte verzeihen Sie die Störung, Mylady. Wir gehen jetzt. Ich wollte Sie nur wissen lassen, dass wir uns von nun an nicht mehr für Peter verantwortlich fühlen. So bedauerlich das auch sein mag.«

Talia schaute Alice in die Augen, als diese sich anschickte, ihrem Vater nach draußen zu folgen. Dann schlug die Tür hinter den beiden zu. Talia presste eine Hand auf die Brust, in der ihr Herz wild hämmerte. Sie konnte nicht glauben, dass Peter etwas gestohlen haben sollte. Aber wenn man ihn verhaftet hatte …

Ihre Sorge wuchs. Wenn es Beweise gegen ihn gab, dann würde er wieder in Newhall landen.

Sie griff sich ihren Mantel, lief nach draußen, wo ihre Kutsche wartete, und wies den Kutscher an, sie in das Gefängnis nach Wapping zu bringen. Der diensthabende Wachmann gestattete ihr zehn Minuten mit Peter, und ein Wärter brachte sie zu der feuchten, düsteren Zelle, in der Peter hockte.

»Was ist passiert?« Talia unterdrückte ihren aufsteigenden Zorn, als sie sah, wie Peter zusammengekauert auf seiner schmalen Pritsche hockte, die Augen fast vollständig verdeckt von einer Haarsträhne.

Er zuckte die Achseln. »Sie hab'n den Kompass in meiner Manteltasche gefunden. Was glaub'n Sie denn, was passiert is?«

»Du hast ihn nicht gestohlen«, erwiderte Talia.

Obgleich es keine Frage war, sondern eine Feststellung, schüttelte Peter mutlos den Kopf.

»Spielt doch sowieso keine Rolle, oder?«, fragte er. »Lawford wird schon dafür sorgen, dass ich wieder nach Newhall komm.« Er hob den Kopf und sah sie an. »Sie schulden mir gar nix mehr, Miss. Haben Sie nie.«

»Es ist nicht nur, weil ich dir etwas schulde, Peter. Ich will dir helfen. Ich …« Scham stieg in ihr auf. Sie hatte James die Wahrheit gesagt – ihre Motive waren nicht vollkommen uneigennützig, was Peter anging.

»Sie woll'n, dass ich vor diesem Ausschuss aussage«, sagte Peter.

Talia nickte. »Zwei der anderen Jungen haben zugestimmt, aber sie waren nicht annähernd so lange in Newhall wie du. Ich selbst habe niemals Zugang zu dem Gefängnis erhalten, also bist du der Einzige, der etwas zu den dort herrschenden Zuständen sagen kann.«

Peter starrte auf seine schmutzigen Hände mit den abgebrochenen Fingernägeln. »Wenn ich's tu, helfen Sie mir dann noch mal? Ich will nich wieder dorthin zurück. Und nach Hause kann ich auch nich mehr, nich mal, wenn ich wieder in Ihre Schule komm.«

»Wie kann ich sicher sein, dass du nicht wieder wegläufst, Peter?«

»Sie … sie könn nich sicher sein«, gab er zu und wurde rot. »Aber er … Lawford … er hat von meiner Schwester geredet, und wenn ich … wenn ich wieder in Newhall bin …«

Alice.

Talia sank das Herz in die Magengrube, als sie daran dachte, wie Lawford ihrer Freundin Avancen gemacht hatte. Der bloße Gedanke, es könnte ihm gelingen, sie dazu zu bringen, das zu tun, was er wollte …

Talia packte Peter am Arm. Sie musste ihn hier herausholen.

Jetzt hatten sie beide zumindest ein gemeinsames Ziel: Alice vor Lawford zu schützen.

»Da dir nur ein relativ geringfügiger Diebstahl vorgeworfen wird, kann ich den Richter ersuchen, mir die Vormundschaft über dich zu übertragen, anstatt dich zu einer Gefängnisstrafe zu verurteilen«, sagte sie. »Ich werde persönlich die Verantwortung für dich übernehmen.«

Peter sah sie zweifelnd an. »Ich hab nix getan, um Ihr Vertrauen zu verdien.«

»Nein, hast du nicht«, stimmte Talia zu. »Aber deine Schwester ist meine Freundin, und ich glaube nicht, dass Mr Lawford ihr gegenüber ehrenhafte Absichten hegt. Ich brauche deine Hilfe. Und Alice auch. Ich vertraue dir, Peter, wenn du mir vertraust.«

Schweigen breitete sich zwischen ihnen aus. Talia wusste, dass Peter sehr viel mehr zu verlieren hatte als sie selbst. Schließlich nickte er. »Das werd ich.«

14

»Das ist ja absolut erschreckend!« Lady Byron schaute sich mit zusammengekniffenen Augen in dem kleinen, heruntergekommen Klassenzimmer in der Brick Street um. »Wie, um Gottes willen, soll jemand unter diesen Bedingungen ordentlich lernen?«

Nicht sehr gut, dachte Talia, und blickte zu James, der direkt hinter Lady Byron in der Tür stand. Nach seiner Dinnerparty letzte Woche hatte er ihr eine Nachricht geschickt und ihr mitgeteilt, Lady Byron habe den Wunsch geäußert, die Schule zu besichtigen, und er würde sie diesen Nachmittag hierher begleiten, falls Talia keine Einwände hätte.

Talia, die sich über jede mögliche Unterstützung für ihre Sache freute, hatte zugestimmt, fragte sich jedoch, was James' Meinung nach das Ergebnis dieses Besuches sein sollte. Er würde nie ein Förderer der Schule werden und wollte auch nicht, dass sie sich weiterhin dafür engagierte. Was kümmerte ihn also deren Erfolg oder Misserfolg?

»Mylady, erlauben Sie mir, Ihnen zu zeigen, was wir bisher erreicht haben«, sagte Mr Fletcher und trat nach vorn, um Lady Byron zu bedeuten, ihm zum Lehrertisch zu folgen. Sie ging mit ihm, wobei sie den Jungen, die in den engen Bänken saßen, missbilligende Blicke zuwarf.

Zumindest benahmen sie sich anständig, dachte Talia. Das war nicht zuletzt einer eindringlichen Lektion von ihr und Mr Fletcher im Vorfeld zu verdanken.

Sie rückte etwas näher an James heran und versuchte, sich von seiner Anwesenheit nicht aus der Fassung bringen zu lassen.

»Danke, dass du sie hergebracht hast.«

»Sie hat einiges getan, um die Maßnahmen zur Gefängnisreform voranzutreiben«, sagte er. »Du hättest in ihr eine handfeste Verbündete, sollte sie deine Bemühungen gutheißen.«

Talia sah zu der älteren Dame, die gerade die Bücher und den Lehrplan inspizierte, die Mr Fletcher vorbereitet hatte. Ihr fiel nur ein einziger Grund ein, weshalb James Lady Byron in die Brick Street begleitet hatte. Wenn sie sich entschloss, die Schule zu unterstützen, wäre das schlechte Gewissen beruhigt, das ihn quälte, weil er nicht imstande war, es selbst zu tun.

Er deutete mit dem Kinn Richtung Flur. Talia folgte ihm und verkrampfte die Hände, als sie seinen plötzlichen Zorn spürte.

»Du wirst noch mal mein Tod sein«, sagte er und schaute ihr in die Augen. An seiner Schläfe pulsierte eine Ader. »Deine Tante sagte mir, dass du den Richter ersucht hast, die Vormundschaft für Peter Colston zu übernehmen.«

»Ja, und am Freitag wird über mein Gesuch entschieden.« Talia wurde unbehaglich zumute, als sie daran dachte, wie James auf diese Enthüllung reagieren mochte. »Wirst du Alexander auch *davon* berichten?«

James starrte sie einen Augenblick wortlos an, dann packte er sie bei den Schultern, in den Augen eine Mischung aus Zärtlichkeit und Gereiztheit. »Ich wollte ihm heute Morgen telegrafieren, konnte das Schreiben aber nicht abschicken. Weißt du, warum?«

Talia brachte ein Kopfschütteln zustande, während ihr Herz raste, weil er ihr so nahe war, weil sie den Griff seiner Finger um ihre Schultern spürte.

»Deinetwegen«, schnappte James. »Ich gab ihm zwar ein Versprechen, aber ich habe das Gefühl, wenn ich ihm die Wahrheit sage, verrate ich dich.«

»Das … das würdest du auch«, räumte Talia ein. Es fiel ihr schwer, die Worte auszusprechen.

James murmelte verdrossen etwas vor sich hin und ließ sie los. »Und doch stehe ich in deines Bruders Schuld. Was soll ich denn nur tun?«

Bevor Talia erwidern konnte, dass einzig und allein er selbst sich in diese Zwangslage manövriert hätte, ertönte aus dem Klassenzimmer ein lauter Schrei.

»Verfluchter Mistkerl!«

James wirbelte herum und hastete in den Raum zurück. Talia folgte ihm. In der Mitte des Klassenzimmers lag ein umgestürzter Tisch. Um ihn herum hatten sich die Jungen in einem Kreis versammelt und feuerten mit lauten Rufen einen mageren Kerl mit Namen Ben an, der einen größeren Jungen zu Boden rang, während Mr Fletcher erfolglos versuchte, ihn von seinem Gegner wegzuziehen.

»Aufhören! Sofort!« Talia trat zwischen die fliegenden Fäuste.

James warf sich nach vorne und erwischte sie gerade noch, bevor sie im Getümmel verschwand. Sie langte nach Bens Arm. Der Junge holte zu einem weiteren Schlag aus. James packte Talia an den Schultern und konnte sie eben noch aus der Gefahrenzone ziehen, bevor der Schlag ihn selbst am Kinn traf.

»James!«

Er stieß sie zur Seite, packte Ben am Hemdrücken und riss ihn von dem größeren Jungen weg. Ein lautes Krachen ertönte, als einige der anderen Jungen weitere Bänke umwarfen und den Tumult noch schlimmer machten. Ein Stuhlbein traf James an der Augenbraue. Er schob die Meute zurück und riss Ben auf die Füße.

»Raus!«

»Du beschiss'nes Arschloch sagst mir doch nich, was ich –« Ben entwand sich seinem Griff und schlug so heftig zu, dass James' Kopf zurückflog. Aus der Platzwunde spritzte Blut, aber James schob Ben aus der Tür.

»Hinaus mit dir!«

Ben funkelte ihn wütend an, wischte sich den Rotz am Ärmel ab und stapfte widerwillig nach draußen. Mr Fletcher bückte sich, um dem anderen Jungen aufzuhelfen. Aus dessen Nase rann ebenfalls Blut, sein linkes Auge schwoll bereits zu.

»Henry!«, befahl Mr Fletcher. »Geh und hole Mrs Wickers. Ich glaube, Mr Chatham hat eine gebrochene Nase.«

Der Junge schoss aus dem Raum. Talia packte James am Arm und versuchte, ihn zu sich umzudrehen.

»Ist schon gut, Talia.«

»Lass mich mal sehen.«

An James' Kinn begann sich ein dunkler Bluterguss abzuzeichnen, und von der Platzwunde an der Stirn rann Blut in sein Auge. Talia, fassungslos, murmelte etwas vor sich hin und wandte sich dann Lady Byron zu, die immer noch neben dem Lehrertisch stand. »Es tut mir schrecklich leid, Mylady. So etwas kommt hier nur sehr selten vor, aber vielleicht wäre ein anderer Tag besser geeignet für Ihren Besuch.«

»Mag sein«, stimmte Lady Byron nickend zu.

Talia schlug Mr Fletcher vor, den Besuch am Tag darauf zu wiederholen, und ließ die Jungen dann für den Rest des Nachmittags in dessen Obhut. James und Lady Byron waren in der Kutsche der älteren Dame nach Wapping gekommen, die jetzt den Kutscher anwies, Talia und James in die King Street zu bringen, bevor er sie selbst nach Hause fuhr.

»Heißes Wasser, bitte, Soames.« Talia schob James in den Salon, um sich die Platzwunde über seinem Auge genauer anzusehen.

Der Diener warf einen Blick auf James und runzelte die Stirn. »Soll ich nach dem Arzt schicken, Mylady?«

»Nein. Seine Lordschaft leidet lediglich unter einem Mangel an Besonnenheit, und das kann kein Arzt heilen, fürchte ich.« Talia stemmte die Hände in die Hüften und sah zu, wie James an das andere Ende des Raumes ging. »Setz dich hin, James.«

»Ich muss mich nicht setzen«, grummelte er und strich sich eine Haarsträhne aus der Stirn. »Das hättest du gewesen sein können, Talia. Es ist bloß eine Frage der Zeit, bevor es passiert. Und dann? Verlässt du dich dann auf Mr Fletcher? Der sieht aus, als könnte er nicht einmal eine Teetasse halten, ganz zu schweigen davon, dich vor einer Horde junger Rüpel zu beschützen!«

»Bitte, sprich nicht schlecht von Mr Fletcher.«

»Ich mag ihn nicht.«

»Ich wage mal zu behaupten, das beruht auf Gegenseitigkeit.«

»Du wechselst das Thema.«

»Weil du es *nicht* tust«, erwiderte Talia gereizt. »Du willst, dass ich damit aufhöre, etwas Wertvolles und Nützliches zu tun, nur weil du Alexander ein Versprechen gegeben hast. Und doch versuchst du immer noch den Eindruck zu erwecken, du würdest es tun, weil du dir Sorgen um *mich* machst.«

»Ich *mache* mir Sorgen um dich!«, donnerte James, und seine Augen wurden dunkel, als er durch das Zimmer zu ihr kam und sich vor ihr aufbaute. »Wenn es hier nur um Northwood ginge, hätte ich ihm schon vor einer Woche telegrafiert, aber ich tat es nicht. Weil ich nicht will, dass du mich noch mehr hasst, als du es ohnehin tust.«

Talia starrte ihn schweigend an. Ihre Kehle schmerzte. »Ich hasse dich nicht, James.«

»Du verhältst dich aber so.«

»Ich bin außer mir deinetwegen.« Sie hielt inne, fuhr dann aber fort, ihm die Wahrheit zu sagen. »Ich könnte dich niemals hassen.«

Bevor James etwas erwidern konnte, erschien Soames mit einer Schüssel Wasser, Verbandsmull und sauberen Sachen. Er stellte das Tablett ab. »Noch etwas, Mylady?«

»Nein, danke. James, setz dich bitte hin.«

Diesmal gehorchte er. Talia befeuchtete ein Tuch mit heißem Wasser und stellte sich vor ihn. Obwohl ihr das Herz bis zum Hals schlug, hielt sie die Berührung unpersönlich, als sie sein Haar zurückstrich, um erst die Wunde auf seiner Stirn zu untersuchen und dann seine aufgeschürften Fingerknöchel. Sie säuberte die kleineren Kratzer, nahm seine Hand in ihre und wischte das angetrocknete Blut weg. Als sie aufblickte, stellte sie fest, dass er sie mit finsterer Miene beobachtete.

»Ich bin froh, dass du es Alexander nicht gesagt hast«, meinte sie schließlich. »Danke.«

Er blickte finster. »Danke mir lieber nicht. Ich habe die Grenzen meiner Geduld erreicht.«

Talia ließ seine Hand los und warf das Tuch auf das Tablett. Dann sank sie auf die Kante eines Sessels und fragte sich, wann zum Teufel sie jemals wieder mit James allein in einem Raum sein würde, während ihre Brüder und ihr Vater auf der anderen Seite einer fest geschlossenen Tür stünden, wo sie hingehörten.

Nur ein einziges Mal war sie bisher allein mit ihm gewesen. Und auch, wenn die Erinnerung an jenen Nachmittag in Floreston Manor sie immer noch vor Scham erröten ließ, bewahrte sie doch diesen Kuss in ihren Gedanken wie eine Kerzenflamme in einer gläsernen Kapsel: brennend, leuchtend, kristallklar – und ganz ihr allein gehörend.

»Du bist ihm gegenüber stets loyal gewesen«, sagte sie. »Ich meine Alexander.«

Er nickte und betrachtete seine aufgeschürften Fingerknöchel. »Er hatte, was ich nicht hatte.«

»Was war das?«

»Dich, ganz.«

Stille breitete sich aus, in der nur das Knacken des Feuers zu hören war. Talia empfand ein schmerzhaftes Ziehen in der Brust. Sie wusste nur wenig über James' Kindheit. Nur, dass er das einzige Kind seiner Eltern und ihre Ehe offenbar eine unglückliche gewesen war. War er nicht abwesend, auf der Schule oder an der Universität, hatte er einen Großteil seiner Zeit mit den Hall-Brüdern verbracht. Als hätte er nicht zu Hause sein *wollen*.

Talias Eltern hatten zwar in einer spröden, formellen Ehe gelebt, die schließlich zerbrach, doch hatte sie stets ihre Brüder gehabt, auf die sie sich verlassen konnte. Der Skandal und die Scheidung hatten die Geschwister voneinander getrennt – und natürlich dazu geführt, dass Alexanders Drang, sie zu beschützen, immer erdrückender geworden war –, aber Talia hatte niemals auch nur eine Sekunde lang daran gezweifelt, dass sie sich nach wie vor auf ihre Brüder verlassen konnte und dass sie sie liebten.

Sie ließ ihren Blick über James' Kinnlinie wandern, die energischen Kanten seines Profils. In seinen braunen Augen spiegelten sich die Flammen des Kaminfeuers und ließen die goldenen Flecke in der Iris leuchten.

»Was ist passiert?«, fragte sie leise.

James zog erstaunt eine Augenbraue hoch.

»Du sagtest mir, du würdest niemals heiraten«, erinnerte ihn Talia. »Dass du nicht für die Ehe *bestimmt* seist. Warum hast du das gesagt?«

Er öffnete und schloss die verkrampften Finger. »Ich wäre nicht gut darin.«

»Dass deine Eltern unglücklich waren, heißt nicht, dass du kein guter Ehemann wärst.«

James' Blick verfinsterte sich wieder. »Was weißt du über meine Eltern?«

»Nicht viel. Aber du hättest nicht so viel Zeit mit uns oder weit weg auf der Schule verbracht, wenn du mit ihnen hättest zusammen sein wollen.« *Wenn sie mit dir hätten zusammen sein wollen.*

James stand auf, sein Nacken versteifte sich. »Ich war dreizehn, als ich dazukam, wie meine Eltern sich stritten … mein Vater schlug meine Mutter. Sie fiel hin und stieß sich den Kopf an der Tischkante, und, na ja, ich rannte zu ihm, um ihn aufzuhalten, und da schlug er mich auch. Später fand ich heraus, dass meine Mutter mich weggeschickt hatte, auf die Schule. Und dass sie meinen Lehrern gesagt hatte, sie sollten mich von meinem Vater fernhalten. Sie wusste, er würde …«

Er zuckte mit den Schultern und wandte sich ihr zu. »Sie starb, als ich siebzehn war.«

»Ich erinnere mich. Sie war wieder krank gewesen.«

»Nein.« James schüttelte den Kopf. »Mein Vater *erzählte* allen, sie wäre krank. Ich war in Eton. Als ich davon erfuhr, kam ich sofort nach Hause. Einen Tag später war sie tot.«

»Woran ist sie gestorben?«

»An einer Überdosis Laudanum.« Er hörte sich gleichgültig an.

Talia begann etwas zu dämmern, und sie musterte ihn schweigend. »Überdosis …?«

»Sie hat sich das Leben genommen. Sie wusste, dass ich einen Monat später nach Oxford gehen würde. Ich war damals schon größer als mein Vater, und es hatte diverse Zusammenstöße gegeben, wenn ich zu Hause war, obwohl sie mich immer wieder gebeten hatte, ihn nicht zur Rede zu stellen. Sie war in Sorge, was er tun könnte, dachte, er würde einen Weg finden, meine Zukunft zu ruinieren. Enterben konnte er mich natürlich nicht, aber sie … sie wartete, bis sie wusste, dass ich selber für mich sorgen konnte, bevor sie aufgab.«

Düstere Vorahnungen hingen in der Luft wie Gewitterwolken. Talia knetete ihre Hände so heftig, dass ihre Finger schmerzten.

»Ihre Krankheiten waren …«

Sie konnte es nicht ermessen, geschweige denn aussprechen. James senkte den Kopf und massierte seine Nasenwurzel.

»Ich verstand es erst, als es zu spät war.« Alte Wut schwang in seinen Worten mit. »Ich erkannte das volle Ausmaß nicht, Talia, aber ich hätte es erkennen *müssen*. Ich hätte es wissen *müssen*. Ich hätte etwas *tun* müssen. Stattdessen habe ich –«

»Wie hättest du es wissen sollen?«, fragte Talia. »Sie haben dich weggeschickt, James.«

»Aber ich habe ihn gesehen … ich meine, ich wusste, dass er gewalttätig war, dass er sie schlug, und doch habe ich nicht … mir war nicht klar, dass sie sich versteckte oder … oder *erholte*, gütiger Gott. Warum habe ich es nicht gemerkt, bevor es zu spät war?«

»Aus demselben Grund, aus dem ich nicht wusste, dass meine Mutter unglücklich mit meinem Vater war. Wir wissen niemals alles, was zwischen zwei Menschen vorgeht, James. Und manchmal denke ich, auch meine Mutter hielt ihr Unglück vor mir verborgen, weil sie mich schützen wollte. Genau wie deine.«

James atmete hörbar aus und fuhr sich mit der Hand über das Gesicht. »Ich werde niemals aufhören zu denken, dass ich mehr hätte tun müssen. Dass ich mehr hätte tun *können*, wenn ich nur aufmerksam genug gewesen wäre. Andere Menschen müssen es gewusst haben, müssen gesehen haben, was vor sich ging, aber niemand unternahm etwas, damit es aufhörte. Mich eingeschlossen.«

Talia starrte auf ihre Hände. Es gab keine Worte, um ihm sein schlechtes Gewissen zu nehmen, so wie es auch nie jemandem gelingen würde, ihr den Schmerz über den Verrat ihrer Mutter zu nehmen.

»Es war die Schuld meines Vaters, Talia.« James schaute sie aus feucht glitzernden Augen an. »Er hätte sie genauso gut selbst töten können. Er hat niemals für das bezahlt, was er ihr antat. Und nun trage ich seinen Titel und bin der Erbe seiner Ländereien …«

»James, es sind nicht mehr *seine*. Es sind deine. Gib ihm nicht solche Macht über dich.«

Er sah sie an, und in den Tiefen seiner Augen glomm etwas auf. Talia suchte verzweifelt nach einem Weg, ihm zu verstehen zu geben, dass die Vergangenheit nur verblassen würde, wenn er aus ihrem Schatten trat.

»Ich wollte nicht, dass mein Leben vergiftet wird von der Ehe meiner Eltern und ihrer Scheidung«, sagte sie entschlossen. »Ich wehrte mich dagegen. Als ich dir sagte, dass ich … dass ich gerne deine Frau werden würde, glaubte ich daran, dass wir etwas vollkommen anderes erschaffen könnten. Etwas Gutes.«

Eine Ehe, wie Tante Sally sie beschrieben hatte, eine freudvolle Kombination aus Liebe, Respekt und einer wilden Leidenschaft füreinander, die Talia sich nicht einmal ganz vorstellen konnte.

Sie schaute ihm in die Augen. Ihr Geständnis war ihr nicht mehr länger peinlich. Sie hatte den Mut aufgebracht, ihm die Wahrheit zu sagen und sich selbst zu beweisen, dass sie sich nicht davor fürchtete, ihn zu lieben.

James musterte sie mit verschleiertem Blick. Seine Augen funkelten, doch seine Gesichtszüge waren immer noch angespannt.

»Du kannst vor deinen Schuldgefühlen nicht weglaufen, James«, flüsterte sie kaum hörbar.

Seine Lippen wurden zu einem schmalen Strich. »Das versuche ich auch nicht.«

»Doch, tust du.« Talia stand auf und kam zu ihm herüber, ihr Herz pochte langsam und kräftig. »Du glaubst, wenn du London den Rücken kehrst, entkommst du den entsetzlichen Dingen, die geschehen sind, dem Gedanken, dass du versagt hast. Wenn du auf See bist oder auf einem Berg oder in einer Wüste ... bist du kein Gefangener deines Titels oder deiner Vergangenheit. Dort bist du nicht Lord Castleford. Dort bist du nur ... James.«

Er blickte sie an und erforschte ihr Gesicht, als sähe er es in diesem Moment zum allerersten Mal. Dann hob er eine Hand und berührte sie, ließ die warmen Fingerspitzen über die zarte Haut unterhalb ihres Wangenknochens wandern und weiter hinunter bis an ihre Kehle, wo er sie ruhen ließ. Sie spürte ein Prickeln.

»Woher weißt du das alles?«, flüsterte er.

»Ich kenne dich.« Sie schluckte hart und betrachtete forschend sein Gesicht, während sie eine große innere Gewissheit verspürte. »Ich habe nie Lord Castleford in dir gesehen. Für mich bist du immer nur James gewesen.«

Mein James.

»Gütiger Himmel, Talia.« Er legte eine zitternde Hand an ihre Wange und streichelte mit der Kuppe seines Daumens sanft über ihre Lippen. In der Dunkelheit seiner Augen blitzte etwas auf, als wäre in ihm ein Licht entzündet worden. Dann neigte er den Kopf und küsste sie, zweifelnd, unsicher, federleicht.

Talia legte eine Hand an seinen Hals und veränderte die Haltung. Wärme durchströmte sie, als sich ihre Lippen in einem zärtlichen Kuss trafen, der all die Jahre ihrer Freundschaft zu umschließen schien. Er umfasste ihren Nacken und zog sie näher zu sich heran. Die Welt um sie herum begann sich aufzulösen, und wieder fiel Talia in einen Moment herrlicher Wonne.

»Ich …« Er hob den Kopf. Sein heißer Atem strich über ihre Lippen, doch seine Gesichtsmuskeln verhärteten sich wieder, als er sich zurückzuhalten, versuchte. »Talia, weißt du eigentlich, was du mir all die Jahre über gegeben hast? Du warst die einzige Frau, auf die ich mich jemals verlassen habe, die beständigste, loyalste Person, die ich kenne. Immer wenn ich mich vor der Rückkehr nach London fürchtete, dachte ich *Aber Talia wird da sein*, und dann stellte ich mir vor, wie wir uns wiedersehen.

Ich dachte an unsere Gespräche und Ausflüge und Spiele, daran, wie du dich über meine Mitbringsel freuen würdest. Ich dachte daran, wie du mich zum Tee einladen und mir gewiss alle Kuchensorten servieren würdest, die ich mag, und dass du ganz genau wusstest, wie viel Zucker du in meinen Tee geben musst … Du warst das einzig Gute hier in London, Talia, der einzige Grund, warum ich mich freute, überhaupt zurückzukommen.«

Talia verschlug es den Atem, und ihr Puls raste. *Dann liebe mich, James.* Der Wunsch erblühte aufs Neue, strahlend und unnachgiebig, als würde das Eis, das ihn eingeschlossen hatte, unter einer warmen Frühlingssonne dahinschmelzen.

»Aber ich …« Zerknirscht riss er sich von ihr los. »Ich habe dir *nichts* dafür zurückgegeben.«

Talia presste eine Hand auf ihre Brust und blickte ihn verständnislos an.

»Du … du glaubst, du hättest mir nichts gegeben?« Sie hatte große Mühe, die Worte auszusprechen.

James breitete mit einem finsteren Gesichtausdruck die Arme aus. »Was denn? Was habe ich dir jemals gegeben außer Trauer, Talia?«

Sie spürte, wie sich in ihrem Hals ein Kloß formte, und griff aufgeregt in die Falten ihres Rockes. Stoßweise atmend wandte sie sich zur Tür.

»Komm mit mir, James.«

»Was?«

»Komm«, wiederholte sie bestimmt und lief aus dem Salon, ohne sich umzusehen, ob er ihr folgte.

Einen Augenblick später hörte sie seine Schritte auf dem Marmorboden des Foyers widerhallen. Sie ging die Treppe hinauf, wobei sie deutlich spüren konnte, dass er hinter ihr war, und schöpfte noch einmal Atem, bevor sie die Tür aufriss und in ihr Schlafzimmer trat

James blieb in der Tür stehen. Die Schultern hochgezogen, einen fragenden Ausdruck im Gesicht, ließ er seinen Blick über den weiblich gestalteten Raum schweifen – die weichen, luftigen Vorhänge, die Tagesdecke aus weißer Spitze, die Gemälde von wolkengesprenkelten Himmeln über idyllischen Landschaften, durch die Figuren in fließenden griechischen Gewändern wandelten.

Dann ließ er seinen Blick ein wenig überrascht auf Talia ruhen, als fiele ihm soeben erst auf, dass sie ihn in diesen sehr privaten Raum eingeladen hatte, und er trat einen Schritt zurück.

Talia beugte sich nach vorn und öffnete die unterste Schublade ihrer Kommode. Mit zitternder Hand holte sie einige Bündel von Briefen heraus, streifte die seidenen Bänder ab, die sie zusammenhielten, und warf eins nach dem anderen auf ihr Bett, wo sie sich bald zu einem ansehnlichen Stapel türmten. Talia nahm einen davon und öffnete ihn. Dann las sie mit vor Tränen blinden Augen den ersten Satz, der dort in James' kühner Handschrift geschrieben stand:

Meine liebe Talia …

»›Ich wünschte, du könntest die Trommeln hören, die die Ceylonesen statt Flöten oder Blasinstrumenten benutzen‹«, las sie laut vor. »›Sie sagen, aus ihnen entstünde *ein Geräusch wie von einem Gewitter, das sich an einem Felsen bricht, der im Licht der aufgehenden Sonne leuchtet*, und ich wage zu behaupten, dass dies eine vollkommen passende Beschreibung ist …‹«

Talia ließ das Blatt aufs Bett fallen und nahm einen anderen Brief zur Hand. »›Heute Nacht hat es auf See einen Sturm gegeben. Riesige Wellen türmten sich auf, die aussahen, als wollten sie unser Schiff im Ganzen verschlingen, bevor sie unter uns wegzuschmelzen schienen. Wie ein bösartig aussehender Hund, der sich als lammfromm erweist, sobald er näher kommt …‹«

Ein weiterer Brief. »›Kap York ist unglaublich. Ich wollte, du könntest die Crimson Cliffs sehen, denn sie haben in der Tat eine rötliche Farbe. Dahinter erhob sich ein Eisberg. Die eine Seite fiel beinahe senkrecht ab und war von kristallenen Eiszapfen und schlanken Säulen aus Eis gesäumt, wie man sie in Moscheen findet. Es gab auch einen Tunnel aus Eis, der in einem herrlichen Smaragdgrün leuchtete (woraufhin ich natürlich an dich denken musste), und von oben strahlte die Sonne. Alles wirkte wie aus einem Märchen …‹«

»›Der japanische Garten ist im Sommer wunderschön. Entlang der Wege blühen wilde Erdbeeren und in den Teichen Seerosen. Wir saßen zwischen blühenden Topfpflanzen an quadratischen, lackierten Tischchen, auf denen Teetassen, Zuckerwerk, Kuchen und Schalen mit Reis und Früchten standen. Der Tee war recht gut, allerdings ein wenig bitter, und ich gebe zu, dass ich mir für einen Augenblick meinen überzuckerten indischen Tee wünschte …‹«

Talia ließ auch diese Seite fallen und nahm eine neue. Und noch eine. Und noch eine. »›Vom Gipfel des Ekebergs in Oslo hat man einen zauberhaften Blick über ein Meer von hügeligen Wiesen, die mit roten und weißen Häusern gesprenkelt sind … Heute habe ich die Gärten in Fort William besucht, wo es jede Menge riesige Himbeeren, Stachelbeeren, Erdbeeren und Johannisbeeren gibt (Ich bin mir ziemlich sicher, die Köchin deines Vaters würde daraus exzellente Muffins mit ganzen Früchten zaubern) … Der Strom fließt etwa fünf Meilen unterhalb von Bagdad in den Tigris; die Überreste einer Brücke sowie die geografische Lage ließen mich vermuten, dass es sich um den Isa-Kanal handelt …‹«

Die Blätter fielen aus Talias Händen wie Herbstlaub und riefen in ihrem Kopf unzählige Bilder wach – alle inspiriert durch James' Schilderungen seiner Abenteuer.

Dieser stand unbewegt und umgeben von einer merkwürdigen Stille mit unergründlicher Miene da und sah ihr zu.

Talia kämpfte mit den Tränen, als sie zu einer Vitrine mit zahlreichen Schubladen und Regalfächern ging, die an der gegenüberliegenden Wand stand, und die Türen öffnete. Sie nahm Gegenstände heraus und legte sie auf ein Tischchen. »Eine griechische Münze. Eine indianische Pfeilspitze. Muscheln und Seeglas aus dem Indischen Ozean. Scherben von römischen Tongefäßen, ein Tigerzahn, eine chinesische Laterne, ein persisches Tintenfass …«

Sie hielt inne, als die Tränen überflossen überwältigt von all den Dingen, die er ihr geschickt oder mitgebracht hatte und die sie mit so großer Hoffnung und so vielen Wünschen und Träumen erfüllt hatten. Seine Briefe, all die Vorstellungen, die sie von weit entfernten, exotischen Ländern erweckten, hatten ihr sogar in den dunklen Tagen nach dem Weggang ihrer Mutter Halt gegeben.

»Mein Gott, James.« Talia wandte sich um und sah ihm in die Augen. »Du hast das wirklich nicht gewusst? Du glaubst, du hättest mir *nichts* gegeben?« Sie schüttelte den Kopf und wischte sich die Tränen aus dem Gesicht. »Du hast … du hast mir die ganze *Welt* gegeben.«

Er stemmte sich vom Türknopf weg und war mit drei Schritten bei ihr. Bevor sie noch etwas sagen konnte, packte er sie bei den Schultern, riss sie an sich und presste seine Lippen stürmisch und voller Leidenschaft auf ihre.

Talia keuchte auf. Ihr Körper war nicht länger ihrem Willen unterworfen, und sie öffnete die Lippen, um ihn einzulassen.

Seine Zunge glitt in ihren Mund. Das hier war etwas anderes als der zarte Versuch von vorhin.

»Ich musste immerzu an dich denken«, stieß er keuchend hervor, »und muss es noch«, während seine Hände zu ihrem Hals glitten und ihren Kopf beugten, um den Kuss zu vertiefen. »Ob ich in der Wüste war oder auf dem Gipfel eines Berges … immer dachte ich an dich. Im Outback lag ich nachts wach und dachte daran, wie sehr dir dieses Land, die Sterne und die Tiere gefallen würden. Ich fragte mich, was du daheim in London wohl machst, auf welche Partys du gehst, welches Kleid du trägst, ob ein Mann um deine Hand angehalten hat … und wusste, dass ich es nicht ertragen könnte, wenn du eingewilligt hättest.«

Er wischte mit den Daumenspitzen ihre Tränen weg und erforschte ihr Gesicht. »Ich wollte dir schreiben, Talia, so sehr. Aber ich konnte an gar nichts anderes mehr denken, als an dich, und ich … ich fürchtete mich vor dem, was ich dir sagen würde.«

Talia schluckte hart und fuhr ihm mit den Fingerspitzen über die Wange. »Dann sag es jetzt.«

Weiße Gluthitze leuchtete in seinen Augen auf, als er sich von ihr losriss. Talia glitt aus seinem Griff, ging zur Tür und schloss sie ab. Ihr Herz klopfte, als wolle es aus der Brust springen. Sie kam zurück, schlang die Arme um seinen Hals und zog ihn an sich.

»Lauf nicht weg, James«, flüsterte sie im Kuss. »Nicht vor mir.«

Er murmelte leise etwas Unverständliches. Erregung erfasste ihn, als Talias Lippen sich auf seine pressten und ihre Hände seine Schultern umfassten. Wärme strömte durch ihr Blut und spülte alle Zweifel weg.

»Sag es mir«, wiederholte sie.

»Ich fürchtete, ich könnte dir verraten, wie sehr ich dich begehre.« Er nahm ihr Gesicht in beide Hände und blickte ihr in die Augen. »Ich *wollte* dir sagen, dass ich von dir träume und dass diese Träume ganz und gar unschicklich sind. Dass ich des Nachts vor Sehnsucht nach dir aufwache … Gott, Talia.« Er schüttelte den Kopf. »Ich war sogar selbst darüber geschockt, wie unzüchtig meine Gedanken waren.«

Talia musste lächeln. Seinetwegen durchlebte sie soeben einen Moment zügellosen Verlangens, eine Mischung aus Erregung und purer weiblicher Befriedigung. Er mochte ihre Liebe zurückgewiesen, ihren ersten Kuss vereitelt haben, aber die Vorstellung, mit ihr zusammen zu sein, hatte sich in einer geheimen Ecke seines Kopfes festgesetzt und stetig an Macht gewonnen. Es war ihm nicht gelungen, die Gedanken daran, was sie beide miteinander teilen könnten, zu verdrängen, wenn sie beide sich trauten, sich zu ergeben.

»Küss mich noch einmal«, forderte sie flüsternd.

Und er tat es. Nach einem kurzen Moment des Zögerns, in dem er gegen sein Verlangen ankämpfte, senkte er seine Lippen stöhnend auf ihre. Talia kam ihm auf halbem Weg entgegen. In ihrem Herzen erblühten die Wonne und die Gewissheit, dass all die Jahre des Sehnens zu diesem einen Augenblick geführt hatten. Seine Hände packten ihre Hüften, wanderten ihren Rücken hinauf, zogen sie näher.

Davon ermutigt, ließ Talia sich gegen seinen Körper fallen, badete in dessen Wärme, als sie in diesem Kuss versanken. Instinktiv wusste sie, dass es an ihr war, die Dinge weiterzutreiben, denn James würde ohne Zweifel darauf beharren, ihre Jungfräulichkeit zu bewahren … wie sehr sich Talia auch wünschte, sie ihm zu schenken.

Sie fuhr mit beiden Händen durch sein dichtes Haar und sog den warmen, salzigen Duft seiner Haut ein. Dann machte sie einen energischen Schritt nach vorn, wissend, dass er nicht darauf gefasst war. Sie fielen auf das Bett, und sie kam auf ihm zu liegen. Ihre Erregung wuchs, als sie seinen schlanken, muskulösen Körper spürte.

James packte ihre Hüften fester. »Talia –«

»Hör auf, dich dagegen zu wehren.« Sie streifte ihre Unterröcke hoch und spreizte die Beine, sodass sie seine harten Oberschenkel zwischen ihren spüren konnte. Verlangen schoss durch ihren Körper. »Lass unsere Träume wahr werden, James.«

Endlich.

Sie legte ihm die Hände an die Wangen und küsste ihn wieder, heiß und innig, nahm instinktiv seine Unterlippe zwischen die Zähne und ließ ihre Zunge mit seiner spielen. Er stöhnte dunkel. Talia setzte sich auf ihn und begann mit zitternden Fingern, seine Krawatte zu lösen. Dann fing sie an, sein Hemd aufzuknöpfen.

Ihr Herz machte einen Sprung, als sie seine nackte Haut unter den Händen fühlte. Sie ließ den Blick über die rau behaarte Brust wandern, den muskulösen Oberkörper bis zu der Stelle, wo er unter dem Hosenbund verschwand. Sie schluckte und schob James die Jacke von den Schultern. Dann lehnte sie sich zurück, um ihm die Möglichkeit zu geben, das Hemd abzustreifen.

»Oh.« Sie atmete hörbar aus, als ein wonniger Schauer ihren Körper erfasste, während sie seinen nackten Oberkörper betrachtete, die glatten, straffen Schultern, die starken Arme.

»Du bist schön«, sagte sie.

Er lachte unterdrückt und schüttelte den Kopf. »Was dich betrifft, Talia, so bin ich ein schwacher, nutzloser Feigling. Aber im Augenblick kann ich mich um nichts in der Welt dazu durchringen, mir darüber Gedanken zu machen.«

Er stemmte sich hoch, rollte sie mit einem schnellen Schwung auf den Rücken und kam über sie wie ein Löwe, der sich seiner Beute nähert – schien nur aus heißer, goldener Haut und feurigen Augen zu bestehen. Das von sonnengebleichten Strähnen durchzogene Haar hing ihm in die Stirn. Aufregung und Vorfreude erfassten Talia.

Sie öffnete einladend die Lippen und versank in seinem tiefen Kuss. Vage kam ihr der Gedanke in den Sinn, dass sie stundenlang so daliegen und James küssen könnte, auch wenn jetzt drängendes Verlangen in ihrem Schoß zu pulsieren begann. Ihr Kleid schien sich um sie zusammenzuziehen, das Korsett ihr den Atem zu nehmen.

Sie wand sich unter ihm, strich mit den Händen über seinen Bauch und die straffe Leistengegend. »James, ich … ich will …«

Er setzte sich auf und streckte eine Hand aus, um sie zu berühren. Dann hielt er unvermittelt inne.

Talia sah ihn schweigend an. Die Luft zwischen ihnen vibrierte vor unterdrückter Energie. Sie glitt vom Bett, stellte sich aufrecht hin und hob die Arme, um ihr Haar zu lösen. Sie hielt die langen Strähnen in die Höhe und wandte ihm den Rücken zu. Eine atemlose Sekunde lang passierte nichts. Dann spürte sie seine Hände, als er begann, die Schließen zu öffnen, die ihr Kleid zusammenhielten.

Sie schüttelte es wie eine Wolke bedruckter Baumwolle ab und löste ihre Unterröcke. Dann fasste sie hinter sich und zerrte ungeduldig an den Bändern des Korsetts.

»Beeil dich«, murmelte sie leise, als ihre Haut vor heißem Verlangen, aus den beengenden Kleidungsstücken herauszukommen und endlich seine Hände auf sich zu spüren, zu prickeln begann.

Er löste die Bänder gerade so weit, dass Talia das Korsett vorne aufhaken und abstreifen konnte. Ihre Brust hob sich, als sie tief einatmete, und ihr Körper wurde weich vor Begehren. Doch plötzlich wurde ihr bewusst, dass sie unter dem losen Unterkleid aus Leinen vollkommen nackt war. Als sie das Gewicht ihrer Brüste spürte und die Hitze, die sich zwischen ihren Schenkeln sammelte, empfand sie Angst und verschränkte schützend die Arme.

James legte seine Hände auf ihre Taille, ließ sie über ihre Hüften gleiten, drückte ihre Pobacken, ließ sie weiter hinunter auf die Oberschenkel wandern. Er keuchte leise. Talia erbebte, als sich die Wärme seiner Haut durch den Stoff brannte.

»Dreh dich um«, flüsterte er rau.

Sie tat es. Ihr Magen flatterte nervös. In James' Augen brannte heiße Lust, als sein Blick ihren Körper erkundete und auf den üppigen Rundungen ihrer Brüste verweilte, deren Spitzen sich hart unter dem dünnen Stoff abzeichneten. Er umfasste ihre linke Brust, und dann – Talia hielt schockiert den Atem an – beugte er sich rasch nach unten und nahm ihre rechte Brustwarze zwischen die Lippen.

Talia keuchte und krallte instinktiv die Finger in sein Haar, als sein heißer Atem einen Pfeil der Lust direkt in ihr Innerstes schießen ließ. Er saugte an der straffen, stoffbedeckten Knospe, leckte mit der Zunge darüber, umkreiste sie, bis Talia vor Wonne erschauerte. Dann fasste er sie um die Taille und drängte sie zurück aufs Bett.

Talias Furcht ließ nach, als er den Kopf hob und sie ihm in

die Augen sehen konnte, in denen sich Zuneigung und Lust spiegelten. Ohne den Blick von ihr zu wenden, fasste er ihr Unterkleid, schob es höher und höher, ließ seine Hand daruntergleiten, um die Wärme ihrer nackten Haut zu fühlen. Dann hielt er inne. Talia wusste, worauf er wartete, und sie zog es mit einer einzigen fließenden Bewegung aus.

»Gott … Talia …« Lustvoll ließ er seinen Blick über ihre nackten Brüste und Hüften wandern.

Talia, ermutigt von diesem Blick, entledigte sich ihrer Unterhosen, dann lag sie zum ersten Mal in ihrem Leben völlig nackt vor einem Mann … vor dem einzigen Mann, den sie immer schon geliebt hatte und auf ewig lieben würde. Sie stützte sich auf einen Ellbogen und küsste ihn. Minutenlang. Dann spürte sie, wie James' Hand sich vorsichtig zwischen ihre Schenkel schob.

»James …«

»Warte«, flüsterte er auf ihren Lippen. »Wenn du mich lässt …«

Sein Daumen drückte sanft auf eine bestimmte Stelle, eine Berührung, die Talia vor Lust erschauern ließ. Dann ließ er einen Finger in sie hineingleiten. Sie wollte protestieren, unterdrückte jedoch die intuitive Reaktion und zwang sich, sich zu entspannen. Wieder küsste er sie. Als seine Zunge mit ihrer spielte, schob er noch einen Finger in sie hinein und arbeitete sich sanft, aber bestimmt weiter vor bis zu …

Talia keuchte überrascht auf und zuckte zurück, als ein plötzlicher Schmerz durch ihren Unterleib fuhr. James zog seine Finger zurück, ließ aber die Spitze seines Daumens mit sanftem Druck um jenen Knubbel kreisen, in dem ihre Lust wohnte. Überwältigt von der Mischung aus vergehendem Schmerz und anschwellender Wonne spannte sie sich an.

James murmelte etwas Beruhigendes. Sie spürte seinen heißen Atem, als er seine Lippen über ihr Gesicht wandern ließ und ihren Hals hinunter. Er leckte über die feuchte Vertiefung unterhalb ihrer Kehle, und während er seine Finger zwischen ihren Schenkeln schneller kreisen ließ, vereinten sich die Lustschauer. Stöhnend spreizte sie ihre Beine weiter und drängte sich gegen seine Berührung, um das Ziel der anschwellenden Lust zu erreichen. Dann brach sich der Druck wie eine Welle an Fels, und eine Explosion von Sternen raste durch ihre Adern.

James erstickte ihre Schreie mit seinem Mund und ließ die Zunge über ihre Unterlippe wandern. Seine Finger bewegten sich jetzt langsamer in ihr. Sie wand sich unter ihm, bog sich ihm entgegen, atemlos, schon nach dem nächsten verzückenden Taumel verlangend. Sie stützte sich auf einen Ellbogen und sah fasziniert das schwelende Begehren in seinem Blick.

»Gibt es …« Sie schluckte, um ihre trockene Kehle zu befeuchten. »Gibt es da noch mehr?«

James lachte gequält auf, zog sie an sich und liebkoste mit den Lippen ihre Wange. »Oh ja, es gibt noch mehr, süße Talia. Noch so viel mehr.«

Sie presste ihre Hand auf seine Brust und spürte, wie heftig sein Herz klopfte. »Zeig es mir.«

Stöhnend nahm er ihr Handgelenk und führte ihre Hand zu seinem Bauch. Talias Finger streiften die schwellende Härte in seiner Hose. Neugierig knöpfte sie sie auf. Lust und Verzückung hatten alle Vorsicht schwinden lassen. Sie schob ihre Hand hinein und berührte den glatten, pulsierenden Schaft.

»Ich will dich sehen.«

Er presste die Kiefer aufeinander, drehte sich kurz weg und zog die Hose aus. Talia betrachtete sein erigiertes Glied und die Vorstellung, wie es in sie hineinstieß, ließ sie Beklommenheit und Erregung zugleich empfinden. Sie atmete tief ein und schloss die Hand um das köstliche Fleisch, strich mit den Fingerspitzen über die pulsierenden Adern und die harte Spitze.

Als James erneut laut aufstöhnte, wandte sie den Blick von seinem aufgerichteten Glied und sah ihn an. Sein Gesicht war gerötet, die Brust nass von Schweiß, die Kiefer immer noch fest aufeinandergepresst. Aber Gott, war er schön! So schweißgebadet und zerzaust, wie er voller Begehren den Anblick ihres nackten Körpers trank.

»Soll ich …?« Auf einmal wollte sie ihm genauso viel Lust bereiten wie er zuvor ihr. »Was soll ich tun?«

»Berühr … berühr mich … so.« Er nahm ihre Hand, um sie fester um seine Erektion zu legen, und bewegte sie dann auf und ab.

Er veränderte leicht die Stellung, sodass er halb über Talia lag. Sie spreizte erwartungsvoll die Schenkel – so viel wusste sie immerhin über den Akt der Vereinigung, doch James nahm die Einladung nicht an. Er blieb neben ihr liegen, eine Hand in ihr Haar gekrallt, während sie sein steifes Glied streichelte, um ihn in denselben verzückenden Rausch zu treiben, den sie zuvor erlebt hatte. Er nahm ihren Rhythmus auf, stieß hart in die Umklammerung ihrer Finger. Talia wand sich lustvoll, bot ihm ihre geöffneten Lippen und die nackten Brüste dar. Ihrer beider Keuchen erfüllte die Luft, und er presste sein Gesicht an ihren Hals, während sie ihn immer schneller rieb. Dann erschauerte er und stöhnte gepresst in ihre Halsbeuge, als sich sein Samen auf ihren Bauch ergoss.

Neues Verlangen kochte in Talia hoch, als sie ihren Griff lockerte. Doch James legte einen Arm um sie und zog sie an sich.

Sie rieb ihre heißen, geröteten Wangen an seiner Brust, trank seinen Duft, badete in der Berührung seines Körpers.

»Möchtest du nicht …« Ihre Stimme verlor sich.

»Mehr, als du ahnst.« Er strich ihr ein paar wirre Haare aus dem Gesicht, und sie konnte spüren, wie er sich anspannte. »Aber ein solcher Mistkerl bin ich nicht, dass ich dich diesem Risiko aussetze.«

Talia schmiegte sich an ihn, streichelte seine Brust und versuchte, die verborgene Bedeutung seiner Worte zu ignorieren.

Stille breitete sich aus. James wickelte eine Locke ihres langen Haars um seinen Finger.

»Ich werde eine Sondergenehmigung beantragen«, sagte er schließlich. »Damit wir heiraten können, bevor ich im Juni abreise.«

Talias Herz gefror zu Eis, und sie erstarrte.

»Heiraten?« Sie zwang sich, das Wort auszusprechen.

»Ich werde dich nicht entehren. Ich werde dich nicht auf diese Weise ausnutzen, ohne dich zur Frau zu nehmen.«

»Zur Frau …« Die Kälte breitete sich von ihrem Herzen in jeden Winkel ihres Körpers aus und erstickte die letzten Reste von Wärme. Sie rückte von ihm weg und langte nach ihrem am Boden liegenden Unterhemd. Als sie wieder sprach, versuchte sie, jeden wütenden Unterton aus ihrer Stimme zu verbannen. »Du hast mich nicht ausgenutzt, James. Ich habe mich dir angeboten.«

Er stemmte sich auf einen Ellbogen hoch und sah zu, wie sie das Unterkleid überstreifte. »Ein weiterer Grund, warum wir bald heiraten sollten.«

»Und ich habe es keineswegs in der Erwartung getan, dass wir *heiraten*«, schnappte sie.

Ihre Hände bebten, als sie zum Kleiderschrank ging und

ein Kleid herausnahm, das vorne zu knöpfen war. Sie atmete flach und angestrengt, während sie es sich überzog und es schloss.

»Und jetzt?« James schlüpfte in seine Hosen. Eine leichte Gereiztheit ging von ihm aus. »Ich werde nicht der Mann sein, den du verdienst … *kann* es nicht sein. Aber ich schwöre dir, dass ich alles tun werde, was in meiner Macht steht, um dich zu beschützen und glücklich zu machen. Du wirst alles haben, was du dir wünschst. Ich werde deiner Schule genügend Geld geben, damit die Union jemanden einstellen kann, der –«

»Hör auf.« Talias Herz durchzuckte ein so heftiger Schmerz, dass sie sich am Kleiderschrank abstützen musste. »Du … du glaubst, ich würde einwilligen, dich zu heiraten und meine Arbeit in der Reformschule aufzugeben, nur weil wir intim miteinander waren? Kennst du mich denn überhaupt nicht, James?«

Er starrte sie fassungslos an. »*Du* bist diejenige, die mir ihre Liebe gestanden hat, Talia. *Du* sagtest doch, du wolltest mich heiraten.«

»Das war vor über einem Jahr! Und ich habe diese ganzen Monate nicht damit verbracht, in meinem Zimmer zu sitzen und mich nach dir zu verzehren. Ich habe nicht gehofft, dass du nach London zurückkommst, deine Meinung änderst und mich zur Frau nimmst.« Ein hässlicher Gedanke durchbohrte sie. »Mein Gott, James. Dachtest du etwa, ich versuche, dich in eine *Falle* zu locken?«

»Nein. Ich dachte … Verflucht noch eins, Talia!« James lief im Raum umher wie ein Löwe im Käfig. An seinen nackten Schultern zeichneten sich deutlich die verspannten Muskeln ab. »Seit ich zurück bin, habe ich versucht, mich von dir fernzuhalten und zu leugnen, dass ich mich so sehr nach dir gesehnt habe, dass es weh tat. Aber ich kann nicht länger dagegen ankämpfen. Ich werde dir geben, was immer du willst, *alles*, wenn du meine Frau wirst und …«

»… das tue, was du willst«, beendete Talia den Satz mit tonloser Stimme.

»Meine einzige Bitte ist, dass du deine Arbeit für die Reformschulen zumindest aus der Distanz verrichtest, die für eine Frau deiner gesellschaftlichen Stellung angemessen ist.«

Talia presste die Hände auf die Augen. »Du klingst wie Alexander. Wie mein Vater.«

»Die Bitte ist nicht unangemessen.«

»Und wenn ich mich weigere?«

»Willige ein, und ich gebe dir mein Wort, dass Northwood nie etwas von deinen Abenteuern in Wapping erfährt.« Seine Stimme wurde hart »Du verdienst jemand Besseren als mich, aber wenn du mich heiratest, wirst du niemals wieder den Zudringlichkeiten junger Männer ausgesetzt sein. Du wirst dich nie mehr fragen müssen, was die Leute von dir denken, du wirst nie wieder wählen müssen zwischen Nützlichkeit und Ehrbarkeit. Du wirst deinen eigenen Haushalt führen, über unbeschränkte finanzielle Mittel verfügen, die Sicherheit der Ehe haben, und, wie ich hoffe, das Einverständnis deines Vaters und deiner Brüder.«

Talia ließ die Hände sinken und sah ihn an. Da stand er, die Hände zu Fäusten geballt, die Miene finster. Der Schmerz in ihrem Herzen weitete sich aus, durchbrach die Mauern, die aufzubauen sie sich so bemüht hatte. Die Mauern, die James hatten abwehren sollen.

»Ginge es mir wirklich um alle diese Dinge«, sagte sie, »gäbe es eine Menge Männer, die ich heiraten könnte. Zum Beispiel Lord Ridley.«

Seine Kiefer mahlten. »Du wirst nicht Ridleys Frau, Talia, was auch immer –«

Er unterbrach sich unvermittelt, blickte über ihre Schulter zum Kleiderschrank und zog die Augenbrauen zusammen. Talia wandte sich um und folgte seinem Blick. Die Türen des Kleiderschranks standen immer noch offen. Zu spät bemerkte sie, was seine Aufmerksamkeit erregt hatte.

Ihr Herz machte einen Sprung. Sie eilte hinüber, um die Türen zuzuschlagen, aber James war schneller. Er riss eine Tür wieder auf und ein Kleidungsstück vom Haken. Schockiert starrte er an, was er in den Händen hielt.

Talia schluckte und krampfte die Hände in den Stoff ihres Kleides. Angst und Scham stiegen in ihr auf.

James hielt ihr den Mantel hin. »Der gehört mir.«

Offensichtlich hatte es keinerlei Zweck zu lügen. »Du gabst ihn mir an … an jenem Nachmittag in Floreston Manor.«

Ein intensives Rot kroch ihren Hals hinauf.

James schaute sie fassungslos an. »Du hast ihn behalten?«

»Es schien … es erschien mir sinnlos, einen guten Mantel wegzuwerfen.« Talia musste fast blinzeln angesichts der Lächerlichkeit dieser Erklärung. Keine Frau der Welt würde den Mantel eines Mannes aufbewahren, es sei denn, er wäre für sie ein kostbares Andenken.

Sie nahm ihm den Mantel aus der Hand und hängte ihn in den Schrank. Dabei fühlte sie den weichen Wollstoff, der immer noch einen leichten Duft von Zimt und Tee verströmte.

»Das ist der Grund, warum ich mich dir angeboten habe«, gab sie zu.

Es würde keine Zeit mehr kommen, in der sie nicht mehr ehrlich mit ihm wäre. »Ich habe dir die Wahrheit gesagt, als ich dir gestand, dass ich oft an dich denke und von dir träume.

Weil ich dir vertraue, selbst jetzt noch. Aber ich werde dich nicht heiraten.«

»Du hast meinen Mantel behalten, Talia, über ein Jahr lang! Ganz gewiss bedeutet das, dass du etwas für mich empfindest.«

»Ich werde dich nicht heiraten, James.«

Seine Augen funkelten. »Warum nicht?«

»Weil du mich niemals lieben wirst«, sagte Talia, und die Worte zersplitterten in ihrem Mund wie dünnes Glas. »Und weil ich dich nicht mehr lieben *will*.«

Außerstande, ihm noch länger in die Augen zu sehen, wandte sie sich ab und ging hinaus.

15

James rieb sich die schmerzenden Augen. Er hatte das Gefühl, in den beiden Tagen seit seiner letzten Begegnung mit Talia nicht eine Sekunde geschlafen zu haben. »Was halten Sie von einer baldigen Abreise?«

»Es sieht nicht allzu vielversprechend aus, fürchte ich«, erklärte Mr Graham. »Die Ausrüstung können wir an Bord bringen, aber Dr Yarrows Termine hindern ihn daran, London vor dem Zehnten des Monats zu verlassen, und Sie müssen noch einen zweiten Sanitätsoffizier anheuern.«

»Dann finden Sie schnell jemanden. Ich rede mit Yarrow.«

Graham sah ihn verwundert an. »Möchten Sie denn nicht selbst mit den Kandidaten sprechen?«

»Nein. Sorgen Sie nur dafür, dass derjenige qualifiziert ist und weiß, was er zu tun hat …« James deutete mit dem Kopf Richtung Bürotür. »Gehen Sie.«

Graham nahm verblüfft seine Siebensachen, stand auf und ging zur Tür. James versuchte, sich auf die Papiere zu konzentrieren, die vor ihm auf dem Schreibtisch lagen, aber die Reihen und Spalten mit Buchstaben und Zahlen verschwammen vor seinen Augen. Er hatte Kopfschmerzen. Es gelang ihm nicht, die Dinge festzuhalten, die wie ein Schwarm aufgescheuchter Mücken in seinem Hirn umherschwirrten – Details, Aufgaben, Pläne … all das versank unter den überwältigenden, übermächtigen Gedanken an Talia.

Blicklos starrte er auf die Dokumente. Vor ihm lag der Entwurf eines Briefes an seine Bank, in dem James eine beträchtliche Spende an die Ragged School Union anwies, aber er hatte ihn noch nicht unterzeichnet. Er hatte das scheußliche Gefühl, dass – auch wenn der Verein das Geld sehr wohl gebrauchen konnte – Talia diese Geste als blanke Beleidigung auffassen würde.

Was sie auf irgendeine Art vermutlich auch war.

Er stöhnte frustriert und presste erneut die Hände auf die Augen. Sie hatte seine Briefe aufbewahrt. Sie hatte alles aufgehoben, was er ihr jemals mitgebracht hatte. Verdammter Mist. Sie hatte seinen *Mantel* behalten. Er wünschte bei Gott, er hätte etwas von ihr gehabt, das er bei sich hätte tragen können.

Und vor allem wünschte er, er hätte den Mut, ihr zu sagen, dass er sie liebte. Ihr zu gestehen, dass jeder Gedanke an sie ihn immer nur glücklich gemacht hatte, dass jedes Mal, wenn er sich anschickte, sie zu besuchen, Vorfreude in ihm aufloderte. Er wünschte, er könnte ihr seinen geheimsten Herzenswunsch enthüllen, jenen einen, den er bisher nicht einmal sich selbst eingestanden hatte: dass ein Wunder geschähe und ihm gestattet wäre, den Rest seines Lebens mit ihr zu verbringen.

Seine Kehle wurde eng.

»Lady Sally, Mylord.« Pollys Stimme unterbrach seine Gedankengänge.

James schaute auf und erhob sich, als Talias Tante das Zimmer betrat. Polly machte einen unbeholfenen Knicks.

Sally bedachte das Mädchen mit einem nachsichtigen Lächeln, als es hinausging. »Guten Morgen, James. Das Haus ist viel hübscher geworden, seit ich das letzte Mal hier war. Talia hat ein gutes Händchen für so etwas, meinen Sie nicht auch?«

James schluckte hart. Das war die pure Untertreibung. In seinem Kopf blitzten Bilder von Talias schlanken Fingern auf, die über seine Brust strichen, sich um seinen –

»Hatten Sie einen angenehmen Vormittag?«, fragte Sally, während sie sich auf einem Stuhl vor seinem Schreibtisch niederließ.

James brachte ein Nicken zustande. Sein Vormittag war geprägt gewesen vom bitteren Geschmack der Reue und der Selbstvorwürfe.

»Tee, Lady Sally?«, gelang es ihm zu fragen.

»Nein danke, James. Ich bin auf dem Weg zu Lady Hamilton, aber ich wollte kurz vorbeischauen und Sie wissen lassen, dass sich die Sache mit Lord Ridley bestens entwickelt.«

Verdammt. Die Frau wollte *jetzt* mit ihm über Ridley sprechen?

»Äh, Mylady, ich bin mitten in –«

»Ja, ja. Sie sind mich sofort wieder los, James.« Sally beugte sich nach vorne, und in ihren Augenwinkeln erschienen Lachfältchen. »Lord Ridley scheint an Talia Gefallen zu finden. Na ja, und heute Nachmittag begleitet er uns ins British Museum. Was mich zu der Vermutung veranlasst, dass Sie ihn darüber informiert haben, wie sehr Talia die ägyptische Abteilung liebt. Danach lädt er uns zum Tee ins *Albion* ein. Ist das nicht nett?«

James versuchte, nicht mit den Zähnen zu knirschen. »Reizend.«

»Und auch Talia spricht recht oft von ihm, obwohl sie immer noch ein wenig zurückhaltend ist. Aber das war wohl zu erwarten. Rushton wird nicht vor Ende August zurück sein, also haben wir genügend Zeit, die Angelegenheit zu regeln.«

James presste die Kiefer so fest aufeinander, dass es schmerzte. »Regeln, Mylady?«

»Nun, ich meine Talias und Ridleys Verlobung. Ich bin sicher, Ridley und Lord Greenburg werden die Sache mit Rushton besprechen wollen.«

»Vielleicht wäre es das Beste, nichts übers Knie zu brechen«, meinte James betont sachlich.

»Oh, das würde Talia ohnehin niemals erlauben«, stimmte Sally zu. »Deswegen bin ich ja so dankbar, dass uns noch ein paar Monate Zeit bleiben. Bis Ende Juli wird sie doch hoffentlich erkennen, was für eine glänzende Partie Lord Ridley ist. Es sei denn …«

Ihre Stimme verlor sich. James sah hoch.

»Es sei denn?«, wiederholte er.

»Oh, nichts.« Sally winkte ab.

James' Kiefer schmerzten stärker. »Es sei denn *was*, Mylady?«

»Nun, es ist vielleicht ein bisschen töricht, aber …« Sally seufzte. »Ich erzählte Talia kürzlich von der Ehe mit meinem geliebten Harold. Sie erinnern sich doch noch an ihn? Ein wunderbarer Mann. Und ich fürchte, ich habe ihr die Idee in den Kopf gesetzt, ihre Ehe sollte eine von gegenseitigem Respekt, Liebe und … Leidenschaft geprägte Verbindung sein.«

»Leidenschaft?«

»Jawohl.« Sally beugte sich erneut über den Tisch und sah ihm direkt in die Augen. »Und Lord Ridley ist zwar reizend, aber ich fürchte, ich habe womöglich den Grad der *Leidenschaft*, den er in Talia auslöst, etwas überschätzt. Ich sorge mich in der Tat, sie könnte nach einem Ehemann Ausschau halten, der alle drei der genannten Qualitäten besitzt … in *Hülle und Fülle*.«

Die Bemerkung krallte sich in James' Herz wie eine scharfe Klaue.

Sally zog umständlich ihre Handschuhe wieder an. »Ich würde den Plan mit Lord Ridley immer noch sehr gerne weiterverfolgen, James, aber die Angelegenheit ist sind noch nicht so weit gediehen, dass wir unsere Meinung nicht noch ändern könnten. Sie wissen schon, falls einem von uns ein Kandidat einfällt, der noch besser geeignet wäre.«

James verengte die Augen zu Schlitzen. Sally schenkte ihm ihr breitestes Lächeln.

»Würden Sie bitte weiterhin darüber nachdenken?«, bat sie. »Was ich selbstverständlich auch tun werde. Merken Sie sich: gegenseitiger Respekt, Liebe und *Leidenschaft*. Soll ich es Ihnen aufschreiben?«

»Ähm, nein. Nein, das wird nicht nötig sein.«

Sally winkte ihm zu und begab sich zur Tür. »Ich bin Ihnen zu großem Dank verpflichtet, James. Sie brauchen mich nicht hinauszugeleiten. Und gönnen Sie sich etwas Ruhe. Sie sehen ein wenig abgehärmt aus.«

Mit diesen Worten rauschte sie hinaus. James stützte den Kopf in die Hände. Und wenn die gesamte westliche Zivilisation auf dem Spiel stehen sollte, er würde nicht im Traum daran denken, einen anderen Mann für Talia zu suchen, der ihr Liebe und *Leidenschaft* geben konnte, verdammt noch mal.

Er schüttelte den Kopf. Die Sache mit Ridley war schon schwierig genug. James versuchte, sich seinen Freund nicht mit Talia vorzustellen, aber das war natürlich unmöglich. Er sah die beiden vor sich, Seite an Seite in einer Kutsche, zusammen im Museum, die Köpfe zusammengesteckt und in ein Gespräch über Mumien und Hieroglyphen vertieft …

Ein missmutiges Grollen entrang sich seiner Brust. Talia hatte zwar bislang jedem Gedanken an eine Heirat widerstanden, doch sie wusste sehr gut, dass eine Ehe ihr zum Vorteil gereichen würde. Das hatte sie James selbst gesagt. Es war die Heirat mit *ihm*, die ihr ein Gräuel war.

Was exakt dem entsprach, was sie empfinden *sollte*.

James stemmte sich hoch und trat ans Fenster. So angestrengt er diese Überlegungen auch in seinem wie vernebelten Gehirn hin und her wälzte, ihm fiel einfach keine Lösung ein. Einerseits entsetzte ihn die Vorstellung zutiefst, Talia käme einem anderen Mann nahe, andererseits gab es keinen gangbaren Weg, sie zu veranlassen, *ihn* zu heiraten.

Und wenn er versuchte, sie dazu zu nötigen, indem er ihr drohte, Alexander die Wahrheit über die Schule in der Brick Street zu erzählen … nun, dann würde Talia es entweder darauf ankommen lassen oder ihn für den Rest ihres Lebens hassen. Oder beides.

Was bedeutete, er ließ sie besser in Ruhe. Er nickte kurz, als er sich dieser unleugbaren Erkenntnis beugte. Er würde London wie geplant verlassen – gern auch früher, wenn es sich einrichten ließ –, wieder nach Russland fahren und einen Abstecher zu Northwood in St. Petersburg machen.

Dort würde er sein Versprechen einlösen und seinem Freund in allen Einzelheiten von der Schule in der Brick Street berichten. Dann würde er auf sein Schiff zurückkehren und Kurs auf das Amur-Becken nehmen. North konnte dann reagieren, wie er es für richtig befand, und Talia würde sich ihrem älteren Bruder fügen, wie sie es schon immer getan hatte. Vielleicht würde ihre mögliche Verlobung mit Ridley dazu beitragen, Norths Zorn etwas zu lindern.

Gut. Und James würde …

Weglaufen.

Beinahe wäre er zusammengezuckt, als er Talias Stimme in seinem Kopf wispern hörte. Er umklammerte das Fensterbrett. Sollte sie doch denken, was sie wollte. Wenn sie ihm die Schuld gab, sie verführt und ihr Leben ins Chaos gestürzt zu haben … fein. Das nahm er gerne auf sich, wenn es ihre Sicherheit garantierte.

Diesmal würde er nicht scheitern. Er würde Talia beschützen, würde das für sie tun, was er für seine eigene Mutter nicht getan hatte. Selbst, wenn sie ihn dafür hasste.

»Recht bewundernswert, Mylady«, Lord Margate trat näher an Talia heran, »einen Jungen wie diesen unter Ihre Fittiche zu nehmen. Ich hoffe, er weiß es zu schätzen.«

Talia versuchte zu lächeln. Es hatte sich herumgesprochen, dass der zuständige Richter ihrem Gesuch um die Vormundschaft für Peter Colston stattgegeben hatte. Und zu ihrem großen Erstaunen waren auf dem heutigen Ball mehrere adlige Herren auf sie zugekommen, hatten ihr Beifall gezollt und gemeint, dieser Akt sei ein klarer Beweis dafür, dass sie es mit der Unterstützung der Reformbemühungen ernst meine. Das Lob löste ein leichtes Unbehagen in Talia aus, doch zugleich stand sie nicht so hoch über den Dingen, um nicht zu ahnen, dass dieser Umstand die öffentliche Meinung zugunsten der Brick Street umschlagen lassen konnte.

»Der Unterhaus-Ausschuss tritt kommende Woche zusammen«, sagte sie zu Margate. »Ich hoffe, ich kann auf Ihre Unterstützung zählen.«

»Natürlich. Vielleicht können wir das Ganze bald einmal in einer weniger öffentlichen Umgebung diskutieren.«

»Vielleicht.« Talia murmelte eine Entschuldigung und entfernte sich rasch. Dann begab sie sich auf die Suche nach Tante Sally.

»Genießen Sie Ihren Abend, Mylady?«

Ein Lächeln erschien auf Talias Gesicht, als Lord Ridley zu ihr trat und ihr ein Glas Champagner anbot. Ridley war im Gegensatz zu Margate ein sehr netter Mann, in dessen Gegenwart sie sich wohlfühlte. Außerdem sah er gut aus, hatte ein offenes Lächeln und ein fröhliches Funkeln in den Augen. Er hatte sie immer mit größtem Respekt und ausgesuchter Höflichkeit behandelt, und dies war gewiss mehr, als sie von James Forester behaupten konnte.

Beim Gedanken an James machte ihr Herz einen Sprung. Doch sie zwang sich, die heiße Erinnerung zu ignorieren, dieses Bild zu vergessen … wie sie zusammen auf ihrem Bett gelegen hatten, ihre Körper ineinander verschlungen …

»Denken Sie nicht auch?«, fragte Ridley.

»Oh, äh … bitte um Verzeihung?«

»Ich sagte, die neue Ausstellung im Zoologischen Garten soll sehr interessant sein.«

»Ja, natürlich.«

»Vielleicht möchten Sie mir gestatten, Sie nächste Woche einmal dorthin auszuführen?«

Sag ja!

Der stumme Befehl hallte in Talias Kopf wider. Sie war fertig mit James Forester. Ridley war ein angenehmer Mann aus gutem Hause. Sie mochte seinen Vater und auch seine Mutter, die beide mehr als froh schienen, sie als Schwiegertochter annehmen zu können; Rushton würde der Verbindung von Herzen zustimmen; sie würde eine respektable Ehe eingehen, von der sie selbst wie auch ihre Familie profitieren würden …

Sie spürte, wie ein vertrautes Prickeln ihren Rücken hinunterrieselte und sah an Ridley vorbei zu James, der den Raum durchquerte. Beim Anblick der schlanken, kräftigen Gestalt überflutete sofort eine Welle der Erregung ihren Körper, der sie verräterisch im Stich ließ. Ihr Blut begann zu pulsieren, als sie daran dachte, wie seine Finger die Öffnung zwischen ihren Schenkeln erkundet hatten.

Gütiger Gott. Sie warf den Kopf zurück und nahm zwei große Schlucke Champagner.

Sicher war James nicht der einzige Mann, der solche Gefühle in ihr auslösen konnte. Im Grunde musste Ridley über ähnliche Erfahrungen verfügen, auch wenn er nicht dieselben Wellen von Erregung in ihr auslöste wie James.

Trotzdem. Mit ein wenig Zeit und Privatsphäre … Natürlich würden Ridley und sie imstande sein, dieselbe Art von knisterndem Verlangen entstehen zu lassen. Natürlich würde der Anblick von Ridleys nackter Brust sie erregen; natürlich würde er sie mit einer einzigen Berührung dazu bringen, zu stöhnen und zu keuchen wie …

»Gefährliche Frösche, hieß es, die Gift verspritzen«, bemerkte Ridley und nahm sich ein neues Glas von einem Tablett. »Müssen ziemlich faszinierend sein.«

»Faszinierend«, echote Talia.

Sie gab sich alle Mühe, sich auf Ridley zu konzentrieren. Sie hatte ein schlechtes Gewissen und ärgerte sich, dass sie überhaupt in seiner Gesellschaft an James dachte, ganz zu schweigen von den heißen Intimitäten. Es war Ridley gegenüber sehr unfair. Und noch viel schlimmer wäre es, ihn weiter zu ermuntern, während sie immer noch an James dachte.

Gut. Alles würde in Ordnung kommen, sobald James London erst einmal verlassen hatte. Gott allein wusste, wann … *ob* er jemals wiederkam, und sie könnte ihr gewohntes Leben wieder aufnehmen. Ein Leben ohne James Forester.

»Ich habe die Zeit in Ihrer Gesellschaft sehr genossen«, sagte Ridley.

Talia spürte seinen Blick auf ihrem Gesicht, und ihr Magen zog sich leicht zusammen, als sie die Erwartung bemerkte, die er plötzlich ausstrahlte.

Ihr Herz krampfte sich kurz zusammen. Wie sehr sie sich doch wünschte, sie könnte nach bestem Wissen und Gewissen wenigstens in Betracht ziehen, Ridleys Frau zu werden. Viele Ehen in den höheren Kreisen fußten auf gegenseitigem Respekt, wenn nicht sogar Liebe, und auf zahlreichen anderen Gründen: Familienzusammenschlüsse, Politik, Geschäfte, Finanzen. Sie wäre keine grässliche Person, wenn sie Ridley nur deshalb heiraten würde, weil er ein gütiger, respektabler Mann war, der ihr ein gutes Leben bieten konnte.

In der Ehe musste die Liebe nicht unbedingt Teil der Gleichung sein … wie ihre Schwägerin Lydia es vielleicht ausgedrückt hätte. Nur war genau das bei ihr und Alexander der Fall. Genau wie bei Sebastian und Clara. Und Tante Sally würde bis ans Ende ihrer Tage die Erinnerung an ihre glückselige Zeit mit Onkel Harold schätzen …

»Es tut mir leid«, sagte Talia, bevor Ridley fortfahren konnte. »Ich danke Ihnen sehr für Ihre Freundlichkeit, Mylord, aber ich fürchte, ich muss alle weiteren Bemühungen Ihrerseits ablehnen.«

Schweigen breitete sich zwischen ihnen aus. Ridley blinzelte verwundert. Talia bemerkte, wie sich nun, da sie der Angelegenheit ein für alle Mal einen Riegel vorgeschoben hatte, eine ungeheure Erleichterung in ihr breitmachte. Jetzt wusste sie, dass sie sich niemals mit einem Ehemann zufriedengeben würde, den sie nicht liebte, wie nett er auch sein mochte.

»Es tut mir wirklich leid«, wiederholte sie.

»Nun«, Ridley räusperte sich. »Ich gebe zu, dass ich, obwohl Sie eine wahre Schönheit sind, in der Tat nicht in Betracht gezogen hatte, Ihnen den Hof zu machen, bis Castleford es vorschlug. Obwohl das … ähem, natürlich keineswegs Ihrem Alter – «

»Wie bitte, Mylord?« Talia glaubte, sich verhört zu haben. In ihren Ohren begann es zu rauschen. »Sagten Sie gerade, Lord Castleford hätte vorgeschlagen, dass Sie mir den Hof machen?«

»So ist es, Mylady. Ich dachte, er hätte Ihnen dasselbe vorgeschlagen.«

Talias Mund wurde trocken, und sie musste schlucken. »Nein. Hat er nicht.«

»Oh. Ich hoffe … nun, ich meinte nur, dass Sie nicht unbedingt eine naheliegende Wahl für mich waren. Aber Castleford hat so viele Lobreden auf Ihre Tugenden gehalten. Und er meinte, wir könnten ein ganze Menge gemeinsam haben und – «

»Bitte entschuldigen Sie mich, Mylord.« Talia trat ein paar Schritte zurück, eiskalte Schauer liefen über ihren Körper. »Ich muss … wenn Sie … mich bitte entschuldigen würden …«

Den recht verdutzt dreinblickenden Ridley zurücklassend, eilte Talia aus dem überfüllten Ballsaal. Sie hatte Mühe zu atmen, ihre Lungen fühlten sich an wie platt gedrückt. Verzweifelt nach Luft ringend, lief sie zu den Türen, die auf die Terrasse führten, und trat in die kühle Frühsommernacht hinaus.

Sie presste eine Hand auf die Brust und versuchte, das Chaos aus Bestürzung und Kummer niederzuringen, das in ihrem Inneren tobte. Und den Zorn, der in ihr aufstieg, sowohl auf James wie auch auf sich selbst, weil sie seine Intrige nicht eher durchschaut hatte. Weil sie insgeheim geglaubt hatte, er würde sie niemals zusammen mit einem anderen Mann sehen wollen, ganz zu schweigen davon, sie regelrecht in die Arme eines anderen Mannes zu *treiben* …

Ich hätte Ridleys Werbung annehmen sollen, dachte Talia, als Tränen der Wut in ihre Augen schossen. Zumindest hätte sie James auf diese Weise gezeigt, dass sie nicht länger in ihn verliebt war, dass sie ihr Leben genauso leicht weiterleben konnte, wie er es tat.

»So ganz allein hier draußen, Mylady?«, verlangte die Stimme eines Mannes zu wissen.

Talia wischte sich die Tränen aus den Augen und wandte sich um. Dort stand, entspannt gegen den Türpfosten gelehnt, Lord Margate. Sein helles Haar glänzte im Licht der Kerzen. Talias Bestürzung verstärkte sich. Ein fabelhafter Mann hatte um sie zu werben begonnen, wer auch immer ihn dazu veranlasst hatte, und sie hatte ihn rüde zurückgewiesen, weil er ihr nicht jene Art von Ehe bieten konnte, die sie sich insgeheim wünschte.

Und andere Männer, solche wie Margate, würden sie immer wieder mit diesem wissenden Blick ansehen und keinerlei Anstrengungen machen, die schlüpfrige Natur ihrer Gedanken zu verbergen. Eine Ehe mit einem geachteten Mann würde davor einigen Schutz gewähren. Aber nicht eine, die von James Forester eingefädelt worden war.

Talia seufzte. Sie konnte nicht gewinnen. Und sie wurde des Kampfes zunehmend müde.

»Sie genießen den Ball wohl nicht sonderlich?« Margate löste sich von dem Türpfosten und kam nonchalant auf sie zugeschlendert. »Das Gedränge, der Lärm, die Gerüche, die Hitze … Ich kann mir gut vorstellen, dass Sie alldem entkommen möchten.«

Talia lächelte humorlos und schob sich ein wenig näher zur Tür, unternahm jedoch keinen Versuch, sich seiner Anwesenheit ganz zu entziehen. Obwohl Margate stets ein wenig zu arrogant war für ihren Geschmack, war er doch der Einzige, der

Interesse gezeigt hatte, ihre Aussage vor dem Unterhaus-Ausschuss zu unterstützen.

»Ich gestehe, ich würde auch lieber einen Abend allein zu Hause verbringen«, bemerkte er mitfühlend.

Talia bezweifelte, dass er es ehrlich meinte. Erneut überlief sie ein Kälteschauer. Margate blickte sie kurz an, schüttelte dann lässig seine Jacke von den Schultern und schickte sich an, sie ihr umzulegen. Das Gewebe roch nach Tabakrauch und Brandy, und Talia entzog sich hastig seiner Reichweite.

»Ich versuche lediglich, höflich zu sein«, murrte Margate und warf die Jacke über das Terrassengeländer.

»Ich muss dringend meine Tante finden, denn ich bin sicher, sie möchte bald nach Hause.« Talia wandte sich um und wollte zurück in den Ballsaal. Als sie spürte, wie sich Margates Hand um ihren nackten Arm schloss, fuhr sie zusammen.

»Sie würden das Gedränge dort drinnen meiner Gesellschaft vorziehen?«, fragte er.

»Ja, das würde ich«, entgegnete sie und versuchte, sich aus seinem Griff zu befreien. »Bitte, lassen Sie mich los.«

Doch seine Finger packten fester zu. Sie bekam es mit der Angst zu tun.

»Wonach suchen Sie, Lady Talia?«, fragte er rundheraus. »Gewiss haben Sie in dieser Saison nicht nur auf Drängen Ihrer ältlichen Tante hin so viele Soireen besucht oder wegen Ihrer närrischen Schule. Sie haben sich einen Ruf als Einsiedlerin erworben, nicht wahr? Was … oder besser, *wer* … hat Sie denn in die Welt zurückgebracht?«

»Ganz gewiss nicht jemand von Ihrer Sorte«, murmelte Talia.

»Genau dieser rätselhafte Zauber ist es, der mich fasziniert«, fuhr Margate fort, und zog sie ruckartig am Arm, sodass sie einige Schritte auf ihn zustolperte. »Und andere Männer ebenso. Alle reden immer noch von der Leidenschaft, die Ihre Mutter offenbar besessen hat, und ich glaube, auch in Ihren Adern brennt dieses Feuer – «

»Lassen Sie sie los.« James' Stimme durchschnitt die kühle Nachtluft.

Erleichterung überkam Talia, als er mit düsterer Miene auf sie zutrat und die Hand ausstreckte, um Margates Finger von ihrem Arm zu lösen. »Verschwinden Sie, bevor ich Sie töte. Sie werden sie nie wieder anfassen. Nicht einmal ansehen.«

Statt zu protestieren, setzte Margate ein amüsiertes Lächeln auf. »Sie wollen sie verteidigen, Castle? Wie man hört, hat sie Sie in Ihrer Wohnung aufgesucht, ohne eine Anstandsdame dabeizuhaben .. oder ... Augenblick mal. Profitieren Sie etwa davon, dass sie – «

Margate entfuhr ein dumpfes Grunzen, als James' Faust die Spitze seines Kinns traf und seinen Kopf nach hinten fliegen ließ. Talias Herz setzte einen Moment aus. Sie packte James am Arm, um ihn daran zu hindern, noch einmal zuzuschlagen. Seine Muskeln waren steinhart.

»Gut.« Margate richtete sich auf und wischte sich einen Tropfen Blut aus dem Mundwinkel. »Für ihre Ehre und diesen ganzen Quatsch, eh, Castle?«

»Machen Sie, dass Sie verschwinden«, presste James zähneknirschend hervor und holte zu einem weiteren Schlag aus.

Margate grinste Talia noch einmal süffisant an und schlenderte dann betont lässig zurück in den Ballsaal. Talia hielt James' Arm fest umklammert. Ihr Puls raste. Wie schon einmal empfand sie eine Mischung aus Angst und freudiger Erregung, dass er sie verteidigt hatte. James drehte sich zu ihr um. Seine Augen funkelten vor Zorn.

»Geht es dir gut?«

Talia nickte und zwang sich, seinen Arm loszulassen.

»Margate kann nichts tun, was mir Schmerz zufügt, James.« Sie schaute in seine dunklen Augen und kämpfte einen Augenblick mit sich. Die Weisheit gebot, ihm die Wahrheit zu sagen. Schließlich tat sie es auch, denn sie hatte es ihm gegenüber immer so gehalten.

»Der einzige Mensch, der mir wehtun kann, bist du«, sagte sie.

James wich einen Schritt zurück, als hätte sie ihn geschlagen. »Was?«

Talia atmete tief ein und suchte nach den richtigen Worten. »Nach dem Weggang meiner Mutter habe ich mich lange Zeit versteckt. Ich wollte mit Männern wie Margate nichts zu tun haben. Ich wollte nicht ihre anzüglichen Blicke spüren und ihre schlüpfrigen Kommentare hören. Ich dachte … ich glaubte wirklich, solche Dinge könnten mir wehtun. Und gerade eben habe ich bemerkt, dass dem nicht so ist. Überhaupt nicht.«

James runzelte die Stirn. »Ich werde solche Reden nicht – «

»James. Männer wie er können mir nicht wehtun, weil sie *keine Rolle spielen*. Margate ist mir vollkommen gleichgültig. Und was er von mir denkt ebenso. Sein ungebührliches Benehmen ist gewiss nichts im Vergleich zu dem Sturm, den meine Familie bereits überstanden hat.«

Ihre Kehle schmerzte. Der Schmerz breitete sich aus bis hinunter in ihre Brust, in ihr Herz. »Aber du …«

»Ich wollte dir niemals wehtun.«

»Und doch hast du es getan.« Die Worte klangen kalt und bitter.

James starrte sie an und atmete keuchend aus. »Sag … sag so etwas bitte nicht.«

»Warum wolltest du, dass Lord Ridley mir den Hof macht?« Als sie ihm diese Frage stellte, bemerkte Talia, dass ihr Schmerz noch eine tiefere Dimension hatte. Sie hatte geglaubt, Ridley würde sich wirklich für sie interessieren. Nicht, weil James es vorgeschlagen hatte, sondern aus sich selbst heraus.

»Grundgütiger, Talia.« James schüttelte den Kopf. »Ich *wollte* nicht, dass er es tut. Niemals. Ich versuchte, mir einzureden, dass ich es wollte, weil deine Tante mir sagte, er wäre ein gute Partie für dich.«

»Meine Tante?«

»Sie suchte mich eines Nachmittags auf und legte mir recht überzeugend dar, warum Ridley ein ausgezeichneter Ehemann für dich wäre. Und dann bat sie mich um Hilfe, ein Treffen zu arrangieren.«

Talias Herz wurde schwer. Sie fühlte sich, als stünde sie auf einem Felsvorsprung, ohne zu wissen, wie tief sie fallen würde, wenn sie einen Schritt vorwärts machte. »Und du … du hast eingewilligt?«

»Natürlich habe ich eingewilligt«, erwiderte er barsch. »Was hatte ich denn für eine Alternative? Hätte ich deiner Tante etwa sagen sollen, dass ich am liebsten jeden Mann erwürgen würde, der dich auch nur bewundernd ansieht? Hätte ich ihr einreden sollen, dass ich viel besser zu dir passe als Ridley, obwohl ich wusste, dass dem eindeutig *nicht* so ist? Was hätte ich denn tun sollen?«

»Oh, James.« Talia konnte es kaum noch ertragen. »Du hättest zu mir kommen sollen.«

Er fluchte und ließ ratlos die Schultern sinken. Talia kämpfte gegen den Schmerz an, der sie beinahe betäubte, während sie ihn ansah – das Schimmern des Kerzenlichts auf seinem dunkelbraunen Haar, die energischen Gesichtszüge. Seine Krawatte hatte sich gelockert und gab den muskulösen Hals frei, den sie so warm unter ihren Lippen gespürt und dessen Geschmack nach Meersalz sie gekostet hatte.

Eine tiefe, alles verzehrende Sehnsucht stieg in ihr auf, und sie wandte sich ab. Ihr Verlangen nach ihm würde niemals ganz verlöschen, so sehr sie sich das auch wünschte. Aber sie war ehrlich zu ihm gewesen, wie immer, als sie ihm gesagt hatte, er wäre nicht mehr der Mann, den sie einst gekannt hätte. Der Mann, der ihre Wünsche niemals so gering geschätzt hätte.

»Talia …«

»Nein.«

»Du musst mich heiraten. Wenn es sich herumspricht, dass du mich ohne Begleitung zu Hause aufgesucht hast, und wenn Margate –«

»Du hattest deine Chance, James.« Talia blieb stehen und legte eine Hand an den Türrahmen, um sich abzustützen.

Du musst mich heiraten. Noch vor einem Jahr hatte sie sich verzweifelt gewünscht, ihm eben diese Worte sagen zu können. Selbstverständlich mussten Talia und James heiraten. Es gab schlichtweg keine andere Möglichkeit, denn sie gehörten zusammen.

Bis jetzt.

Talia blickte ihn über die Schulter hinweg an und verschloss ihr Herz gegen die Schuldgefühle, die in seinem Blick lagen. »Was, wenn ich zustimmen würde, James? Was würde das ändern? Du würdest trotzdem in zwei Wochen abreisen.«

»Würde ich nicht.«

»Und ich würde mich schuldig fühlen, weil ich dich gezwungen habe zu bleiben.« Talia schüttelte den Kopf und stellte traurig fest, dass das Schicksal auf ewig dafür sorgen würde, dass James und sie getrennt blieben.

Nein. Sie und James würden dafür sorgen, dass sie auf ewig getrennt blieben.

Sie straffte die Schultern und ging zurück in den Ballsaal. Er folgte ihr nicht.

Als sie Tante Sally fand, schützte sie Kopfschmerz vor – ein guter Grund, um früh nach Hause zu fahren. Sie wusste ja bereits, warum ihre Tante wegen Ridley zu James gegangen war. Ungeachtet ihrer Bemerkungen darüber, worin eine glückliche Ehe bestand, wollte sie erreichen, dass Talia einen Ehemann fand, genau wie der Rest ihrer Familie.

»Du warst diejenige, die mir geraten hat, ich solle nach einer perfekten Ehe Ausschau halten«, sagte sie zu Sally, unfähig, die Bitterkeit aus ihrer Stimme zu verbannen. »Hast du vielleicht geglaubt, ich würde all diese Dinge bei Lord Ridley finden?«

»Möglicherweise.« Sally schien nicht im Geringsten ein schlechtes Gewissen zu haben. »Oder James würde endlich zur Besinnung kommen, was dich betrifft.«

»Nichts wird jemals sein zwischen mir und James, Tante Sally.«

Jetzt endlich erstickte diese Feststellung das letzte Fünkchen Hoffnung, das die ganze Zeit über in einem geheimen Winkel von Talias Herzen geflackert hatte. Als sie daheim waren, bat sie Soames, ihr aus der Küche einen leeren Behälter zu holen. Er kam mit einer hölzernen Kiste zurück, die sie in ihr Schlafzimmer trug. Dort angekommen, zog sie die Schublade auf, in der sie James' Briefe verwahrte, nahm sie alle heraus und warf sie ohne Umschweife hinein.

Dann öffnete sie mit bebenden Händen und brennenden Augen ihre Vitrine und nahm all die Mitbringsel heraus, die er ihr über die Jahre geschickt oder mitgebracht hatte. Ein ganzes

Jahrzehnt von Expeditionen in alle Welt, festgehalten für Talia in polierten Steinen, leuchtend bunten Federn, Münzen, Muscheln, Figürchen, Haifischzähnen, Armbändern. Sie warf sie alle zu den Briefen in die Kiste.

Dann wuchtete sie das Behältnis auf ihren Arm, stieß die Tür auf und trat in den Flur hinaus. Just in diesem Augenblick war auch Tante Sally auf ihrem Weg zur Treppe, in bauschendem Nachtgewand, auf dem Kopf ihre Schlafhaube, unter der ihr weißes Haar hervorlugte.

»Oh, ich dachte, du seist schon zu Bett gegangen, meine Liebe.« Sie hielt inne und warf einen neugierigen Blick auf die Kiste. »Was in aller Welt ist das?«

»Nur ein paar alte Sachen, die ich loswerden möchte.«

»Sie sieht furchtbar schwer aus. Warte hier, ich hole Soames.«

»Nein, ich kann –«

»Ich wollte sowieso nach unten, um mir ein Glas Milch zu holen.« Sally lief zur Treppe und rief nach dem Diener.

Einige Sekunden später kam Soames herauf und nahm Talia die Kiste aus den Armen.

»Stellen Sie das bitte hinaus zum Unrat«, sagte sie.

»Sehr wohl, Mylady.«

Talia wehrte sich tapfer gegen den Schmerz, der ihre Brust zu sprengen drohte, als sie ihm nachsah, wie er alle greifbaren Erinnerungen an James in einer alten Kiste davontrug.

Soames' Stimme mischte sich mit dem beschwingten Trällern von Tante Sally, während die beiden die Treppe hinunter in die Küche gingen. Talia lief zurück in ihr Zimmer und schloss die Tür. Verbissen kämpfte sie gegen die Tränen, die ihr wieder in die Augen zu schießen drohten. Sie hatte genug geweint wegen James Forester.

Sie klingelte nach Lucy, damit diese ihr half, ihr Kleid auszuziehen und sich in Nachthemd und Morgenmantel zu hüllen. Dann dankte sie der Zofe, wünschte ihr eine gute Nacht und kletterte in ihr Bett. Trotz des Gefühlschaos, das immer noch in ihr tobte, driftete sie in einen willkommenen, traumlosen Schlaf, der einen Gutteil ihrer Entschlossenheit wiederherstellte. Egal, was James tat oder nicht tat, sie hatte ihre eigenen Aufgaben und die Verpflichtung gegenüber der Schule und den Schülern. Nichts konnte sie davon abhalten.

Am folgenden Morgen kam Lucy mit einem Korb Muffins und einer Tasse Kaffee herauf. Nachdem sie das Tablett auf dem Tisch abgestellt hatte, öffnete sie den Kleiderschrank. Plötzlich fiel Talia ein, dass sie vergessen hatte, James' Mantel ebenfalls in die Kiste zu verbannen. Nachdem sie angekleidet und Lucy gegangen war, ging sie zum Schrank und nahm ihn heraus.

Den Wunsch unterdrückend, mit der Hand über die weiche Wolle zu fahren, warf sie den Mantel aufs Bett und setzte sich an den Tisch, um zu frühstücken. Sie hatte eben an ihrem Kaffee genippt, als es klopfte.

»Talia?«

»Komm herein, Tante Sally.«

»Talia, komm schnell.« Geschäftig rauschte ihre Tante ins Zimmer, die Augen leuchtend vor Aufregung, und klatschte in die Hände. »Wir haben einen Überraschungsgast.«

»Wer ist es?« In Talia regte sich eine düstere Vorahnung.

Sally lächelte. »Komm mit nach unten und sieh selbst.«

Talia schob ihren Stuhl zurück, während Tante Sally hastig nach der Zofe klingeln wollte. Als sie den Männermantel auf Talias Bett sah, hielt sie jedoch unvermittelt inne.

»Das ist … na ja, ich habe ihn mir gestern Abend von James

geliehen.« Sie wurde rot vor Scham. »Es war so kühl, und ich … ich hatte mein Schultertuch vergessen.«

»Oh.« Sallys verwirrter – und auch ein wenig faszinierter – Blick hellte sich auf. »James ist ein echter Kavalier, nicht wahr? Und nun beeil dich, Talia.«

»Wer ist hier, Tante Sally?«

»Dein Bruder!«

»Mein …«

Ihre Stimme versagte. Tausend Gedanken schwirrten durch ihren Kopf – Erklärungen, Vernunftgründe, logische Überlegungen –, und doch kannte sie in ihrem Innersten bereits die hässliche Wahrheit.

James hatte es getan. Er hatte North ihre Geheimnisse enthüllt, hatte sie verraten, um sein Versprechen zu halten. Und jetzt war Alexander hier.

16

»Nicholas?«

Talia blieb mitten auf der Treppe stehen, schockiert von dem Anblick des langhaarigen Mannes, der im Foyer stand. Er sah heruntergekommen aus, trug einen zerschlissenen Seemannsmantel, löcherige Hosen und schmutzige Stiefel, die große, schlammige Abdrücke auf dem Marmorfußboden hinterlassen hatten. Einen Moment lang konnte sie ihn nur bestürzt anstarren und kaum glauben, dass er wirklich zurück war.

Er hob den Kopf und sah sie an, und ein breites Lächeln erstrahlte inmitten seines dunklen Bartgestrüpps.

»Hallo, mein kleiner Teufelsbraten.« Seine tiefe Stimme hallte durch das Foyer. »Was für ein Anblick!«

»Du solltest dich mal sehen!« Talia, deren Herz vor Erleichterung und Aufregung überfloss, eilte die letzten Stufen hinunter. »Du siehst aus, als wärst du eben aus einem Sumpf gekrochen!«

Nicholas fuhr sich mit einer Hand über den zerzausten Bart und lachte glucksend. »Das trifft es ziemlich genau.«

Talia erreichte die letzte Stufe und flog ihrem Bruder entgegen. Als seine Arme sich um sie schlossen und er sie hochhob, lachte sie vergnügt. Liebe erfüllte sie und vertrieb die Verzweiflung, die sie noch wenige Augenblicke zuvor empfunden hatte.

»Du riechst furchtbar«, bemerkte sie, wobei sie ihn heftig drückte. Es war ihr egal, dass sein vor Dreck starrender Mantel ihr Kleid beschmutzte.

»Frisch von Bord, Mylady. Haben vor nicht mal einer Stunde an den East India Docks festgemacht.«

»Warum hast du keine Nachricht geschickt, dass du kommst?«

»Weil ich es nicht wusste.« Nicholas stellte sie wieder auf die Füße und hielt sie auf Armlänge von sich weg, um sie eingehend zu betrachten. »Wir wollten eigentlich Kurs auf Grönland nehmen, hörten aber, dass aus Nordwest ein Hagelsturm im Anzug war. Also gab der Kapitän Befehl, nach London zu segeln, um die Fracht des Dampfers nicht zu riskieren.«

»Wie lange wirst du bleiben?«

»Weiß noch nicht so recht.« Nicholas schüttelte sich den Mantel von den Schultern und warf ihn dem wartenden Soames in die Arme, dem es kaum gelang, eine angewiderte Grimasse zu verbergen, als er ihn auffing. »Der Kapitän kann seine Pläne jederzeit ändern, also warte ich erst mal auf weitere Befehle.«

»Komm rein, komm rein.« Sally, die Talia die Treppe hinunter gefolgt war, öffnete die Tür zum Tageswohnzimmer und schob Nicholas hinein. »Dein Vater wird sehr enttäuscht sein, dich verpasst zu haben.«

»Ah, ist er wieder umtriebig, der alte Fuchs? Gut zu wissen.«

»Soll ich ein Bad vorbereiten, Mylady?«, fragte Soames trocken.

»Ja, bitte.« Talia blickte in Nicholas' Richtung und zog indigniert die Nase kraus. Sie war glücklich, ihn zu sehen, aber dieser Geruch … »Und bringen Sie Tee, Soames.«

»Und was zu essen«, ergänzte Nicholas.

Talia folgte ihrem Bruder ins Wohnzimmer und gab sich alle Mühe, ihn nicht mit Fragen zu bombardieren, bevor er es sich halbwegs gemütlich gemacht hatte.

»Weißt du denn, wann du deine Befehle erhalten wirst?«, fragte Sally.

»Ich sollte in ein, zwei Tagen Nachricht bekommen, was als Nächstes geplant ist.« Nicholas ließ sich entspannt auf das Sofa fallen und legte die Füße auf den Tisch, die immer noch in den schmutzigen Stiefeln steckten, wobei er Sallys missbilligenden Blick amüsiert ignorierte. »Ich hatte gehofft, genügend Zeit zu haben, um Bastian und seine Angetraute zu treffen.« Er kratzte sich am Bart. »Ist Alex zurück?«

»Er und Darius sind immer noch in St. Petersburg«, erklärte Talia.

Nicholas sah sie verblüfft an, dann sagte er ungläubig. »Sie sind alle fort?«

»Sie sind schon seit Monaten weg, und Papa reiste vor einigen Wochen ab.«

»Er hat dich allein gelassen?«

»Ich bin nicht allein. Tante Sally wohnt hier, bis er zurückkommt. Es ist alles in Ordnung.«

Nicholas runzelte die Stirn. Talia blickte finster zurück.

»Du bist vor drei Jahren weggegangen, Nicholas«, erinnerte sie ihn. »Da warst du auch nicht gerade schrecklich besorgt darum, mich hier alleine zu lassen, oder?«

Unvermittelt herrschte eine leichte Anspannung zwischen den Geschwistern und trübte die Freude über das Wiedersehen. Talia wandte ihre Aufmerksamkeit dem Teetablett zu, als die Zofe hereinkam und es auf den Tisch stellte. Nicholas stürzte den Inhalt seiner Tasse mit ein paar großen, geräuschvollen Schlucken hinunter, musterte dann den Teller mit Gebäck und nahm sich einen Johannisbeer-Muffin.

»Und, wo bist du zuletzt gewesen, Nicholas?«, fragte Sally aufgeräumt.

»Malaiische Halbinsel, Mylady«, sagte er mit vollem Mund. »Haben diverse Flussverläufe kartiert.«

»Lord Castleford hat erfolglos versucht, eine Expedition dorthin zu organisieren«, bemerkte Talia.

»Wie, Castle?« Nicholas biss herzhaft in einen zweiten Muffin. »Guter Mann. Bisschen altmodisch, aber ein sehr guter Expeditionsleiter, nach allem, was man so hört.«

»Du selber hast noch keine Expedition geleitet?«, wollte Talia wissen.

»Wüsste nicht, wozu das gut sein sollte, ehrlich. Viel zu viel Verantwortung. Ich lass mich lieber anheuern, dann kann ich gehen, wohin ich will und wann ich will.«

Und niemals irgendwo bleiben, dachte Talia. James hatte zumindest einen Ort, an den er immer wieder zurückkehren konnte – natürlich nur, falls er sich entschied, ihn zu nutzen. Nicholas wäre auf dem Anwesen der Halls immer willkommen, aber er hatte kein eigenes Zuhause.

»Ich sehe mal nach deinem Bad und lasse dir ein Zimmer herrichten.« Talia stand auf und umarmte ihren Bruder noch einmal innig.

»Siehst gut aus, kleiner Teufelsbraten.« Sein Blick wurde weich vor Zuneigung. »Ich bin wirklich froh, dich zu sehen.«

Talia tätschelte seine bärtige Wange. »Ich auch. Ich hoffe, Papas Barbier hat so schnell wie möglich einen freien Termin. Ich bin mir ziemlich sicher, dass in diesen Haaren jede Menge kleine Tierchen leben.«

Sie ging nach oben, um nachzusehen, wie die Vorbereitungen für Nicholas' Aufenthalt gediehen. Dann überließ sie Kinley, einem der Hausdiener, den Rest, um sich darum zu kümmern, aus ihrem Bruder wieder einen vorzeigbaren Mann zu machen.

»Soames«, wandte sie sich an den Diener, der soeben den Flur überquerte. »Schicken Sie bitte eine Nachricht an Castleford. Informieren Sie ihn, dass Mr Hall zurück ist und dass wir uns freuen würden, wenn er uns vor dem Mittagessen einen Besuch abstatten könnte. Falls es ihm möglich ist. Falls nicht, bitten Sie ihn zum Abendessen.«

James und Nicholas würden sich freuen, einander wiederzusehen und hätten sich gewiss eine Menge von ihren Abenteuern zu erzählen.

Zum ersten Mal seit Wochen war Talia wieder guter Stimmung. Sie bat die Köchin, noch mehr Kuchen und Muffins zu backen, weil sie wusste, wie sehr die beiden Männer diese mochten. Dann ging sie auf ihr Zimmer und klingelte nach Lucy. Sie wollte etwas Helleres, Schöneres tragen als das graue Kleid, für das sie sich heute Morgen entschieden hatte.

Auf ihrem Bett lag noch immer James' Mantel. Sie hatte ihn kaum in den Schrank gehängt, als die Zofe eintrat und ihr half, ein anderes Tageskleid anzulegen. Es war aus dunkelblauem Stoff, in den leuchtend gelbe Blüten eingewebt waren.

»Talia?« Tante Sally verließ gerade das Speisezimmer, als Talia die Treppe herunterkam. »Wir haben soeben eine Nachricht von James erhalten. Er kann heute Vormittag nicht kommen.«

In Talia machte sich Enttäuschung breit. »Hat er gesagt, weswegen?«

Sally schüttelte den Kopf. »Er hat auch nicht mitgeteilt, ob er später vorbeikommt, und die Einladung zum Abendessen hat er ebenfalls ausgeschlagen. Ich hätte gedacht, er würde darauf brennen, Nicholas zu treffen. Die beiden haben sich seit Jahren nicht gesehen, oder?«

»Seit Jahren«, echote Talia und wandte sich von ihrer Tante ab.

Ihr wurde eng um's Herz. James hatte über die Jahre enge Freundschaft mit allen vier Hall-Brüdern geschlossen, zuerst mit Alexander und dann mit Nicholas, da die beiden seine Vorliebe für Expeditionen in ferne Länder teilten. Viele Stunden lang hatten sie zusammengesessen und über Schiffsrouten diskutiert, über Karten der englischen Kolonien gebrütet, Wetterbedingungen, Ausrüstung und Verpflegung besprochen.

Zu jeder anderen Zeit, vor allem, da sie beide eben erst nach London zurückgekehrt waren, wäre James sofort herbeigeeilt, um Nicholas zu sehen und von seiner letzten Reise zu hören.

Dass er sich diese Gelegenheit jetzt entgehen ließ, konnte nur einen einzigen Grund haben.

Talia presste die Hände an die Wangen und schloss die Augen. In ihrem Kopf tauchten Bilder auf: James' Hände auf ihrer nackten Haut, ihre Lippen auf seiner Brust, ihre ineinander verschlungenen Beine. Erregung stieg in ihr auf.

»Ich kann mich nicht entscheiden, ob ich mich wieder wie ich selbst fühle oder komplett wie jemand anders.«

Talia öffnete die Augen, als sie die Stimme ihres Bruders vernahm, und lächelte. Sein dunkles Haar war wieder kurz geschnitten, und der Bart war verschwunden. Jetzt sah Nicholas wieder ganz wie der hübsche Bruder aus, an den sie sich erinnerte. Seine Haut war dunkler, und um seine Mundwinkel zogen sich neue Fältchen, aber in seinen Augen funkelte immer noch jener Schalk, als den sie ihn kannte.

»Ich wusste, dass irgendwo unter all diesen Haaren du stecken würdest«, bemerkte sie fröhlich.

Nicholas zog die Augenbrauen zusammen und zupfte am Ärmel seines grauen Jacketts, als habe er solch feinen Stoff noch nie gesehen. »Ziemliche Umstellung, fürchte ich.«

Talia ging zu ihm und rückte den Knoten seiner Krawatte zurecht. »Ich hoffe, du bleibst eine Weile.«

Als sie die Worte aussprach, ging ihr auf, wie ernst sie es meinte. Sie vermisste ihre Brüder seit Langem, aber dieser Schmerz war größer geworden, seit James wieder da war. Ihre heikle Beziehung zu ihm erinnerte Talia immer wieder daran, wie viel sich verändert hatte. Zumindest einen ihrer Brüder wieder um sich zu haben, könnte ihrem Leben vielleicht ein wenig mehr Halt geben. Und den brauchte sie dringend, auch wenn sie noch nicht wusste, wie viel sie über die Brick Street preisgeben sollte.

Sie entfernte einen imaginären Fussel von Nicholas' Kragen und ging zu dem Teetablett, das auf dem Tisch stand.

»Also, dann erzähle mal alles«, sagte sie und goss ihm eine Tasse Tee ein. »Wohin du gefahren bist, was du gesehen hast. Ich habe mich sehr über die Bücher gefreut, die du mir ab und an geschickt hast.«

»Und ich habe noch mehr für dich dabei. Sie sind irgendwo in meiner Truhe.«

Nicholas machte es sich in einem Sessel bequem und schlug die Beine übereinander. »Ich dachte, du könntest sie vielleicht für deine Schulen gebrauchen. Von Bastian hörte ich, dass du dich dieser Tage hauptsächlich um so was kümmerst.«

»Ja, seit über einem Jahr schon. Ich finde diese Arbeit sehr erfüllend.«

Nicholas nahm seine Tasse Tee entgegen und musterte Talia aufmerksam. »Bastian schrieb mir auch, du hättest nicht die Absicht zu heiraten.«

Talia seufzte. »Wie schön zu wissen, dass meine Brüder diese Dinge lieber untereinander diskutieren als mit mir.«

»Ich rede doch jetzt mit dir darüber, oder?«

»Also gut, dann lass uns darüber reden«, erwiderte Talia gereizt. »Du selbst hast auch keine entsprechenden Pläne verlauten lassen.«

Er grinste breit. »Touché, Lady Talia.«

»Hast du Darius in letzter Zeit gesehen?«

Nicholas schüttelte den Kopf und blickte zur Seite. Hätte Talia ihn nicht so eindringlich angeschaut, wäre ihr womöglich das winzige Zucken um seine Mundwinkel entgangen. Der Gedanke, dass es zwischen den Zwillingen Spannungen geben könnte, machte sie traurig. So verschieden Nicholas und Darius auch waren, immer hatte sie ein starkes Band verbunden.

»Es geht ihm gut.« Sie lächelte und bemühte sich, seine Aufmerksamkeit von jeglichen unerfreulichen Gedanken abzulenken. »Ich traf ihn letzten Winter in Russland, bevor er für kurze Zeit nach London zurückkam. Irgendwas mit einer Chiffriermaschine.«

»Und jetzt ist er wieder in St. Petersburg?«

»Ja, Alexander und Lydia wohnen nicht weit von seinem Haus an der Fontanka.« Talia hielt inne. »Du solltest ihn mal besuchen.«

Nicholas zuckte mit den Schultern und veränderte seine Haltung, als fühle er sich unwohl. Er kam ihr größer vor als früher, als hätte all die Zeit, die er auf Schiffen und auf Expeditionen durch unbekannte Länder verbracht hatte, seine Stellung in der Welt bedeutender gemacht. Es war also kaum ein Wunder, dass es sich für ihn merkwürdig anfühlte, wieder in diesem eleganten Wohnzimmer zu sitzen.

Er würde nicht lange in der Stadt bleiben, dachte Talia traurig. Genau wie James wollte er so schnell wie möglich wieder hinaus aufs weite Meer.

»Was hast du heute vor?«, fragte sie.

»Ich denke, ich gehe in den Club. Ein paar alte Freunde treffen.« Nicholas rieb sich das Kinn, er schien überrascht zu sein, dass sein Bart verschwunden war. »Castle hat immer noch das Haus in der Arlington Street?«

»Ja, aber er ließ uns wissen, dass er heute nicht vorbeikommen kann«, erwiderte Talia und ärgerte sich erneut über die Absage. »Ich werde in Erfahrung bringen, ob er uns vielleicht morgen besuchen kann. Und ich werde John auftragen, die zweite Kutsche herzurichten. Du kannst sie benutzen, solange du hier bist.«

Sie stand auf und ging zu ihm. »Bitte, beeile dich nicht allzu sehr damit, wieder abzureisen.«

Er zog einen Mundwinkel nach unten. »Alles in Ordnung mit dir, kleiner Teufelsbraten? Hattest doch nicht etwa eine schlimme Zeit?«

Talia schüttelte den Kopf. Doch, natürlich war es schlimm gewesen, aber es hatte keinen Sinn, ihm das zu sagen. Sie wollte nicht länger in der Vergangenheit leben.

»Es ist nur … es würde mir gefallen, dich hierzuhaben«, wiegelte sie ab. »Vielleicht kann ich dich begleiten, wenn du Bastian und Clara besuchst.«

»Ich schicke den beiden eine Nachricht und frage an, ob es ihnen passt. Wäre ein schöner Ausflug, was?«

»Ja, wäre es. Ich sehe dich zum Lunch.«

Talia beugte sich vor, küsste ihn auf die Stirn und ging hinaus, um Anweisungen bezüglich der Kutschen zu geben. Voller Freude darüber, jemanden von der Familie um sich zu haben, wenn James abreiste, begab sie sich nach oben und machte sich ausgehfertig

Sie schaute kurz im Schreibwarenladen vorbei, um einen Stapel Hefte und einige Stifte zu kaufen. Danach fuhr sie zum

Büro der Ragged School Union in Exeter Hall. Sir Henry war nicht da, also legte sie die Hefte und Stifte auf seinen Schreibtisch, dazu einen Zettel mit einer Nachricht. Danach fuhr sie zu Mudie's Library, um einige neue Bücher abzuholen und sie in die Brick Street zu bringen.

Nach einem kurzen Halt bei ihrer Schneiderin, wo sie eine Bestellung in Augenschein nahm, die sie kürzlich aufgegeben hatte, kam es ihr unvermittelt in den Sinn, sich zu James' Stadthaus fahren zu lassen. Sie gab dem Kutscher eine entsprechende Anweisung.

Sie fühlte sich ein wenig beklommen, als sie die Eingangstreppe hinaufstieg und an der Tür läutete. Polly öffnete, in der Hand ein Geschirrtuch.

»Seine Lordschaft ist im Arbeitszimmer«, verkündete sie wichtig und trat beiseite, um Talia einzulassen.

Talia ließ den Blick durch das Haus schweifen, während sie zum Arbeitszimmer ging, und stellte erfreut fest, dass alles noch genauso hübsch und sauber aussah, wie sie es letzte Woche hergerichtet hatte.

»James?« Sie klopfte an und öffnete die Tür.

Er stand mit auf dem Rücken verschränkten Händen hinter seinem Schreibtisch, auf dem sich Berge von Papier türmten, und starrte hinaus in den Garten. Als er ihre Stimme hörte, drehte er sich um und zog überrascht die Augenbrauen hoch. Talias Herz setzte einen Augenblick aus. Er wirkte müde. Seine Augen waren von dunklen Schatten umgeben, seine Haare zerzaust.

»Ich wusste es«, sagte sie gereizt, schloss die Tür hinter sich und ging energisch auf ihn zu. »Ich wusste, du hast keine anderen Pläne, James. Du willst nur nicht kommen, um Nicholas zu sehen – wegen dem, was zwischen uns vorgefallen ist.«

»Talia – «

»Dachtest du, du wärst nicht imstande, es zu verbergen?«, fauchte sie. Ihre Hände bebten, doch sie stützte sie trotzdem fest auf den Tisch und beugte sich zu ihm hinüber. »Dass Nicholas irgendwie dahinterkommen würde, dass wir miteinander intim waren? Schämst du dich etwa für das, was wir getan haben, obwohl *ich* es war, die damit angefangen hat? Obwohl *ich* es war, die dir wieder einmal bewiesen hat, dass du mir nicht widerstehen kannst? Um Himmels willen, James, was für ein Feigling – «

»Talia!«, unterbrach er sie heftig. Er murmelte einen Fluch und fuhr sich mit der Hand übers Gesicht und durch die Haare.

Hinter Talia hustete jemand.

Oh, nein.

Bestürzt starrte sie James an. Er verzog gequält das Gesicht. Sie wandte sich langsam um und erblickte Sir Henry, Lady Byron und … Nicholas.

Sie wäre am liebsten vor Scham im Erdboden versunken. Sie wurde tiefrot und stand wie zur Salzsäule erstarrt da.

»Lady Talia, ich habe …« James räusperte sich. »Ich hatte eine Verabredung mit Sir Henry und Lady Byron, um mit ihnen über die Schirmherrschaft für die Schule in der Brick Street zu sprechen. Und Ihr Bruder kam vor einer halben Stunde hier vorbei … unerwartet.«

Talia schaute zu Nicholas, der sie mit ausdrucksloser Miene ansah. Unvermittelt schien ein Strudel bitterer Erinnerungen sie zu packen und nach unten zu ziehen. Erinnerungen an all das gemeine Gerede nach der Affäre ihrer Mutter – geflüsterte Vermutungen über ihr schamloses Benehmen, ihren Verrat, ihre Sittenlosigkeit. Der Skandal hatte Nicholas dazu getrieben, London zu verlassen. Und jetzt hatte er erfahren, dass seine Schwester …

»Es tut mir leid«, würgte sie keuchend hervor und stürzte aus dem Zimmer.

»Talia!«

Sie ignorierte die Rufe von Nicholas und James, lief, so schnell ihre Füße sie trugen, an der verblüfften Polly vorbei zu ihrer Kutsche.

»Talia, warte!«, James' Stimme klang wie Donnergrollen.

»Fahren Sie, schnell! Egal wohin«, herrschte Talia den Kutscher an. Dann stieg sie ein und schlug die Tür hinter sich zu.

Drinnen presste sie den Rücken gegen die Sitzlehne und schlang die Arme um sich. Was für eine Demütigung!

Wie oft hatte sie sich geschworen, niemals so zu werden wie ihre Mutter? Wie viele Avancen von Männern hatte sie zurückgewiesen, die glaubten, sie wäre *genauso*? Wie lange hatte es gedauert, bis sie endlich den Mut gefunden hatte, sich nicht mehr zu verstecken und etwas Sinnvolles in dieser Welt zu tun?

Und mit James schien das alles an Bedeutung zu verlieren, denn egal, wie oft sie auch versuchte, sich etwas anderes einzureden, sie konnte nicht vergessen, was er einst für sie gewesen war. Sie konnte nicht vergessen, wie wunderbar es sich anfühlte, ihn zu lieben.

Doch jetzt, nach Margates Bemerkung darüber, dass sie ohne Begleitung James' Haus aufgesucht hatte, und nachdem Lady Byron und Sir Henry wussten, dass sie miteinander intim gewesen waren …

Großer Gott.

»Mylady?«

Talia hob den Kopf und stellte überrascht fest, dass die Kutsche am Straßenrand angehalten hatte und John, der Kutscher, von seinem Bock geklettert war und zum Fenster hereinsah.

»Möchten Sie zu einer bestimmten Adresse, oder soll ich nur so herumfahren?«, fragte er.

»Nein.« Talia suchte nach einem Taschentuch. »Ähm … Brick Street Nummer sechzehn, John. Wapping.«

Er wirkte verblüfft. »Wapping?«

»Ja. Schnell.«

Peters Magen fühlte sich an wie ein schwerer Stein. Obwohl ihm vor der Begegnung mit seiner Schwester graute, zwang er sich, weiter Richtung Brick Street zu gehen. Er wusste, dass Alice und sein Vater von Lady Talia darüber in Kenntnis gesetzt worden waren, dass sie versuchen wollte, die Vormundschaft über ihn zu bekommen. Doch nur Alice hatte sich daraufhin bei ihm gemeldet und ihn gebeten, sich diesen Nachmittag in der Brick Street mit ihr zu treffen, da ihr Vater ihn niemals wieder zu Hause aufnehmen würde. Es war Samstag, daher fand heute kein Unterricht statt.

Eine weitere Chance … wieder eine, die er nicht verdiente. Aber zumindest, so dachte Peter, würde er sein Wort halten. Er hatte Lady Talia versprochen, als Zeuge über die Bedingungen in Newhall auszusagen. Und er würde versuchen, seiner Schwester gegenüber zumindest ein kleines bisschen Wiedergutmachung zu leisten.

Er stieg die Treppe neben der Schmiedewerkstatt hinauf und betrat den stockfleckigen Flur. Aus der halb geöffneten Tür eines Klassenraums drang eine Männerstimme.

Peter versteifte sich und ging leise weiter. Diesmal hatte er die Stimme sofort erkannt.

Er drückte die Tür ein wenig weiter auf. An der gegenüberliegenden Wand des Raumes stand, in gewichtiger Pose, mit dem Rücken zu ihm, ein blonder Mann. Lawford, der Schweinehund.

Wut kochte in Peter hoch, und sein Herz begann wie wild zu klopfen. Er ballte die Hände zu Fäusten, erstarrte aber zu Eis, als er die Stimme seiner Schwester hörte. Er konnte Alice nicht sehen, weil sie von Lawford verdeckt wurde.

»Ich werde es niemandem erzählen, Mr Lawford.« Sie klang gepresst, seltsam schrill.

»Ich habe gesehen, wie er Sie angeschaut hat. Sie sind eine schöne Frau, Miss Colston. Von dem Moment an, als ich Sie das erste Mal sah, wusste ich, wie vernachlässigt Sie sich fühlen. Und ich werde nicht zulassen, dass Fletcher sich mir in den Weg stellt.«

»Mr Fletcher hat mich stets mit großem Respekt behandelt«, piepste sie. »Im Gegensatz zu Ihnen.«

Peter drehte sich der Magen um.

»Ich habe Ihnen geholfen, oder etwa nicht?«, fragte Lawford und hob eine Hand, als wolle er ihr Haar berühren. »Sie hatten mich doch um Hilfe *gebeten*.«

»Ich habe niemals eingewilligt in … in *das hier*.«

Peters Fingernägel bohrten sich in seine Handflächen. Mühsam widerstand er dem Wunsch, sich umzudrehen und wegzulaufen. Wenn Alice sich seinetwegen an Lawford gewandt hatte …

»Ich denke, Sie schulden mir etwas, Miss Colston.«

»Gehen Sie weg von mir, Mr Lawford.« Alice' Stimme klang jetzt beinahe verzweifelt.

Tu was!, schrie eine Stimme in Peters Kopf. Doch die Worte gingen in einer Welle von Angst unter. Er hasste Lawford.

Er fürchtete Lawford. Es war ihm noch nie gelungen, diesem Mann die Stirn zu bieten, und auch jetzt wusste er nicht, was er tun sollte.

»Aufhören!« Seine Schwester stieß Lawfords Hand weg.

Peter hustete. Lawford fuhr herum und maß Peter, der unsicher in der Tür stand, mit eiskaltem Blick. Dann trat er von Alice zurück.

»Was willst *du* denn hier, zum Teufel?«, brüllte er Peter an.

Jetzt konnte Peter Alice' Gesicht sehen. Sie hatte Angst. Eine Hand lag auf ihrer Kehle, und sie war kreidebleich. Peter wusste nur zu gut, welche Art von Angst Lawford auslösen konnte, und er hasste den Gedanken, dass seine Schwester sie jetzt fühlte.

»Du solltest doch im Gefängnis sitzen.« Lawford machte zwei Schritte auf Peter zu.

Peter schluckte.

»Ich war … nicht mehr. Der Richter hat Lady Talia die Vormundschaft für mich übertragen. Statt Gefängnis.«

Lawford schwieg einen Augenblick. Dann begann er, laut zu lachen. »Dieses törichte Weib weiß einfach nicht, wann es besser ist, sich um ihre eigenen Angelegenheiten zu kümmern, was? Und du offenbar auch nicht, Peter.«

Peter sah zu Alice. »Was hat er mit dir gemacht?«

»N-Nichts. Ich war … er ist mir hierher gefolgt, aber er hat mir nicht wehgetan.«

»Ich würde Ihnen niemals wehtun«, sagte Lawford.

»Peter …« Alice klang verzweifelt.

Peter stand wie erstarrt. Der Wunsch davonzulaufen wurde beinahe übermächtig.

»Verschwinde von hier«, befahl Lawford.

Peter wich zurück. Selbst jetzt noch konnte er sich nicht vorstellen, Lawfords Befehle zu missachten.

Lawfords Augen verengten sich zu Schlitzen. »Ich sagte, du sollst verschwinden!«

Peter brach der Schweiß aus. Er konnte keinen klaren Gedanken mehr fassen. Er bekam Gänsehaut. Er holte tief Luft, sah seiner Schwester noch einmal in die Augen und rannte los.

Mit vier schnellen Sprüngen hatte er den Raum durchquert und stürzte sich mit einem wütenden Schrei auf Lawford. Seine Schwester schrie etwas. Die beiden gingen zu Boden. Lawfords Faust traf Peter seitlich am Kinn. Alles verschwamm.

Er biss die Zähne zusammen und packte Lawford am Kragen. Ihm war klar, dass er keine Chance hatte, wenn er fair kämpfte. Er knallte Lawfords Kopf auf den Boden.

»Peter!« Alice packte den Rücken seines Hemds. »Peter, hör auf!«

Warum, zur Hölle, wollte sie, dass er aufhörte? Er beschützte sie doch, verdammt noch mal! Er schlug Lawford mitten ins Gesicht. Aus dessen Nase strömte Blut. Alice zerrte keuchend an seinem Hemd.

»Scheißkerl!« Lawford schien wieder zur Besinnung zu kommen. Er schüttelte Peter ab und kam auf die Füße. Peter stieß einen Fluch aus. Seinen Muskeln fehlte nach all den Monaten in Newhall immer noch die Kraft. Er unternahm einen zweiten Versuch, Lawford zu Boden zu ringen, doch der Mann trat ihm mit voller Wucht zwischen die Beine.

Ein entsetzlicher Schmerz schoss durch Peters Eingeweide und ließ ihn ein paarmal vergeblich nach Luft schnappen. Dann stieß er einen lauten Schrei aus, und zwischen seinen Augen explodierten Sterne. Er sackte zusammen, schlang die Arme um sich und versuchte zu atmen. Alice sank neben ihm auf die Knie.

»Glaubst du im Ernst, dass du damit davonkommst?«, höhnte Lawford. Er zog ein Taschentuch aus seiner Jacke und hielt es unter seine blutende Nase. »Du bist ein verlogener, diebischer kleiner Bastard, Peter Colston. Aus dir wird niemals ein anständiger Mensch werden.«

Das war exakt das, was sich Peter in den letzten Jahren immer wieder selbst gesagt hatte. Aber es war schrecklich, es jetzt von Lawford zu hören. Er kniff die Augen zusammen, während der Schmerz allmählich nachzulassen begann. Auf der Stirn spürte er die Hand seiner Schwester.

»Aus Ihnen auch nich«, keuchte er mühsam. Er zwang sich, die Augen zu öffnen und Lawford ins Gesicht zu sehen. »Sie werd'n ein schlimmeres Ende nehm als ich, Lawford.«

Lawford lachte wieder das kalte, harte Lachen, das schon von den steinernen Wänden in Peters Gefängniszelle zurückgeschallt war. Peter kämpfte die Angst nieder und versuchte, sich auf die wohltuend kühle Berührung von Alice' Hand zu konzentrieren. In seinem Kopf blitzte unvermittelt die Erinnerung an ihre Mutter auf. Genauso hatte sie ihm als Kind die Hand auf die Stirn gelegt, wenn er krank war oder ihm jemand wehgetan hatte.

»Sie woll'n nich, dass irgendwer erfährt, was in Newhall vor sich geht, oder, Lawford?«, fragte er. Es gelang ihm, sich auf die Knie hochzurappeln. »Darum haben Sie Lady Talia nich reingelassen. Darum woll'n Sie nich, dass jemand drüber spricht.«

Als die Worte seinen Mund verließen, erfüllte ihn plötzlich eine seltsame Zuversicht. Bis zu dieser Sekunde hatte er nicht gewusst, dass es einen Weg gab, Lawford aufzuhalten. Seine Gedanken waren zu sehr von Angst vernebelt gewesen, um diese Möglichkeit zu erkennen. Er war einmal zu viel weggelaufen.

Als sich seine und Lawfords Blicke trafen, sah er, wie sich auf dem Gesicht des Mannes die Erkenntnis abzuzeichnen begann. Peter packte Alice' Hand und drückte sie warnend. Er wusste, dass Lawford stets eine Pistole bei sich trug.

Er stand ganz langsam auf und zog seine Schwester mit sich hoch. Außer drei winzigen, schmutzigen Fenstern war die Tür der einzige Weg hier raus.

Vorsichtig schob er sich in diese Richtung, Alice' Hand fest in seiner. Lawford trat ihm in den Weg. Seine Miene war jetzt undurchdringlich. Peter blieb stehen. Er konnte spüren, wie Alice am ganzen Leibe zitterte. Ihre Hand lag kalt und schweißnass in seiner. Lawford langte in seinen Mantel.

Draußen schlug die Eingangstür zu. Und dann betrat Lady Talia den Klassenraum.

17

Talia spürte die angespannte Atmosphäre und die Angst, noch bevor ihr klar wurde, wer im Raum war. Verblüfft starrte sie Peter und Alice an und fasste ihren Bücherstapel fester. Die beiden sahen blass und erschüttert aus. Zwischen ihnen und der Tür stand Mr Lawford, eine Hand im Ärmel seiner Jacke.

Was …?

Plötzlich überkam sie das deutliche Gefühl, dass hier etwas sehr, sehr Schlimmes im Gange war, und sie machte einen Schritt rückwärts. Dabei fiel ihr Blick auf Peter, dessen Augen zornige Funken sprühten

»Laufen Sie!«, schrie er.

Talia stolperte rückwärts, ihre Bücher fielen polternd zu Boden. Sie drehte sich auf dem Absatz um, um wegzulaufen und Hilfe zu holen.

»Halt.« Lawfords Stimme durchschnitt die Luft wie ein Messer.

Talia erstarrte. Alice stieß einen Schrei aus. Durch das Fenster fiel ein Sonnenstrahl und ließ den Lauf der Waffe aufblitzen, die Lawford in der Hand hielt.

»Ich habe draußen eine Droschke«, sagte er kalt. Dann ging er zu Talia, packte sie am Arm und riss sie an sich. Die Pistole verbarg er unter der Manschette seines Ärmels. Talia spürte, wie sich die Mündung der Waffe zwischen den Stangen ihres Korsetts hindurch in ihre Seite bohrte, und ihr brach am ganzen Körper kalter Schweiß aus.

»Ich will, dass ihr alle drei hinausgeht und in die Droschke steigt«, befahl Lawford und nickte Peter und Alice auffordernd zu. »Tut nichts, was Lady Talia weiterer Gefahr aussetzt.«

Eng aneinandergeschmiegt drückten sich die beiden an ihm vorbei und gingen Richtung Tür. Talias Herz hämmerte. Als Lawford sie hinaus in den Korridor stieß, musste sie ihren Beinen befehlen, sich in Bewegung zu setzen. Der Mann konnte sie doch wohl kaum mitten auf einer belebten Straße zwingen, in eine Kutsche zu steigen. Und selbst wenn, wohin wollte er sie dann bringen?

Draußen mischten sich die lauten Geräusche aus der Schmiedewerkstatt mit dem beißenden Geruch von Kohle. Lawford machte eine Geste zu dem Kutscher, der von seinem Bock stieg, um den Schlag zu öffnen. Die Mündung der Pistole drückte sich heftiger in Talias Seite. Peter ergriff das Zugeisen und tat, als wolle er in die Kutsche steigen. Dann wirbelte er im Bruchteil einer Sekunde herum und warf sich auf Lawford. Der Aufprall brachte Lawford aus dem Gleichgewicht, aber er war größer als Peter. Mit einem wütenden Grunzen stieß er den Jungen beiseite. In der Schmiede traten die Arbeiter an die Fenster, um zu sehen, was der Aufruhr zu bedeuten hatte.

Talia spürte, wie Lawford in Panik geriet, als ihm klar wurde, dass er sie nicht alle drei unter Kontrolle halten konnte. Die Waffe immer noch in ihre Seite gepresst, stieß er sie vorwärts. Sie erklomm die Trittstufen der Kutsche und wandte sich um, um nach Alice zu sehen. Sie sah sie auf die Schmiede zurennen.

»Lauf!«, rief Talia Peter zu.

Er drehte sich um und rannte weg, während Lawford Talia in die Kutsche schob und dem Kutscher befahl, sofort loszufahren. Dann ließ er sich schwer atmend ihr gegenüber auf die Sitzbank fallen und zog die Pistole unter seiner Jacke hervor.

»Sie sind nicht diejenige, die ich will«, sagte er barsch. Sein Gesicht glänzte vor Schweiß. »Aber es ist allein Ihre Schuld. Warum mischen Sie sich ständig in Dinge ein, die Sie nichts angehen? Haben Sie im Ernst geglaubt, ich würde zulassen, dass Sie die Vormundschaft für Peter Colston übernehmen? Geschweige denn, dass Sie ihn benutzen, um Ihr Vorhaben voranzutreiben?« Er schüttelte den Kopf. »Es hätte so leicht sein können, ihn wieder nach Newhall zu verfrachten, aber Sie wollten die Sache einfach nicht auf sich beruhen lassen.«

Talia rang die Hände und versuchte, ihren Blick auf die draußen vorbeirasenden Straßen zu konzentrieren, um herauszufinden, wohin sie fuhren. Unter all der Angst machte sich zunehmend die Erkenntnis in ihr breit, dass er sie jetzt nicht mehr gehen lassen konnte. Dass er sie jetzt nicht mehr gehen lassen *würde*.

»Versuchen Sie nicht zu fliehen«, sagte Lawford und sah sie durchdringend an. »Ich habe mehr als genug Erfahrung mit aufsässigen jungen Kerlen und weiß, wie man sie bändigt. Ich möchte Ihnen nicht genauso wehtun müssen.«

Talia spürte ihren Herzschlag bis in ihren Kopf. Nach einer scheinbar endlosen Fahrt hielt die Kutsche vor den Toren zu den St. Katherine's Docks, wo die Luft war vom Gestank nach Fisch und Rauch erfüllt. Lawford forderte Talia auf auszusteigen. Die versteckt gehaltene Waffe wieder gegen ihre Seite gepresst, schob er sie vor sich her.

Er drängte sie durch die Tore und auf den Kai, auf dem geschäftiges Treiben herrschte. Talia wägte das Risiko ab, um Hilfe zu rufen, sich loszureißen und wegzulaufen. Lawford konnte schießen … und wenn die Kugel sie verfehlte, wurde womöglich jemand anderer getroffen, vielleicht sogar getötet.

Ihr wurde übel. Sie versuchte, ruhig und tief zu atmen, während Lawford sie um eine Palette dirigierte, auf der Brandyfässer gestapelt waren. Die Tore der Lagerhäuser standen offen. Sie sahen aus wie riesige, gähnende Rachen. Von Pferden gezogene, mit Kisten, Säcken und Tonnen beladene Fuhrwerke und Karren fuhren hinein oder heraus.

Die Lagerhäuser wurden von dunklen, engen Gassen getrennt, in denen sich Abfälle und verfaulende Nahrungsmittel türmten. Doch es war ihre einzige Chance. Ohne noch einmal darüber nachzudenken oder sich von ihrer Angst lähmen zu lassen, riss Talia sich aus Lawfords Griff los und rannte, so schnell sie konnte, in eine dieser Gassen. Sofort versanken ihre Füße in einer matschigen Schicht Unrat. Der Gestank war unerträglich.

Talia rannte und rannte, immer halb in der Erwartung, eine Kugel im Rücken zu spüren. Sie rutschte auf etwas Glitschigem aus, fand ihr Gleichgewicht wieder und rannte weiter. Wenn sie die Rückseite des Lagerhauses erreichte, könnte sie vielleicht den Hinterausgang benutzen.

Lawford packte sie an der Schulter und riss sie so heftig zurück, dass sie beinahe umfiel. Sie schrie auf. Panik nahm ihr die Luft. Wieder versuchte sie, sich loszureißen, aber Lawford hielt sie fest. Dann traf sie der Griff der Pistole hart an der Schläfe, und alles wurde schwarz.

Als sie wieder zu sich kam, roch sie verrottendes Heu und stinkende Abfälle. Ihr Schädel dröhnte, ihr Atem ging hastig und flach. Sie versuchte, sich nicht zu bewegen. Die Angst riet ihr, reglos liegen zu bleiben, bis sie wusste, wo sie war.

Wo *er* war.

Vorsichtig öffnete und schloss sie den Mund und spreizte ihre Finger. Ihr ganzer Körper war ein einziger Schmerz, aber es schien nichts gebrochen zu sein. Sie verspürte Übelkeit und öffnete mühsam die Augen. Der dünne Lichtstrahl einer Laterne kroch ihr gegenüber über eine nackte Wand und ein Stück Fußboden, der von einer braunen, zerschlissenen Matte bedeckt war

Ein Schloss rasselte. Talia machte die Augen wieder zu und regte sich nicht. Schwere Schritte auf dem Fußboden. Sie spürte, wie er sich neben sie hockte. Ihr Herz hämmerte.

»Ich wünschte wirklich, Sie wären nicht in die Brick Street gekommen, Mylady.«

Das wünschte sich Talia auch. Aber wenn sie es nicht getan hätte, was wäre dann mit Peter und Alice geschehen?

Peter und Alice! Sie waren entkommen. Sie wussten, dass Lawford sie in seiner Gewalt hatte, und sie würden einen Weg finden, sie zu retten.

Das hoffte sie zumindest … allerdings hatten die beiden keine Ahnung, wo sie war. Ihr wurde klar, dass sie nichts gewinnen konnte, indem sie weiter vorgab, bewusstlos zu sein. Sie wappnete sich gegen Lawfords Verächtlichkeit und machte die Augen auf.

Er musterte sie eingehend, doch in seiner Miene lag kein Zorn. Stattdessen wirkte er besorgt und ein klein wenig gequält.

»Es tut mir leid«, sagte er. »Ich muss Sie hierlassen, während ich nach Peter suche.«

»Wo bin ich?«, fragte sie mit rostiger, brüchiger Stimme.

»Auf der *Warrior*.«

Talias Herz setzte einen Moment lang aus. »Das Sträflingsschiff?«

Lawford nickte und stand auf. »Eins von den wenigen, die es noch gibt. Ich diente vor einigen Jahren hier als Wärter, bevor ich nach Newhall versetzt wurde. Es ist ein entsetzlicher, schmutziger Ort. Nun ja, etwas Gutes gebracht haben die Reformgesetze wohl zumindest.«

Talia setzte sich mühsam auf und kämpfte gegen eine Welle von Schwindel an. Auf die gegenüberliegende Wand fielen senkrechte, parallel verlaufende Schatten.

Gitterstäbe. Sie war in einer der Zellen des Schiffes. Sie blinzelte, um klarer sehen zu können. Eine Wand aus Eisenstäben hielt sie in diesem engen Raum gefangen. Auf der anderen Seite des schmalen Ganges befand sich ebenfalls eine Zelle. Sie war leer.

»Ich weiß noch nicht, was ich mit Ihnen machen werde«, fuhr Lawford fort. Er ging zur Tür und holte einen Eimer und ein Bündel weißen Stoff. »Ich kann schließlich nicht zulassen, dass Sie überall herumlaufen und aller Welt erzählen, ich hätte sie entführt oder Peter und Alice bedroht … andererseits … Ich hatte nie vor, Ihnen wehzutun.«

»Und was ist mit Peter?«

»Peter hätte einfach tun sollen, was er am besten kann: den Mund halten.« Lawford wickelte das Stoffbündel auf. Zum Vorschein kam ein Laib Brot, den er neben den Wassereimer legte. »Ich dachte, er hätte in Newhall etwas gelernt. Jammerschade, dass dem nicht so ist.«

Talia musterte ihn argwöhnisch, als er aufstand und sich den Schmutz von den Händen klopfte. Sie hatte pochende Kopfschmerzen. »Wo ist Peter?«

»Ich weiß es nicht. Ich werde jetzt losgehen, um ihn und Alice zu finden. Sie sind hier gut aufgehoben, bis ich wiederkomme und mir überlege, wie es mit Ihnen weitergeht.«

Er machte auf dem Absatz kehrt, ging hinaus und schloss die Zellentür hinter sich ab. Talia gelang es aufzustehen. Obwohl sie wusste, dass ihre Bemühungen vergeblich sein würden, suchte sie die Zelle gründlich ab. Vielleicht gab es doch einen Weg, hier herauszukommen. Sie lauschte angestrengt, doch alles, was sie hörte, war weit entferntes dumpfes Gepolter. Sie musste in der Tat sehr tief im Bauch des Schiffes sein.

Verzweifelt rüttelte sie an den Gitterstäben. Nur Lawford wusste, dass sie hier war. Sie hatte keine Ahnung, ob die *Warrior* wirklich ablegen würde. Sträflingstransporte waren seit letztem Jahr verboten. Und die wenigen verbliebenen Gefängnisschiffe sollten erst über die nächsten Jahre eins nach dem anderen in See stechen.

Aber Lawford würde sie doch nicht auf einem Gefängnisschiff einsperren, das nicht auslief?

Bei der Antwort wurde ihr wieder schwarz vor Augen. Nein, das würde er nicht tun.

»Hier ist sie auch nicht.« Mit schweren Schritten ging James die Treppe hinunter zu Nicholas, der neben der Kutsche stand und auf ihn wartete. In ihm wüteten Zorn und Sorge. Nachdem Nicholas und er sich entschlossen hatten, Talia nachzulaufen, war ihre Kutsche bereits um die Straßenecke gebogen und davongefahren. »Ich versuche es im Büro der Ragged School Union.«

Sie bestiegen die Kutsche, und James wies den Fahrer an, sie nach Exeter Hall zu bringen. Nicholas saß ihm mit gefasster Miene gegenüber. Zu jedem anderen Zeitpunkt hätte James versucht, irgendeine Art von Erklärung abzugeben, den entstandenen Eindruck wieder geradezurücken … doch die einzige Erklärung, die er jetzt hatte, war die, dass er ums Verrecken nicht imstande war, Talia Hall zu widerstehen.

Aber es stand zu vermuten, dass Nicholas eine derart unverblümte Tatsache nicht hören wollte.

Schweigend fuhren sie zu dem Gebäude, in dem der Verein für Armenschulen seinen Sitz hatte. James hastete die Treppe zu Sir Henrys Büro hinauf, doch weder der Vorsitzende noch Talia waren anwesend. James hielt inne und dachte nach. Als einzige Orte, an denen Talia sein könnte, blieben jetzt nur noch Alice Colstons Haus und die Schule in der Brick Street. Doch er hatte keine Ahnung, ob und wie viel Talia ihrem Bruder über diese beiden Orte erzählt hatte.

»Nimm die Kutsche und sieh nach, ob sie vielleicht in ihrem Buchladen ist. Mudie's Library«, sagte er zu Nicholas, nachdem er zur Kutsche zurückgekehrt war. »Ich fahre zu der Armenschule. Ich war schon einmal mit ihr dort.«

Zu seiner Erleichterung folgte Nicholas seinem Vorschlag ohne Diskussion. James lief zum Droschkenstand und wies einen Kutscher an, ihn so schnell wie möglich nach Wapping zu bringen. Der Gedanke, Talia könne in die Brick Street gefahren sein, gefiel ihm ganz und gar nicht, vor allem, da bereits die Abenddämmerung hereinbrach. Ungeduldig trommelte er mit den Fingern auf sein Knie, während der Kutscher das Gefährt durch die stark befahrenen Straßen manövrierte. Aus den Fenstern der Schmiede drang dicker schwarzer Rauch, dazu der Geruch von Kohle und das Geräusch von Hämmern, die auf Eisen trafen.

James ging in den Klassenraum, fand ihn aber dunkel und verlassen vor. Die Schlafsäle? Er ignorierte die wartende Droschke und lief die Straße hinunter, bog um eine Ecke in die Gorham Street, wo sich, wie er wusste, das Haus mit den Schlafsälen für die Jungen befand. Er wurde das Gefühl nicht los, dass irgendetwas ganz und gar nicht stimmte. Etwas, das mit Talias Scham wegen ihres intimen Beisammenseins rein gar nichts zu tun hatte.

Er schob den Gedanken beiseite und griff sich einen jungen Burschen, der eben zu den Schlafsälen wollte.

»Martin, hast du Miss Hall gesehen?«

Martin blickte ihn unter seiner abgewetzten Mütze hervor an und schüttelte den Kopf. »Samstags kommt sie eigentlich nie hierher.«

James ließ ihn stehen und ging ins Haus. Bevor er nach dem Hausmeister klingeln konnte, flog krachend die Tür zur Küche auf.

»Mr Forester!« Peter Colston stürmte in den Vorraum. »Ich hab Sie die Straße hochkommen sehn. Wir hab'n versucht, Ihnen 'ne Nachricht zu schicken. Er hat sie, Sir. Er hat Miss Hall.«

»Wer?«

»Lawford.« Peter packte ihn am Ärmel.

Aus der Küche kamen drei weitere Jungen, die Augen weit aufgerissen vor Aufregung. »Peter sagt, der Mann hat 'ne *Pistole*.«

James wurde eiskalt. »Woher wisst ihr das?«

»Er war hinter meiner Schwester her«, berichtete Peter. »Sie sucht jetzt unsern Vater, will sehen, ob er helfen kann. Aber ich glaub' ich weiß, wo Lawford hin is.«

»Wir müssen sie retten!«, schrie Daniel, und die anderen Jungen stimmten ihm begeistert zu.

»Dann kommt mit.« James lief eilig nach draußen und in die Brick Street. Die Jungen folgten ihm auf dem Fuße und stiegen zu ihm in die wartende Droschke. James blieb keine Zeit, darüber nachzudenken, ob es klug war, vier von diesen Kerlen dabeizuhaben, um Talia zu retten. Er musste darauf vertrauen, dass sie ihm vielleicht irgendwie helfen konnten.

Vor den Toren zu den St. Katherine's Docks stiegen sie aus. James scharte die Jungen um sich, und gemeinsam betrachteten sie das riesige Schiff, das am Ende des Hafenbeckens vertäut war. Es wurde von rostigen Ankerketten gehalten, und aus seinem Rumpf erhoben sich drei schlanke Masten. Die Kanonendecks waren gut an den Geschützluken zu erkennen. Die Gangway war hochgezogen, und das Schiff lag in den Abendnebel gehüllt da wie eine monströse, mystische Kreatur.

»Wie …« James räusperte sich. »Wie kommt ihr darauf, dass er sie hierhergebracht hat?«

»Weil er gedroht hat, *mich* hierherzubringen, als sie mich verhaftet hab'n«, sagte Peter.

Alle starrten wieder auf das Sträflingsschiff.

»Dort bringn mich keine zehn Pferde hin«, flüsterte Daniel furchtsam.

Martin zwickte ihn in den Arm. »Wir red'n hier von Miss Hall.«

»Dann hätt sich Miss Hall eben nich von Lawford fangen lassen soll'n«, murrte Daniel und stieß Martin einen Ellbogen in die Rippen.

Peter packte die beiden am Ohr und zog einmal heftig. Die Jungen zuckten zusammen.

»Woher wissen wir überhaupt, dass sie wirklich da drin is?«, fragte Martin. »Du hast doch nich *gesehn*, wie er sie reingeschafft hat, oder?«

»Sie is dort«, beharrte Peter.

James hielt seinen Blick immer noch auf den Schiffsrumpf geheftet. Über die Jahre war er auf Dutzenden von Schiffen gewesen, aber noch nie auf einem von Soldaten bewachten Sträflingsschiff.

»Was soll'n wir denn nun machen?«, fragte Peter leicht besorgt.

»Keine Ahnung.«

Peter blinzelte. »Ihnen muss doch was einfall'n. Wir könne sie doch nich dalassen.«

»Das werden wir auch nicht«, erwiderte James gereizt. »Aber wir brauchen einen Plan.«

Pläne machte er die ganze Zeit. Zugegeben, dabei ging es nicht um die Rettung der Frau, die er liebte, aus der Gewalt eines Irren, aber …

Sein Herz machte einen Sprung.

Es war nicht nur, dass er Talia hoffnungslos liebte. Er bewunderte sie, verehrte sie, schätzte sie, betete sie an …

Vor seinem inneren Auge erschien ein Bild von ihr, das für einen Moment alles andere auslöschte: fröhlich leuchtende grüne Augen, ein Lächeln wie der pure Sonnenschein, die Art, wie ein einziger Blick von ihr seine Knie weich werden ließ …

»Sir?« Peter zog ihn am Ärmel. »Solltn wir uns nich *beeiln*?«

James zwang sich zurück in die Gegenwart. Sein Puls raste. Er holte ganz tief Luft und nickte.

»Ja. Also … ein Plan. Wir brauchen einen Plan.« Er lief ein paar Schritte hin und her. »Wir könnten uns ein Boot besorgen und im Schutz der Dunkelheit hinüberrudern, aber es gibt keine Möglichkeit, an Bord zu kommen.«

»Wir könnten die Wachsoldaten angreifen«, schlug Robert vor und ballte die Fäuste.

Peter gab ihm eine Kopfnuss. »Du gegen'nen Wachsoldaten. Das is wie'n Tiger gegn'ne Maus. Und du bist nich der Tiger. Wir müssen unsre Stärken nutzen.«

James wirbelte herum und zeigte mit dem Finger auf ihn. »Gut. Ja. Was sind eure Stärken?«

Die Jungen blickten einander fragend an und wanden sich.

»Na, klau'n«, traute sich Daniel.

»Uns prügeln«, ergänzte Robert.

»Ich kann jetzt schon ein bisschen lesen«, sagte Martin.

»Das wird uns nichts nützen«, murmelte James.

»Genau das hab ich zu Mr Fletcher auch gesagt!«, erwiderte Martin. »Lesen is zu gar nix gut.«

»Was is mit Ihnen?«, wollte Peter von James wissen.

»Ich?«

»Sie sind der Größte von uns. Was könn' Sie denn?«

»Ich befehlige Expeditionen um die ganze Welt«, antwortete James leicht defensiv.

»Und wie kann das nützlich sein?«

Befehligen. James wusste, wie er Menschen dazu bringen konnte zu tun, was er wollte.

Außer einem gewissen renitenten Frauenzimmer natürlich.

»In Ordnung. Also dann.« Er fuhr sich mit den Händen durchs Haar, während sich in seinem Kopf einzelne Teile eines Plans zu einem Ganzen zusammenfügten. Er kannte auch den Rhythmus der Abläufe in einem Hafen. Obwohl der Abend angebrochen war, würden die Arbeiter weitermachen, bis das letzte Fünkchen Tageslicht verschwunden war.

»Wir müssen sie schnell da rausholen«, drängte Peter.

»Wir werden nicht versuchen, sie da rauszuholen«, entgegnete James und musterte nachdenklich das Schiff. »Ich muss da *rein*.« Dann wandte er sich den Jungen zu und gab ihnen eine Reihe von Anweisungen.

Während der Himmel immer dunkler wurde, passierten unvermindert Fuhrwerke und Karren die riesigen Lagerhallentore, fuhren hinein und heraus. Arbeiter und Matrosen schlenderten zu den Hafentoren, um ihren Lohn abzuholen, und stellten sich anschließend in eine Schlange, um sich inspizieren zu lassen.

James und Peter tauschten einige kurze Blicke, während sie losgingen, um in der Menschentraube unterzutauchen, die sich vor den Toren versammelte. Peter schloss sich einer Gruppe Arbeiter an, die auf dem Weg zum letzten Lagerhaus am Kai waren.

James schaute durch den Abendnebel hinüber zur *Warrior*. Die Gangway war jetzt heruntergelassen. Daniel schoss an ihm vorbei; er war auf dem Weg zu Lagerhalle fünf. Einige Männer begannen, Kisten auf Schubkarren zu laden, um sie auf die Schiffe zu befördern. James näherte sich dem Hafenmeister, einem fassbäuchigen Mann, der Buch über die ankommenden und ablegenden Schiffe führte.

»Legt die *Warrior* bald ab?«, fragte er beiläufig.

»Wird um Mitternacht raus auf den Fluss verholt und geht dann runter nach Gravesend, bevor sie ausläuft. In vierundzwanzig Stunden.«

Um Mitternacht. James schaute zum Horizont, hinter dem die Sonne versunken war. Seiner Schätzung nach blieben ihnen noch ein oder zwei Stunden, in denen die Arbeiter weiterhin die Schiffe beluden, die am folgenden Morgen in See stechen sollten.

»Haben Sie genug Männer zum Beladen?«, fragte James.

»Der Frachtmeister hat dafür gesorgt«, entgegnete der Hafenmeister und nickte in Richtung eines untersetzten Mannes mit buschigem Bart, der die Verladearbeiten überwachte.

Als er ihm den Rücken zuwandte, schlüpfte James geschwind in das Lagerhaus, wo er einen Mann ausfindig machte, der Säcke mit Tee von einer Palette auf eine Schubkarre lud. Er zog seine Taschenuhr heraus und nahm ihn beiseite. Nach einem kurzen Wortwechsel zog der Mann seinen Mantel aus und überließ ihn James im Austausch gegen die Taschenuhr. James warf sich das fadenscheinige Kleidungsstück über, das ihm ein wenig zu eng war, und nahm den Platz des Mannes ein. Dann lenkte er die Schubkarre in Richtung der *Warrior*, wo ein Strom von Arbeitern sich die Gangway hinauf- und herunterschob, vorbei an den zwei Wachleuten.

James tauschte einen Blick mit Martin, der zusammen mit Daniel hinter einem Stapel Kisten hockte, die einen intensiven Fischgeruch verströmten.

»Was muss noch an Bord?«, wisperte Martin.

»Mehl, Tee, ein paar Fässer Brandy für die Offiziere und Kartoffeln«, sagte James. »Ihr zwei bleibt hier.«

Die Jungen, die vor Aufregung bebten, waren bereit zu tun, was immer James von ihnen verlangen würde. Er musste beinahe lächeln. Da er sie keinem Risiko aussetzen wollte, hatte er sie nur gebeten, die Augen nach Lawford offen zu halten.

Peter konnte er allerdings nicht aus der Sache heraushalten. Während er ein paar Säcke Mehl auf den Schubkarren lud, tauchte dieser auf, um ihm zu helfen, die Ladung Richtung Gangway zu bugsieren.

In James machte sich Anspannung breit. Er hatte darauf vertraut, dass Peter recht hatte und Talia tatsächlich an Bord dieses Schiffes war.

Sie schoben die Schubkarre auf die Gangway und begannen, sie Richtung Bordwand zu schieben. Weiter … weiter …

»Halt mal!«, brüllte der Frachtmeister.

Peter erstarrte. James drehte sich um. Der Vorarbeiter stand, Hände in die Hüften gestemmt, neben der Gangway und funkelte sie wütend an.

»Wer, verflucht noch mal –«

Plötzlich hallte von den Hafenmauern das Geräusch von splitterndem Holz wider, das gegen Stein krachte, und der Aufseher wandte seine Aufmerksamkeit der Lagerhalle zu. Dort waren mehrere Kisten von einem Stapel gestürzt und zerbrochen. Hunderte von Bücklingen ergossen sich auf den Boden.

Laut fluchend und mit vor Zorn hochrotem Gesicht, rannte der Aufseher hinüber, um das Chaos in Augenschein zu nehmen. Als er sich dem Ort des Geschehens näherte, rutschte er auf den Fischen aus und ging mit einem dumpfen Geräusch zu Boden. Auf sein wütendes Rufen hin rannten die beiden Wachleute der *Warrior* herbei, um ihm aufzuhelfen.

Hinter den verbliebenen Kisten reckten Martin und Daniel siegessicher die Fäuste und machten sich eilig aus dem Staub, um nicht entdeckt zu werden.

»Los«, zischte James Peter zu.

Peter schnappte sich einen Sack und lief die Gangway hinauf. James packte die Griffe der Schubkarre und folgte ihm an Bord. Auf dem Hauptdeck herrschte geschäftiges Treiben. Arbeiter öffneten Ladeluken, um Kisten und Fässer in den Rumpf des Schiffes abzuseilen.

James bedeutete Peter, sich zu verstecken, und eilte dann zu den Niedergängen zu den tiefer gelegenen Decks. Auf seinem Weg kam er an der Kombüse vorbei, und sein Herz setzte kurz aus, als er den Koch bemerkte, der dabei war, das Feuer unter einem großen, rußverschmierten Kessel zu schüren.

Er hielt den Atem an, bis der Mann sich von der Tür wegdrehte. Dann huschte er weiter zum Vorschiff. Vor einem Trockenraum, in dem Tücher, Socken und Hemden auf Leinen hingen, die unter der Decke gespannt waren, hielt er kurz inne.

Die Ladeluke neben dem Oberdeck war verriegelt und mit einem Vorhängeschloss gesichert. An der Wand lehnte das Bajonett eines Wachsoldaten, aber der Mann war nirgends zu sehen. James atmete langsam aus. Schweißtropfen rannen über sein Genick und den Rücken hinunter. Er hatte keine Möglichkeit, den Durchlass zu öffnen.

»He, du da!«

James fuhr herum und schlug instinktiv zu. Der Schlag ließ den Kopf des Wachsoldaten zurückfliegen. Er schrie vor Schmerz und Überraschung auf und starrte James einen Moment lang verblüfft an. Bevor er sich von seinem Schock erholen und zurückschlagen konnte, schlug James erneut zu. Der Kopf des Mannes krachte gegen die Wand, doch es gelang ihm, aufrecht zu bleiben. Er stürzte sich auf James. Keuchend rang James mit seinem Gegner und bugsierte ihn in den Trockenraum.

Eine Entschuldigung murmelnd, schlug er den Kopf des Wachmanns auf den Boden. Der Aufprall machte diesen so benommen, dass James Zeit hatte, ein paar Hemden und Socken von der Leine zu reißen. Er band dem Unglücklichen den Mund zu, zog ihm die Uniformjacke aus und fesselte ihn an Armen und Beinen. Nachdem er sicher war, dass der Mann nicht fliehen konnte, nahm er ihm den Schlüsselbund vom Gürtel und tauschte seine eigene Jacke gegen die Uniformjacke aus.

Dann schloss er die Tür des Trockenraums, öffnete das Vorhängeschloss, griff sich das Bajonett und stieg hinunter zu den Zellendecks. Auf dem obersten reihte sich zu beiden Seiten Zelle an Zelle, in denen dicht nebeneinander Hängematten hingen wie riesige Kokons. Von den hölzernen Wänden hallten Schnarchen und dumpfes Gemurmel wider. Der Gang wurde vom Licht trüber Laternen erhellt.

James schnappte sich eine davon und senkte den Kopf tiefer. Einige der Männer riefen ihm etwas zu. Als er sich vorstellte, Talia könnte hier irgendwo zwischen diesen rauen Gefangenen sein, überliefen ihn Schauer des Entsetzens.

Klopfenden Herzens ging er weiter und nahm den Niedergang zum unteren Zellendeck. Hier war die Luft heiß und abgestanden. Die unteren Decks beherbergten weniger Gefangene, doch sicher würde nicht einmal Lawford Talia mitten unter ihnen …

Er lief weiter, bis er ganz am Ende des unteren Decks einen schmalen, weiß gestrichenen Durchgang erreichte. James packte das Bajonett fester und stieß die Tür auf.

An den Wänden befanden sich jeweils fünf einzelne Zellen. James ging Schritt um Schritt voran. Vor Anspannung krampfte sich sein Magen zusammen. Aus einer Hängematte in einer der Zellen war lautes Schnarchen zu vernehmen. Immer weiter pirschte er sich vor, sah in jede einzelne Zelle. Leer … leer … *oh Gott.*

Sie lag auf dem Boden der letzten Zelle, den Kopf halb zwischen den Armen vergraben, die Augen geschlossen …

»Talia!«

Sie schoss so schnell hoch, dass er vor Schreck rückwärtstaumelte. Angst und Erleichterung ließen seinen Puls rasen. Talia schob sich blinzelnd das aufgelöste Haar aus dem Gesicht und versuchte, sich zu orientieren.

»James?«

»Geht es dir gut?« James stellte die Laterne ab, kam näher und packte die Gitterstäbe ihrer Zelle.

»Ja … ich … ich denke schon.« Sie presste eine Hand an die Schläfe und starrte ihn ungläubig an. »Wie hast du mich gefunden?«

»Peter wusste, dass Lawford dich hierherbringen würde.« Er steckte eine Hand durch das Gitter. »Ich muss dich hier rausholen. Das Schiff legt um Mitternacht ab.«

Talia verschränkte ihre Finger mit seinen. Schon bei dieser

einfachen Berührung rauschte eine Woge von Gefühlen durch ihn hindurch. Er fummelte an dem Schlüsselbund herum und wagte nicht zu hoffen, dass einer von ihnen diese spezielle Zelle öffnen würde. Nachdem er hastig alle Schlüssel durchprobiert hatte, musste er sich geschlagen geben.

»Weißt du, wo Lawford hingegangen ist?«, fragte er.

»Er wollte Peter und Alice aufspüren. Geht es den beiden gut?«

»Peter ja. Er ist hier. Alice ist vermutlich zu Hause.« James legte seine Hand um Talias Hinterkopf und zog sie näher zu sich heran. Er presste heftig seinen Mund auf ihren, wütend darüber, dass er sie erneut allein lassen musste. Aber er hatte keine andere Wahl. »Ich bin bald zurück.«

Er nahm die Laterne und rannte den Gang zurück auf das untere Deck. Als er durch die Tür trat, prallte er mit Martin zusammen.

»Was tust du hier?«, herrschte er den Jungen an.

Auf Martins Gesicht erschien ein triumphierendes Lächeln. »Gehört doch zum Klauen dazu, dass man weiß, wie man wo hinkommt. Dachte mir, sie sollten wiss'n, dass wir Lawford auf dem Kai gesehen habn.«

James murmelte einen Fluch und packte Martins Arm. Zusammen schlichen sie aufs obere Deck zurück.

»Wo ist Peter?«, flüsterte James.

»Hat bei der Ladung geholfen, als ich ihn das letzte Mal gesehn hab«, erwiderte Martin. »Schätze mal, der is so 'n guter Arbeiter, dass die gar nich wissen wolln, ob er angeheuert is.«

James traute sich nicht, Martin wieder die Gangway hinunterzuschicken, aus Angst, er würde von den beiden Wachleuten geschnappt werden, die unten Posten standen. Also öffnete er die Tür zum Trockenraum und schob den Jungen hinein. Der

Wachsoldat war noch immer da und kämpfte mit seinen Fesseln.

»Pass gut auf ihn auf«, wies James Martin an und vergewisserte sich, dass die Fesseln hielten.

Martin nickte kurz und stellte sich stolz mit verschränkten Armen neben den Gefangenen. James überließ ihm die Laterne und lief dann geduckt zur Tür des Niedergangs, um Peter von Bord zu schicken. Das würde dem Jungen leicht gelingen, indem er sich einer Gruppe von Arbeitern anschloss, die das Schiff verließ.

Er machte sich auf den Weg zum Hauptdeck. Aus der Kombüse drang der unangenehme Geruch von gekochtem Kohl. James bog um die Ecke und erstarrte. William Lawford kam ihm entgegen.

Lawford fixierte ihn und langte nach seiner Pistole, doch James stürmte nach vorn und setzte ihm das Bajonett auf die Brust.

»Nicht«, zischte er. Dann durchsuchte er Lawfords Taschen und fand ein Schlüsselbund. Er schob den Mann vor sich her und bugsierte ihn zu dem Niedergang, aus dem er eben gekommen war. Lawford, der sich angesichts der Bajonettspitze in seinem Rücken fügte, ging James voraus, hinunter zu den Einzelzellen. Talia erhob sich und sah misstrauisch zu, wie Lawford näher kam. James drückte ihm die Bajonettspitze in den Rücken. »Schließen Sie die Zelle auf.«

Lawford steckte den Schlüssel ins Schloss und öffnete die Zellentür. Talia wollte nach draußen eilen. Doch Lawford versperrte ihr den Weg. Alarmiert stellte James fest, dass Lawford nur eine Armeslänge –

»Gottverdammt!«, entfuhr es ihm in dem Moment, als Lawford Talia zurück in die Zelle stieß.

Talia wollte schreien, doch Lawford packte ihr Genick, und der Schrei erstarb gurgelnd. Er drehte ihr einen Arm auf den Rücken und presste die andere Hand fest auf ihren Mund, sodass sie keine Luft bekam. James stürzte in Panik nach vorn.

»Stehen bleiben!«, brüllte Lawford. »Oder ich töte sie, ich schwöre es.«

Dann wich er an die hintere Zellenwand zurück, die Hand fest um Talias Hals gelegt. Sie öffnete den Mund, um keuchend Luft zu holen. In ihren Augen spiegelte sich blankes Entsetzen.

Bleib ruhig. James kämpfte gegen die Panik an, die ihn zu überwältigen drohte, drängte sie zurück hinter die Gewissheit, dass die Frau, die er liebte, in Lebensgefahr schwebte und er der Einzige war, der sie retten konnte. Er hob mit ruhiger Hand das Gewehr und zielte auf Lawfords Kopf.

»Lassen Sie sie gehen.«

»Zurück mit Ihnen«, sagte Lawford. »Ich werde dieses Schiff verlassen und Sie beide hier einschließen.«

Talia griff nach Lawfords Hand an ihrer Kehle und versuchte, seine Finger aufzubiegen. Ihr Gesicht rötete sich vor Anstrengung, doch es fruchtete nichts. Hilflos und in panischer Angst krallte sie die Hände in ihre Röcke. Ihre Kräfte schwanden, und sie hatte nur noch Angst.

James trat einen Schritt zurück, hielt aber das Gewehr weiterhin auf Lawfords Kopf gerichtet. Sein Finger war am Abzug. Er hätte liebend gerne abgedrückt, um diesen Mistkerl genau zwischen die Augen zu treffen. Das Einzige, was ihn davon abhielt, war die Tatsache, dass Talia so nahe bei ihm war.

Talia zog eine Hand aus der Tasche ihres Kleides, und für einen kurzen Augenblick schimmerte etwas Grünes auf – es war das Stück Quarz, das James ihr von seiner letzten Reise mitgebracht hatte. Unvermittelt riss sie die Hand hoch, stieß

Lawford den scharfkantigen Stein ins Gesicht und zog ihn mit aller Kraft nach unten. Lawford schrie vor Schmerz auf, ließ Talia los und schlug seine Hände vor die blutende Wunde.

Talia stolperte keuchend aus der Zelle. James riss sie an sich, knallte die Zellentür zu und verschloss sie. Dann nahm er Talias Hand, und zusammen rannten sie zum Niedergang. Im Trockenraum trafen sie auf Martin, der immer noch den gefesselten Posten bewachte.

»Wie kommen wir von Bord?«, zischte Talia und nickte hinüber zu der bewachten Gangway.

»Überlassn Sie das uns, Miss«, sagte Martin stolz und schnappte sich die Laterne. »Zuerst muss ich aber Peter holn.«

Er schoss davon. Als Talia ihn fragend ansah, zuckte James mit den Schultern und führte sie Richtung Kombüse. Er streckte einen Arm aus, um ihr zu bedeuten, dass sie sich hinter ihm halten solle.

Plötzlich brach draußen an der Gangway ein Tumult aus. Martin und Peter kamen vom oberen Deck gerannt, gefolgt von einigen Arbeitern. James nahm Talia fest am Arm und setzte sich in Bewegung.

Auf halber Höhe der Gangway gewahrten sie Robert, der sich offenbar hinter zwei Fässern mit Brandy versteckt gehalten hatte und nun eines von ihnen von dem Karren rollte. Krachend landete es auf der Gangway und zerbrach. Der Alkohol spritzte nach allen Seiten und lief gluckernd aus dem Fass.

Die Wachleute schrien etwas und rannten nach oben zur Ladeluke, während Robert das zweite Fass ins Rollen brachte. James Blick traf den von Martin, der neben der Ladeluke stand. Der Junge hob die Laterne.

Plötzlich wusste James, was die Jungen vorhatten, und er packte Talia fester bei der Hand.

»Lauf«, befahl er.

Er stürmte Richtung Gangway und umrundete in dem zunehmenden Chaos die Wachleute. Als er Talia mit sich die Gangway hinunterzog, umfing ihn kühle Nachtluft, gemischt mit dem Geruch von Brandy. Sie hatten kaum den Kai erreicht, als hohe Flammen aufloderten.

Sie wandten sich um und sahen, dass der Brandy, in den Martin seine Laterne geworfen hatte, Feuer gefangen hatte. Oben an der Ladeluke brüllten Wachleute und Arbeiter sich gegenseitig an, die Gangway wegzustoßen, um zu verhindern, dass die Flammen auf das Schiff übergriffen.

»Dort ist Robert.« Talia zeigte auf die Stelle, wo der Junge vom Hafengelände rannte. »Aber wo sind Peter und … oh nein.«

James folgte ihrem entsetzten Blick zu der Stelle, wo Peter und Martin immer noch an Deck der *Warrior* standen. Dann rannte er los, zurück zum Schiff.

Die beiden Jungen sprangen zugleich von Deck und landeten mit einem lauten Platsch im Hafenbecken. Talia keuchte erschrocken auf. James lief zur Kante der Kaimauer und sprang, ohne weiter nachzudenken, ins Wasser. Die Eiseskälte durchfuhr ihn wie eine Klinge. Er kämpfte sich an die Oberfläche und schwamm zu der Stelle, wo die Jungen untergegangen waren. Furcht schnürte ihm die Kehle zu.

Zuerst erreichte er Peter. Er packte den Jungen an der Brust. »Wo ist Martin?«

»Weiß nich.« Peter hustete Wasser aus seiner Lunge und klapperte mit den Zähnen. »Unterge-gegangn.«

James fluchte. »Kannst du schwimmen?«

»Bisschen. Küm… kümmern Sie sich um Martin.«

Er ließ Peter los und tauchte in dem schwarzen, unergründlichen Wasser nach dem anderen Jungen. Tiefer und tiefer schwamm er, seine Hände schoben schleimige Pflanzen und Abfall beiseite. Als seine Lungen zu schmerzen begannen, kämpfte er sich wieder nach oben, holte einige Male tief Luft und tauchte erneut. Endlich spürte er den Jungen neben sich, der strampelnd versuchte, an die Oberfläche zu gelangen, und packte ihn. Sie kamen gemeinsam nach oben, Wasser spuckend und nach Atem ringend. James bugsierte Martin auf seinen Rücken und schwamm mit ihm zum Kai. Nach und nach wurden die Schreie und der Lärm, die vom Land zu ihnen herüberdrangen, wieder lauter. James schob Martin vor sich auf die Kaimauer, während jemand seine Hand ausstreckte und Peter aus dem Wasser half.

Erst als James sich selbst an Land gekämpft und kurz verschnauft hatte, schaute er sich um – und sah Talia, flankiert von zwei Beamten der Flusspolizei.

18

»Das alles war ein schreckliches Versehen.« Talia bemühte sich, ihrer Stimme einen hochmütigen Ton zu geben; sie sah den Beamten unverwandt ins Gesicht. Sie hatte sich geweigert, mit ihnen zu reden, und hatte es ihnen ebenfalls nicht gestattet, Martin und Peter zu befragen, bevor sie nicht im Stadthaus in der King Street waren und James und die Jungen trockene Kleider anhatten. Nun saßen Martin und Peter in der Küche, wo sie hungrig Brot und Suppe verschlangen.

»Ich bin mir sicher, dass mein Vater, der Earl of Rushton« – sie machte eine Pause, damit sich der illustre Titel in den Köpfen der beiden Beamten festsetzen konnte – »bestürzt sein wird, wenn er erfährt, dass man seine Tochter einer derart ruchlosen Tat verdächtigt.«

Die Beamten wechselten einen Blick, der verriet, wie unbehaglich sie sich fühlten.

»Und ebenso sicher bin ich«, fuhr Talia fort, »dass mein Bruder, Mr Nicholas Hall, der zu den St. Katherine's Docks geeilt ist, um die Angelegenheit mit dem Vorarbeiter zu regeln, sich angemessen bei Ihnen beiden dafür bedanken wird, dass Sie sich so gut um mich gekümmert haben.«

»Ebenso wie ich«, fügte James hinzu.

»Ähem … nun ja, Mylady, es ist leider eine verzwickte Situation«, murmelte einer der beiden Beamten.

»Ja, ich weiß.« Sie sah die die beiden verständnisvoll an. »Ich bin ja so dankbar, dass niemand verletzt wurde.«

Die Beamten tauschten einen weiteren Blick.

»Nun, dann machen wir uns mal wieder auf den Weg«, sagte der zweite. »Und Sie sind sicher, dass es nichts gibt, was wir … na ja, falls Sie uns noch irgendetwas mitteilen möchten, wissen Sie ja, wo Sie uns finden.«

»Aber gewiss doch. Ich danke Ihnen vielmals.«

Nachdem sie die beiden Polizisten zur Tür gebracht hatte, rief sie Soames herbei und bat ihn, sich zu vergewissern, dass Peter und Martin auch genug zu essen hatten.

»Danach begleiten Sie Peter bitte zum Haus seines Vaters und Martin in das Wohnheim in der Brick Street«, sagte sie. »Und richten Sie Miss Colston aus, dass ich morgen bei ihr vorbeischauen werde.«

»Sehr wohl, Mylady.«

Talia kehrte in den Salon zurück, wo James am Kamin saß. Als er sie bemerkte, setzte er ein amüsiertes Lächeln auf, in seinen Augenwinkeln erschienen kleine Lachfältchen.

»Gut gemacht, Mylady.«

Talia ließ sich in den Sessel ihm gegenüber sinken und gestattete sich für einen Moment, ihren Blick über seine scharf geschnittenen Gesichtszüge wandern zu lassen, die im Licht des Kaminfeuers rötlich glänzten, und über die Strähnen sonnengebleichten Haars, die immer noch hier und da in seinem dunklen Schopf schimmerten. Ihr Herz zog sich zu einem schmerzenden Knoten zusammen.

»Du hast nach mir gesucht«, sagte sie leise.

»Natürlich.« Er starrte auf seine verschränkten Hände. »Zum ersten Mal musste ich *zu* dir laufen. Nicht weg.« Er hob den Kopf. Sein Blick war verschattet. »Denn mir ist klar geworden, dass ich ohne dich nicht leben kann. Du bist … du warst immer ein Teil von mir, Talia, der gute Teil. Der einzige

Rest von Familie, der mir geblieben war. Du bist Hingabe. Und Mut. Du bist alles, was ich je hatte.«

Talias Herz zog sich noch fester zusammen. »Diese Dinge waren immer ein Teil von dir, James. Du wolltest es nur nicht zugeben.«

»Ich wollte davor weglaufen.« Er schüttelte den Kopf, und sein Mund verzog sich vor Selbstverachtung. »Ein verdammter Narr, das war ich.«

Seine Worte hätten eigentlich ein Fünkchen Hoffnung in Talia entzünden sollen, stattdessen verspürte sie nur tiefe Traurigkeit. Wie oft sie auch darüber nachgedacht hatte, wie es wäre, mit James zusammen zu sein und ihn zu heiraten – es war ihr nie gelungen, eine Lösung für die Tatsache zu finden, dass ihrer beider Leben so grundverschieden war.

»Talia, Liebes, dein Bad ist bereit.« Tante Sally betrat geschäftig das Zimmer. »Und Nicholas ist auf dem Heimweg.«

Nicholas. Furcht keimte in ihr auf. Sie hatte ihren Bruder noch nicht wieder gesprochen, da er sich sofort zu den Docks begeben hatte, nachdem James ihn über das Geschehene informiert hatte.

Sie hob den Kopf und schaute zu James. Erschrocken stellte sie fest, dass er sie musterte, nüchtern und ohne jede Regung. Da Tante Sally noch im Raum war, hatte sie keine Möglichkeit, die Rede darauf zu bringen, wie sehr sie sich dafür schämte, in sein Arbeitszimmer geplatzt zu sein und die Wahrheit über ihre intime Begegnung enthüllt zu haben.

Talia murmelte eine Entschuldigung und schleppte sich die Treppe hoch, um ihr Bad zu nehmen. Nachdem Lucy ihr geholfen hatte, sich auszukleiden, ließ sie sich mit einem erleichterten Seufzer in das heiße Wasser sinken. Dann nahm sie die Seife und wusch sich Schweiß und Schmutz vom Körper und säuberte ihr Haar. Anschließend legte sie ein Tageskleid aus blauer Baumwolle an.

Am liebsten hätte sie ein paar Stunden geschlafen, doch sie wusste, dass sie zuvor mit ihrem Bruder sprechen musste. Als sie wieder nach unten ging, spannte sie sich unwillkürlich an, denn aus dem Salon drang Nicholas' Stimme.

In der Tür blieb sie stehen. James stand am Kamin, die Beine leicht gespreizt, die Hände hinter dem Rücken verschränkt. Der resolute, entschlossene Ausdruck, der in seinen Augen lag, ließ sie am ganzen Körper erbeben.

»James – «

»Ich würde dich sehr gern zur Frau nehmen, Talia.«

Es hatte eine Zeit gegeben, da hätte solch ein Geständnis in Talias Ohren geklungen wie magisches Glockenläuten, doch jetzt erfüllte es sie nur mit Betroffenheit. Sie riskierte einen Blick zu Nicholas, der auf dem Sofa saß und wortlos in ein Glas Brandy starrte.

»Nicholas, es tut mir so leid. Ich …« Ihre Stimme versagte.

Nicholas stellte das Glas ab, stand auf und kam zu ihr herüber. Herzliche Zuneigung machte seine Züge weich, als er ihr die Hand auf die Schulter legte.

»Nichts liegt mir ferner, als dich zu verurteilen, Schwesterherz«, sagte er.

Talia schüttelte den Kopf und spürte, wie ihre Augen sich mit Tränen füllten. »Ich habe genau das Gleiche getan wie sie.«

»Und was, bitte, soll das gewesen sein?«

»Ich habe schande über unsere Familie gebracht. Wenn die Leute wieder anfangen, über mich zu reden, über uns alle … dann ist es ganz allein meine Schuld.«

»Ich kann mir kaum vorstellen, dass Lady Byron oder Sir

Henry geneigt sind, überall herumzutratschen, was oder was nicht zwischen dir und Lord Castleford gewesen ist«, erwiderte Nicholas. »Du hast uns keine Schande gemacht, Talia, ganz im Gegenteil. Du warst immer nur ein Segen für unsere Familie. Der einzige Segen, um ehrlich zu sein.«

Talia wischte eine verirrte Träne weg, nach wie vor geplagt von ihrem schlechten Gewissen. »Wie oft habe ich mir geschworen, dass ich niemals so werden will wie sie.«

»Und wieso denkst du, dass du es bist? Bastian scheint zu dem Schluss gekommen zu sein, dass sie ihrem Herzen gefolgt ist, wenn auch auf Kosten von uns allen. Hast du etwas in dieser Art getan?«

Hatte sie? Talia starrte auf den Knoten seiner Krawatte. Vor all den Monaten, in Floreston Manor, war sie ihrem Herzen gefolgt und hatte damit sowohl sich selbst als auch James verletzt. Und sosehr sie auch versucht hatte zu leugnen, dass sie immer noch starke Gefühle für ihn hegte, fühlte ihr Herz sich doch nach wie vor zu ihm hingezogen, so als kenne nur es allein den wahren Kern von James Forester.

Sie sah James über die Schulter ihres Bruders hinweg an. Seine Züge waren verschlossen, doch in seinen Augen glitzerte etwas. Wärme und Zärtlichkeit überfluteten sie.

»Er hat unser aller Segen«, murmelte Nicholas. »Das weißt du.«

Er drückte ihre Schulter und ging aus dem Zimmer. Talia atmete tief ein, und das Herz schlug ihr bis zum Hals, als James auf sie zukam, eine Hand ausstreckte und eine ihrer Haarlocken, die sich selbstständig gemacht hatte, um seinen Finger wickelte. Trotz der Distanz zwischen ihnen spürte Talia die Wärme seines Körpers.

»Ich habe es ernst gemeint«, sagte er. »Ich liebe dich, Talia.

Es tut mir nur leid, dass ich so lange gebraucht habe, um es zu erkennen. Und zuzugeben.«

Seine Augen wurden dunkel vor Ärger auf sich selbst. »Ich würde alles tun, um dich davor zu schützen, dass dir jemand wehtut. Und doch habe ich selbst genau das getan. Ich will es wiedergutmachen, Talia. Ich will mich deiner würdig erweisen.«

»Das hast du schon.«

In seinen Augen blitzten Hoffnungsfunken auf wie winzige Glühwürmchen. Talias Herz krampfte sich zusammen. Sie legte ihm eine Hand an die Wange und strich mit dem Daumen über die rauen Stoppeln auf seinem Kinn. Tausend Gedanken begannen in ihrem Kopf umherzuwirbeln. Es waren all die Träume, die sie einst darum gesponnen hatte, wie ihre gemeinsame Zukunft aussehen könnte.

»Ich weiß, wer du bist, James. Sonst hätte ich mich nicht in dich verliebt. Ich habe dir stets vertraut, das stimmt, aber ich habe auch stets auf mich selbst vertraut.«

Er ließ den Daumen zärtlich über ihre Unterlippe wandern. Die Berührung ließ sie am ganzen Körper erschauern. »Hast du deswegen all die Briefe aufgehoben, die ich dir schrieb? Die Andenken? Meinen Mantel?«

Talias Kehle war einen Moment lang wie zugeschnürt, und sie nickte stumm. »Ich … ich habe alles weggeworfen, James, als mir klar wurde, dass es keinen Sinn hat, der Vergangenheit nachzutrauern, dem Gedanken an etwas, das niemals sein kann.«

»Doch, es *kann* sein, Talia.« Er neigte den Kopf und presste seinen warmen Mund auf ihren.

»Ich will dich heiraten«, flüsterte er an ihren Lippen. »Erlaube mir, alles in meiner Macht Stehende zu tun, um dich glücklich zu machen. Ich schwöre dir bei meiner Seele, dass ich mich deiner würdig erweisen werde.«

»James, ich werde dich immer schätzen als meinen besten Freund. Aber du hattest recht, als du sagtest, du könntest niemals heiraten. Ich will nicht der Grund dafür sein, dass du an London gefesselt bist. Und ebenso wenig will ich zurückgelassen werden, während du die Welt bereist.«

»Ich werde ohne dich nirgendwo hingehen, Talia. Ich könnte den Gedanken nicht ertragen, dass du an einem Ort bist und ich an einem anderen, und wir nur Briefe haben, die uns verbinden.«

»Du darfst deine Arbeit nicht aufgeben, James. Auch wenn du sagen würdest, dass du es tust, würde ich doch immer wissen, dass es dir im Blut liegt. Und ich werde niemals zulassen, dass du mich hasst, weil ich dich in London festhalte.«

»Ich habe meinen Platz in der Expedition nach Südsibirien bereits zurückgegeben.«

Schockiert trat Talia einen Schritt zurück. »Du hast was?«

»Gestern. Ich habe der Royal Geographical Society mitgeteilt, dass ich nicht mehr in der Lage bin, meinen Pflichten nachzukommen, und dass sie sich einen neuen Expeditionsleiter suchen müssen.«

»Aber … aber das war doch der Grund deiner Vereinbarung mit Alexander. Weil du diese Expedition unbedingt durchboxen wolltest.«

James drückte ihre Wange, in den Augen Ernst und Zärtlichkeit. »Inzwischen ist mir klar geworden, dass es viel wichtigere Dinge gibt als eine Expedition nach Sibirien. Ich will nicht länger weglaufen, Talia. Ich will hierbleiben, bei dir.«

Talias Herz machte einen wilden, begeisterten Sprung, auch wenn ihr Verstand noch Vorsicht gebot.

»Und du bist dir ganz sicher?«, wisperte sie.

»Mehr als jemals zuvor.« James löste sich unvermittelt von ihr und ging in die Mitte des Raumes. »Du hattest recht, als du sagtest, dass ich ein Feigling war, Talia. Seit meine Mutter starb, seit mir klar wurde, dass niemand ihr helfen würde, bin ich immer nur weggerannt. Aber ich will nicht mehr weglaufen.«

»Wenn …« Talia holte tief Luft. Sie wollte nicht zu viel wünschen, nicht auf zu viel hoffen. »James, wenn du bleibst, was willst du hier tun?«

»Ich werde vom Londoner Büro aus für die Royal Geographical Society arbeiten. Vielleicht irgendwann den Besitz meines Vaters ordnen. Die Götter wissen, dass ich die Aufsicht über den Haushalt in London und auch den in Devon am liebsten dir übertragen würde. Ich kann mich gar nicht mehr erinnern, wann ich das letzte Mal in Devon war.«

»Und wenn du den Wunsch verspürst, wieder auf Reisen zu gehen?«, fragte Talia. »Was dann?«

»Dann werde ich dich fragen, welches Land du sehen möchtest, und wir fahren zusammen hin.« Er wandte sich ihr zu. »Du bist doch früher gern gereist, nicht wahr? Würdest du mit mir kommen?«

Als sie die Hoffnung und frohe Erwartung in seinem Blick sah, umfing eine zärtliche Liebe Talias Herz. Sie konnte sich das Leben, das er soeben beschrieben hatte, ohne jede Anstrengung vorstellen – wie sie die Saison zusammen in London verbringen und im Herbst wieder nach Devon zurückkehren würden. Wie sie gemeinsam reisen würden – auf den Kontinent, nach Russland, sogar nach Amerika. Sie sah sich, wie sie den Haushalt organisierte, und vielleicht, eines Tages, Kinder …

Sie schaute ihm in die Augen. »Und Brick Street, James? Die Armenschulen? Was ist mit denen?«

Ein leichtes Zucken in seinem Mundwinkel. »Weder werde ich die Wichtigkeit deiner Arbeit infrage stellen, Talia, noch werde ich dich daran hindern, sie weiterzuführen. Allerdings bitte ich dich, mir zu erlauben, dich zu begleiten, wenn du dich in Stadtviertel wie Wapping begibst.«

Talia war zu klug, ihn jetzt zu fragen, ob sie mit seiner Hilfe rechnen dürfe, praktisch wie finanziell. Dafür war später noch Zeit. Noch immer bestand die Möglichkeit, Lady Byron als Förderin zu gewinnen, und das wäre fürs Erste ausreichend, um einen neuen Ort für die Brick Street School zu finden und diesen angemessen auszustatten.

Sie sahen einander schweigend an. Talia bemerkte, dass ihr Herz flatterte wie ein Blatt im Wind.

»Sag mir …« Er hielt inne und schluckte. »Sag mir, dass ich keinen irreparablen Schaden angerichtet habe. Sag mir, dass du irgendwo, irgendwie noch ein kleines bisschen Liebe für mich empfindest. Richtig … oder falsch?«

In Talias Augen brannten Tränen. »Falsch.«

Er erstarrte, und seine Augen wurden dunkel von Verzweiflung. Bevor er etwas sagen konnte, trat Talia zu ihm und legte ihm eine Hand auf die Brust. Sie konnte den Schlag seines Herzens spüren.

»Ich empfinde kein kleines bisschen Liebe für dich, James«, sagte sie. »Ich empfinde … ich empfinde Liebe in Überfluss für dich. Sie ist nie vergangen, wie sehr ich auch versuchte, mich vom Gegenteil zu überzeugen. Ich liebe dich, James Forester. Ich habe dich immer geliebt.«

Er atmete hörbar aus, und der Ausdruck großer Erleichterung trat auf sein Gesicht. Sein Blick wurde weich vor Zärtlichkeit, als er eine Hand in Talias Nacken legte und sie zu sich heranzog. Ihre Lippen trafen sich in einem zarten Kuss, in dem das Versprechen auf eine herrliche Zukunft lag. Talia schloss die Augen und versank ganz in dieser Berührung. Ihr war, als würde sich in ihrem Inneren eine Blüte öffnen, als könnten nun all die Träume von ihr und James, die sie jemals gehegt hatte, endlich wahr werden.

Lieutenant George Lawford, Gefängnisdirektor von Newhall, gab bekannt, dass sein Neffe, Mr William Lawford, einen Posten an Bord des Sträflingsschiffes *Warrior* angetreten habe und mit diesem Kurs auf Neusüdwales nehmen werde. Der Lieutenant gab weiterhin bekannt, dass er sich dank eines »unvorhergesehenen Erbes« zur Ruhe setzen und den Rest seiner Tage auf dem Land verbringen werde.

James diktierte einen Brief an den Gouverneur von Neusüdwales, mit dem ihn seit seiner letzten Expedition eine lockere Bekanntschaft verband, und bat ihn darum, einen gewissen Mr Lawford in seine Dienste zu nehmen, der an Bord der *Warrior* ankommen würde. Mr Lawford sei, so schlug James vor, gut geeignet, fürderhin die Arbeit der Strafgefangenen in den Steinbrüchen zu überwachen, da er aufgrund der Tatsache, dass das Innenministerium ihm jegliche Möglichkeit zur Rückkehr nach London verweigern würde, nicht mehr dorthin zurückkehren könne.

Als diese Angelegenheit geregelt war, richteten James und Talia ihre Aufmerksamkeit ganz auf ihre bevorstehende Hochzeit. Keiner von beiden wollte länger warten. Talia hatte anfangs einen Termin gegen Ende des Sommers für passend gehalten, wenn ihr Vater wieder in der Stadt wäre. Doch dann meinte sie, sie habe schon ihr ganzes Leben lang auf James gewartet, und nun sei es genug.

Und als James die Aussicht auf ein Leben mit ihr verinnerlicht hatte, begann er unverzüglich damit, die nötigen Vorkehrungen zu treffen. Keine Woche nach seinem Antrag kam Talia eines Morgens die große Treppe hinunter und fand zu ihrer freudigen Überraschung Sebastian, seine Frau und Sebastians Stiefsohn Andrew vor, die mit Nicholas und Tante Sally beim Frühstück saßen.

Talia warf sich ihrem Bruder mit einem fröhlichen Lachen in die Arme. Sie umarmte Andrew und nahm Clara mit sich nach oben, um mit ihr über die Hochzeitskleider zu sprechen, die ihr die Schneiderin am Tag vorher zur Ansicht übersandt hatte.

Die folgenden Tage waren von hektischer Betriebsamkeit erfüllt, und dann erwachte Talia schließlich am Morgen jenes Tages, an dem sie James Forester heiraten sollte. Clara und Lucy halfen ihr, sich anzukleiden, und fuhren mit ihr zu der nahe gelegenen Kirche, in der James seine Braut erwartete.

Als sie ihn erblickte, machte ihr Herz einen Freudensprung – schlank und gutaussehend stand er da, in einem blauen Anzug mit einer seidenen Krawatte. Das Haar mit den sonnengebleichten Strähnen war sorgfältig aus der Stirn gekämmt, und seine braunen Augen blickten voller Zärtlichkeit, als sie langsam auf ihn zuschritt.

Er beugte sich zu ihr und küsste sie auf die Wange. »Ich liebe dich«, flüsterte er ihr ins Ohr, während der Priester die Anwesenden bat, ihre Plätze einzunehmen. »Und ich werde niemals müde werden, es dir zu sagen.«

Seine Hand schloss sich um ihre, und der Geistliche begann mit der Zeremonie. Die ganze Zeit über hielten James und Talia sich an den Händen und schauten einander unverwandt an. *Er wird nicht loslassen. Er wird mich nie wieder loslassen.*

»Ich will«, murmelte sie, als der Priester sie aufforderte zu versprechen, dass sie James Forester auf ewig lieben und achten würde. *Das habe ich immer schon getan.*

Dann sprach auch James das Ehegelübde und küsste seine Braut – es war ein Kuss, der angesichts der anwesenden Gäste nicht eben schicklich genannt werden musste.

»Er freut sich sehr, dass kein anderer dich ihm weggeschnappt hat«, bemerkte Sebastian lächelnd, als er Talia umarmte. »Vater wird entzückt sein. Das hat der alte Fuchs zur Abwechslung auch mal verdient.«

»Und was, denkst du, wird Alexander dazu sagen?«, fragte Talia.

»Er hat bereits ein Telegramm geschickt.« Sebastian griff in die Tasche, zog ein Blatt Papier heraus und gab es ihr.

Talia faltete es mit zitternden Händen auseinander. *Ausgezeichnet. Vereinbarung erfüllt. Erwartungen übertroffen.*

Erfreut steckte Talia das Telegramm ein, um es später bei ihren übrigen Andenken aufzubewahren. Dann fuhren sie zurück in die King Street und begaben sich ins Speisezimmer, wo das Hochzeitsfrühstück auf sie wartete. Sebastian und Clara entschuldigten sich und brachen mit Andrew zu einem Spaziergang auf. James machte sich ein paar Stunden später auf den Weg in sein Haus, um sich zu vergewissern, dass alles für Talias Ankunft vorbereitet war. Sie selbst verbrachte den Rest des Nachmittags damit, die Dinge zusammenzusuchen, die sie in ihr neues Heim mitnehmen wollte.

Als sich die Zeit des Abendessens näherte, kam Nicholas in den Salon.

»Also, kleiner Teufelsbraten, ich bin dann mal weg.« Er nahm sie in die Arme und drückte sie lange und herzlich.

»Du willst wirklich so schnell wieder los?«, fragte Talia ungläubig.

»Ich hab von einem Schiff gehört, das zu einer Expedition nach Südsibirien aufbricht«, erwiderte Nicholas und nahm seinen Hut vom Sofa. »Sie suchen noch einen Expeditionsleiter. Dachte, ich bewerbe mich mal.«

Er fasste Talia an beiden Händen und drückte ihr einen Kuss auf die Wange.

»Castle wird sich gut um dich kümmern«, sagte er. »Das wissen wir alle.«

Bittersüße Liebe rumorte in Talias Eingeweiden, als sie ihm nachsah, wie er zur Tür ging. »Nicholas.«

Er wandte sich noch einmal um.

»Besuche Darius auf deiner Reise, ja? Sag ihm, dass ich ihn vermisse.«

Über Nicholas' Gesicht huschte ein Schatten, aber er nickte kurz. »Pass auf dich auf, Teufelsbraten. Castle ist die beste Wahl, ehrlich.«

Und dann war er fort. Talia stand allein in dem stillen Salon und erinnerte sich daran, wie das Haus ihres Vaters einst vom lauten Gebrüll und übermütigen Lachen ihrer Brüder erfüllt gewesen war. Sie presste eine Hand aufs Herz. Dies war das einzige Zuhause, das sie jemals gekannt hatte, und nun machte sie zum allerersten Mal einen Schritt in ein neues Leben. Mit dem Mann, den sie liebte.

Mit einem Lächeln auf den Lippen ging sie in ihr Zimmer. Sie hatte James gesagt, sie würde vor dem Abendessen *zu Hause* sein, sobald sie ihre Habseligkeiten zusammengepackt hätte. Überall in ihrem Schlafzimmer standen offene Truhen, lagen Koffer umher, aus denen Kleider, Petticoats und Hemden quollen. Talia wollte auf den Kleiderschrank zulaufen, hielt dann aber inne.

Neben ihrem Bett stand eine alte Holzkiste auf dem Boden.

Ihr Herz setzte einen Augenblick aus. Sie ging hinüber und öffnete den Deckel. Verblüfft starrte sie auf den Inhalt – James' Briefe und Mitbringsel. Sie nahm eine Meerschnecke in die Hand und zeichnete mit dem Daumen die spiralförmigen Kerben in dem Gehäuse nach.

»Talia, wolltest du nicht, dass ich Madame Gaston bitte, deine letzte Bestellung an James' Adresse zu schicken?« Tante Sally kam hereingerauscht. Ihr blaues Kleid bauschte sich wie eine große, glänzende Wolke.

Talia richtete sich auf. »Tante Sally, weißt du, wie das hierhergekommen ist?«

»Was ist es denn, meine Liebe?« Sally warf einen neugierigen Blick in die Kiste.

»Nur ein paar Dinge, die Soames wegwerfen sollte. Du weißt nicht zufällig, warum er sie wieder zurückgebracht hat?«

»Nein. Warum sollte ich?« Sally nahm einen der Briefe aus der Kiste. »Warum in Gottes Namen solltest du Briefe von James wegwerfen wollen?«

»Ich war, ähm, ich war nicht sehr glücklich mit ihm zu der Zeit.«

»Hm.« Sally ließ den Brief wieder in die Kiste fallen. »Angesichts der Tatsache, dass er jetzt dein Ehemann ist, kann ich mir vorstellen, wie erleichtert du sein musst, dass sich diese Schätze wieder in deinem Besitz befinden.«

Talia kniff die Augen zusammen und beäugte ihre Tante argwöhnisch. Doch Sally tat, als würde sie es nicht bemerken, und wandte sich zum Gehen.

»Am besten beeilst du dich, zu James zu kommen, Liebes. Den Rest der Sachen lasse ich dir im Laufe der Woche nachschicken.«

Talia betrachtete noch einmal das Schneckenhaus in ihrer Hand, und freudige Erregung durchfuhr sie wie ein Blitz. Eilig machte sie sich fertig und fuhr zu James. Sie fand ihn im Empfangszimmer, wo sie sich mit einem zärtlichen Kuss begrüßten. Die Vorfreude, die von ihr Besitz ergriffen hatte, verstärkte sich während des leichten Abendessens, das sie zu sich nahmen. Es bestand nur aus Brot und Käse, denn keiner von beiden war nach den Ereignissen des Tages besonders hungrig.

Und dann, endlich, lag sie in seinen Armen, und war frei, sich ganz der Liebe und dem Verlangen hinzugeben, die sie so lange Zeit verzehrt hatten. Er gab ihr einen sanften Kuss, presste dann seine Lippen auf ihren Mund, ihre Wangen, ihre Augenlider, ihre Stirn. Jede einzelne dieser Berührungen sandte wonnige Schauer über ihre Haut und ließ ihren Puls schneller gehen. Sie trat einen Schritt zurück und schaute zu, wie er sich auszog. Als er sein Hemd zu Boden fallen ließ und seine muskulöse Brust enthüllte, begann ihr Herz wie wild zu klopfen.

»Ich habe mir für die heutige Nacht extra einen neuen Morgenmantel machen lassen«, wisperte Talia und ließ ihren Blick über seine glatten, kräftigen Schultern wandern.

»Du wirst ihn nicht länger als zwei Sekunden tragen, wenn du ihn jetzt anziehst«, warnte James und drehte sie um, um die Knöpfe zu öffnen, die sich in einer langen Reihe ihren Rücken hinunterzogen. Es brauchte etwas Zeit, bis er Talia aus den zahlreichen Lagen von Stoff geschält hatte. Als sie nur noch ihr Unterhemd anhatte, zitterte sie vor drängendem Verlangen. Sie ließ ihre Hand über James' festen Bauch wandern, und Hitze durchströmte sie, als sie spürte, wie auch er vor Verlangen erbebte.

Ermutigt durch diesen Beweis, dass er sie genauso sehr begehrte wie sie ihn, trat sie näher und legte ihre Hände auf seine

Hüften. Sofort stieg prickelnde Wärme ihre Arme hinauf und verstärkte das Begehren, das sich in ihrem Unterleib gesammelt hatte. Er neigte den Kopf, um sie wieder zu küssen, und ließ seine Hände über ihre Taille gleiten. Dann packte er sie bei den Hüften und drängte sie sanft zum Bett. Talia ergab sich ganz den Empfindungen, die sie durchströmten – wie sich ihre Körper gegeneinanderpressten, die Hitze von James' Atem, als er die Spitze eines Fingers über ihre Wange wandern ließ und weiter den Hals hinunter, die Härte seiner Erektion an ihrem Oberschenkel.

Sie schloss die Augen und vergrub die Hände in seinem Haar. Sie hatte erwartet, dass es eine hastige Angelegenheit werden würde, da sie beide zu erregt waren und so lange darauf gewartet hatten, doch James schien fest entschlossen, die Dinge langsam anzugehen.

Er zog ihr das Unterhemd aus, und seine Augen wurden beim Anblick ihres nackten Körpers dunkel vor Lust. Dann bedeckte er jeden einzelnen Millimeter ihrer Haut mit zärtlichen Küssen. Als er seinen Mund schließlich auf ihren Bauch presste, erschauerte sie bis in ihr Innerstes und bog sich ihm entgegen.

Ihm unverwandt in die Augen schauend, löste sie den Verschluss seiner Hose und zog sie nach unten. Er ließ eine Hand hinuntergleiten zu ihrem Geschlecht, wo seine Finger sich zu bewegen begannen. Seine Berührung schien Flammen durch Talias Adern rasen zu lassen.

Als James zwischen ihre Schenkel glitt, entspannte sie sich und spreizte einladend die Beine. Trunken vor Verlangen und banger Erwartung, schlang sie die Arme um ihn. James legte ihr eine Hand an den Hals.

»Schau mich an«, flüsterte er, seine goldgesprenkelten Pupillen glühten vor Lust. »Hör nie mehr auf.«

Sie versank in den Tiefen dieses Blickes, als er langsam in sie hineinstieß, die Hände fest auf ihre Hüften gepresst. Talia keuchte auf, überwältigt von dem Gefühl, ihn in sich zu spüren. Wachsendes Entzücken hüllte sie beide in einen Nebel, der nichts übrig ließ als drängendes, sich stetig steigerndes Verlangen. James erstickte ihre Schreie mit seinem Mund und schob eine Hand zwischen ihre Körper, um die Stelle zu berühren, wo das Zentrum ihrer Lust saß. Die letzten Reste von Zurückhaltung lösten sich auf, wurden weggespült von der wachsenden Erregung, die sich mit jeder einzelnen Bewegung ihrer Körper ins Unermessliche steigerte.

»James!« Talia krallte ihre Finger in seinen Rücken und umklammerte ihn mit eisernem Griff, als Explosionen von Wonne durch ihren Körper rasten. Noch einmal stieß er kraftvoll in sie hinein. Als er kam, erzeugte sein Stöhnen kribbelnde Wellen von Energie auf ihrer Haut.

Danach glitt er neben sie und zog sie in eine innige liebevolle Umarmung. Talias Körper fügte sich an seinen, und sie schmiegte den Kopf an seine Brust. In ihrem Inneren hallte der Schlag seines Herzens wider. James presste seine Lippen auf ihr Haar.

»Erinnerst du dich noch, wie ich dir sagte, ich hätte alle deine Mitbringsel und Briefe weggeworfen?«, fragte Talia und strich mit der Hand über seine schweißnasse Brust. »Nun, sie sind noch da. Ich habe den Verdacht, dass Tante Sally etwas damit zu tun hat. Obwohl sie das natürlich niemals zugeben würde.«

»Nachdem ich entdeckt hatte, dass du all diese Dinge aufbewahrt hattest, habe ich mir gewünscht, ich hätte auch etwas von dir bei mir gehabt«, sagte James und strich eine Locke hinter Talias Ohr. »Ein seidenes Taschentuch oder einen Knopf von deinem Handschuh … irgendetwas, das ich bei mir hätte tragen können.«

»Du hattest immer etwas von mir bei dir«, erwiderte Talia.

»So? Was denn?«

»Mein Herz.«

Epilog

Talia legte die Bücher auf die Tische und öffnete die Fenster, um frische Luft hereinzulassen. Das neue Klassenzimmer der Brick Street School in der Buckle Street war ein geräumiger, sauberer Raum mit mehreren Reihen nagelneuer Schreibtische und einer großen Fensterfront. An den Wänden gab es Regale mit Lehrbüchern, Karten und Schaubildern sowie jeder Menge Papier, Stiften und Notizblöcken. Am vorderen Ende des Raumes stand Mr Fletchers Lehrertisch vor einer großen Schiefertafel, an die er schon den heutigen Lehrplan geschrieben hatte.

Die Tür ging auf, und herein kamen Peter und Alice Colston, in den Händen eine abgedeckte Kiste.

»Mr Blake schlug vor, ein paar Dinge hierherzubringen«, sagte Alice, während Peter die Kiste auf einen Tisch stellte und den Deckel aufklappte. »Er dachte, es wäre vielleicht von Nutzen, wenn die Jungen sehen könnten, wie sie gemacht sind.«

Peter entnahm der Kiste ungefähr ein Dutzend mechanische Spielzeuge und baute sie in einer Reihe auf. »Sehen Sie, das hier is der Mechanismus, der das Kurbelventil steuert. So kann man versteh'n, wie der Automat funktioniert. Und hier is der Mechanismus für die Bewegung, und das sind die Glocken, die die Melodien machen.«

Talia und Alice tauschten einen amüsierten Blick. Auf James' Betreiben hin hatte Peter vor knapp einem Monat eine Stelle in Blake's Automatenmuseum angetreten. Talia war zwar etwas skeptisch gewesen, ob Peter mit den Maschinen und mechanischen Teilen zurechtkommen würde, aber das Arrangement hatte sich als voller Erfolg erwiesen. Mr Blake war mehr als froh, einen Lehrling zu haben, und Peter hatte sich mit Freude und Geschick in die Arbeit gestürzt.

Mr Colston hatte ihm gestattet, wieder zu Hause zu wohnen, nachdem er erfahren hatte, dass sein Sohn einer respektablen Arbeit nachging und die Möglichkeit bestand, dass er eines Tages seinen Lebensunterhalt als Uhr- oder Spielzeugmacher würde bestreiten können. Außerdem hatte Peters Aussage über die Bedingungen im Gefängnis Newhall dazu beigetragen, die Pläne für den Gesetzentwurf zu einer Reform der Jugendstrafanstalten voranzutreiben.

»Peter, vielleicht kommst du einmal vorbei und hältst vor den anderen eine Stunde zu dem Thema«, schlug Mr Fletcher vor, als er an den Tisch trat. »Es wäre gewiss von Nutzen für die Jungen zu lernen, wie solche Maschinen funktionieren.«

Peter schien angesichts dieser Idee peinlich berührt und erfreut zugleich. Mr Fletcher wandte sich Alice zu.

»Und die Ausstattung für die Schlafsäle ist angekommen, Miss Colston?«

»Ja, das ist sie.« Alice hatte die Leitung des Wohnheims der Brick Street School übernommen, die sich im oberen Stockwerk des Gebäudes befand, und sich in ihrer Aufsicht über Mitarbeiter und Schüler als äußerst effizient erwiesen. »Ich habe eine Teestunde eingeführt, jeden Tag um Punkt vier Uhr, um den Jungen zu zeigen, wie man sich gut benimmt. Vielleicht mögen Sie uns einmal Gesellschaft leisten?«

»Es wäre mir eine Freude.«

Talia lächelte, als Alice und Mr Fletcher sich einen Moment länger in die Augen sahen, als es schicklich gewesen wäre.

Dann begann sie, die Bücher zusammenzusuchen, die sie zurück zu Mudie's Library bringen wollte.

»Da is auch 'ne Nachricht für Sie, Mylady.« Peter kramte in seiner Tasche und förderte ein zerknittertes, zusammengefaltetes Stück Papier zu Tage. »Wurde bei Mr Blake abgegeben.«

Talia betrachtete den Brief, auf dem in unverkennbarer Handschrift ihr Name prangte. Freudige Erwartung stieg in ihr auf. Sie dankte Peter, verabschiedete sich von allen und ging zu ihrer Kutsche.

Nachdem das Gefährt sich rumpelnd Richtung Arlington Street in Bewegung gesetzt hatte, lehnte sie sich entspannt zurück und öffnete den Brief.

Meine liebe Talia,

als ich heute Morgen erwachte, stellte ich betrübt fest, dass du schon fort warst. Ich hatte vorgehabt, deine Person mit einigen äußerst sündhaften Aufmerksamkeiten zu bedenken. Ich hoffe, dass du dich mit aller gebotenen Eile auf den Heimweg machst, sobald dieses Schreiben dich erreicht …

Die Kutsche hielt vor dem Stadthaus an und Talia stieg lächelnd aus. James wartete im Arbeitszimmer auf sie. Er streckte beide Arme aus, und auf seinem Gesicht erschien ebenfalls ein breites Lächeln, als sie sich umarmten.

»Meine Liebe«, flüsterte er, und senkte seinen Mund auf ihren. »Ich habe dich vermisst.«

Als sich ihre Lippen trafen, quoll Talias Herz über vor Glück. Sie waren nun schon seit drei Wochen verheiratet, und immer noch entfaltete sich etwas Neues, das ihr zeigte, was sie und James miteinander hatten, was sie gemeinsam sein konnten. Es stimmte – ihre Beziehung war nicht mehr dieselbe wie *zuvor*. Aber jetzt erblühte sie zu etwas unendlich viel Reicherem und Schöneren, als sie sich jemals hätte vorstellen können. Und Talia blickte zum ersten Mal in ihrem Leben mit Ungeduld und Leidenschaft auf das Versprechen des *Danach*.

Nina Rowans Schreibtisch-Notizen

Liebe Leserin, lieber Leser,

was ist das Schlimmste an historischen Liebesromanen? Es gab einmal eine Zeit, da hätte ich vielleicht geantwortet, das Schwierigste sei, den Plot auszuarbeiten und die Charaktere glaubhaft zu motivieren. Doch je länger ich schreibe, desto klarer wird mir: Es sind die Recherchen! Und ich meine jetzt nicht, dass das ermüdende, nervende Hausaufgaben sind. Ich meine, dass ich, je länger ich für ein Buch recherchiere, ganz und gar vom Eigentlichen abgelenkt werde durch all die Goldkörnchen, die ich dabei finde.

Wenn ich mit der Recherche beginne, durchforste ich in der Regel als Erstes die Archive der *London Times*. Dort verfügt man über eine Datenbank, die so wunderbar ist und so einfach in der Benutzung, dass es mich beinahe zu Tränen rührt. Für *Ein Traum von Verlangen* schlug ich zuerst Artikel über Gefängnisse und jugendliche Straftäter nach, geriet jedoch alsbald auf Abwege, weil mich andere Dinge in ihren Bann zogen, zum Beispiel nach Rubriken geordnete Annoncen. Die *Times* war voller Anzeigen für Polka- und Mazurka-Unterricht, Sparangeboten für Maler- und Tapezierarbeiten, Werbungen von Teefirmen und Stellenanzeigen für Schulmeisterinnen und Butler. Der Suchbegriff »Gefängnisse« tauchte in einer Annonce auf, in der jemand für die »Versorgung von Gefängnissen mit Kohle, Fleisch, Brot, Hafermehl, Gerste, Kerzen und Socken« gesucht wurde. Laut Anzeige sollten Interessenten ihre Bewerbung beim Gefängnisvorsteher einreichen.

Auf Abwege führten mich auch andere Artikel, etwa über Gerichtsverhandlungen (übrigens eine Goldmine, was Ideen für gute Geschichten betrifft), neue Gesetze, Geheimdiensterkenntnisse aus Übersee und Details über das Leben am königlichen Hof, zum Beispiel den Staatsball im Buckingham-Palast 1845. Daran nahmen über tausend Angehörige des hohen und niederen Adels teil, und Ihre Majestät die Königin und der Erbgroßherzog von Mecklenburg-Strelitz tanzten zusammen die Quadrille im Ballsaal, der mit purpurroten und goldenen Girlanden festlich geschmückt war und von einem riesigen Lüster aus Kristallglas erleuchtet wurde.

Ich finde so etwas faszinierend. Aber von diesen Umwegen einmal abgesehen – in den Seiten der Zeitungen und Zeitschriften, die im 19. Jahrhundert kursierten, entdeckt man in der Tat die lebendigsten Details, mit denen sich eine Geschichte anreichern lässt. Als ich das vorliegende Buch zu schreiben begann, war ich mir sicher, der Ausdruck »jugendlicher Straftäter« sei ein Anachronismus. Doch er taucht in den Ausgaben der *Times* aus viktorianischer Zeit sehr oft auf. Vor allem in Artikeln über »Jugendarmut und Kriminalität«.

Im Laufe der Zeit habe ich die Tatsache akzeptiert, dass ich nicht so sehr eine engagierte, fokussierte Rechercheurin bin als vielmehr eine Elster, deren Aufmerksamkeit von glänzenden Dingen erregt wird. Aber ich habe auch gelernt, mich darüber zu freuen, wie nützlich all diese kleinen Informationsfitzelchen sein können, wenn man eine Geschichte ausformen will: Was könnte passieren, wenn der Held und die Heldin zum Staatsball Ihrer Majestät eingeladen wären? Was, wenn der Heldin ein Missgeschick widerfahren würde (oder, besser noch, ihre Aufmerksamkeit vom verwegenen, gut aussehenden Helden abgelenkt würde) und sie zum Beispiel mitten in der Quadrille dem Großherzog auf die Füße träte? Was, wenn sie sich anschließend Auge in Auge mit einer rechtschaffen erzürnten Königin Victoria wiederfände?

Ich muss los. Ich muss noch ein paar Seiten schreiben!

Nina Rowan

Dank

Mein Dank gilt Kimberly Witherspoon und Nathaniel Jacks von InkWell Management; weiterhin Lauren Plude von Forever Romance/Grand Central Publishing für ihr umsichtiges Lektorat und ihren Enthusiasmus sowie Selina McLemore dafür, dass sie die Daring-Hearts-Serie mit mir unter die Leserinnen und Leser gebracht hat.

Tausend Dank an Franzeca Drouin für ihre Freundschaft, ihre Unterstützung und ihre unschätzbaren Fähigkeiten in Sachen Recherche. Ich bin ein echter Glückspilz, dich in meinem Team zu haben! Ein großer Dank geht auch diesmal wieder an meinen Vater, der immer fest an mich glaubt und mich beständig unterstützt, und an meine einfühlsamen Schreibpartnerinnen Rachel Beerens-VanHeest, Bobbi Dumas und Melody Marshal. Ihr habt Köpfchen und es ist ein großer Spaß, mit euch zu arbeiten.

Und schließlich gilt ein großer Dank allen Leserinnen und Lesern. Ich bin sehr glücklich, dass ihr die Daring-Hearts-Serie lest und dass sie euch gefällt.

Nina Rowan

Das Rätsel der Liebe

Roman

Eine schicksalhafte Begegnung

Lydia Kellaway besitzt ein einzigartiges Talent für Mathematik und ist daher in der viktorianischen Gesellschaft eine Außenseiterin. Als sie erfährt, dass Alexander Hall, Viscount Northwood, im Besitz eines Medaillons ist, das ein gefährliches Geheimnis ihrer Vergangenheit birgt, sucht sie ihn auf, um es zurückzuerlangen. Doch Northwood fordert sie zu einem Wettstreit des Geistes heraus. Lydia ahnt nicht, dass dabei ihr Herz auf dem Spiel steht.

»Rowans Debüt überzeugt mit prickelnder Leidenschaft und einer spannenden Handlung voller überraschender Wendungen und schlagfertiger Dialoge.«
Romantic Times

Band 1 der Serie
416 Seiten, kartoniert mit Klappe
€ 9,99 [D]
ISBN 978-3-8025-9264-5

www.egmont-lyx.de

LYX
EGMONT

Sabrina Jeffries

Des Herzogs größter Begehr

Roman

Eine Reise mit Nebenwirkungen

Als Maximilian Cale, der Herzog von Lyons, in der Ermittlungsagentur Manton aufkreuzt, sieht Lisette Bonnaud ihre Chance gekommen, endlich echte Detektivarbeit statt nur Sekretärinnendienste zu leisten. Max behauptet, er habe von ihrem Bruder Tristan Nachricht erhalten, dass sein totgeglaubter Bruder Peter noch lebt. Lisette, die seit Monaten nichts von Tristan gehört hat, besteht darauf, mit ihm nach Paris zu reisen, um Peter und Tristan zu suchen. Dabei ahnt sie nicht, dass Max bald mehr in ihr sieht als nur eine hübsche Reisebegleitung ...

»Eine fesselnde Liebesgeschichte voller spannender Abenteuer!« *Romantic Times*

Band 1 der Serie
416 Seiten, kartoniert
€ 9,99 [D]
ISBN 978-3-8025-9770-1

www.egmont-lyx.de

LYX
EGMONT

Eloisa James

Ein unerhörter Ehemann

Roman

Für die Liebe ist es nie zu spät

Um einen Skandal zu vermeiden, wurde die junge Gina bereits mit elf Jahren an ihren Cousin Camden Serrard verheiratet. Dieser flüchtete jedoch noch am Tag der Hochzeit außer Landes. Nach Jahren der Trennung begegnen sich Camden und Gina einander wieder und entdecken unerwartete Gefühle füreinander.

Band 1: Ein unerhörter Ehemann
464 Seiten, kartoniert mit Klappe
€ 9,99 [D]
ISBN 978-3-8025-8670-5

Band 2: Ein delikater Liebesbrief
432 Seiten, kartoniert mit Klappe
€ 9,99 [D]
ISBN 978-3-8025-8671-2

Band 3: Keine Lady ohne Tadel
416 Seiten, kartoniert mit Klappe
€ 9,99 [D]
ISBN 978-3-8025-9094-8

Band 4: Lady Helenes skandalöser Plan
384 Seiten, kartoniert mit Klappe
€ 9,99 [D]
ISBN 978-3-8025-9255-3

www.egmont-lyx.de

LYX
EGMONT

Madeline Hunter

Ein skandalöses Rendezvous

Roman

Bewaffnet mit einer Pistole reist die junge Audrianna Kelmsleigh zu einem Gasthof, um einen Mann zu treffen, der den Namen ihres verstorbenen Vaters reinwaschen könnte. Doch statt des mysteriösen „Domino“ taucht dort der attraktive Lord Sebastian Summerhays auf. Durch ein Missgeschick werden die beiden zusammen erwischt, und der Skandal ist perfekt. Audrianna bleibt nur ein Ausweg: Sie muss Sebastian heiraten.

»Die faszinierenden Figuren und tiefen Gefühle ziehen die Leser in ihren Bann.«
Romantic Times

Band 1: Ein skandalöses Rendezvous
ISBN 978-3-8025-8792-4

Band 2: Die widerspenstige Braut
ISBN 978-3-8025-8804-4

Band 3: Eine Lady von zweifelhaftem Ruf
ISBN 978-3-8025-9084-9

Band 4: Lady Daphnes Verehrer
ISBN 978-3-8025-9108-2

www.egmont-lyx.de

LYX
EGMONT